UN PARADIS POUR ASHLYN

HAWAÏ : SOLDATS D'ÉLITE, TOME 6

SUSAN STOKER

DU MÊME AUTEUR

Un soutien pour Lara

Un soutien pour Maisy

Un soutien pour Ryleigh

Delta Force Deux

Un refuge pour Gillian

Un refuge pour Kinley

Un refuge pour Aspen

Un refuge pour Jayme

Un refuge pour Riley

Un refuge pour Devyn

Un refuge pour Ember (1 Mar)

Un refuge pour Sierra

Forces Très Spéciales : L'Héritage

Un Sanctuaire pour Caite

Un Sanctuaire pour Brenae

Un Sanctuaire pour Sidney

Un Sanctuaire pour Piper

Un Sanctuaire pour Zoey

Un Sanctuaire pour Avery

Un Sanctuaire pour Kalee

Un Sanctuaire pour Jane

Mercenaires Rebelles

Un Défenseur pour Allye

Un Défenseur pour Chloé

Un Défenseur pour Morgan

Un Défenseur pour Harlow

Un Défenseur pour Everly

Un Défenseur pour Zara

Un Défenseur pour Raven

Ace Sécurité

Au Secours de Grace

Au Secours d'Alexis

Au Secours de Bailey

Au Secours de Felicity

Au Secours de Sarah

Forces Très Spéciales Series

Un Protecteur Pour Caroline

Un Protecteur Pour Alabama

Un Protecteur Pour Fiona

Un Mari Pour Caroline

Un Protecteur Pour Summer

Un Protecteur Pour Cheyenne

Un Protecteur Pour Jessyka

Un Protecteur Pour Julie

Un Protecteur Pour Melody

Un Protecteur pour l'avenir

Un Protecteur Pour Les Enfants de Alabama

Un Protecteur Pour Kiera

Un Protecteur Pour Dakota

Delta Force Heroes Series

Un héros pour Rayne

Un héros pour Emily

Un héros pour Harley

Un mari pour Emily

Un héros pour Kassie

Un héros pour Bryn

Un héros pour Casey

Un héros pour Wendy

Un héros pour Mary

Un héros pour Macie

Un héros pour Sadie

Un héros pour Annie

Autre

Un moment suspendu : Recueil de nouvelles

AUDIO

Un paradis pour Élodie

CHAPITRE UN

— J'aime ton appartement, annonça Slate quand Ashlyn l'eut fait visiter.

Elle était très nerveuse. Il n'était encore jamais venu chez elle, même s'ils se connaissaient depuis plus d'un an.

— Merci. Ce n'est pas très chic, mais ça me plaît, dit Ashlyn.

Elle avait rencontré Slate quand Lexie avait commencé à sortir avec Midas. Au début, il ne lui avait pas tellement plu, mais plus elle passait de temps avec son équipe et lui, plus elle s'attachait à lui. Il avait tendance à croire que de sales types attendaient à tous les coins de rue pour surgir et attaquer non seulement elle, mais toutes ses amies également... et elle ne pouvait pas lui en vouloir pour ça, car beaucoup de choses terribles étaient arrivées à Monica, Lexie, Kenna, Carly et Elodie.

Mais contrairement à ces dames, l'actuelle patronne d'Ashlyn et son ex n'allaient pas causer de problèmes. Elle avait déménagé à Hawaï pour un type, oui, mais Franklin s'était avéré être un parasite paresseux. Elle ne l'imaginait pas capable de dépenser assez d'énergie pour l'embêter pour quelque raison que ce soit. En ce qui concernait le travail, Food For All était celui de ses rêves. Elle avait rencontré une tonne de gens intéressants et elle n'était pas coincée dans un bureau de huit heures à cinq heures tous les jours. Et elle aimait les gens avec lesquels elle travaillait. Lexie était formidable, bien sûr, et Elodie était un génie qui créait des plats à partir des dons de nourriture.

Même si Ashlyn avait peut-être légèrement craqué pour Slate au cours de l'année passée, elle ne s'était pas non plus attendue à ce qu'il se passe quoi que ce soit entre eux. Elle n'était pas le genre de femme que les grands, magnifiques et costauds Seals regardaient à deux fois. Elle n'était pas hideuse, mais selon elle, elle n'avait rien de spécial. Ses longs cheveux bruns et lisses étaient ce qu'elle avait de mieux. Ses yeux étaient d'une teinte marron moins intéressante... son visage n'avait aucun trait caractéristique.

Elle était grande avec son mètre soixante-dix-huit, mais elle luttait continuellement pour perdre ses six à neuf kilos en trop. Elle avait de longues jambes avec des courbes, pas beaucoup de fesses, un peu *trop* de poignées d'amour...

Bref, elle n'était pas hideuse, mais elle n'était pas non plus le genre de femme pour laquelle les gens se retournaient sur son passage.

En plus de son apparence ordinaire, Slate semblait fréquemment irrité par elle.

Malgré ça, peu de temps auparavant, quand il l'avait ramenée de l'un des nombreux barbecues organisés par son équipe de Seals, il avait totalement surpris Ashlyn en lui demandant un rendez-vous. Elle avait bien sûr immédiatement dit oui, mais en l'avertissant qu'elle ne voulait rien de sérieux. Slate avait accepté... alors elle l'avait invité chez elle pour tester leur nouvel arrangement entre amis... et plus si affinités.

Ashlyn n'avait pas été angoissée en l'invitant à venir,

mais maintenant, debout dans son petit appartement avec Slate, elle n'était plus aussi sûre d'elle. Elle venait de lui faire faire toute la visite guidée, y compris la chambre supplémentaire qu'elle utilisait pour faire du step, et qui contenait tout un mélange d'affaires n'ayant pas de place ailleurs dans l'appartement ; la chambre principale ; les toilettes dans le couloir ; la cuisine fonctionnelle ; la buanderie qui était davantage un placard ; et maintenant ils se tenaient dans son salon étonnamment spacieux avec un minuscule balcon qu'elle n'utilisait jamais donnant sur le parking. Elle avait choisi l'appartement pour ce salon. Elle aimait son ouverture sur la cuisine et le fait de ne pas se sentir à l'étroit.

Maintenant, alors qu'elle se sentait gênée au milieu de cette pièce, Slate s'avança vers elle. Ashlyn ne sut pas déchiffrer son regard. Il semblait... déterminé. Mais d'un autre côté, il avait *toujours* l'air déterminé. Il était plus grand qu'elle d'environ dix centimètres, ses cheveux noirs étaient coupés assez court, et comme c'était la fin de la journée, il avait une barbe naissante. Ses yeux marron sombre étaient rivés sur elle et Ashlyn ne put détourner le regard quand il s'approcha.

Il posa les mains sur ses épaules et serra doucement.

— As-tu changé d'avis ? murmura-t-il.

Ashlyn secoua immédiatement la tête.

— Non.

— Alors, qu'est-ce qui ne va pas ? Tu donnes l'impression d'être sur le point de t'enfuir.

Elle aurait dû être habituée à la franchise de Slate, mais il parvenait toujours à la surprendre.

— J'essaie juste de me faire à l'idée. Nous. Comment nous sommes passés de deux personnes qui ne s'entendaient pas vraiment à... ça.

Sans un mot, Slate posa un bras autour de ses épaules et

l'attira vers le canapé. Il s'y assit en la prenant avec lui et en la serrant contre lui. Puis il attrapa la télécommande sur la table à côté du canapé, rapprocha l'ottomane carrée — elle n'avait pas de table basse, préférant la grosse ottomane rembourrée — et alluma la télévision.

— Euh, Slate ?

— Oui ? demanda-t-il, impassible.

— On ne va pas... euh... tu sais ?

Il hocha la tête.

— Oh, oui, on va, euh, *tu sais*, mais pas pendant que tu paniques.

— Je ne panique pas, protesta Ashlyn.

Il se tourna et la regarda en levant un sourcil.

Ashlyn ne put s'empêcher de glousser.

— D'accord, je suis légèrement nerveuse, mais ça ne veut pas dire que je ne te désire pas.

Slate sourit.

— C'est bien, Ash, parce que je te désire aussi. Mais nous ne sommes pas pressés.

Ashlyn éclata de rire.

— Quoi ? demanda Slate lorsqu'elle parvint à se maîtriser.

— Je n'arrive pas à croire que *le* Duncan Stone vient de dire que nous ne sommes pas pressés, le taquina Ashlyn. Tu es le roi de l'impatience.

Le sourire qui passa sur son visage agita des papillons dans le ventre d'Ashlyn. Cet homme était bien trop beau pour son propre bien.

— Pour les choses stupides, je n'aime pas attendre, acquiesça-t-il. Je n'aime pas être en retard quelque part. S'il y a un plan, je préfère l'exécuter et en avoir terminé. Mais en ce qui concerne l'intimité... je ne suis absolument pas pressé. L'anticipation est déjà la moitié du plaisir. Et je dois dire, bébé, que j'ai attendu plus d'un an de te goûter, de me faufiler entre tes longues jambes... alors je peux attendre un peu plus longtemps.

Ashlyn bougea entre ses bras.

— Je n'étais même pas sûre de te plaire.

— Tu me plaisais. Tu me *plais*, dit-il simplement.

Et tout à coup, la nervosité d'Ashlyn disparut. Elle était terriblement excitée, et l'idée de Slate entre ses jambes comme il venait de le décrire fit durcir ses tétons.

— Tu veux vraiment regarder la télé ? demanda-t-elle.

Slate ne détourna pas les yeux de son visage.

— Je veux faire ce que *tu* veux faire.

— Je ne veux pas regarder la télévision.

— Précise, Ash, exigea-t-il.

Elle sentit que les muscles de Slate se contractaient. Le regard plongé dans le sien, elle annonça courageusement :

— J'ai envie de toi. Depuis très longtemps. Même si tu m'énerves parfois, ça ne veut pas dire que je ne t'ai pas imaginé dans mon lit.

— Passe devant, répondit Slate d'une voix grave et rocailleuse qui titilla les parties intimes d'Ashlyn.

Elle sourit et se leva, Slate sur les talons, et se dirigea vers le couloir qui conduisait à sa chambre. Elle supposa qu'elle aurait toujours dû être nerveuse, mais elle était certaine que Slate était sur le point de transformer sa vie... de toutes les façons qui comptaient.

Elle s'avança vers son lit et se tourna vers lui.

Il leva une main et fit courir le dos de ses doigts sur sa joue. Ashlyn eut la chair de poule sur les bras.

— Rien de sérieux, rappela-t-elle. Si nous faisons ça, tu ne peux pas devenir hyper protecteur de moi. Enfin... pas plus que tu ne l'es déjà. Nous ne faisons que nous amuser.

Slate hocha la tête.

— Ça me va tout à fait. Je ne suis pas prêt à me caser.

— As-tu un préservatif ? demanda Ashlyn.

— Oui.

C'était bien, parce qu'elle n'en avait pas. Elle n'avait pas été avec un homme depuis un moment et elle ne s'était pas préparée à la présence de Slate dans sa chambre ce soir-là.

— Dernière chance pour changer d'avis, prévint-il d'une voix grave.

— Je pourrais te dire la même chose, fit remarquer Ashlyn.

— Certainement pas.

— Alors, déshabille-toi, le défia-t-elle.

Elle devait admettre aimer ça. Elle aimait la liberté de leur arrangement. Ils étaient deux personnes attirées l'une par l'autre, sur le point de coucher ensemble. Pas de déclarations ou de promesses quelconques, et aucune pression.

Sans un autre mot, Slate tendit la main vers le bas de son tee-shirt. Il le fit passer par-dessus sa tête avant même qu'Ashlyn ait le temps de cligner des yeux.

Elle le fixa, époustouflée par tous ses muscles. Son torse était parsemé de quelques poils et elle avait envie de goûter les petits tétons sur ses pectoraux. Elle bougea les mains sans que son cerveau leur en donne l'ordre. Elle posa les paumes à plat sur sa peau et il inspira brusquement à ce premier contact.

Oh oui, ça allait être bon.

Il attrapa alors le tee-shirt d'Ashlyn et elle leva les bras pour l'aider. Ses cheveux tombèrent en cascade autour de ses épaules dès que le tissu tomba de sa tête. Les mèches chatouillèrent sa peau, mais elle oublia tout sauf les mains de Slate quand il les fit passer dans son dos et dégrafa habilement son soutien-gorge.

— Magnifique, murmura-t-il en penchant la tête.

Ashlyn gémit et fit tomber la tête en arrière quand il suça un de ses tétons. Fort.

Quand il leva enfin la tête, leurs regards se croisèrent...

et la course à celui qui pouvait se déshabiller le plus vite commença.

Ils se trouvèrent très vite sur le lit, entièrement nus, et Slate l'embrassa comme s'il n'allait jamais être rassasié.

Elle lui griffa le dos et essaya de le tirer plus près d'elle, ce qui était impossible, car ils se touchaient déjà depuis le buste jusqu'aux genoux. Ashlyn sentait son érection dure contre son ventre et le désir s'épanouit en elle. Elle avait besoin de lui. Profondément. Qu'il la baise avec force.

Elle arracha sa bouche à la sienne et ordonna :

— En moi. Maintenant.

— Faut d'abord que je vérifie si tu es prête pour moi, rétorqua-t-il alors que ses hanches basculaient contre elle.

— Je suis prête.

Mais Slate ne la crut pas sur parole. Il fit serpenter sa main entre eux et Ashlyn sursauta quand le bout de son doigt frôla son clitoris. Elle savait ce qu'il allait trouver. Elle n'avait jamais été aussi excitée de sa vie.

— Trempée, chuchota Slate avec un petit sourire satisfait.

Ashlyn leva les yeux au ciel.

— Oui, oui, oui. Je t'ai dit que j'étais prête.

Il se tut, se contentant de descendre un peu plus les doigts. Il entra très lentement en elle, et Ashlyn ferma les yeux et gémit. C'était délicieux, mais elle avait besoin de plus.

Elle ouvrit les yeux quand elle le sentit s'écarter. Il glissa le doigt hors de ses plis humides pour attraper le préservatif qu'il avait jeté sur le lit en retirant son pantalon.

— Dépêche-toi, dit-elle en caressant ses biceps.

— Qui est impatiente, maintenant ? plaisanta-t-il.

— Oh, mon Dieu, tu vas sérieusement être pénible *maintenant* ? souffla-t-elle.

Slate gloussa en déroulant le préservatif sur sa queue et

Ashlyn se rendit compte à ce moment-là qu'elle n'avait encore jamais ri pendant le sexe. Dans le passé, ses partenaires et elle avaient toujours été concentrés. Le sexe n'avait jamais été pour s'amuser, juste pour se satisfaire... ce qui était assez triste.

Mais ensuite, toute idée concernant les rires et l'amusement lui sortirent de la tête quand Slate plaça le bout de sa queue entre ses jambes.

Ashlyn comprit pour la première fois combien il était pourvu. Sa verge n'était pas plus longue que la plupart, mais plus épaisse que tout ce qu'elle avait vu jusque-là. Baissant les yeux, elle retint son souffle quand il entra lentement dans son corps. À un moment, elle serra les muscles lorsque la douleur commença à surpasser le plaisir qu'elle ressentait juste avant.

Slate sembla s'en rendre compte. Il serra la mâchoire en se maintenant à mi-chemin dans son corps.

— Donne-moi une seconde, chuchota Ashlyn en poussant son corps à se détendre et à l'accepter.

La main qui ne tenait pas la base de sa queue bougea et il utilisa le pouce pour manipuler son clitoris. Ashlyn bascula le bassin, l'acceptant inconsciemment en elle.

— C'est ça, ma belle. Tu peux me prendre. Tu es tellement magnifique. Allongée pour moi, acceptant ma queue. C'est tellement sexy.

Elle entendit à peine ses mots, car elle fut envahie de plaisir quand il frotta son clitoris plus vite. Elle serra les doigts autour de ses biceps pendant qu'il jouait avec son corps.

— Es-tu prête à en avoir plus ? demanda-t-il.

Ashlyn n'aurait pas pu parler si sa vie en dépendait. Elle était submergée par les sensations.

— Tu es prête, décida Slate dont la satisfaction s'entendait dans le ton.

Il n'arrêta pas de caresser son clitoris en se glissant en elle jusqu'au bout.

Ils gémirent tous les deux quand ses bourses appuyèrent contre ses fesses. Il lui attrapa les hanches et la tira contre lui, gagnant encore quelques millimètres dans son corps.

— Merde alors, Slate. Je... tu... *bon sang*, bafouilla Ashlyn.

Il gloussa et elle sentit le rire vibrer en elle depuis l'endroit où ils étaient reliés.

— Je sais que tu n'es pas en train de te moquer de moi, dit-elle en fronçant les sourcils.

— Non. Sûrement pas, affirma Slate, manifestement toujours amusé.

En représailles, Ashlyn serra ses muscles internes et elle se sentit vengée quand le sourire disparut de son visage et qu'il retint son souffle.

— Si tu as fini de te moquer de moi, nous pouvons peut-être baiser ? fit-elle remarquer d'un ton narquois.

Le regard de Slate croisa le sien et il posa les coudes de chaque côté de son corps. Ils étaient collés maintenant, et il restait planté en elle aussi profondément que possible.

— Veux-tu que je bouge, Ash ?

— Oui ! s'exclama-t-elle.

— C'est si bon en toi, dit-il en balançant le bassin, reculant puis revenant en elle.

— C'est très bon de te sentir aussi.

— Je ne vais pas tenir longtemps. Tu es trop serrée. Trop canon. Et ça fait trop longtemps pour moi.

Cela surprit Ashlyn. Elle ne pensait pas que Slate était un queutard, mais elle avait cru qu'il pratiquait assez souvent.

— J'ai besoin que tu arrives au même point que moi.

Ashlyn haleta :

— J'y arrive.

— Non, bébé. Je veux dire avant moi. Je veux te sentir serrer ma queue.

Il parlait crûment et cela l'excita. Elle hocha la tête.

— Caresse-toi, ordonna-t-il.

— Autoritaire, murmura-t-elle tout en lâchant un de ses bras et en glissant une main entre leurs corps.

— Tu n'as encore rien vu.

Ashlyn ne put s'empêcher de lever les yeux au ciel.

— N'importe quoi.

Elle commença à se caresser le clitoris et ajouta :

— Ton deuxième prénom pourrait bien être autoritaire. Tu adores me dire ce que je dois et ne dois pas faire.

— En ce moment même, tu devrais te donner du plaisir, rétorqua-t-il.

Ashlyn ne put s'empêcher de lui sourire.

Slate secoua la tête.

— Putain, tu vas me tuer. Plus vite, Ash. Je veux voir et sentir ton orgasme. La prochaine fois, je ferai mieux, et je te ferai jouir avec ma bouche et mes mains avant de pénétrer ton corps trempé. Je n'ai pas pu attendre, cette fois. Tu ne m'as pas aidé en t'enflammant presque dès l'instant où je t'ai touchée.

Ashlyn ne pouvait même pas se sentir gênée. Elle avait mouillé dès qu'il l'avait touchée. Bon sang, même avant ça, juste en discutant sur le canapé. Slate l'excitait comme aucun homme avant lui. Son sourire s'élargit.

— Tu vas toujours être aussi excitée par moi ? demanda-t-il.

— Sans doute.

— Bien. Vas-y, bébé. Maintenant.

— Oui, m'sieur, le taquina-t-elle en bougeant les doigts plus vite sur son clitoris.

Elle n'avait pas beaucoup de place, mais la sensation de

Slate en elle pendant qu'elle se masturbait était largement suffisante pour multiplier son désir.

Slate remonta assez le buste pour pouvoir regarder ce qu'elle faisait, et il commença paresseusement à entrer et sortir de son corps.

— Tellement canon, marmonna-t-il.

Il avait le regard rivé sur l'endroit où leurs corps se rejoignaient.

Cela suffit à Ashlyn pour exploser. Quand la première vague de son orgasme la traversa, Slate s'enfonça vivement en elle. Il le fit encore et encore, prolongeant son plaisir. Ashlyn n'avait jamais rien ressenti de tel. C'était presque trop.

Il ne fallut pas longtemps à Slate pour grogner, s'enfoncer autant que possible en elle, puis rester immobile, raidissant les muscles en jouissant. Les veines dans son cou étaient gonflées quand il jeta la tête en arrière et gémit.

Ashlyn s'agita, avide de plus. *Besoin* de plus.

Slate sembla percevoir qu'elle n'avait pas terminé, car dès qu'il reprit ses esprits, il se pencha en arrière pour s'asseoir sur les talons et il tira ses fesses sur lui. Il était toujours en elle, la tenant contre lui d'une main pendant que l'autre commençait à frotter brutalement son clitoris.

— Slate ! s'exclama-t-elle en essayant de s'éloigner de son contact.

— Encore, ordonna-t-il.

— C'est trop sensible, dit-elle d'une voix rauque alors même qu'elle balançait les hanches contre lui.

— Tu n'as pas fini. *Encore*, répéta-t-il.

— Oh, mon Dieu ! gémit Ashlyn en sentant monter un autre orgasme en elle.

— Chaude comme la braise, dit Slate avec fierté. Ça va très bien fonctionner.

Ashlyn eut envie de répondre, mais elle se concentrait trop sur sa respiration.

— Je vais brouter cette chatte la prochaine fois, continua Slate en la regardant. Voir ma queue en toi, c'est carrément canon. Je te sens tout autour de moi. Je suis allé trop vite cette fois, mais je rattraperai le coup plus tard.

Slate aimait dire des trucs cochons. Ashlyn n'en avait rien su avant et elle n'arrivait pas à croire que ça l'excitait autant.

— Arrête de faire n'importe quoi, grommela-t-il. Allez, Ash. C'est ça. Presque. Putain, tu n'imagines pas comme c'est bon quand tu serres ma queue.

Ashlyn décolla. Elle cambra le dos et laissa échapper un cri étranglé en jouissant encore. Ce fut encore plus intense, cette fois. Ses parois internes se serrèrent avec force, toujours bien remplies par la queue de Slate. Ses muscles tressaillirent et elle fut incapable de faire autre chose que rester allongée dans ses bras en tremblant.

Quand le plaisir extrême s'estompa, Ashlyn vit le sourire satisfait de Slate avant qu'il se retire, les faisant tous deux grogner de mécontentement. Il la déplaça sur le matelas afin que sa tête repose sur l'oreiller. Il la couvrit avec le drap et passa doucement la main sur son front en sueur.

— C'était agréable ? demanda-t-il.

— Tu fais la pêche aux compliments ? le taquina-t-elle.

— Non. Je connais la réponse, je voulais juste te l'entendre dire.

Ashlyn gloussa.

— D'accord, je te concède ce point. Oui, c'était agréable. Carrément fantastique, en fait.

— Bien. Il faut que je me débarrasse de ce préservatif.

Ashlyn hocha la tête, mais ses yeux se fermèrent. Elle était épuisée. Sans doute parce qu'elle n'avait pas eu un orgasme aussi intense depuis des années. Peut-être jamais.

Et Slate venait de lui en donner deux. Elle le sentit vaguement quitter le lit, puis elle entendit l'eau couler dans sa petite salle de bains.

Elle n'ouvrit les yeux que lorsqu'elle sentit le lit bouger une fois de plus. Slate était assis à côté d'elle, entièrement vêtu.

Elle supposa que certaines femmes auraient été vexées que l'homme avec lequel elles venaient de coucher parte si vite, mais Slate et elle n'étaient ensemble que pour baiser. Et elle était plutôt soulagée qu'il rentre chez lui. Elle aimait avoir son espace et elle ne voulait pas avoir à gérer un lendemain matin gênant.

— Tu t'en vas ? demanda-t-elle en somnolant.

— Oui.

— D'accord.

Il la fixa un moment, puis il hocha la tête.

— Ça va marcher.

Ashlyn ne put s'empêcher de lever les yeux au ciel une fois de plus. Elle avait l'impression d'avoir plus levé les yeux au ciel ce soir qu'en une décennie. Slate semblait faire ressortir ça chez elle.

— Oui, acquiesça-t-elle.

— Je tiendrai plus longtemps la prochaine fois, ajouta-t-il.

— Tu l'as déjà dit. Est-ce que tu m'entends me plaindre ?

— Non. Mais c'est une histoire de fierté, expliqua-t-il en haussant les épaules.

— Bref.

— Il faut que tu te lèves et que tu verrouilles la porte derrière moi.

— Il te suffit de tirer sur la porte en partant.

— Non. Il faut que tu te lèves pour tourner le verrou et mettre la chaîne.

— Slate, je suis bien installée. Et au chaud. Et tu viens de me donner deux orgasmes. Je n'ai pas l'intention de quitter ce lit.

Il se leva et Ashlyn ferma les yeux en se blottissant sous les couvertures. Une seconde plus tard, elle poussa un cri quand Slate la souleva, avec les couvertures.

— Slate ! protesta-t-elle en jetant un bras autour de son cou pour s'y accrocher.

Il ne répondit pas, se contentant de la porter à travers l'appartement jusqu'à la porte d'entrée. Il la posa sur ses pieds et Ashlyn serra la couverture autour d'elle pour éviter de se retrouver cul nu dans son vestibule. Oui, Slate et elle venaient de baiser, mais maintenant qu'il était habillé et prêt à partir, elle n'était pas ravie à l'idée d'être nue devant lui.

— Ferme à clé derrière moi, ordonna-t-il.

— *Bon sang*, ce que tu es pénible ! se plaignit Ashlyn.

— N'importe qui peut enfoncer la porte à coups de pied si tu ne fermes pas le verrou, dit-il sans lever la voix. Je suis sûr que le Maître Principal de la Marine Albertson te l'a appris.

Ashlyn ne put s'empêcher de glousser. Ses amies et elle avaient pris des cours d'autodéfense avec Elizabeth, mais les garçons ne pouvaient pas l'appeler ainsi. Ils utilisaient toujours son nom complet et son titre par respect.

— Très bien, grommela-t-elle en sachant que Slate avait raison, mais réticente à ne plus être au lit à profiter du plaisir après l'orgasme.

— Veux-tu que l'on se voie le week-end prochain ? demanda Slate.

Ashlyn hocha la tête.

— D'accord. Je ne crois pas que les filles ont prévu quelque chose.

— Si tu as besoin de quoi que ce soit cette semaine, n'hésite pas à me le faire savoir, ordonna Slate.

— Promis.

Ensuite, il la surprit en posant la main sur sa nuque et en l'attirant près de lui. Ashley trébucha un peu, essayant de tenir la couverture tout en s'appuyant contre son torse de l'autre main.

Il la regarda d'un air très intense.

— Je suivrai ton exemple selon si tu veux mettre les autres au courant pour nous ou pas.

— Que veux-tu dire ?

— Tu sais aussi bien que moi que dès qu'Elodie et les autres sauront que nous nous voyons, elles vont se faire des idées. Bon sang, même mon équipe le fera. Alors, si tu veux rester discrète un moment, ça me va.

Ashlyn déglutit.

— Tu veux que ça reste un secret ?

— Non.

Elle écarquilla les yeux en entendant sa réponse immédiate.

Il poursuivit :

— Ça m'est égal que les autres sachent que nous nous voyons. Notre relation ne les regarde pas, quoi qu'il arrive. Mais je ne veux surtout pas que tu angoisses à l'idée de subir un interrogatoire de la part des autres femmes. Nous savons que nous passons juste un bon moment, mais je ne veux pas que tu stresses si elles te prennent la tête au sujet de nos choix.

Ashlyn se détendit.

— Je peux les gérer. Peux-tu gérer les hommes ?

— Oui.

Elle haussa les épaules.

— Alors, ça me va de leur dire. De plus... je voudrai peut-être des conseils sexuels. Est-ce que ça te gêne si je leur parle de nous ?

Slate sourit.

— Tout d'abord, tu n'as besoin d'aucun conseil en matière de sexe, bébé. Vu comme tu étais incandescente pour moi, *je* vais sans doute avoir besoin d'astuces pour *te* satisfaire.

Ashlyn savait qu'elle rougissait, mais il continua avant que la gêne s'installe.

— Deuxièmement, ça m'est égal que tu parles aussi de ce que nous faisons dans la chambre, mais tu ne devrais pas non plus être gênée à l'idée de discuter de notre relation ou de sexe avec *moi*.

— D'accord, lui dit Ashlyn. Slate ?

— Je suis là, bébé.

— Je... quand nous déciderons que c'est fini... je ne veux rien qui fasse du mal à notre amitié. Ou qui rende les choses gênantes pour les autres.

— Quand cette relation aura fait son temps, tout restera très bien entre nous, dit Slate. Je te donne ma parole.

Ashlyn savait que ce n'était pas si facile, mais elle se sentait toujours trop bien après ses orgasmes pour s'inquiéter de l'avenir de leur relation.

— D'accord.

— Bien. Tu voudras sans doute prendre un bain ce soir, dit Slate.

— Quoi ?

— Un bain, répéta-t-il. Tu étais vraiment serrée. Et je n'ai pas été très doux. Un bain pourra apaiser une partie de l'irritation que tu risques de ressentir demain. D'autant plus que j'ai l'impression qu'il me faudra un moment avant d'être capable de faire doucement avec toi.

— Très bien, répondit Ashlyn.

Maintenant qu'il en parlait, elle était un peu irritée entre les jambes. Et un bain lui semblait paradisiaque.

— Je récupérerai quelques préservatifs de plus, aussi. Nous pourrons en garder ici et chez moi.

— Je peux aller en acheter, proposa Ashlyn.

Il parut amusé.

— Sais-tu quelle taille je fais ?

— Euh... triple XL ? hasarda-t-elle.

Slate éclata de rire. Quand il parvint à se contrôler, il promit :

— Je passerai récupérer des préservatifs.

— Ça me va.

— Vendredi soir. Je passe te prendre. Nous sortirons manger, puis nous irons chez moi, annonça Slate.

Ashlyn eut envie de protester contre son côté autoritaire, mais elle était tout aussi impatiente de recommencer ce qu'ils avaient fait dans son lit qu'il semblait l'être.

— Pourquoi n'irais-je pas te rejoindre chez toi ? De cette façon, tu ne seras pas obligé de me ramener chez moi après.

Il la fixa longuement avant de hocher la tête. Il se pencha et l'embrassa sur le front, puis il lâcha sa nuque.

— Ferme derrière moi, dit-il encore, puis il tourna les talons et sans un mot de plus, il sortit de son appartement.

Ashlyn fit ce qu'il avait ordonné, fermant le verrou et mettant la chaîne. Puis elle retourna dans sa chambre et se dirigea tout droit vers la salle de bains. Elle fit couler l'eau du bain et se regarda dans le miroir pendant que la baignoire se remplissait.

Elle ne paraissait pas différente de l'extérieur, mais elle se *sentait* différente.

Cette relation avec Slate était le commencement d'une nouvelle Ashlyn. Elle n'allait plus se permettre de tomber la tête la première dans une relation amoureuse, aveuglément, comme c'était arrivé avec Franklin. La chose la plus folle qu'elle ait jamais faite, c'était déménager à Hawaï avec un homme qu'elle venait de rencontrer, mais elle avait cru que c'était « son âme sœur ». Au début, il était à ce point charmant.

Maintenant, c'était libérateur d'être dans une relation sans attentes de l'un ou de l'autre.

Il y avait trop de choses qui l'irritaient chez Slate, elle ne pouvait donc pas tomber facilement amoureuse de lui. Il était impatient et autoritaire ; trop macho, trop pris par son travail et bien trop bourru. Oui, il était parfois drôle, et son côté autoritaire et protecteur venait de son travail, mais tout de même. Ensemble, c'était trop.

Elle pouvait cependant supporter ces défauts pour une relation physique, car il était carrément doué au lit. Et il ne faisait pas mal aux yeux non plus.

Dans quelques mois, quand ils se seraient lassés l'un de l'autre, ils pourraient redevenir amis. Des potes qui se voyaient quand le reste du groupe se rassemblait. C'était presque cathartique de ne pas ressentir la pression de devoir trouver quelqu'un avec qui passer le reste de sa vie.

Ashlyn sourit en entrant dans la baignoire, contente de la tournure inattendue prise par sa soirée.

CHAPITRE DEUX

— Quelqu'un est partant pour aller pêcher ce week-end ? demanda Aleck après l'entraînement physique, quelques jours plus tard.

— Quand ça ? voulut savoir Jag.

— Samedi.

— D'accord, dit Midas.

— Tu peux compter sur moi, acquiesça Mustang.

— Je ne peux pas, lâcha Slate.

Tout le monde se tourna vers lui avec le même air incrédule.

— Pourquoi pas ? demanda Aleck. Tu es *toujours* libre.

Il haussa les épaules.

— Je sors avec Ashlyn vendredi et je ne pense pas être capable de me lever tôt samedi matin pour vous accompagner.

Cette fois, ses cinq coéquipiers restèrent tous bouche bée.

— Attends, quoi ? Ashlyn et toi ? dit Pid. Depuis quand ?

— Je l'ai ramenée à la maison après le barbecue du

week-end dernier. Je l'ai invitée à sortir. Elle a dit oui, expliqua Slate d'un ton impassible.

— Attends, attends, attends. Ashlyn et toi vous sortez ensemble ? insista Midas. Mais est-ce que vous vous appréciez ?

— Évidemment que nous nous apprécions.

— Eh ben, on dirait pas. Vous êtes tout le temps en train de vous prendre le bec, intervint Mustang. L'autre jour, quand Ash allait partir pour livrer des repas, tu as encore grogné et marmonné quelque chose parce que son travail est dangereux. Elle a pété un câble et elle t'a engueulé, puis elle est partie en tapant des pieds.

— Oui, affirma Slate.

Il ne put s'empêcher de sourire en se souvenant de l'air irrité d'Ashlyn. Il savait qu'il était pénible en lui rabâchant sans cesse qu'il ne voulait pas qu'elle se promène dans toute l'île en livrant de la nourriture chez les gens. Mais il ne pouvait pas s'empêcher de penser à toutes les choses qui pouvaient lui arriver... y compris si quelqu'un décidait vouloir plus que simplement les repas qu'elle livrait.

— Alors, que se passe-t-il ? demanda Jag.

— Nous sortons ensemble sans contraintes, annonça Slate à ses amis. Nous n'allons pas nous marier. Nous n'allons pas avoir d'enfants. Nous n'emménagerons pas ensemble. Contrairement à vous, nous voulons seulement nous amuser.

— Tu l'utilises donc pour le sexe ? s'étonna Mustang.

Slate ne se vexa pas. La question de son chef d'équipe n'était pas posée avec un ton irrespectueux, il semblait sincèrement curieux. En outre... comment aurait-il pu être vexé alors que c'était plus ou moins ce que faisaient Ashlyn et lui ?

— Croyez-le ou pas, j'aime passer du temps avec elle. Et ça va vous surprendre, mais elle aime traîner avec moi aussi.

Oui, le sexe fait partie de l'arrangement... vous avez tous des yeux, vous savez comme elle est jolie. Pourquoi ne voudrais-je pas faire ça ? Mais c'est mutuel. Nous nous sommes mis d'accord : nous ne cherchons rien de sérieux. Nous allons juste être copains de baise.

— C'est une pente glissante, mon vieux, avertit Midas.

— Aucun problème. Quand il n'y aura plus d'alchimie, nous redeviendrons juste des amis. Tout ira bien, affirma Slate.

— Mais bien sûr... dit Aleck d'une voix traînante.

— Non, sérieusement, nous allons simplement traîner ensemble. Croyez-le ou pas, deux personnes peuvent avoir une relation qui ne passe pas de zéro à quatre cent soixante-sept en une semaine, dit Slate à ses coéquipiers. Nous n'allons pas faire ça aveuglément. Nous connaissons tous les deux la chanson.

— Mais ça pourrait devenir bizarre si ça ne se finit pas bien, prévint Pid.

Slate commença à se sentir irrité.

— Ça ne deviendra pas bizarre. Nous en avons parlé.

Les autres gloussèrent.

— D'accord, vous en avez parlé, alors tout va bien, hein ? rétorqua Midas.

— Oui. Et je pense avoir fini cette conversation. Je sais que vous ne me croyez pas, mais ça nous va tous les deux de ne pas prendre les choses au sérieux. Ce n'est pas un secret et si Ashlyn ne l'a pas encore dit à vos femmes, je suis certain qu'elle le fera bientôt. Rien ne change dans la dynamique du groupe.

— Sauf que tu n'es pas libre pour aller pêcher samedi, répliqua Aleck.

Slate leva les yeux au ciel.

Mustang lui donna une tape sur l'épaule.

— Eh bien, j'espère que ça se déroulera comme vous le

voulez tous les deux. Ashlyn est géniale. Elodie l'adore et les autres sont aussi très proches d'elle. Pour ce que ça vaut, je pense que vous formez un super couple. Tu es sérieux et elle est plus décontractée. Ça fonctionne.

Slate hocha la tête.

— Oui, c'est vrai.

— Très bien. Nous pouvons reporter la pêche, dit Aleck.

— Je n'aurais sans doute pas pu venir de toute façon, leur expliqua Jag. Carly et moi devons travailler aux préparatifs du mariage.

— Comment ça se passe ? demanda Midas.

— Bien. Nous essayons de trouver une date pour réserver Duke's. Réserver un restaurant entier n'est pas aussi facile que l'on pourrait le croire. Particulièrement un resto aussi populaire que Duke's, dit Jag en secouant la tête.

La conversation s'orienta vers le mariage à venir de Jag et Carly, et Slate ne put s'empêcher de penser à autre chose. À une époque pas si éloignée, aucun des types de l'équipe n'aurait voulu être surpris en train de parler de trucs de mariage, mais maintenant que les autres étaient tous follement amoureux, les choses avaient changé.

Il repensa à Ashlyn, comme fréquemment au cours des derniers jours. Il n'avait encore jamais été aussi préoccupé par une femme. Franchement, elle l'avait totalement surpris en suggérant une relation de copains de baise, mais ça lui convenait tout à fait. Il n'était absolument pas prêt à se caser comme ses coéquipiers. Il n'avait que trente-trois ans. Il avait largement le temps de se marier et de démarrer une famille quand il aurait quitté la Navy.

Malgré tout, il était impressionné que ses amis parviennent à faire fonctionner leurs couples, car c'était terriblement difficile de maintenir des relations de long terme quand on était un Seal. Il l'avait vu chez d'autres Seals et marins de la Navy. Avec des épouses qui ne supportaient pas de rester seules pendant les missions longues, ou même courtes, qui trompaient leur conjoint dès que celui-ci partait pour un autre déploiement de six mois.

Slate ne voulait pas ça pour lui-même. Il voulait trouver une femme en qui il pouvait implicitement avoir confiance pour qu'elle ne le trompe pas, mais tant qu'il ne quittait pas la marine, il n'imaginait pas avoir ce genre de relation.

Une histoire sans lendemain avec Ashlyn était donc idéale. Ils n'avaient pas discuté du fait d'avoir une relation exclusive, mais il était à peu près certain qu'elle ne s'intéressait à personne d'autre en ce moment. Et lui non plus. Ils surmonteraient cet obstacle le moment venu.

— Comment se passe la grossesse de Monica ? demanda Jag à Pid.

Slate reporta son attention sur la conversation.

— Elle va bien. Elle a des envies très bizarres, mais d'après tout ce que nous avons lu, c'est normal. Encore six mois à attendre, et il me tarde, putain.

— Elodie a déjà acheté ce qui ressemble à une centaine de robes pour votre enfant, fit remarquer Mustang.

Pid et Monica avaient récemment appris qu'ils auraient une fille, et ils étaient tous les deux très excités.

— Et Kenna a acheté un tas de jean et de tee-shirts en affirmant que les filles ne devraient pas toujours être forcées à porter des trucs à froufrous en permanence, ajouta Aleck.

Tout le monde rit.

— Elle va être tellement gâtée, dit Pid.

— Oui, comme si tu n'allais pas être le roi dans ce domaine, intervint Jag en secouant la tête.

— C'est vrai.

— Avez-vous déjà pensé à un prénom ? voulut savoir Midas.

— C'est toujours en discussion.

— Ce qui signifie qu'ils ne sont pas d'accord, et qu'à la

fin, Monica lui donnera le prénom qu'elle veut, supposa Mustang en gloussant.

— Franchement, son prénom m'est égal. Je l'aime déjà tellement que c'est presque effrayant, avoua Pid.

Slate écouta les échanges de ses amis. Il était heureux pour Pid, et pour ses autres coéquipiers, mais il était vraiment ravi de ne pas avoir à s'inquiéter de choses comme des prénoms de bébés et des préparatifs de mariage.

Encore une fois, il repensa au week-end dernier. Au moment agréable passé avec Ashlyn. La femme qui brûlait de passion, si vite. Elle était prête pour lui en un clin d'œil. Il lui tardait de la voir vendredi soir et d'explorer un peu plus leur alchimie.

— Bon, assez de bavardages, dit Mustang en interrompant les songes de Slate. Rendez-vous à neuf heures pile. Nous allons étudier les infos au sujet de l'arme nucléaire que la Corée du Nord prétend avoir testée. Les choses sont en train de devenir tendues par là-bas, surtout depuis que la Chine a annoncé soutenir le programme nucléaire de la Corée du Nord.

— Penses-tu que nous y serons envoyés ? demanda Jag.

— Pas sûr. C'est une possibilité. Pour l'instant, il nous faut attendre de voir. Vous savez aussi bien que moi que nous pouvons faire des recherches sur la Corée du Nord un jour, et le suivant être dans un avion pour la Bulgarie.

Slate hocha la tête. C'était vrai. C'était une des choses qu'il aimait le plus dans son travail de Seal. L'excitation et le fait de devoir être prêt à tout moment.

Le groupe se dit au revoir avant de se diriger vers les véhicules. Slate monta dans sa Trailblazer et roula vers sa petite maison près de la plage. Elle n'était pas directement sur la plage, car il ne pouvait pas se permettre une telle maison, mais assez proche. Quand il avait emménagé, il lui avait fallu faire beaucoup de travaux, et le propriétaire avait fortement baissé le loyer quand il avait accepté de faire les réparations nécessaires sur son temps libre.

Maintenant, la maison était aussi agréable qu'elle pouvait l'être pour une location. Il restait encore des améliorations dont Slate aurait pu se charger, mais il n'allait pas dépenser plus d'énergie et de travail pour un endroit qui ne lui appartenait pas. Au moment de quitter la Navy, il allait acheter sa propre maison et y mettre autant de sang, de sueur et de larmes que nécessaire jusqu'à en faire la maison de ses rêves.

Il rentra chez lui, se doucha, enfila son uniforme et après avoir jeté un coup d'œil à sa montre, vit qu'il lui restait du temps à tuer avant de partir pour la base. Sur un coup de tête, il décrocha son téléphone et cliqua sur le nom d'Ashlyn. Il était tôt, mais elle était du matin et elle était sans doute levée.

— Bonjour, dit-elle en décrochant le téléphone.

— Salut, dit Slate. Je me suis dit que j'allais t'appeler pour savoir comment tu vas ce matin.

— Je vais bien. Quelque chose ne va pas ?

— Faut-il que quelque chose n'aille pas pour que je t'appelle ? demanda Slate.

— Eh bien, non, mais comme tu n'as jamais appelé aussi tôt le matin, je me suis dit que j'allais vérifier.

— Nous ne nous fréquentions pas vraiment avant. Maintenant, si, dit Slate simplement.

Ashlyn laissa échapper un petit rire et Slate ne put s'empêcher de sourire en l'entendant. Quelle que soit son humeur, quand il avait parlé avec elle — même s'ils s'étaient disputés — il se sentait toujours mieux.

— C'est vrai, dit-elle. Comment s'est passé l'entraînement physique ?

La question n'était pas inattendue : ils se fréquentaient depuis assez longtemps pour qu'elle soit au courant de son emploi du temps. Elle savait qu'il se levait tôt presque tous les jours pour s'entraîner avec son équipe, et elle connaissait l'heure à laquelle il rentrait généralement chez lui. Elle était aussi au courant de sa tendance à être impatient et entêté, qu'il roulait un peu trop vite, et qu'il adorait la nourriture hawaïenne.

De son côté, il savait qu'elle était passionnée par son travail, qu'elle avait tendance à faire un peu trop confiance aux gens, qu'elle n'aimait pas trop la majorité de la nourriture hawaïenne et que lorsqu'elle était contrariée, elle devenait silencieuse et se livrait à l'introspection au lieu de pleurer ou de râler ou de fulminer.

C'était certainement un avantage d'être l'ami d'une femme avant de sortir avec elle. Slate pouvait sincèrement dire qu'il appréciait Ashlyn en tant que personne dès qu'il l'avait rencontrée. Il n'aimait pas toujours certaines de ses décisions, car il avait l'impression qu'elle prenait des risques inutiles, mais il avait aimé leur amitié au cours de l'année passée.

— Slate ? demanda-t-elle. Tu es là ?

— Pardon. Je suis là, dit-il, tiré de ses pensées. L'entraînement était bon. Mustang a été assez gentil avec nous aujourd'hui et il ne nous a fait nager que cinq kilomètres avant de nous faire courir sur la même distance dans le sable.

— Oh là là, tu es tellement paresseux.

Slate l'imagina lever les yeux au ciel et cela le refit sourire.

— Je pensais que j'étais sage en ayant fini mon entraînement de step niveau intermédiaire avant d'avaler les roulés à la cannelle que j'ai faits dans ma friteuse sans huile.

Slate gloussa.

— Tu dois manger plus de légumes.

— Oui, oui, oui, râla-t-elle. Laisse-moi deviner, tu prends une boisson protéinée pour ton petit-déjeuner ?

— Non.

Il s'arrêta un moment, puis annonça :

— Une barre protéinée.

Ashlyn éclata de rire et Slate ferma les yeux. Il aurait pu l'entendre rire chaque jour du reste de sa vie que ça ne lui aurait pas suffi.

Un léger doute le tracassa immédiatement à cette pensée. Il s'agissait peut-être d'un arrangement pour plan cul, et aucun d'eux n'avait prévu plus... mais au bout de moins d'une semaine il savait qu'il ressentait plus pour cette femme que du simple désir. Sans doute depuis toujours. Il n'était pas amoureux. Mais il tenait à Ashlyn.

Sa question suivante repoussa ces pensées à l'arrière-plan.

— Oui, évidemment. J'aurais dû le deviner. As-tu prévu quelque chose d'intéressant pour aujourd'hui ?

— Non, répondit Slate. Juste des réunions. Et toi ?

— Pas vraiment. Mais je rencontre de nouveaux clients, aujourd'hui.

— Fais attention, dit Slate sans réfléchir.

— Slate, l'avertit Ashlyn.

— Je sais, je sais. Tu m'as dit et répété que tu étais une adulte. Que les gens livrent des colis et de la nourriture et même des courses tous les jours sans problème. Mais je ne sors pas avec eux, c'est *toi* que je vois. Et je te connais... tu ne te contentes pas de déposer les repas à la porte des gens en appuyant sur la sonnette avant de partir. Tu entres dans leur maison. Tu restes pour bavarder. L'idée que quelqu'un te mette la main dessus me rend fou. Alors, le fait que je veuille que tu fasses attention, ce n'est pas simplement parce que je suis pénible. C'est parce que j'ai constaté tout le mal qu'il y a dans le monde et que je ne veux pas que ce mal touche un seul cheveu de ta jolie tête.

Slate inspira profondément après sa tirade. Ashlyn détestait qu'il l'ennuie au sujet de ce qu'elle faisait pour Food For All. Oui, elle aurait pu faire un travail plus dangereux, mais il n'aimait pas qu'elle entre dans les maisons d'inconnus.

— D'accord, dit-elle après un court silence.

— D'accord ? répéta-t-il, stupéfait par cette réponse simple.

Ashlyn le contredisait toujours pour *tout*.

— Oui. J'ai bien conscience que tu n'es pas ravi par ce que je fais. Et crois-le si tu veux, je fais attention. Lexie connaît toujours mon itinéraire et les gens auxquels je vais rendre visite. J'ai toujours mon téléphone avec moi et elle a une application qui lui permet de vérifier où je me trouve à tout moment. Lorsque je me rends au domicile d'un nouveau client, je lui envoie un message quand j'arrive et quand je pars. À vrai dire, je suis aussi prudente que je peux l'être, Slate.

Il n'avait pas compris que Lexie et elle avaient un système aussi logique, mais il aurait dû s'en douter. Il se sentait un peu mieux.

— Quelle appli ? demanda-t-il.

Étonnamment, Ashlyn éclata de rire.

— C'est tout ce que tu retiens de ce que je viens de dire ?

— Ce que j'ai compris, c'est que tu fais ton possible pour réduire le danger dans lequel tu peux te trouver, ce que j'apprécie plus que tu ne le penses. Je ne savais pas que tu avais une appli pour te pister et je suis ravi que Lexie et toi vous ayez organisé un système pour le moment où tu rencontreras un nouveau client pour Food For All. Je me dis aussi que ça ne ferait pas de mal que quelqu'un d'autre te piste, au cas où Lexie ne serait pas disponible pour t'aider. Et ça ne me gênerait pas d'être cette personne. Je n'abuserai pas de ta confiance si tu me laisses l'accès, Ash. Mais ça me tranquilliserait.

Elle soupira.

— Moi aussi, je peux te pister ? demanda-t-elle d'un ton sarcastique.

— Oui.

Quelques mois auparavant, Slate n'aurait absolument jamais donné ce genre d'accès à quelqu'un d'autre que ses coéquipiers. Mais il avait appris à connaître Ashlyn et il savait qu'elle n'abuserait pas non plus du privilège de connaître sa localisation à toutes les heures du jour et de la nuit. Ça ne le gênait pas de lui rendre la pareille avec l'application.

— Waouh, tu n'as même pas hésité, dit-elle.

— Ce n'est pas parce que nous ne voulons pas des bagues de fiançailles que je ne te respecte pas et que je ne veux pas que cette relation soit aussi réelle qu'elle peut l'être tant que nous sommes ensemble, lui dit Slate.

— C'est vrai. D'accord. Je t'enverrai les infos sur l'appli.

— Merci. Et il y a autre chose que tu dois savoir.

— Oh, merde, quoi ?

Slate gloussa.

— Rien de grave. Je voulais juste te prévenir que j'ai parlé de nous à l'équipe ce matin.

— Je dois donc m'attendre à un interrogatoire en règle de la part de Lexie et Elodie au travail ce matin, supposa-t-elle.

— Je n'en suis pas sûr. Je veux dire, nous savons tenir notre langue, dit Slate, pince-sans-rire. Tu sais, la sécurité nationale et tout ça.

Comme il s'y attendait, Ashlyn éclata de rire. Il adorait voir comme c'était facile de l'amuser. Et il préférait de loin qu'elle rie plutôt qu'elle lui fasse les gros yeux. Quand ils s'étaient rencontrés la première fois, ils avaient vraiment été irrités l'un par l'autre et il pouvait admettre qu'il avait dit n'importe quoi assez régulièrement juste pour l'énerver. Mais il aimait bien plus la voir rire que la voir énervée contre lui.

— Mais oui, bien sûr. Vous êtes les pires commères entre vous, rétorqua-t-elle quand elle parvint à se maîtriser.

Slate ne dit pas le contraire. Il était vrai que tout le monde était très au courant de la vie des autres. Ses coéquipiers étaient assez rapides pour parler de leurs relations et de ce qu'il se passait avec les uns et les autres. Il s'était toujours un peu senti étranger à ce genre de conversation, alors c'était étonnamment agréable ce matin-là de leur dire quelque chose qu'ils ne savaient pas déjà. Il ne voulait simplement pas que ses amis se fassent des idées au sujet d'Ashlyn et lui.

Apparemment, il mit trop longtemps à répondre, car elle dit encore :

— Slate ?

— Oui, bébé ?

— Tu n'es pas fâché à cause de ma remarque sur les commères, n'est-ce pas ? Je veux dire, évidemment que vous savez garder des secrets. Je suppose qu'il y a beaucoup de choses qui te tournent dans la tête et dont tu aimerais parler à quelqu'un, alors que tu ne le peux pas.

— Je ne suis pas fâché, dit Slate avec douceur. Et il y a déjà très longtemps, nous nous sommes promis de parler avec le reste de l'équipe si les choses deviennent trop dures à porter.

— Bien.

— Je voulais simplement te prévenir, au cas où.

— Merci. Et je veux que tu saches que je n'ai rien dit aux filles pour l'instant parce que, eh bien... elles savent depuis combien de temps tu me plais et elles vont *certainement* en tirer les mauvaises conclusions. Particulièrement avec toutes les histoires de bébés et de mariages en ce moment.

— Je te plais depuis longtemps ? demanda Slate en sachant qu'il avait un sourire idiot, mais qui lui était complètement égal.

— Peut-êêêêtre...

— Alors, quand tu m'as insulté et que tu levais les yeux au ciel parce que j'étais autoritaire et irritant, en secret, tu voulais me sauter dessus ?

— Je ne dirais pas que tu me plaisais tellement chaque fois que tu dépassais les limites et que tu me disais que j'étais stupide de risquer ma vie en livrant quelques boîtes de nourriture. Mais quand tu n'étais pas occupé à être autoritaire, j'ai pensé à ce que ça serait de t'avoir dans mon lit.

Slate sentit sa queue tressaillir dans son pantalon.

— T'es-tu déjà masturbée en pensant à ce que je pourrais te faire ?

— Oui, dit-elle sans hésitation et sans gêne.

Sa franchise était une des centaines de raisons pour lesquelles il avait voulu la fréquenter.

— Et toi ? Tu t'es déjà branlé en pensant à moi ? demanda-t-elle.

— Chaque putain de fois, grogna Slate.

— Ben merde alors.

— Quoi ? Qu'est-ce qui ne va pas ?

— Maintenant je vais être en retard au travail parce que je suis si excitée que je dois d'abord m'occuper de moi avant de partir.

— Ah, je n'en peux plus ! râla Slate.

— Hé, je ne suis pas contre le sexe au téléphone, si ça te dit.

— Non.

— Non ? répéta-t-elle, surprise.

— Nous ne vivons même pas à dix minutes l'un de

l'autre. Si tu en as envie, il te suffit d'envoyer un message ou d'appeler et je passerai. Ce n'est pas une relation longue distance, bébé.

— Tu ne penses pas que le sexe au téléphone est agréable ? demanda-t-elle.

— Ça peut l'être, concéda Slate. Mais c'est aussi terriblement frustrant. Particulièrement maintenant que j'ai été en toi et que je sais comme c'est agréable de te sentir autour de ma queue. Je te préfère largement à ma propre main.

— Waouh, euh... d'accord. Très bien.

Elle semblait troublée et cela plut à Slate.

— Je sais que nous avons déjà des projets pour vendredi soir, mais ça te gêne si je passe après le travail, ce soir ? demanda-t-il.

— Pas du tout.

— Bien. Je t'enverrai un message pour te faire savoir quand je pars.

— Veux-tu que je prépare quelque chose à dîner ?

— Non. J'aurai faim d'autre chose que de nourriture.

Slate savait qu'il y allait fort, mais après la tournure de leur conversation, il ne put s'en empêcher. L'idée qu'elle était allongée sur le lit avec une main entre les jambes, se faisant jouir, était coincée dans sa tête. Si le fait qu'Ashlyn se touche pendant qu'il était profondément en elle était intense, l'idée qu'elle fantasme sur lui pendant qu'elle se masturbait était tout aussi excitante.

— Très bien. Je suppose donc que je te verrai plus tard.

— Oui. Ash ?

— Oui ?

— J'aime ça.

— Quoi ?

— Nous. Le fait de dire ce que nous pensons. Ne pas avoir honte d'admettre que nous nous désirons.

— Moi aussi, acquiesça-t-elle.

— Bien. Parle de nous aux filles. Envoie-moi le nom de cette appli. Et fais attention aujourd'hui.

— Tu fais encore ton autoritaire, dit-elle en ricanant.

— Tu savais dans quoi tu mettais les pieds en acceptant de sortir avec moi.

— C'est vrai aussi. D'accord, Slate. Passe une bonne journée toi aussi. J'espère que les terroristes ne choisiront pas de péter un câble aujourd'hui, parce que je vais être énervée si quelque chose t'empêche de venir ce soir.

— Rien ne m'empêchera de te voir, lui dit Slate. Vas-tu vraiment être en retard ce matin ?

— Oh oui. C'est sûr.

— Merde, répondit Slate en secouant la tête.

Il n'aurait jamais dû poser la question. Il n'allait pas pouvoir chasser de ses pensées la vision d'Ashlyn se donnant du plaisir avant de partir au travail.

— À plus tard, dit-elle en gloussant.

— À plus tard, répondit Slate.

Il éteignit son téléphone et ferma les yeux. Il lui fallut un moment pour maîtriser son corps. Mais quand il parvint à marcher sans que son érection cherche à sortir de son pantalon, il attrapa la barre protéinée qu'il avait prévu de manger pour le petit-déjeuner et se dirigea vers la porte.

CHAPITRE TROIS

— Oh mon Dieu ! s'écria Elodie plus tard ce matin-là.

Ashlyn grimaça, mais elle ne put s'empêcher de sourire.

— Tu vas me dire que tu as couché avec Slate il y a quatre jours et que tu as attendu jusqu'à *maintenant* pour nous le dire ? demanda Lexie.

Ashlyn hocha la tête.

— Oui. Parce que je savais que vous alliez réagir comme ça et c'est une histoire sans lendemain. N'allez pas vous mettre des idées romantiques dans la tête au sujet de nous deux, avertit-elle. Ce n'est pas parce que vous êtes horriblement heureuses avec vos Seals que Slate et moi allons finir de la même façon. Nous sortons ensemble. Nous couchons ensemble. C'est tout. Les gens peuvent se fréquenter sans que ce soit sérieux, vous savez.

— Bien sûr que nous le savons, dit Elodie. Mais je me souviens toujours que tu nous as dit il y a un moment que Slate te plaisait.

— Il me plaît, insista Ashlyn. Mais ce n'est pas parce que quelqu'un me plaît que je sabote secrètement ses préservatifs pour tomber enceinte et l'obliger à m'épouser. Nous traînons ensemble. Nous nous amusons. Bon sang, nous nous connaissons déjà assez bien grâce à toutes les fêtes de l'équipe où nous étions ensemble.

— Il n'y a pas une part de toi qui, tout au fond, veut davantage ? demanda Lexie.

Ashlyn haussa les épaules.

— Je vais le dire autrement : le week-end dernier, quand il m'a fait halluciner en me donnant deux orgasmes, puis qu'il s'est immédiatement habillé pour partir, ça ne m'a pas du tout contrarié. J'aime vivre toute seule. J'aime dormir toute seule dans mon lit. Je connais le tarif avant de m'engager là-dedans, vous savez. Slate est quelqu'un de bien, mais sur le long terme, il m'irriterait affreusement. Je vais simplement profiter à fond tant que ça dure.

— Alors c'est tout ? s'étonna Elodie. Tu n'envisagerais même pas quelque chose de plus sérieux ?

— Je n'ai pas la moindre idée de la direction que peut prendre cette relation. Mais pour l'instant, nous sommes tous les deux contents qu'elle soit tranquille et sans lendemain. Il n'y a aucune pression. Nous aimons tous les deux le sexe, et le sexe entre nous est assez spectaculaire. Slate va-t-il un jour poser un genou à terre et me dire qu'il est tombé raide dingue amoureux de moi et qu'il ne peut pas vivre sans moi ? J'en doute fortement. Et ça me va. Franchement.

— Eh bien, je suis heureuse pour vous, dit Lexie. Slate m'a toujours semblé un peu coincé, mais si vous êtes tous les deux satisfaits de cet arrangement, alors tant mieux pour vous.

— Merci, dit Ashlyn, plus soulagée qu'elle ne s'y attendait.

Elle aimait et respectait ces femmes, et elle voulait que ça ne les gêne pas si elle n'était pas sérieuse au sujet d'un homme qu'elles admiraient toutes.

Elle savait bien que Slate pouvait avoir n'importe quelle

femme. Il était un héros, honorable, carrément beau, et son côté protecteur pouvait être très attirant de temps en temps. Alors le fait qu'il veuille la fréquenter était toujours un peu surprenant. Elle allait cependant en profiter jusqu'à ce que la relation arrive à son terme.

Et Ashlyn savait qu'elle finirait par s'arrêter. Mais elle était bien décidée à en profiter en attendant.

— Alors... était-ce tout ce que tu avais espéré ? demanda Lexie avec une lueur dans les yeux.

— Tu m'as entendu parler des deux orgasmes, non ? rétorqua Ashlyn avec un sourire.

Elodie et Lexie gloussèrent.

— Seulement deux ? Sérieusement, tu dois en exiger davantage, lança Elodie.

Ashlyn éclata de rire.

— Eh bien, il a appelé ce matin pour m'annoncer qu'il avait vendu la mèche, pour ainsi dire, et qu'il avait parlé de nous aux garçons. Et d'une façon ou d'une autre, à la fin de la conversation, j'avais avoué que je me touchais en pensant à lui et il a rendu la pareille en admettant qu'il se masturbait en pensant à moi. Et maintenant, au lieu d'attendre vendredi pour m'emmener au restaurant, il vient ce soir... et il m'a dit de ne pas m'embêter avec le dîner.

Elodie s'éventa avec la main.

Lexie sourit.

— D'accord. Eh bien, prépare-toi, parce que j'ai l'impression que ces deux orgasmes vont te paraître assez banals après ce soir.

— Est-ce bizarre de parler de sexe avec Slate de cette façon ? demanda Ashlyn.

Ses amies répondirent en même temps.

— Non.

— Pas du tout.

— Écoute, dit Elodie. Nos hommes ? Ils sont sexuels.

Très sexuels. Ça a peut-être un rapport avec la testostérone et le fait de tout contrôler quand ils sont en mission. Je ne sais pas. Il y a sans doute eu des études là-dessus, bon sang. Mais pourquoi ne parlerions-nous *pas* de sexe ? Les hommes le font librement et ouvertement. Il n'y a que les femmes qui, même de nos jours, entendent toujours qu'elles doivent être prudes et comme il faut et ne pas parler de sexe. Ce qui est stupide. Le sexe est incroyable. C'est totalement naturel. Et le sexe avec un homme qui t'aime et te respecte et qui veut que tu passes un aussi bon moment que lui au lit ? C'est exceptionnel.

— Je ne savais pas ce qu'était la véritable intimité avant Midas, avoua Lexie. Être avec quelqu'un qui veut que tu jouisses avant lui est...

Elle se tut.

— Précieux, termina Ashlyn.

— Exactement.

— Ne te contente jamais de sexe médiocre, affirma Elodie. Si Slate ne te donne pas ce dont tu as besoin pour prendre ton pied, aide-le à comprendre ce dont tu as besoin.

— On n'a pas pu attendre. Je vous jure, il lui suffit de me regarder et je mouille, admit Ashlyn. Et il était en moi au bout de même pas cinq secondes. Mais il a insisté pour que j'aie un orgasme d'abord. Puis une deuxième fois quand il était encore en moi, alors qu'il avait déjà joui.

Lexie et Elodie lui firent un sourire.

— Oui. Tu es en de bonnes mains, dit Lexie au bout d'un moment.

— Je pense que tu n'auras pas besoin de conseils. Mais nous sommes là si nécessaire, ajouta Elodie.

— Merci, les filles.

Ashlyn ne savait pas comment elle avait fait pour trouver de si bonnes amies.

— Mais sérieusement, je suis heureuse pour toi. Et tu as

raison, ajouta Lexie. Il n'y a pas de mal à passer du bon temps avec Slate. Tant que vous savez tous les deux où vous en êtes dès le départ, je pense que c'est merveilleux que vous vous fréquentiez.

— Moi aussi, intervint Elodie. Maintenant, si vous avez fini de parler de sexe — ce qui fait que mon mari me manque alors que je l'ai vu ce matin — nous pourrions préparer ces cartons afin que tu puisses aller les livrer et que je commence les repas de demain.

— M'dame, oui, m'dame ! la taquina Lexie.

Elodie roula une serviette en boule et la lui jeta.

Elles consacrèrent la demi-heure suivante à l'emballage des repas qu'Ashlyn allait livrer. La nouvelle cliente sur son itinéraire d'aujourd'hui était une mère célibataire. Son mari était décédé dans un accident de chantier. Il n'avait pas eu d'assurance et ils avaient déménagé à Hawaï spécifiquement pour ce travail, alors elle n'avait pas de famille sur l'île. Elle se démenait pour trouver un travail au salaire décent permettant de couvrir la location de leur petit appartement, la nourriture, les paiements des frais médicaux qui arrivaient, ainsi que les autres dépenses apparaissant au jour le jour.

Lexie lui avait parlé la semaine précédente quand la femme avait appelé pour la première fois, cherchant désespérément de quoi nourrir son enfant. Elle avait immédiatement été placée sur l'itinéraire, et aujourd'hui était le premier jour où Ashlyn allait s'arrêter chez elle.

Quand elle avait commencé à livrer des repas, elle avait peut-être eu dix arrêts. Mais à mesure que les mois passaient et que les gens se familiarisaient avec le nouveau service de Food For All, les demandes pour les livraisons augmentaient. Ashlyn apportait maintenant des repas à au moins trente personnes chaque jour. Elle n'avait pas le temps d'en faire plus. Elle planifiait soigneusement son itinéraire afin de ne pas perdre de temps en revenant sur ses pas. Elle ne pouvait pas continuer à augmenter sa charge de travail, mais c'était si difficile de dire non à des gens ayant vraiment besoin d'aide et incapables de se rendre à l'un des deux locaux de Food For All.

Comme Slate l'avait deviné, Ashlyn avait des préférés sur sa route avec lesquels elle passait un peu plus de temps. Les Turner étaient une famille jeune : Brooklyn avait seulement vingt et un ans et Trey vingt-quatre. Ils avaient déménagé à Oahu depuis Maui, espérant trouver plus de travail. Ils avaient deux enfants : Curtis avait trois ans et Briar en avait deux. Ils arrivaient à peine à joindre les deux bouts, mais avec l'aide de Food For All, ils s'en sortaient.

James Mason était un homme de quatre-vingt-huit ans qui dépendait de la sécurité sociale et d'une petite retraite qu'il recevait de la marine. Il avait fait deux services dans la guerre du Vietnam et avait été blessé, ce qui avait mis fin à son service, mais pas à son amour pour son pays. Il était hilarant et avait toujours des histoires fascinantes à raconter. Ashlyn faisait de son mieux pour rester avec lui aussi longtemps qu'elle le pouvait, pas seulement parce qu'il était évident qu'il se sentait seul, mais parce qu'elle adorait l'entendre parler de son enfance pendant la Deuxième Guerre mondiale et de tout ce qui avait changé depuis.

Christi Dryden avait presque la trentaine et un handicap. Elle vivait en appartement avec sa sœur. Leurs parents étaient décédés quelques années auparavant et Lori faisait tout ce qu'elle pouvait pour garder Christi avec elle. Ashlyn respectait énormément cette femme qui prenait la responsabilité de s'occuper de sa sœur. Ce n'était pas facile, les besoins médicaux étaient coûteux, alors les repas qu'elles recevaient de Food For All les aidaient vraiment à économiser de l'argent pour payer l'aide à domicile qui restait avec Christi dans la journée, pendant que Lori était au travail.

Tous les gens à qui Ashlyn livrait des repas avaient des problèmes d'argent. Certains jours, c'était déprimant de faire ce travail. De voir le niveau de pauvreté des gens. Mais pour l'essentiel, ses clients faisaient de leur mieux avec ce qu'ils avaient et ils étaient reconnaissants de l'aide qu'ils recevaient.

Quand Lexie, Elodie et elle eurent fini de ranger la nourriture dans sa RAV4, Ashlyn prit un moment pour envoyer le nom de l'application de géolocalisation à Slate. Elle n'attendait pas une réponse, mais avant même qu'elle sorte de l'allée derrière Food For All, son téléphone vibra.

Slate : Je l'ai téléchargée. Ajoute-moi, bébé.

Secouant la tête à cause de l'impatience de Slate, Ashlyn envoya une demande à son adresse mail, ajoutant son numéro au cercle d'amis sur l'application. Elle avait beau râler contre son côté trop protecteur, elle ne pouvait nier que c'était agréable. Elle n'avait absolument aucun scrupule à livrer des repas à ses clients. Ils étaient tous des gens bien, de tous les milieux, de toutes les origines et de tout âge. Elle ne s'était pas une seule fois sentie en danger en se rendant chez eux.

Néanmoins, après tout ce qui était arrivé à ses amies, elle appréciait aussi d'avoir quelqu'un qui se souciait de son bien-être. Qui sonnerait l'alarme si quelque chose se passait mal. Non pas qu'elle s'attendait à ce qu'il se passe quoi que ce soit.

Son téléphone annonça une notification et Ashlyn vit que Slate avait effectivement téléchargé l'application et qu'il pouvait maintenant voir où elle était. Elle déverrouilla son téléphone et afficha l'appli, souriant quand elle vit la nouvelle icône appelée DS sur sa carte. Duncan Stone.

Elle pouvait voir que Slate se trouvait dans la base navale et même savoir dans quel bâtiment il était.

Elle sourit bêtement, puis elle plaça son téléphone dans le porte-gobelet à côté d'elle. Elle n'avait pas besoin de regarder la carte pour atteindre la première dizaine de maisons sur sa liste : elle s'y était déjà rendue assez souvent pour connaître l'itinéraire par cœur.

***

Quand Ashlyn eut fini toutes ses livraisons et qu'elle retourna à Food For All, elle était fatiguée, mais aussi un peu excitée à l'idée de voir Slate plus tard. Elle avait la tête pleine de ce qu'ils allaient faire, alors quand elle entra dans le bâtiment, elle ne s'attendait pas à être prise en embuscade par Kenna, Monica et Carly. Lexie était là également, cherchant à cacher un sourire amusé. Elodie était la seule absente.

— Ashlyyyyn ! s'exclama Kenna dès que son amie entra dans la pièce principale, à l'avant du bâtiment.

Ashlyn secoua la tête.

— Je suppose que vous avez toutes appris la nouvelle ?

— Appris que le dernier célibataire et toi avez enfin couché ensemble ? Carrément, oui ! s'extasia Kenna.

— C'est vraiment super, Ash, dit Carly un peu plus tranquillement.

— Je suis contente pour toi, ajouta Monica.

Petit à petit, la plus silencieuse parmi elles sortait de sa coquille. Monica ne serait jamais le genre de personne à aimer être au centre de l'attention, mais au moins, avec son groupe d'amies, elle se confiait un peu plus.

— Merci, les filles. Je suis assez contente aussi, dit Ashlyn.

— Vous aviez l'air plutôt proches au mariage de Monica et Pid au ranch de Kualoa, fit remarquer Kenna. Tu es sûre que vous ne faisiez pas déjà...

Sa voix s'estompa pendant qu'elle fit un geste suggestif.

Ashlyn leva les yeux au ciel.

— Mon Dieu, tu as douze ans, ou quoi ? Et non, Slate et moi ne couchions pas ensemble à l'époque. Franchement, même s'il m'énerve parfois...

— Parfois ? l'interrompit Lexie.

— Bon, d'accord, même s'il m'énerve souvent, il est aussi très drôle et j'aime passer du temps avec lui. Bien sûr, ce n'est pas comme si nous avions le choix, de toute façon. En tant que groupe, nous traînons tout le temps ensemble et les autres hommes sont déjà pris, dit Ashlyn en faisant un clin d'œil à Carly, la dernière femme tombée amoureuse de l'un des Seals. Jag et elle n'étaient ensemble que depuis assez récemment, mais tout le monde savait qu'il avait des vues sur la jolie serveuse depuis longtemps.

— C'était à peu près inévitable, termina-t-elle.

— Je pense que c'est super ! s'exclama Kenna. Vous imaginez si Slate faisait entrer une vraie connasse dans notre cercle d'intimes ?

— Vous avez bien compris que c'est juste une histoire sans lendemain, n'est-ce pas ? demanda Ashlyn avant que tout le monde s'emballe à l'idée d'un éventuel futur mariage.

Elles étaient jusqu'au cou dans les préparatifs de la cérémonie de Carly et Jag, qui allait avoir lieu au restaurant de Duke's à Waikiki, et elle savait que ses amies étaient capables de prévoir une double cérémonie ou quelque chose du genre.

— Qu'est-ce que ça veut dire, exactement ? demanda Carly.

— Simplement que nous ne sommes pas amoureux l'un de l'autre, dit Ashlyn.

— Pour l'instant, marmonna Lexie.

Ashlyn l'ignora.

— Nous aimons traîner ensemble. Nous faisons ce que des millions d'autres couples font dans le monde… nous apprenons à mieux nous connaître, nous apprécions le fait de passer du temps ensemble, et nous prenons les choses au jour le jour.

— Alors tu peux fréquenter d'autres hommes et il peut voir d'autres femmes ? demanda Monica.

Ashlyn haussa les épaules.

— Je suppose.

— Tu le supposes ? Vous n'en avez pas parlé ? s'étonna Kenna.

— Les filles, il m'a invitée pour la première fois il y a très peu de temps, insista-t-elle.

— Mais Kenna n'a pas tort. Savoir si vous vous voyez exclusivement ou pas est important, intervint Monica.

— N'est-ce pas ? Et s'il baise une fille au hasard, puis se rend chez toi pour un deuxième service ? demanda Carly.

Ashlyn pinça les lèvres, perturbée.

— Slate n'est pas comme ça.

— Je sais, dit Carly. J'essayais simplement de créer un scénario.

— Ça t'ennuierait s'il fréquentait quelqu'un d'autre en même temps que toi ? voulut savoir Monica.

Ashlyn essayait de ne pas être irritée par ses amies. Elles voulaient veiller sur elle… mais ça restait assez énervant. Quelle partie de « sans lendemain » ne comprenaient-elles pas ?

— Et si tu rencontres quelqu'un qui te plaît ? Je suppose

qu'il ne serait pas ravi de savoir que tu es avec quelqu'un d'autre en même temps que lui, ajouta Kenna.

— Écoutez, c'est un débat stérile. Je ne vois personne d'autre. Slate non plus. Bon sang, nous n'avons pas même le temps de rencontrer des gens. La plupart des week-ends, nous traînons avec vous et son équipe. Et ce n'est pas comme si les hommes se bousculaient à ma porte avant ça, de toute façon. Nous y réfléchirons si ça devient un problème, affirma Ashlyn.

— Nous essayons simplement de te protéger, dit Lexie avec douceur.

— Je sais, et j'apprécie. Mais je vais bien. Slate va bien. Je suis contente de ne pas avoir à me demander s'il est « le bon » et s'il veut avoir des enfants et tout ce genre de choses. Nous sommes détendus sur ces sujets-là pour le moment... et j'ai besoin que vous le soyez aussi.

— Nous le sommes.

— Nous le serons.

— Aucun souci.

Ashlyn fut soulagée de recevoir le soutien immédiat de ses amies.

— Quand le revois-tu ? demanda Carly.

— Eh bien, nous avions des plans pour sortir dîner vendredi, mais quand il a appelé ce matin, il a demandé s'il pouvait passer ce soir.

— Oooooh, roucoula Kenna.

Ashlyn leva les yeux au ciel.

— Et avant que vous posiez la question, oui, nous avons couché ensemble. Oui, c'était incroyable. Oui, j'ai eu plusieurs orgasmes. Et oui, nous allons recommencer ce soir. Voulez-vous savoir autre chose ?

Tout le monde éclata de rire.

— Je pense que tu as à peu près tout dit, gloussa Kenna.

— Pouvons-nous changer de sujet et commencer à

parler de quelqu'un d'autre, maintenant ? demanda Ashlyn. Carly, quelles sont les nouvelles de ta cérémonie ?

Heureusement, ses amies voulurent bien la laisser tranquille et commencèrent à parler du mariage de Carly. Ils avaient enfin trouvé une date, dans deux mois et demi. C'était un peu plus tôt que ce que voulait Carly, mais comme ils étaient à la merci du planning de Duke's et du moment où ils pouvaient louer tout le restaurant pour quelques heures, ils ne pouvaient pas faire les difficiles.

D'après Ashlyn, Jag pensait sûrement que ce n'était pas assez tôt, mais elle ne fit pas de commentaire.

Lexie et Midas étaient les seuls à ne pas déjà être mariés ou à activement préparer un mariage. Ils n'étaient pas pressés de se mettre la corde au cou ou d'avoir des enfants, même si Lexie avait récemment avoué que Midas l'avait ajoutée à son assurance-vie afin qu'elle soit à l'abri s'il lui arrivait quelque chose.

L'idée qu'il arrive un accident à l'un des hommes glaçait le sang d'Ashlyn. Elle avait appris à très bien les connaître au cours de l'année passée et si quelqu'un était tué, ce serait dévastateur pour tout leur cercle d'amis.

Au bout d'une demi-heure environ, elle regarda discrètement sa montre. En tout cas, elle *crut* être discrète. Lexie s'approcha d'elle et passa son bras sous celui d'Ashlyn.

— Je peux finir le reste. Rentre chez toi.

— Mais... commença Ashlyn.

— Non. Je m'en occupe, dit-elle fermement. Tu veux rentrer chez toi et te préparer pour Slate. Je le vois bien.

Ashlyn sourit.

— Je suis bête.

— Non. Tu as une nouvelle relation. Ce n'est pas bête du tout. Vas-y, lui dit Lexie en lui faisant un clin d'œil. Et ne fais rien que je ne ferais pas.

— Ce qui me laisse la possibilité de tout faire, rétorqua Ashlyn.

— Exactement.

Lexie la serra dans ses bras.

— Amuse-toi bien.

— Promis. Merci.

Ashlyn la serra aussi dans ses bras avant de saluer les autres de la main.

— À plus tard ! Je m'en vais.

— Salut.

— Passe le bonjour à Slate de notre part.

— Les orgasmes sont nos amis !

Cette dernière remarque venait de Kenna, et Ashlyn ne put s'empêcher de rire. Elle aimait ses amies. Elles étaient toutes très différentes, mais elles voulaient ce qu'il y avait de mieux pour elle et pour les autres. Ashlyn avait l'impression qu'elles espéraient toujours secrètement que Slate et elle tombent follement amoureux, mais pour l'instant, et dans un avenir proche, elle était heureuse de se contenter d'orgasmes hallucinants.

CHAPITRE QUATRE

Slate vérifia l'appli pour ce qui lui semblait être la quatre centième fois ce jour-là. Il l'avait réglée de façon à recevoir des notifications quand Ashlyn se déplaçait après être restée plus de quinze minutes dans un endroit. Il l'avait regardée faire le tour de ses livraisons pour la journée, déposant de la nourriture chez tous les clients.

Son obsession à l'idée de la voir rentrer en sécurité à Food For All était assez gênante.

Quand Mustang l'interpella parce qu'il était distrait pendant une de leurs réunions, Slate fit de son mieux pour se concentrer. Cependant, quand il reçut la notification montrant qu'Ashlyn était rentrée chez elle, le temps sembla ralentir. Il ne pouvait penser à rien d'autre que ce qu'il voulait lui faire en arrivant à son appartement.

Enfin, Mustang mit fin à la dernière réunion et ils furent tous libres de repartir chez eux. Sans traîner pour bavarder avec ses coéquipiers, Slate longea le couloir vers la sortie. L'envie qu'il avait de voir Ashlyn était presque ridicule. Sa queue se raidit dans son pantalon et il poussa un juron. Il agissait comme un adolescent en manque, pas comme un homme mûr de trente-trois ans.

Il roula trop vite, comme d'habitude, pour aller chez elle. Son estomac gargouillait, mais la nourriture n'était pas sa priorité. Il avait déjà eu faim de nombreuses fois dans le passé — ce n'était pas toujours facile de s'arrêter pour manger en mission — et il avait l'habitude de s'en passer quand il était concentré. Et il était tout à fait concentré maintenant. Il était focalisé sur le fait de rejoindre Ashlyn et de reprendre la conversation qu'ils avaient eue au téléphone ce matin-là.

Il se gara et monta les marches jusqu'à son étage de l'immeuble sans se souvenir de son trajet. Enfin arrivé. Il frappa à la porte par laquelle il était sorti quelques jours auparavant en se sentant plus satisfait qu'il ne l'avait été depuis longtemps.

La porte s'ouvrit presque immédiatement et Slate dévora Ashlyn quand il entra. Elle portait un legging et un tee-shirt à manches longues trop grand. Il vit immédiatement qu'elle n'avait pas de soutien-gorge : ses tétons pointaient déjà sous le coton rose pâle.

— Salut, dit-elle en fermant la porte derrière lui et en tournant le verrou.

Dès que la porte fut bien fermée, Slate lui attrapa les épaules et la fit tourner en poussant son dos contre le mur.

Elle le fixa avec ses grands yeux marron et il adora la façon dont elle eut le souffle coupé. Ses longs cheveux brillants tombaient autour de ses épaules, frôlant le bout de ses seins. Elle avait les joues rouges et elle posa immédiatement les mains sur ses biceps.

— Salut, répondit Slate un peu tard. As-tu passé une bonne journée ?

Il se força à parler avant de lui tomber dessus comme une panthère en chaleur.

Ses lèvres esquissèrent un sourire.

— Oui. J'ai eu droit à l'interrogatoire des autres, mais ça va.

Slate hocha la tête.

— Aucun souci avec les livraisons ?

— Non, tout le monde s'est bien comporté. Aucun meurtrier en vue de toute la journée.

Slate secoua la tête, exaspéré.

— As-tu réussi à faire fonctionner l'application ? demanda-t-elle.

— Oui.

Il n'avait pas l'intention de mentionner qu'il l'avait suivie toute la journée. Certaines personnes pourraient croire que c'était malsain de vérifier tous les déplacements de sa copine. Mais après tout ce qui était arrivé à Carly et Monica et les autres, il ne voulait prendre aucun risque. Il était certain qu'à mesure que le temps passait, il allait être moins obsédé par l'idée de la sécurité d'Ashlyn. Peut-être.

— As-tu faim ? Je sais que tu as dit de ne pas m'embêter avec le dîner, mais j'ai fait griller quelques légumes tout à l'heure. J'ai des restes. Je peux réchauffer des nouilles et mélanger le tout, parce que je sais que tu vas sans doute exploser si tu manges seulement des légumes pour le dîner.

— J'suis affamé, dit Slate.

Elle parut surprise.

— D'accord, recule d'un pas et je pourrai mettre l'eau à chauffer.

— Pas de nourriture, mais de *toi*, précisa Slate en faisant descendre les mains sur ses hanches.

Il ne parlait même pas par phrases complètes, mais il ne pouvait s'en empêcher. À l'idée de poser sa bouche entre ses jambes, il se sentait un peu comme un homme de Néanderthal.

Le petit sourire sexy qu'il entrevit sur le visage d'Ashlyn

le rassura beaucoup sur la légère obsession qu'il vouait à son corps.

Elle serra un instant les mains sur ses bras, puis elle se faufila sur le côté en lui prenant la main et en se dirigeant vers sa chambre.

Les yeux de Slate se focalisèrent sur son cul pendant qu'ils marchaient. Elle avait des courbes à tous les bons endroits. Elle avait de gros seins, mais elle n'était pas forte du buste, parce que ses hanches équilibraient l'ensemble. Elles étaient parfaites pour les attraper. Ses belles lèvres étaient pulpeuses et il lui tardait de les voir posées autour de sa queue. Ses cheveux lisses et bruns étaient doux et soyeux et il pouvait tout juste imaginer la sensation de sa chevelure qui chatouillait son torse pendant qu'elle le chevauchait. Ses yeux marron expressifs semblaient toujours étinceler avec une forme d'émotion... l'humour, la compassion... l'irritation contre l'autoritarisme de Slate.

Oui, il n'y avait rien chez Ashlyn qui ne l'excitait pas. Il ne savait pas trop pourquoi il lui avait fallu si longtemps pour lui demander de sortir avec lui, mais il était ravi d'avoir fini par le faire.

Elle l'entraîna dans sa chambre. Après avoir lâché sa main, et sans un mot, elle retira son tee-shirt par-dessus la tête.

Pendant un moment, Slate resta muet de stupéfaction. Il fut incapable de faire autre chose que se tenir là en la regardant d'un air émerveillé. Les femmes avaient tendance à trop réfléchir à leur physique. Les hommes étaient des créatures simples, au fond. Ils aimaient les seins. Point final. Et les seins d'Ashlyn étaient parfaits.

Slate fit un pas en avant et tendit les mains sans réfléchir. Il la tâta et passa les pouces sur ses deux tétons, charmé de les sentir durcir à son contact.

— Tellement sensible, murmura-t-il.

En réaction, Ashlyn cambra le dos et l'encouragea. Comme l'autre soir, Slate se sentit pris par un sentiment d'urgence terrible. Il avait besoin de cette femme. Il avait l'impression que s'il ne pouvait pas entrer en elle dans les soixante secondes qui suivaient, il allait mourir.

Inspirant profondément et se promettant de ne pas recommencer la façon dont il avait joui bien trop vite la dernière fois sans prendre le temps d'apprécier Ashlyn, Slate se força à la lâcher et à faire un pas en arrière.

— Enlève tout et mets-toi sur le lit, dit-il d'une voix rauque. Jambes écartées.

Ashlyn ne fit pas de commentaire, se contentant de sourire en se penchant pour retirer son legging. Ses seins rebondirent et une fois de plus, Slate dut se forcer pour ne pas se jeter sur elle.

Il retira ses propres vêtements en un temps record. Il s'accorda une seconde pour jeter quelques préservatifs sur la table à côté de son lit et pour se caresser. Sa queue tressaillit, plus que prête à s'enfouir dans le corps chaud, humide et serré d'Ashlyn.

Mais pas encore.

Elle monta sur le lit comme il l'avait ordonné et écarta les jambes, les genoux pliés et les pieds à plat sur le matelas. Slate vit la façon dont elle rougit en s'exhibant ainsi.

Il avança sur le lit et s'installa immédiatement entre ses jambes. Il se pencha et embrassa tendrement son ventre légèrement arrondi. Se sentant coupable de ne pas lui avoir dit grand-chose depuis qu'il était arrivé — bon sang, il ne l'avait même pas embrassée — Slate leva la tête et demanda :

— Ça va ?

— Ça irait mieux si tu arrêtais de traîner, rétorqua-t-elle.

Slate sourit, soulagé qu'elle veuille en venir aux choses

intéressantes tout aussi vite que lui, et il se lécha les lèvres. Puis il se décala un peu vers le bas et baissa la tête.

Dès qu'il goûta son musc légèrement acidulé, Slate fut foutu.

Il n'en pouvait déjà plus. La façon dont elle soupirait, la façon dont ses hanches étaient basculées vers lui, l'encourageant à continuer, la façon dont chaque muscle de son corps se serrait quand il touchait un endroit qu'elle aimait... Il aurait pu passer toute la nuit entre ses jambes.

Il la taquina au début, léchant ses plis et faisant à peine attention à son clitoris. Même s'il était certain que ce qu'il faisait était agréable, il ne cherchait pas l'agréable. Il voulait rendre Ashlyn complètement folle de désir.

Il posa une main sur son ventre pour l'immobiliser et inséra un doigt profondément en elle, tout en s'accrochant à son clitoris pour le sucer. Comme il s'y attendait, elle tressaillit sous son corps.

— Slate ! s'exclama-t-elle.

En souriant, Slate ne retira pas la bouche de son clitoris. Il pouvait sentir ses muscles internes se serrer autour de son doigt pendant qu'elle se tortillait. Il lécha la petite boule de nerfs et quand son doigt se mit à glisser plus facilement dans son canal humide, il sut qu'elle n'était pas loin.

— Oui, là ! Oh mon Dieu, oui ! Merde alors, Slate...

Elle haletait et il entendit le désespoir dans ses mots, alors il redoubla d'efforts, suçant son clitoris avec force.

Et d'un coup, elle explosa. Son orgasme sembla encore plus intime avec sa bouche sur elle et son doigt en elle. Elle trembla de façon incontrôlable et ses cuisses heurtèrent les épaules de Slate quand elle essaya de refermer les jambes... mais sans y parvenir, puisqu'il y était.

— C'est trop, Slate... assez ! souffla-t-elle.

Mais ce n'était pas assez. Loin de là. En levant la tête,

Slate utilisa la main qui avait été appuyée sur son ventre pour manipuler son clitoris.

Ashlyn poussa un cri et tressaillit violemment. Elle émit un bruit étranglé du fond de la gorge en s'envolant une nouvelle fois vers l'extase. Forcer une femme à avoir un orgasme n'avait jamais été son truc, mais il y avait quelque chose de très satisfaisant à voir Ashlyn se perdre dans le plaisir qu'il lui donnait. Elle était à sa merci... et il adorait ça.

Elle tremblait encore quand il retira son doigt de son canal qui tressaillait toujours et qu'il le lécha avidement. Merde, elle avait si bon goût. Il se mit à genoux et attrapa un préservatif sur la table. Il le déroula sur sa queue avant de jeter un coup d'œil au visage d'Ashlyn.

Son air hébété le fit sourire. Ça lui allait très bien. Et il en était la cause.

— Prête ? demanda-t-il.

Elle hochait encore la tête quand il aligna sa verge sur ses plis et qu'il poussa. Il était épais et la sensation de son corps qui lui cédait suffit à lui faire exploser la tête. Mais tout comme l'autre soir, dès qu'il la sentit se resserrer autour de lui, Slate sut qu'il était mal parti. Il n'y avait pas moyen qu'il tienne assez longtemps pour la faire monter jusqu'à un autre orgasme. C'était trop bon. Elle le serrait trop fort.

— Putain, c'est incroyable, dit-il en serrant les dents et en sentant ses bourses se resserrer contre lui en préparation.

Elle gloussa et Slate sentit le mouvement autour de sa queue. Il n'avait jamais baisé quelqu'un en riant auparavant, n'avait pas su comme c'était délicieux.

— Peut-être que quand je t'aurais eue une centaine de fois, je serais capable de durer plus de deux putains de secondes, maugréa-t-il en se retirant et en revenant dans son corps.

Elle ne répondit pas avec des mots, se contentant de

lever les mains et de serrer ses biceps, enfonçant les ongles dans sa peau alors qu'il commençait à la baiser vite et fort.

Il ne fallut pas longtemps avant que le plaisir devienne trop important pour qu'elle puisse se retenir. Il s'enfonça profondément en elle et gémit, ses bras se couvrant de chair de poule pendant qu'il jouissait.

Pendant un instant, il se sentit honteux. Une fois de plus, il n'avait pas su attendre après l'avoir pénétrée. Il était adulte, pas un foutu adolescent.

Mais Ashlyn émit un bruit de contentement du fond de la gorge.

— C'était incroyable, chuchota-t-elle. Je n'ai encore jamais joui si vite.

Au moins, il n'était pas le seul. Slate descendit le buste sur elle, pas encore prêt à se retirer. Il savait qu'il devait s'occuper du préservatif, mais il n'arrivait pas à la quitter.

— Vraiment ? demanda-t-il.

Elle lui sourit.

— Oui.

— Et une fois de plus, j'ai joui comme si c'était ma première fois, dit-il d'un air dégoûté.

— Je vais te dire un secret, grand bonhomme. Quand un type ne peut pas se retenir, c'est plutôt un compliment.

— Mais bien sûr, rétorqua Slate d'un ton sceptique.

— Je suis sérieuse. Et j'irai même plus loin en affirmant que pour beaucoup de femmes, le va-et-vient pendant dix, vingt ou je ne sais combien de minutes, n'est pas tellement agréable. Nous en arrivons à un point où nous voulons simplement que vous jouissiez et que ce soit terminé. Pour moi personnellement, tout tourne autour de la stimulation du clitoris.

Étonnamment, Slate sentit sa queue tressaillir à ces mots. Il aimait qu'elle n'ait pas peur de dire ce qu'elle appréciait.

— C'est noté, dit-il d'une voix traînante.

— Vais-je un jour pouvoir mettre les mains et la bouche sur toi ? demanda-t-elle.

Sa queue commença à montrer encore plus de signes de vie. Il en avait envie. Ashlyn agenouillée devant lui, ou entre ses jambes, lui faisant une pipe, était un de ses fantasmes fréquents.

Il descendit la main et tint le préservatif en se glissant hors d'elle. Ashlyn fronça adorablement le nez. Slate se décala afin de s'asseoir sur le bord du matelas, puis il tourna le buste pour se pencher au-dessus d'elle, appuyé sur une main. Il l'embrassa longuement, profondément et tranquillement, s'en voulant de ne pas l'avoir fait plus tôt. Puis il s'écarta et se contenta de la fixer.

— Slate ?

— Tu veux ma queue, Ash ?

Elle rougit tout en hochant la tête.

— Dès que je pourrai me maîtriser et m'empêcher de te sauter dessus quand je te vois, tu auras ta chance.

Évidemment, elle leva les yeux au ciel.

— Jamais, donc, soupira-t-elle.

Slate éclata de rire. Il ne pouvait s'en empêcher. Elle semblait si contrariée qu'il veuille absolument se jeter sur elle.

— Je reviens, dit-il en se levant pour s'occuper du préservatif.

— Euh... as-tu-faim maintenant ? Ma proposition de te préparer des pâtes avec des légumes est toujours valable.

Slate envisagea la chose un instant avant de hocher la tête.

— Oui, ça me plairait.

Elle lui fit un grand sourire.

— Super.

Il ne put s'empêcher de se pencher encore au-dessus du

lit et de l'embrasser sur le front avant de partir à la salle de bains, ramassant en chemin son uniforme qu'il avait laissé en vrac sur le sol.

Vingt minutes plus tard, il était assis à sa petite table à côté de la cuisine, mangeant un repas simple de *penne* avec des légumes terriblement bons. Sa façon de les assaisonner avant de les griller était merveilleuse. Ils étaient un peu épicés et l'ail aurait pu être un peu trop présent, mais les pâtes équilibraient le tout.

— C'est bon ? demanda Ashlyn.

— Délicieux. Alors, tes visites d'aujourd'hui se sont bien passées ?

Le visage d'Ashlyn s'illumina.

— Oui, il y a cette famille qui travaille très dur pour donner à leurs enfants tout ce dont ils ont besoin, mais ils sont jeunes. Je ne peux pas imaginer avoir deux enfants de moins de quatre ans en n'ayant que vingt et un ans. Mais Brooklyn est vraiment une bonne maman, d'après ce que je vois. Et Curtis et Briar sont adorables. Certaines personnes pourraient penser que ce que je fais est déprimant... je côtoie tout le temps des gens qui ont du mal à s'en sortir. Mais en général, je ne vois pas les choses de cette façon.

Évidemment. Ashlyn était vraiment du genre à voir le verre à moitié plein, et c'était encore une des raisons pour lesquelles Slate était attiré par elle.

— Les gens que je vois tous les jours s'en sortent péniblement, mais n'est-ce pas notre cas à tous ? Ce n'est pas toujours financièrement que nous luttons. C'est aussi pour nous sentir dignes, ou parce que l'on veut être aimés, ou parce que l'on a une maladie chronique. Il y a des millions de façons différentes dont les gens luttent et si je peux soulager juste l'une d'entre elles en apportant des repas sains et gratuits jusqu'à sa porte, alors j'ai l'impression d'avoir fait une différence dans sa vie, même si elle est petite.

Slate hocha la tête.

— J'ai vu des gens tellement pauvres qu'ils ne possèdent que les vêtements sur leur dos, qu'ils dorment sur le sol et que le seul toit au-dessus de leur tête est formé par des planches qu'ils ont récupérées dans une décharge. Mais ils s'empressent de proposer de la place sous une couverture élimée pour quelqu'un qui en a plus besoin qu'eux. Ils donneront leur dernier morceau de pain à quelqu'un de plus affamé et ils accueilleront les inconnus avec le sourire. Alors oui, je comprends totalement ce que tu veux dire. Être pauvre ne rend personne mauvais, tout comme être riche ne garantit pas d'être une bonne personne.

— Exactement.

Slate n'arrivait pas à détourner les yeux de la femme assise en face de lui. Pendant longtemps, Ashlyn avait simplement été une amie des femmes de ses coéquipiers. La casse-pieds qui aimait le critiquer. Après avoir passé plus de temps avec elle, il avait été surpris la première fois qu'il avait compris que le sarcasme et les chamailleries indiquaient en fait qu'elle était à l'aise avec quelqu'un. Il avait été témoin des mêmes vannes et du même humour pince-sans-rire quand elle était avec ses amies.

C'était environ à la même époque qu'il avait compris être physiquement attiré par elle. Maintenant, assis en face d'elle, mangeant un repas pour lequel Ashlyn avait fait des efforts, il pouvait admettre qu'ils étaient plus compatibles qu'il ne l'avait cru au début.

Slate ne se souciait pas non plus de l'argent. Oui, il était content d'en avoir assez pour louer sa maison, pour manger, et pour acheter les rares objets matériels qu'il voulait, mais il n'aspirait pas à avoir le genre de richesses qu'avait Aleck, par exemple. Comme Ashlyn, il était tout aussi passionné par le fait d'améliorer la vie des gens quand il le pouvait. Et l'entendre parler de ses clients avec autant de respect le rendait encore plus content d'avoir enfin eu le courage de lui demander un rendez-vous.

Entre la façon dont elle rayonnait pour lui entre les draps et le fait qu'ils pouvaient avoir une conversation intelligente, Slate était certain que sortir avec Ashlyn allait être merveilleux tout le temps que ça durerait.

Juste au moment où il eut fini d'enfourner la dernière fourchette de pâtes, son téléphone sonna.

— Pardon, dit-il à Ashlyn en attrapant son téléphone.

— Aucun problème, dit-elle jovialement en se levant et en attrapant son assiette.

— Slate, dit-il en décrochant après avoir vu que c'était Mustang.

— Salut. As-tu le temps de parler ? Je pensais à toute la situation en Corée du Nord et j'ai eu quelques idées que je voulais partager avec quelqu'un.

— Oui, peux-tu me donner dix minutes environ ? demanda Slate.

— Bien sûr. Ce n'est pas très important. Ça peut attendre demain si tu es occupé.

— Non, ça va. Je suis heureux de te prêter l'oreille.

— Super. Rappelle-moi quand tu le peux.

— Promis. À plus tard, dit Slate.

— À plus.

Dès qu'il raccrocha, Ashlyn dit :

— Tu dois partir.

Slate hocha la tête en se levant et il la rejoignit dans la petite cuisine.

— Mustang veut me parler de quelque chose. Du travail.

— Je comprends. Ce n'est pas un souci.

Slate examina soigneusement le visage d'Ashlyn à la recherche de signes indiquant qu'elle était irritée ou fâchée qu'il parte si vite après avoir mangé. Il n'en vit aucun.

— Merci beaucoup pour le repas.

— Avec plaisir. C'est le moins que je puisse faire. Tu me nourris vendredi soir, non ?

— Oui, répondit Slate.

— Puis-je demander où tu m'emmènes ?

— Non.

Ashlyn fit la moue.

— Mais ce n'est pas hawaïen, hein ?

— Tu aimes les malasadas. Elles sont hawaïennes, dit Slate avec un sourire en coin.

— Les malasadas sont plus ou moins des beignets. C'est de la pâte frite couverte de sucre. Évidemment que j'aime ça. Le *poi*, en revanche...

Elle frissonna.

Slate gloussa.

— Je sais qu'il ne faut pas que je t'emmène dans un restaurant hawaïen, même si tu rates quelque chose. Mais tu vas aimer ce que nous mangerons, promis.

— D'accord.

— Veux-tu toujours me rejoindre chez moi ? Je peux passer te chercher.

— Je viendrais à toi. Je ne veux pas te déranger en t'obligeant à me ramener chez moi.

— D'accord. Mais sache que ça ne serait pas gênant.

Ashlyn haussa les épaules.

— Non, vraiment, ça va.

Slate hocha la tête.

— Je suppose que j'y vais, alors.

— Fais attention sur la route.

— Toujours.

Ashlyn leva les yeux au ciel en le raccompagnant jusqu'à la porte.

— Bien sûr, Monsieur Pied-au-Plancher.

— Je ne suis pas si terrible, rétorqua Slate.

— Euh, si. Tu ne supportes pas les feux rouges, les embouteillages, ou quelqu'un devant toi pendant plus de deux secondes. Ton impatience est dix fois pire quand tu es au volant.

Il ne pouvait pas vraiment la contredire. Elle avait raison. Il sourit donc simplement.

Elle secoua la tête en souriant à son tour.

— Vas-y, ordonna-t-elle. Je te parlerai plus tard.

Slate aimait qu'elle ne boude pas parce qu'il partait. Il était plus ou moins venu pour le sexe et ça ne semblait pas la perturber. Il était ravi qu'ils soient au diapason.

Il s'avança d'un pas et la serra dans ses bras. Puis il l'embrassa sur le front et se tourna pour partir.

— Verrouille ça derrière moi, ordonna-t-il en ouvrant la serrure.

— Évidemment, répondit Ashlyn.

Elle était toujours aussi casse-pieds, mais Slate pouvait admettre qu'il aimait son côté narquois.

— À plus.

— Au revoir, Slate.

Ce ne fut qu'à mi-chemin de chez lui que Slate se rendit compte qu'il souriait toujours.

CHAPITRE CINQ

Ashlyn ne se souvenait pas d'avoir déjà passé une meilleure semaine. Sa vie sexuelle était soudain incroyable. Tous ses clients allaient bien en ce moment. Même ses relations avec Elodie, Lexie et les autres semblaient s'améliorer juste parce qu'elle sortait avec Slate. Elle était heureuse. Très heureuse.

Et ce soir, il l'emmenait dîner. Elle avait suggéré leur arrangement pour le sexe parce qu'elle craquait pour lui depuis une éternité, mais elle n'avait pas cru qu'ils allaient si bien s'entendre. Elle avait pensé qu'ils allaient continuer à traîner avec leurs amis dans un grand groupe comme auparavant, avec peut-être un peu de sexe de temps en temps, et rien de plus.

Mais elle découvrait que Slate avait plus de profondeur que prévu. Elle se sentait assez coupable. Il n'était pas seulement le beau Seal de la Navy arrogant qu'elle avait imaginé.

Oui, il y avait des choses chez lui qui l'énervaient, mais elle découvrait qu'elle pouvait les ignorer puisque ses bons côtés étaient bien plus importants. Il était toujours impatient, autoritaire, trop protecteur et assez bourru. Mais il était aussi attentionné, il savait apprécier les petites choses

— comme quand elle lui avait préparé à manger — et il savait transformer ses excentricités les plus irritantes en avantages au lit.

Bien sûr, le sexe agréable n'était pas la seule clé d'une relation réussie, mais cela y contribuait grandement.

Ashlyn arrêta la voiture devant la petite maison de plage de Slate et sourit. Elle adorait sa maison. Ce n'était pas chic ; de l'extérieur elle était même en assez mauvais état. Mais elle avait été à l'intérieur une fois ou deux, et il avait été très doué pour la rendre chaleureuse et confortable.

Elle se gara en faisant un créneau dans la rue devant sa maison, puis elle marcha jusqu'à sa porte. Celle-ci s'ouvrit avant même qu'elle puisse toquer.

Elle avait passé beaucoup trop de temps à essayer de décider quoi porter pour leur rendez-vous. Slate l'avait vue porter de tout, un jean, un short, un maillot de bain, mais comme c'était leur premier rendez-vous officiel, elle voulait soigner son apparence. Elle avait décidé de mettre une robe fluide qui s'arrêtait juste en bas de ses genoux, un haut bleu pâle au col en V, et des sandales à lanières qui lui donnaient l'impression d'accentuer ses mollets.

Elle l'avait vu assez récemment, mais quand il ouvrit la porte, il lui parut encore plus beau que dans ses souvenirs. Au lieu de son uniforme, il portait un jean et un polo bleu marine. Ses cheveux bruns encadraient parfaitement sa mâchoire carrée. Il avait une légère barbe naissante et Ashlyn était impatiente de sentir une fois de plus la peau rugueuse contre ses cuisses sensibles.

Elle rougit en voyant que ses pensées s'étaient immédiatement tournées vers le sexe, et elle lui sourit.

— Salut, j'espère ne pas être en retard.

— Seulement de quelques minutes, dit Slate d'une voix grave qu'elle connaissait très bien. Entre.

Ashlyn avait bien conscience que Slate détestait que les

gens soient en retard. Le fait d'être à l'heure ou en avance semblait faire partie de son ADN. Mais elle n'entendit pas même une once d'irritation dans sa voix. C'était assez surprenant, mais elle n'allait certainement pas s'en plaindre.

Elle sentit sa main chaude au creux de son dos lorsqu'elle marcha jusqu'à son salon, et Ashlyn eut du mal à ne pas se retourner pour lui sauter dessus. Mon Dieu, elle s'était transformée en obsédée après seulement deux fois avec lui. C'était presque gênant. Mais quand elle surprit la bosse dans le jean de Slate, elle ne se sentit plus aussi coupable.

— J'ai réservé pour dix-neuf heures trente, alors nous avons un peu de temps avant de partir. Veux-tu aller t'asseoir un moment sur la terrasse du toit ?

— Oui.

Ashlyn n'eut même pas besoin de réfléchir à sa réponse. Son toit-terrasse était ce qu'il y avait de mieux chez lui. Il l'avait construit lui-même, après avoir reçu l'approbation du propriétaire. La maison était à un pâté de maisons de la plage, mais quand on était assis sur le toit, c'était presque comme si on était installé dans le sable. La dernière fois qu'elle était venue ici avec quelques-unes de ses amies, le soleil se couchait et ç'avait été une des choses les plus belles qui soient.

Elle prit conscience d'autre chose dans ce qu'il avait dit.

— Attends, dix-neuf heures trente ? Je pensais que tu m'avais dit que la réservation était à dix-neuf heures.

— J'ai menti, admit-il sans remords. Je savais que tu ne pourrais pas arriver ici à temps, alors je nous ai donné un peu de marge.

Ashlyn fronça les sourcils et posa les mains sur ses hanches.

— Je crois que je suis outrée, lui dit-elle.

— Non, tu ne l'es pas, rétorqua-t-il en passant un bras autour de sa taille et en la rapprochant brusquement de lui.

Elle tomba contre lui avec un petit *ouf*. Quand il se pencha pour prendre ses lèvres avec les siennes, elle oublia d'être irritée. En fait, elle oublia tout.

Ils s'étaient déjà embrassés, mais cette fois semblait plus tranquille. Il prit son temps, la titillant en mordillant et léchant ses lèvres avant de l'inciter à s'ouvrir à lui.

Quand ils s'écartèrent, Ashlyn ne savait même plus de quoi ils parlaient. Il le lui rappela vite.

— Je déteste être en retard, alors je me suis dit que j'allais nous donner un peu de répit, au cas où.

Ashlyn ne put pas rassembler l'énergie d'être énervée. Il l'avait ramollie avec un seul baiser. Il avait déjà compris comment elle fonctionnait... et ce n'était pas bon signe pour elle à l'avenir.

— Bref, souffla-t-elle.

Slate sourit.

— Allez, viens, j'ai déjà monté les verres et le vin juste avant que tu arrives.

D'accord, c'était gentil. Et il ne devait pas avoir cru qu'elle serait très en retard s'il avait déjà monté le vin sur la terrasse.

Elle monta les marches avec Slate sur ses talons. Dans des circonstances ordinaires, elle aurait été un peu inquiète de prendre cet escalier, mais elle savait sans l'ombre d'un doute que Slate ne la laisserait pas tomber. La seule autre fois qu'elle était montée sur la terrasse, elle avait été angoissée parce que les marches étaient à la fois petites et raides, mais elle n'avait pas eu Slate dans son dos, cette fois-là.

Elle ouvrit la porte en haut des escaliers et poussa un soupir de contentement en s'avançant dans l'air chaud du soir. Slate avait construit une espèce de petite alcôve avec un toit en cas de pluie, mais le design était assez simple. Une surface plane de planches épaisses avec quelques chaises et une petite table. Il y avait une balustrade autour de la terrasse, faisant au maximum un mètre vingt de haut, rendant l'endroit sûr tout en ne donnant pas l'impression d'être à l'étroit. Au loin, au-dessus des toitures des maisons de l'autre côté de la rue, se trouvait l'océan. Si elle écoutait attentivement, Ashlyn pouvait entendre les vagues se briser sur la plage.

— J'adore cet endroit, dit-elle en soupirant.

— Je sais.

Elle se tourna pour regarder Slate.

— Ah bon ?

— Oui. Je t'ai observée quand tu étais ici la dernière fois. Il était évident que la vue te plaisait beaucoup.

Le fait qu'il l'ait remarqué surprit quelque peu Ashlyn, car c'était il y avait au moins trois mois, mais cela lui réchauffa le cœur de savoir qu'il faisait déjà attention à elle à l'époque.

— Tiens, assieds-toi. Je vais t'attraper un verre de vin, dit Slate en lui montrant un des fauteuils Adirondack extrêmement confortables.

Si confortables, en fait, qu'elle avait envisagé de lui piquer la dernière fois qu'elle était là, si seulement elle avait pu trouver un moyen de les faire descendre du toit et dans sa voiture sans que Slate le remarque.

Ashlyn ne buvait jamais rien si elle savait qu'elle allait conduire — jamais — mais elle ne voulait pas en faire des tonnes avec ses petites excentricités. Elle s'installa et poussa immédiatement un soupir de contentement en regardant le mouvement des vagues au loin.

Slate lui tendit un verre de vin blanc et elle but une petite gorgée pendant qu'il s'installait sur le fauteuil à côté d'elle. Il s'était servi un verre également.

— Tu aimes le vin ? demanda-t-elle, ne se souvenant pas de l'avoir déjà vu en boire.

Il haussa les épaules.

— Oui. Pourquoi ?

— Je ne sais pas, c'est juste que ça ne me semblait pas... ton genre.

— Ça ne serait pas mon premier choix pour une boisson relaxante, mais je sais que tu aimes ça et partager un verre en étant assis sur ma terrasse avec une femme magnifique m'a paru approprié.

Elle sourit. Bon sang, c'était si gentil de dire ça.

— Je peux descendre et attraper une canette de bière, la boire d'une traite, puis écraser la canette sur mon front si ça te met plus à l'aise, suggéra Slate avec un sourire en coin.

Ashlyn éclata de rire.

— Non, c'est parfait comme ça. Merci.

Et c'était vrai. Pour une raison qui lui échappait, voir le verre délicat dans sa grande main calleuse était sexy. Elle savait comme ces mains pouvaient être douces et comme elles étaient agréables sur sa peau.

— Cette terrasse est-elle à l'abri des regards ? demanda-t-elle en regardant autour d'elle, cherchant à découvrir si les gens pouvaient les voir depuis les fenêtres des maisons alentour.

Slate ricana.

— Pas suffisamment.

— Zut, souffla Ashlyn.

Slate ne dit rien, buvant simplement une autre gorgée de son vin en l'observant par-dessus le rebord du verre. Son regard était intense et Ashlyn avait l'impression qu'au moindre signe de sa part, le dîner risquait d'être entièrement oublié.

Mais elle avait beau aimer le sexe avec Slate, elle avait été impatiente de sortir avec lui toute la semaine. Chaque fois auparavant, ils avaient traîné avec tout le groupe ou au moins quelques autres personnes. Elle voulait apprendre à le connaître davantage, en tête-à-tête.

Elle détourna le regard du sien et contempla le lointain.

— Si j'avais ce genre de terrasse, je vivrais ici, dit-elle au bout d'un moment.

— Je viens ici tout le temps, admit Slate. Particulièrement après une mission difficile. Regarder les étoiles, entendre l'océan... ça m'aide à me recentrer.

Ashlyn hocha la tête. Elle pouvait le comprendre. Le balcon de l'appartement de Kenna et Aleck était un de ses endroits préférés. La demeure de ses amis était magnifique et bien plus coûteuse que ce qu'elle pouvait un jour se permettre, mais cette vue sur l'océan valait chaque centime.

Ils restèrent assis dans un silence agréable pendant un moment, Slate buvant son vin, avant qu'il finisse par regarder sa montre et qu'il demande :

— Tu es prête à y aller ?

— Et si je disais que je ne le suis pas ? Et que je veux rester assise ici pendant le reste de la soirée ? demanda-t-elle.

— Alors, nous resterons assis ici pendant le reste de la soirée. Je peux appeler et commander un repas qui sera livré. Tu peux garer tes fesses sur cette terrasse aussi longtemps que tu le veux.

— C'est une bonne réponse. Mais j'ai envie de sortir. Je meurs d'envie de savoir où tu vas me conduire ce soir.

— Admets-le, tu n'as pas confiance en moi, dit Slate.

Ashlyn fronça les sourcils, surprise.

— J'ai confiance en toi, lui dit-elle. Vraiment, insista-t-elle quand il leva un sourcil. Je veux dire, si je ne peux pas te faire confiance, alors en *qui* pourrais-je avoir confiance ?

— Je pense toujours à ton bien quand je fais quelque chose, la rassura Slate.

Il ne lui donna pas le temps de remettre en question cette déclaration. Il semblait bien plus sérieux que la conversation ne l'exigeait. Il se leva et lui tendit la main.

— Viens, laisse-moi te nourrir.

Ashlyn se leva et attrapa son verre.

— Laisse-le. Je remonterai plus tard pour tout prendre. Je ne veux pas que tu descendes ces marches sans avoir les mains libres pour te tenir à la rambarde.

Comme Ashlyn n'était pas ravie à l'idée de tenir un verre de vin tout en manœuvrant dans les escaliers, elle hocha la tête.

— Je vais passer devant, proposa Slate en ouvrant la porte de la cage d'escalier.

— Afin de me rattraper si je tombe ? le taquina-t-elle.

— Oui.

La réponse fut immédiate et sincère.

— Pose ta main sur mon épaule si tu en as besoin, continua-t-il en attendant qu'elle s'approche.

Ashlyn déglutit. Bon sang, il l'empêchait de se souvenir de ses défauts en étant si gentil. Ils descendirent l'escalier sans qu'elle se ridiculise en trébuchant et elle attrapa son sac quand ils se dirigèrent vers la porte d'entrée.

Slate lui ouvrit la portière du côté passager de son Trailblazer et Ashlyn ne put s'empêcher de s'émerveiller devant sa politesse et son côté attentionné. Elle était plus habituée à ses piques et ses ordres bourrus qu'à son comportement de ce soir. Mais elle ne détestait pas ça. Pas du tout.

Elle fut surprise qu'il ne se dirige pas vers Honolulu et Waikiki, mais qu'il roule vers le côté ouest de l'île, prenant la 93 vers Waianae.

Elle avait terriblement envie de demander où ils allaient, mais elle parvint à contenir sa curiosité, car elle savait qu'il ne lâcherait rien, de toute façon. Après une magnifique route pittoresque le long de la côte, il se gara sur le parking d'un restaurant nommé Staxx Sports Bar & Grill.

Il coupa le moteur et se tourna vers elle.

— Ce n'est rien de chic, mais je ne crois pas que tu sois le genre à aimer ce qui est chic.

— Effectivement, acquiesça-t-elle immédiatement.

— Ils ont de délicieux plats traditionnels des îles Tonga, mais aussi du steak, des wings, des tacos de poisson, des burgers... et nous allons commander leurs croquettes de patates frites. Après le repas que tu m'as préparé l'autre soir, je suppose que les patates à l'ail te feront envie.

Ashlyn sourit.

— J'aime l'ail. Et alors ?

— Heureusement pour toi, moi aussi, lui dit Slate. Il y a aussi une tonne de télés, de jeux de fléchettes, et ils ont parfois des tournois de poker ou des quiz de culture générale.

— Ooooh, des quiz, s'enthousiasma Ashlyn. J'adore ça ! Je suis nulle, mais j'adore.

— Pour ce que ça vaut, bébé, je n'ai pas choisi cet endroit parce que je suis seulement à l'aise dans les bars sportifs. Je l'ai choisi parce qu'ils servent de la très bonne nourriture. Et parce que je voulais partager ça avec toi.

— D'accord.

Franchement, l'idée ne lui était pas venue à l'esprit, mais elle était contente qu'il ait précisé.

— Viens. Je jurerais avoir entendu ton estomac gargouiller pendant tout le trajet.

Ashlyn leva les yeux au ciel.

— N'importe quoi.

Il lui fit un grand sourire et Ashlyn eut l'impression de sentir ses ovaires exploser à cause de la chaleur qu'il y avait dans son regard.

— La nourriture d'abord, maugréa-t-il avant de

descendre du véhicule, prouvant qu'il était sur la même longueur d'onde qu'elle en ce qui concernait leurs différents appétits.

Elle ne l'attendit pas, mais descendit avant qu'il puisse atteindre son côté de la voiture.

Il ne fit pas de commentaire, ce qui la surprit un peu, se contentant de lui prendre la main et de la guider vers l'entrée.

Une heure plus tard, Ashlyn s'adossa contre la banquette en similicuir et poussa un soupir de contentement.

— Ces croquettes de pommes de terre sont littéralement la meilleure chose que j'ai jamais mangée, dit-elle avec bonheur.

— J'avais deviné, vu que tu en as mangé au moins dix kilos, la taquina Slate.

C'était un très bon compagnon de repas. La conversation avait été continue, il n'avait pas regardé autour de lui dans le restaurant bondé comme s'il s'ennuyait, et Ashlyn aimait l'intérêt qu'il semblait porter à tout ce qu'elle avait à dire. D'un autre côté, elle avait été tout aussi fascinée par les histoires qu'il racontait sur certains de ses déploiements. Elle avait bien conscience qu'il ne lui disait rien de confidentiel, mais c'était un côté de Slate auquel elle ne s'était pas permis de réfléchir auparavant.

Comme la fois où son équipe et lui avaient été coupés de leur point d'extraction, et qu'ils avaient littéralement dû ramper pendant presque cinq kilomètres pour ne pas être repérés par l'ennemi. Ou quand il avait mangé des araignées et un serpent parce qu'il ne restait plus de rations de survie à cause d'une mission plus longue que prévu.

Il essayait de faire en sorte que ses histoires restent légères et drôles, et même si Ashlyn riait à des moments inattendus, l'idée du danger que ses amis et lui devaient affronter chaque fois qu'ils étaient déployés ne prêtait pas vraiment à rire.

Ils venaient de terminer leurs plats — elle avait commandé le Staxx burger et il avait dévoré ses bao à la poitrine de porc braisée — ils attendaient maintenant la crème glacée frite qu'ils avaient commandée pour le dessert.

— Puis-je te demander quelque chose ? commença Ashlyn.

— Bien sûr, dit Slate en se penchant en avant et en posant les coudes sur la table pour lui accorder toute son attention.

— J'aurais besoin de conseils... mais pas si tu deviens tout protecteur.

— Je ne peux pas le promettre, car j'ai envie de te protéger, dit Slate calmement. Mais je ferai de mon mieux pour me modérer, puisque ceci n'est qu'une discussion.

Ashlyn gloussa. C'était tellement une réponse à la Slate qu'elle ne pouvait pas se vexer.

— D'accord, tu sais quand nous parlions de certains de mes clients, tout à l'heure ?

— Oui.

Ashlyn avait été agréablement surprise par l'intérêt que témoignait Slate pour les hommes et les femmes auxquels elle apportait des repas. Elle avait été réticente à parler d'eux, car elle savait qu'il n'approuvait pas vraiment son travail, mais il l'avait écoutée attentivement, avait posé les questions appropriées et semblait sincèrement curieux au sujet des gens avec lesquels elle interagissait quotidiennement.

— Eh bien... je pensais à Christi.

— C'est celle qui est en fauteuil roulant, n'est-ce pas ? demanda Slate.

— Oui. C'est elle. Je ne sais pas exactement quel est son handicap : je me sens un peu gênée de poser la question. Si je passais plus de temps avec sa sœur et elle, je suis sûre qu'elles me parleraient, mais je suppose que ce n'est pas important. Quoi qu'il en soit, je réfléchissais à un moyen d'organiser une sortie pour elle. Par exemple, la conduire à la plage pour prendre l'air. Je suis sûre que je peux trouver comment la transporter, mais je ne veux pas que Lori se sente mal que je le propose. Évidemment, son aide-soignante nous accompagnerait, mais je ne sais pas comment aborder le sujet. Elle est toujours à la maison quand j'arrive. Généralement assise devant la télévision. Ça me fait de la peine qu'elles soient à Hawaï, et que Christi ne puisse jamais sortir. Qu'en penses-tu ?

Slate tendit le bras au-dessus de la table et prit sa main dans la sienne.

— Tout d'abord, je pense que tu as le plus grand cœur qui soit. La plupart des gens feraient simplement leur travail de livraison de repas et c'est tout. Ils n'apprendraient pas à connaître les Turner, ne rajouteraient pas des friandises supplémentaires pour les personnes âgées, et se moque-raient complètement du besoin d'air frais d'une jeune femme handicapée.

— Mais ? l'encouragea Ashlyn quand il marqua une longue pause.

— Je ne dis pas que c'est une mauvaise idée, mais Christi est peut-être parfaitement heureuse de sa vie telle qu'elle est. Elle n'aime peut-être pas l'odeur de la mer parce que ça lui rappelle les choses qu'elle ne peut pas faire à cause de son handicap. Peut-être n'aime-t-elle pas qu'on la regarde quand elle est hors de la maison. Évidemment, parler avec Lori est une étape très importante, parce que c'est elle qui est responsable du bien-être de sa sœur. Tu m'as déjà dit comme elle travaille dur pour garder Christi auprès d'elle, et je ne veux surtout pas qu'elle pense ne pas en faire assez.

— C'est très vrai, dit Ashlyn.

— Mais même si tu parles à Lori et qu'elle est d'accord, et que tu peux organiser le transport, et que tu vérifies que l'endroit où tu veux conduire Christi est adapté aux fauteuils roulants, et que l'aide-soignante donne son approbation pour la sortie et accepte de vous accompagner... tu oublies quelque chose d'énorme.

— Quoi ?

— Il faut demander à *Christi* si elle veut se rendre à la plage. Tu as dit qu'elle ne parlait pas, mais elle doit avoir un moyen de communiquer. C'est un être humain, elle mérite de donner son opinion et que les décisions ne soient pas prises sans son avis.

Ashlyn fixa Slate. Il avait raison. À cent pour cent... et elle était une idiote. Elle n'avait pas explicitement dit le contraire, mais elle avait effectivement eu l'intention d'en discuter avec Lori et l'aide-soignante... pas Christi. Elle ferma les yeux en se sentant très mal.

Slate lui serra la main.

— Hé, regarde-moi.

Elle n'en avait pas envie, mais elle ouvrit les yeux et croisa son regard.

— Elle a de la chance d'avoir quelqu'un comme toi dans sa vie.

Ashlyn déglutit. Elle avait été tout feu tout flamme pour essayer d'améliorer la vie de Christi, sans même savoir si elle était contente ou pas. Elle ne la voyait pas en tant que personne. Pas vraiment. Elle avait simplement eu une idée en tête et elle avait commencé à planifier les choses sans réfléchir à tous les aspects. Demander à Christi si elle voulait se rendre à la plage aurait dû être la *première* chose qu'elle faisait, pas la dernière.

Slate se pencha en avant et porta leurs mains serrées à ses lèvres. Il embrassa doucement les doigts d'Ashlyn.

— Tu es une militante incroyable, Ashlyn. Tu te soucies véritablement de tes clients, ce qui est merveilleux.

Elle gloussa. On pouvait compter sur Slate pour la faire sourire quand elle se sentait très mal d'avoir été si indélicate.

Leur serveur apparut alors, tenant une assiette géante avec trois boules de crème glacée frite. Il posa l'assiette et deux cuillères et dit :

— Bon appétit !

Slate garda la main droite d'Ashlyn dans la sienne et attrapa une cuillère. Ashlyn tira sur sa main. Il ne la lâcha pas. Sans montrer qu'il la voyait se débattre légèrement, il prit une bouchée de crème glacée.

— Hé, grand gaillard, j'ai besoin de ma main pour manger, lui dit-elle avec un sourire.

— Tu en as une autre, dit-il d'un air indifférent.

— Oui, mais je suis droitière, lui rappela Ashlyn.

— Je sais. Si tu dois manger avec ta main gauche, j'en aurais plus.

— Hé ! se plaignit-elle en riant maintenant et en tirant plus fort sur sa main.

Les lèvres de Slate esquissèrent un sourire.

— Tu sais que tu mangeras plus que ta part si je ne te donne pas un handicap.

— Pas du tout !

— Bébé, tu es la plus gourmande de tous ceux que je connais. Peu importe que tu aies mangé deux fois ton poids en croquettes de pommes de terre et avalé ce burger comme si tu avais un parasite dans l'estomac. Si tu en as l'occasion, tu aspireras cette glace et tu ne me laisseras que quelques bouchées de glace fondue.

Ashlyn ne put s'en empêcher, elle rit encore plus fort à cette image.

— Très bien. Je promets de ne manger que ma moitié si tu me rends ma main.

Il la dévisagea d'un air sceptique.

— Et n'es-tu pas censé te soucier de manger sainement et tout ? Monsieur Je ne Mange que des Boissons et des Barres Protéinées pour le Petit-Déjeuner.

— C'est vendredi. Le jour où j'ai le droit de tricher, dit-il du tac au tac.

— Allez, ça fond ! gémit Ashlyn.

Slate serra sa main une fois de plus, puis la lâcha. Elle s'empressa d'attraper une cuillère et de la plonger dans le dessert. Elle jeta un regard noir à Slate en prenant une énorme bouchée.

— Putain, tu es trop mignonne, maugréa-t-il avant de se reconcentrer sur le dessert entre eux.

Ashlyn n'aurait jamais cru pouvoir être excitée en étant traitée de « mignonne »... mais d'un autre côté, elle n'avait jamais imaginé Slate dire ces mots non plus. Elle n'arrêta pas de sourire pendant qu'ils terminaient leur dessert.

CHAPITRE SIX

Quand ils s'arrêtèrent devant la maison de Slate après le dîner, Ashlyn se sentait extrêmement détendue. La soirée avait été merveilleuse. Elle avait adoré passer du temps avec lui en tête-à-tête. Il avait beaucoup de conversation. Quand ils sortaient avec leurs amis, il restait en retrait, parlant souvent très peu. Quand ils s'étaient rencontrés pour la première fois, elle l'avait catalogué comme étant morose et un peu déprimant, mais ce n'était pas du tout le cas. C'est juste qu'il préférait laisser ses amis prendre le devant de la scène.

— Tu veux entrer ? demanda Slate en coupant le moteur.

Il était assez tard, mais ils ne travaillaient ni l'un ni l'autre le lendemain, alors Ashlyn hocha la tête.

— Si ça ne te gêne pas.

— Bien au contraire, répondit-il en se penchant et en l'attrapant derrière la nuque pour l'attirer contre lui.

Il l'embrassa avec force dans son camion, enroulant la langue autour de la sienne, la faisant immédiatement se tortiller de désir.

— À la maison, grogna-t-il après s'être brutalement écarté et avoir ouvert sa portière.

Ashlyn sourit et fit de même, le rejoignant une fois de plus devant le véhicule. Slate posa un bras autour de ses épaules et la guida jusqu'à la porte d'entrée.

Étonnamment, il ne la poussa pas tout de suite contre un mur pour la déshabiller. À la place, il indiqua le canapé d'un coup de menton après avoir verrouillé la porte.

— Assieds-toi. Je vais nous attraper quelque chose à boire.

Toujours excitée, mais laissant l'humeur détendue qu'elle avait ressentie pendant le trajet s'installer en elle, Ashlyn se dirigea vers son canapé. Il était en microsuède marron clair et extrêmement confortable. Elle avait cherché à s'en procurer un semblable après l'avoir vu la première fois, mais c'était trop cher pour son budget.

Quand Slate apparut à côté d'elle avec un verre dans la main, elle ouvrit la bouche pour lui dire qu'elle ne voulait rien boire parce qu'elle devait conduire plus tard, mais il parla avant qu'elle en ait le temps.

— C'est du Sprite. Je me suis dit que tu ne voudrais pas boire d'alcool.

— Merci, dit Ashlyn, contente — mais pas surprise — qu'il pense à sa sécurité.

Il s'installa à côté d'elle et posa la bouteille de bière qu'il avait sortie du frigo sur la table basse. Ensuite, après avoir attendu qu'elle boive une gorgée de soda, il lui prit le verre des mains et le posa à côté de sa propre boisson. Puis il tendit les mains vers elle.

Au lieu de la tirer vers lui, il la tourna face à lui et la pencha en arrière, relevant ses jambes et posant ses pieds sur ses genoux. Puis il enleva ses sandales et commença à lui masser la plante des pieds.

— Mince alors. N'arrête jamais de faire ça, gémit Ashlyn.

Slate sourit et continua à la masser.

Elle avait du mal à croire qu'elle était là. Dans la maison de Slate. Le ventre plein et avec l'homme pour lequel elle craquait depuis des mois, un véritable coup de cœur, pendant qu'il lui faisait un massage des pieds.

Il avait seulement allumé la lampe de la cuisine, alors la pièce était assez sombre. Et silencieuse. Avec un soupir de contentement, Ashlyn attrapa un petit coussin à l'autre bout du canapé et le cala sous sa tête. Maintenant, elle pouvait voir ce que faisait Slate et se détendre en même temps.

Plusieurs minutes s'écoulèrent pendant qu'il massait ses pieds avant qu'elle parle.

— C'est agréable.

Slate esquissa un sourire.

— Je ne parle pas du massage. Je veux dire, c'est super. Stupéfiant, en fait. Mais je parle de… *ça*… de traîner avec toi. De simplement vivre ce moment ensemble au présent.

Dès que les mots quittèrent sa bouche, Ashlyn se sentit bête. Mais elle aurait dû savoir que Slate ne la mettrait pas mal à l'aise.

— Oui, c'est vrai. Parfois, avec mon emploi du temps, et les choses que j'entends et que je vois au travail, j'oublie de vivre dans l'instant. De prendre le temps d'apprécier ce que j'ai.

— As-tu de la famille ? demanda-t-elle.

— Non. Je sors d'un œuf, rétorqua Slate du tac au tac.

Ashlyn le poussa avec le pied.

— T'es bête. Tu sais ce que je veux dire. Je ne t'ai jamais entendu mentionner des parents ou des frères et sœurs.

— Je ne parle pas beaucoup d'eux, répondit Slate en reprenant le massage. Mais j'en ai. Ma sœur aînée est assistante d'une femme au congrès à Washington, DC, et mon petit frère travaille dans un ranch dans le Montana.

— Waouh. Vous êtes extrêmement différents, hein ?

— Oui. Ça rend les choses très intéressantes quand nous nous retrouvons tous ensemble.

— Et tes parents ?

— Ils vivent dans l'Idaho sur quatre hectares de terres. Maman était institutrice et papa était comptable. Ils sont tous les deux à la retraite maintenant et ils adorent leur vie tranquille, dit Slate. Et toi ?

— Je suis fille unique, commença Ashlyn. Ça m'a vraiment manqué d'avoir quelqu'un avec qui passer du temps quand j'étais petite. Mes parents sont toujours ensemble... mais j'aurais aimé qu'ils divorcent il y a longtemps.

— Ils ne s'entendent pas ? demanda Slate.

Il arrêta de frotter ses pieds et posa simplement son bras sur les chevilles d'Ashlyn.

— Non. D'aussi loin que je me souvienne, ils se sautaient tout le temps à la gorge. Et pas de façon saine ou pour plaisanter. Ils se disputaient, puis faisaient la paix, et le lendemain ils recommençaient à s'engueuler. Mon père passait beaucoup de temps à dormir sur le canapé.

— C'est dur.

— C'est comme ça. Beaucoup d'enfants ont eu une vie pire que la mienne. Ils avaient tous les deux un bon travail, alors nous n'étions jamais à court d'argent. Nous étions solidement dans la classe moyenne. J'avais toujours de quoi manger et des vêtements à mettre.

— Mais ? demanda Slate.

Ashlyn le regarda.

— Mais quoi ?

— J'entends un « mais » dans ce que tu dis. Tes besoins de base étaient satisfaits, mais quoi d'autre ? Où étais-tu dans la dynamique de la famille ?

Bon sang, Slate était très observateur.

— Souvent, ils étaient trop occupés à se lancer des piques pour se souvenir qu'ils avaient un enfant. Et quand ils me voyaient, c'était pour faire remarquer que l'autre parent m'avait mal élevée.

Ashlyn haussa les épaules.

— J'ai appris qu'il valait mieux rester hors de leur chemin plutôt qu'attirer l'attention sur moi. J'ai été indépendante assez tôt.

— C'est nul, bébé, dit Slate.

— Oui, acquiesça-t-elle.

Le silence s'installa entre eux.

— Désolée d'être déprimante, dit-elle au bout d'un moment.

— Tu ne l'es pas. Au contraire, tu me fascines.

Ashlyn le regarda, surprise.

— Tu n'as peut-être pas eu la meilleure enfance, mais même si tu as eu de mauvais exemples, tu es une amie loyale. Tu es travailleuse. Tu as de l'ambition et de l'empathie pour les autres. Je ne sais pas du tout où ni comment tu as appris tout cela, avec le genre de parents que tu as l'air d'avoir eu, mais je suis impressionné.

— J'ai appris à faire attention quand j'étais très jeune. Il fallait que j'évalue leur humeur afin de savoir comment interagir avec eux. En grandissant, cela a simplement continué avec les autres. J'observais tout le monde autour de moi. Simplement en regardant les gens qui se comportaient mal envers les autres, et en voyant les réactions quand quelqu'un traitait une personne avec gentillesse, j'ai décidé que je voulais être comme cette dernière personne et pas les autres, expliqua Ashlyn.

— Eh bien, tu as certainement réussi, dit Slate.

Il n'aurait pas pu lui faire plus plaisir. Certaines femmes voulaient des compliments sur leur apparence ou leurs biens matériels, mais entendre Slate la complimenter parce qu'elle était gentille était énorme pour elle.

— Merci.

Ils redevinrent silencieux lorsque Slate recommença à la masser. Mais cette fois, il ne se contenta pas de ses pieds. Ses mains montèrent le long de ses jambes, caressant ses mollets, chatouillant derrière ses genoux.

Quand il changea enfin de position sur le canapé, pliant les genoux et se tournant vers elle, le pouls d'Ashlyn accéléra.

Elle avait porté une jupe pour être bien habillée le jour de leur premier rendez-vous officiel. Elle était ample et confortable... et à ce moment-là, ne servait absolument pas de barrière aux mains baladeuses de Slate. Il les glissa sous le tissu jusqu'à caresser l'intérieur de ses cuisses.

Ashlyn ne put s'empêcher de gémir.

Un petit sourire passa sur le visage de Slate et quand il tira le gousset de sa culotte sur le côté, Ashlyn ferma les yeux et écarta les jambes pour lui.

Il ne fallut pas longtemps pour qu'un orgasme monte en elle. Les mains de Slate étaient magiques et il savait exactement où et comment la toucher pour lui donner du plaisir.

Quelques minutes plus tard, quand elle haletait et avait arrêté de trembler à cause du plaisir qu'il lui avait donné, Slate annonça :

— J'aime cette jupe.

Ashlyn ne put pas s'en empêcher : elle éclata de rire.

— Je suis sérieux. Tu n'as pas idée comme c'était difficile de ne pas te toucher pendant le dîner.

Ashlyn se redressa sans tenir compte de l'humidité de sa culotte. Elle savait qu'elle allait bientôt la retirer.

— Tu bandes ? demanda-t-elle en jetant un regard suggestif vers son entrejambe.

Son érection était évidente derrière la fermeture éclair de son jean.

Slate se leva et tendit la main.

— Et si nous passions dans la chambre ?

— Oui, s'il te plaît, dit-elle poliment en lui donnant la main.

Dès qu'il l'eut attrapée, Slate la souleva en se penchant en avant au même moment. Il posa son épaule contre le ventre d'Ashlyn et la hissa par-dessus l'épaule.

— Slate ! cria-t-elle.

— Silence, femme, dit-il en se tournant vers sa chambre.

Ashlyn gloussa pendant qu'il l'emportait comme une récompense gagnée après un combat. En arrivant à côté de son lit, il la laissa tomber sur le matelas. Ashlyn rebondit et rit encore. Elle ne resta pas allongée longtemps, cependant : elle mourrait d'envie de mettre les mains sur la queue de Slate, et c'était le moment parfait.

Pendant qu'il retirait son tee-shirt, elle glissa hors du lit. Elle avait baissé sa fermeture éclair et touchait son érection avant même qu'il sache ce qu'elle faisait.

— Merde ! s'exclama-t-il quand Ashlyn baissa son boxer et en sortit sa queue.

Le gland était pourpre et les veines qui montaient et descendaient sur sa longueur semblaient pulser d'excitation. Elle le regarda dans les yeux en se penchant en avant, faisant courir la langue sous son membre dur.

Une goutte de liquide perla immédiatement sur le gland et Ashlyn ne put s'empêcher de sourire de satisfaction.

— Arrête de traîner, grommela Slate en posant les mains sur sa tête et en faisant passer les doigts dans ses cheveux.

Ashlyn eut envie de le taquiner au sujet de son impatience, mais à ce moment précis, elle était tout aussi pressée de commencer que lui. Elle ouvrit la bouche et le prit en elle aussi loin que possible. Ce qui n'était pas très loin, car sa verge était épaisse. Elle commença à monter et descendre lentement la tête, le prenant un peu plus chaque fois, adorant son goût... et ses gémissements constants.

Il serra les doigts dans ses cheveux, mais il ne la força pas à bouger plus vite ou à le prendre plus qu'elle ne pouvait le faire confortablement. Il bougea, écartant davantage les jambes pendant qu'elle le suçait.

Ashlyn n'avait jamais vraiment aimé faire ça dans le passé, mais avec Slate, elle adorait. Elle adorait la maîtrise qu'elle avait sur cet homme fort et dangereux. Elle utilisa sa main pour le caresser pendant qu'elle continuait à monter et descendre sur sa longueur.

— Merde alors, bébé... c'est tellement bon ! Tu n'as pas idée. J'adore être dans ta chatte, mais ça, c'est...

Il inspira brusquement et ne put pas terminer sa pensée quand elle déplaça l'autre main sur ses bourses, allant et venant plus vite avec la bouche.

Ashlyn aimait tant ce qu'elle faisait qu'elle ne sentit pas Slate lâcher ses cheveux. L'instant d'après, elle était encore au septième ciel. Elle atterrit sur le dos et Slate lui saisit rapidement les cuisses en la tirant vers le bord du lit. Il remonta sa jupe et déchira sa culotte en dentelle comme un homme sauvage.

Il attrapa la boîte de préservatifs sur la table de chevet, les éparpillant partout dans son empressement pour ouvrir la boîte. Il parvint à en ouvrir un et à dérouler le préservatif sur sa verge en un temps record. Il écarta les cuisses d'Ashlyn et plaça sa queue entre ses jambes.

Il inspira alors profondément et ferma les yeux, cherchant manifestement à se maîtriser.

— Je suis prête, dit Ashlyn. Baise-moi, Slate.

Il baissa les yeux vers elle et elle vit son soulagement.

— Tu as aimé me sucer, hein ?

— Oui.

Inutile de mentir. Il allait voir par lui-même comme elle était mouillée en la pénétrant.

— Ça va être rapide et brutal, prévint-il.

Ashlyn sourit. Ce n'était pas comme si c'était une surprise.

— D'accord.

Slate n'eut pas besoin de plus. Il la pénétra avec force et Ashlyn retint son souffle. Puis il la baisa vivement.

C'était bon, mais pas suffisant pour la faire jouir. Ça ne la gênait pas. Savoir qu'elle avait fait perdre la tête à Slate était très excitant. Elle avait l'impression qu'il relâchait rarement la maîtrise de lui-même qu'il portait comme un bouclier protecteur autour de lui.

Il ne fallut pas longtemps pour qu'il pousse un juron et s'enfonce profondément en elle, frissonnant de tout son corps. Le voir jouir était tellement beau. La satisfaction et le plaisir et l'émerveillement sur son visage compensaient sa propre absence d'orgasme. Il avait toujours le jean autour de ses cuisses et il était plus beau que n'importe quel mannequin à moitié vêtu qu'elle avait pu voir.

Et pour le moment... il était entièrement à elle.

Il ouvrit enfin les yeux et quand il croisa son regard, Ashlyn frissonna. Elle vit de la détermination dans ses yeux.

— Ton tour, dit-il.

Ashlyn secoua la tête.

— Ça va, je...

Elle fut brutalement interrompue quand il se retira de son corps et s'agenouilla sur le sol à côté du lit. Il attrapa un oreiller et le cala sous ses fesses.

— Slate ?

— Chut, dit-il d'un ton bourru. As-tu déjà eu un orgasme du point G ?

— Euh, je ne sais pas...

— Alors, c'est non. Tu vas voir, bébé. Je vais transformer ta vie comme tu viens de transformer la mienne.

Ashlyn n'eut pas le temps de faire un commentaire, car il se pencha et se mit au travail.

Trente minutes plus tard, Ashlyn se sentait complètement molle. Slate avait prouvé qu'elle n'avait en fait jamais eu d'orgasme du point G et montré comme ça pouvait être différent et intense. Puis il l'avait déshabillée, avait posé son corps ramolli plus haut dans le lit, l'avait tournée sur le ventre et prise par-derrière en la faisant exploser une fois de plus — cette fois pendant qu'il était au fond d'elle, les doigts sur son clitoris — avant de jouir encore lui-même.

Maintenant ils étaient allongés, en sueur et épuisés. Slate l'avait tirée contre lui et elle avait la tête posée sur son épaule. Elle n'avait jamais vécu quoi que ce soit d'aussi agréable que ce que Slate venait de faire. Cet homme aurait dû porter un avertissement sur lui.

— Ça va ? demanda-t-il en caressant ses cheveux.

Elle se blottit plus près de lui, ronronnant presque.

— Super bien, dit-elle. Et toi ?

— C'est parfait, dit-il d'une voix traînante.

Ashlyn sourit contre son épaule.

— Je me demandais quelque chose, commença Slate au bout d'une minute ou deux de silence confortable.

— Oui ?

— Je sais que tu n'as pas de problème avec la boisson en général, mais existe-t-il une raison plus profonde pour laquelle tu ne bois même pas un verre d'alcool si tu conduis ? En dehors du fait que c'est très malin, évidemment, ajouta-t-il.

Bon sang, il était *vraiment* perspicace.

— Je travaillais dans un bar à San Diego avant de déménager à Hawaï, dit-elle. Aces Bar and Grill. Il appartient à une femme qui est mariée avec un SEAL.

— Je connais l'endroit, dit Slate. L'ambiance est fabuleuse.

Ashlyn hocha la tête contre lui.

— Oui. J'ai adoré. Il y avait ce type qui était là tout le temps. Vraiment chaque jour. C'était un vétéran et il arrivait assez tôt et s'asseyait au bout du bar pour boire quelques verres. Quelque chose de transparent, alors je me suis dit que c'était peut-être un gin rickey... tu sais, de l'eau gazeuse, du gin et du citron vert. Il était hilarant et racontait les meilleures histoires sur son temps dans la marine. J'ai deviné que sa femme était morte assez récemment et il était seul. Il partait toujours vers vingt-deux heures, avant que le bar devienne trop bondé.

— Quoi qu'il en soit, un jour je suis venue au travail et il n'était pas là. Jessyka, la patronne, m'a annoncé la mauvaise nouvelle : il avait été tué dans un accident de conduite en état d'ivresse la veille. J'avais supposé que c'était parce qu'il avait conduit en étant ivre. Mais apparemment, il ne buvait toujours que du Sprite avec une tranche de citron vert. Quelqu'un d'*autre* avait été ivre au volant et l'avait heurté de face.

Slate la serra contre lui et se tourna pour embrasser son front.

— Je sais que la vie est courte et que nous ne savons pas quand viendra notre heure, mais je ne veux jamais au grand jamais faire quelque chose de stupide et être la raison pour laquelle la vie de quelqu'un est encore plus courte. Je choisis donc de ne pas boire quand je sais que je vais conduire. Même si ce n'est qu'un seul verre ou si je sais que je ne prendrai le volant que dans plusieurs heures. J'ai sincèrement apprécié le vin tout à l'heure, et crois-moi, si je ne conduisais pas, j'aurais bu un verre ou deux. Mais... voilà pourquoi je n'ai bu qu'une gorgée.

— Je trouve que c'est très prudent.

— Je ne veux pas que tu penses que je te juge si tu bois en mangeant ou quoi que ce soit. Ça n'est pas un problème. C'est juste que je ne peux pas le faire. Je pense à cet adorable vieil homme et ça me bouleverse encore.

— Un des gamins avec lesquels j'allais au lycée a conduit après avoir bu, il a eu un accident le soir du bal de fin d'année de la première, dit Slate doucement. C'était extrêmement triste. La fille avec qui il était n'est pas morte, mais elle a fini en fauteuil roulant. Sa moelle épinière a été endommagée. Alors je comprends. Et pour ce que ça vaut, je fais très attention. Je me limite à un seul verre quand je conduis.

Ashlyn tapota son torse en appréciant la sensation des poils costauds.

— Je sais. J'ai remarqué.

— Et maintenant que j'ai gâché l'ambiance... pouvons-nous parler de ton excitation quand tu as sucé ma queue ? demanda Slate.

Ashlyn éclata de rire. Avec n'importe quel autre homme, elle aurait sans doute été gênée, mais Slate donnait l'impression que c'était parfaitement normal de parler à peu près de tout et n'importe quoi en étant allongés nus, dans les bras l'un de l'autre. Elle cala sa tête sur la main qu'elle avait posée sur son torse et le regarda.

— Je n'ai pas pu m'en empêcher. Tu es sérieusement canon, Slate.

— Pareil pour toi, bébé. Voir tes lèvres étirées autour de ma queue est un rêve devenu réalité.

Elle sourit.

— Bien, parce que je recommencerai, puisque tu m'as arrêtée avant que j'aie fini.

Ce fut au tour de Slate de rire.

— Veux-tu que je jouisse dans ta bouche, Ash ?

— Euh... peut-être ?

Il fit un énorme sourire.

— Ça me va.

Ashlyn bâilla soudain.

— Pardon, marmonna-t-elle. Je ferais mieux de partir.

Slate la fixa longuement avant de hocher la tête.

— Veux-tu te doucher avant de partir ? demanda-t-il.

— Non. Ça me réveillerait trop. Je vais rentrer et me coucher. De plus, ajouta-t-elle, j'aime assez avoir ton odeur.

— J'aime aussi te sentir sur moi, lui dit-il. Vas-tu rester éveillée assez longtemps pour rentrer chez toi sans problème ?

— Oui.

— Pendant que tu te changes, je vais te préparer un thé à emporter. D'accord ?

— Super, merci, Slate.

Il s'assit en la redressant aussi.

Puis il posa les doigts sous son menton et inclina son visage vers le sien. Il l'embrassa plus longuement, plus lentement et plus tendrement que n'importe quel autre baisé qu'ils avaient partagé jusqu'ici. Quand il s'écarta, il la dévisagea entièrement.

— Tu as la coiffure d'après le sexe, annonça-t-il avec un sourire en coin.

Ashlyn leva les yeux au ciel.

— Peu importe. Tu as un *suçon* d'après le sexe, rétorqua-t-elle en hochant la tête vers son torse qu'elle n'avait pas pu s'empêcher de sucer plus tôt.

— Je vais le porter avec fierté, bébé, dit-il sans être gêné qu'elle l'ait marqué.

Il l'embrassa une fois de plus, vite et avec force, puis il sortit de sous la couverture.

Ashlyn admira son cul pendant un moment lorsqu'il parcourut la pièce en rassemblant les vêtements qu'il avait retirés plus tôt. Il était musclé et rebondi et Ashlyn eut envie de poser les mains dessus.

— Debout, ordonna Slate. Avant qu'il soit trop tard. Ça ne me fait pas plaisir que tu roules à cette heure de la nuit, mais je sais que si je fais un commentaire là-dessus, tu vas péter un câble et me dire que je suis ridicule et un homme de Néandertal.

— Euh, tu viens précisément de faire un commentaire là-dessus, l'informa Ashlyn.

Slate l'ignora en enfilant un jogging gris... sans mettre de sous-vêtement. Quand il se tourna vers elle, elle déglutit en le voyant. Elle n'avait jamais compris pourquoi les femmes sur Internet devenaient complètement gagas à cause des photos d'hommes portant des joggings, mais là, elle comprit. Elle voyait clairement la silhouette de sa queue et d'une façon ou d'une autre, le côté suggéré était encore plus canon que de le voir nu.

— Les yeux en haut, Ashlyn, dit Slate en plaisantant.

Elle se força à détourner le regard de sa queue allé-chante pour voir son visage.

— Lève-toi. Habille-toi. Je vais préparer ton thé, indiqua Slate.

Ashlyn hocha la tête.

— Putain. Tellement mignonne, maugréa-t-il avant de se tourner et de sortir de la chambre.

CHAPITRE SEPT

Dix jours.

C'était le temps qui s'est écoulé depuis leur premier rendez-vous et depuis, Slate avait parlé à Ashlyn chaque jour.

Il était ravi de la façon dont les choses fonctionnaient. Le sexe était hallucinant. Il n'avait jamais été avec une femme aussi passionnée, enthousiaste et sensuelle qu'Ashlyn. Mais c'était plus que ça. Il aimait l'entendre raconter sa journée. Il s'intéressait au bien-être de ses clients. Il lui tardait de partager les choses drôles que disaient et faisaient ses coéquipiers au travail.

Et il était complètement obsédé par cette foutue application qui la pistait.

Pid l'avait engueulé plus tôt dans l'après-midi quand il y avait jeté un coup d'œil pour ce qui semblait être la cinquantième fois. Il voulait simplement s'assurer qu'Ashlyn faisait ses livraisons sans problème.

Ils avaient prévu de se voir pour le dîner, mais après sa journée de travail, Slate n'était pas d'humeur ni en état de faire autre chose que rentrer chez lui et s'asseoir sur sa terrasse de toit pour se détendre. Il ne voulait pas décevoir Ashlyn, et ce n'était pas comme s'il ne voulait pas la voir. Il avait simplement besoin de s'asseoir dans un espace silencieux pendant un moment, sans avoir à parler à quelqu'un.

Il attendit de rentrer chez lui avant de l'appeler, afin de pouvoir se concentrer sur l'appel et ne pas essayer de conduire et de parler en même temps.

— Salut ! dit-elle joyeusement quand elle décrocha. Tu es en route ?

Même si elle aurait pu voir où il était sur l'application, elle ne semblait pas disposée à l'utiliser beaucoup. Slate ne savait pas s'il devait être content ou irrité par cela.

— Je ne vais pas pouvoir venir ce soir, lui dit-il.

— Ah.

Il entendit la déception dans sa voix.

— Franchement, ça a été horrible au travail. Je ne serai pas d'une très bonne compagnie ce soir et je me sens un peu nauséeux, de toute façon.

— Tu es malade ? demanda-t-elle, inquiète.

— Non. Mais pendant quatre heures cet après-midi, nous avons regardé des vidéos de caméras embarquées sur les uniformes et les casques pour l'entraînement. J'ai la tête qui tourne. J'ai l'impression d'avoir passé des heures sur un bateau dans l'océan agité.

— Oh mon Dieu. Quatre heures à regarder ça ? J'ai vu certaines de ces vidéos sur les caméras embarquées de la police, et ça me rend malade d'en regarder plus de deux minutes à la suite. Je suis vraiment désolée, Slate.

— En général, ça ne me gêne pas autant, mais comme nous avons essayé de découvrir ce qui s'était mal passé pendant la mission d'une équipe que nous analysons, nous avons dû regarder les vidéos de chaque homme encore et encore. Alors oui, ça faisait un peu trop.

— Je n'ai pas le mal des transports, mais j'ai parfois de

terribles maux de tête, avoua Ashlyn. Je ne sais pas si je pourrais appeler ça des migraines, parce que ça ne m'arrive que de temps en temps, mais ça peut aussi me donner la nausée. La seule chose qui m'aide, c'est m'allonger dans une pièce obscure sans bruit. Alors je comprends. Puis-je faire quoi que ce soit ?

Slate n'était pas surpris qu'Ashlyn accepte le changement de plan. Elle semblait toujours prendre les choses comme elles venaient dans tous les domaines. C'était la raison numéro deux mille pour laquelle il aimait passer du temps avec elle.

— Non, je vais juste décompresser. Je vais sans doute monter sur le toit et me détendre un moment.

— Tu devrais manger quelque chose, dit-elle avec douceur. Je sais que tu n'en auras sans doute pas envie après ces vidéos, mais je suis certaine que tu as faim, et parfois l'estomac vide peut te rendre encore plus malade que tu ne l'es déjà.

— Je vais bien, bébé.

— Slate... sérieusement.

— Ça va. Je prendrai quelque chose plus tard, lui dit-il en mentant comme un arracheur de dents.

— D'accord. Est-ce que... laisse tomber.

— Quoi ?

— J'allais demander si les vidéos étaient horribles pour... d'autres raisons. Tu as dit que vous essayiez de découvrir ce qui s'était mal passé ?

— Oui, elles étaient terribles, répondit Slate sans développer. Et toi ? As-tu passé une bonne journée ? demanda-t-il en cherchant délibérément à changer de sujet.

Il n'avait pas envie de penser à ses collègues Seals allongés dans la boue, mourant sous les coups de feu qu'ils avaient reçu lors de l'embuscade dans laquelle ils étaient tombés.

Au bout d'un moment, il ne pouvait plus voir que les visages de ses propres coéquipiers sur ces hommes. Mustang perdant son sang à cause d'une balle dans le ventre. Les yeux d'Aleck qui fixaient le ciel sans le voir car la moitié de sa tête avait été emportée. Les cris de douleur de Jag pendant qu'il essayait de faire un tourniquet sur sa propre jambe pour arrêter le saignement de son artère fémorale. Et les cris désespérés de Pid dans la radio pour recevoir de l'aide alors que Midas et lui faisaient de leur mieux pour repousser les tireurs ennemis.

— C'était très bien. J'ai fait ce que tu as suggéré aujourd'hui.

— Quoi donc ?

Bien que Slate avait voulu être seul ce soir, il découvrit qu'Ashlyn était la seule personne avec laquelle il pouvait parler en ce moment. Étonnamment, sa voix apaisait une partie de sa lassitude.

— Avant que j'aborde le sujet de conduire Christi à la plage avec sa sœur ou son aide-soignante, je lui ai demandé ce qu'elle en pensait. Et tu sais quoi ? Même si Christi ne peut pas parler, elle m'a fait savoir très clairement qu'elle n'aimait *pas* la plage. Il y a eu beaucoup de gestes avec les mains et de grognements, mais quand j'ai suggéré de la faire sortir dans le jardin à la place, elle a souri. Elle a *souri*, Slate. Et elle a continué à sourire en penchant la tête vers le soleil pendant que nous étions assises dehors. C'était une bonne journée.

— C'est super, bébé.

— C'était un si petit geste. Et j'aurais dû penser à lui poser la question en premier. À la place, je me suis complètement emballée avec la logistique de la faire monter dans la voiture, puis jusqu'à la plage, et de parler à tous les autres. Ton conseil a été parfait. Je pense que trop de gens parlent *autour* des personnes handicapées au lieu de leur parler directement. Alors merci de m'avoir plus ou moins donné un coup de pied au cul en me montrant que j'étais idiote.

— Vouloir ce qu'il y a de mieux pour quelqu'un n'est pas idiot, rétorqua Slate. Ton grand cœur est l'un de tes meilleurs atouts.

— Même si ça te rend parfois fou ? demanda Ashlyn.

Slate gloussa. Il n'avait pas cru pouvoir rire aujourd'hui, après tout ce qu'il avait vu, mais Ashlyn avait fait l'impossible.

— C'est aussi ce qui m'empêche de dormir la nuit, lui dit-il.

— Je croyais que c'était ma personnalité... charmante, plaisanta-t-elle.

Slate rit encore plus fort en entendant cela.

— Oh oui, ça aussi, acquiesça-t-il.

— D'accord, eh bien... merci d'avoir appelé pour me faire savoir que tu ne venais pas ce soir. Je suis vraiment désolée que tu aies passé une mauvaise journée et que tu aies envie de vomir. Monte sur ta terrasse... mais n'en tombe pas. Ce serait nul de devoir admettre à tes amis que tu t'es cassé une jambe parce que tu marchais comme un marin bourré et que tu es tombé du toit de ta maison.

Slate ne put s'arrêter de sourire.

— Oui, ça serait vraiment nul.

— On se parle demain ? demanda Ashlyn.

— Oui, bébé.

— Bien. À plus tard.

— À plus.

Slate raccrocha son téléphone et inspira profondément en s'appuyant contre le comptoir de la cuisine. Il se sentait mieux. Pas bien, mais mieux. Il constata que parler avec Ashlyn semblait toujours le mettre de meilleure humeur. Les images qu'il avait vues aujourd'hui tournaient encore dans sa tête, mais elles s'étaient estompées. Avec un petit sourire, il attrapa une bouteille d'eau et monta les marches jusqu'à sa terrasse.

Une heure plus tard, Slate se sentait bien plus détendu. L'air frais et le bruit de l'océan avaient fait leur travail en lui vidant la tête. Sa nausée avait disparu également, Dieu merci.

Une voiture attira vaguement son attention quand elle s'engagea dans sa rue... et plus encore quand elle se gara dans son allée. Fronçant les sourcils parce qu'il n'attendait personne et qu'il ne reconnaissait pas le véhicule, il se leva pour mieux voir qui ça pouvait être.

Il vit le logo d'une application de livraisons en ligne sur le côté de la voiture.

En levant les yeux au ciel, il sut immédiatement qu'Ashlyn n'avait pas pu s'empêcher de prendre soin de lui. Il descendit les marches pour voir ce qu'elle avait commandé pour son dîner.

Le jeune livreur avait déjà déposé le sac et il retournait vers sa voiture.

— Si vous attendez une seconde, je peux attraper un pourboire, cria Slate.

— Inutile. Le pourboire dans l'application a été plus que généreux. Bon appétit !

Secouant la tête, Slate ramassa le sac et retourna à l'intérieur. En posant la nourriture sur le comptoir de la cuisine, il commença à le vider et les odeurs des boîtes fermées firent gargouiller son ventre.

Elle avait commandé chez Oahu Grill, un restaurant hawaïen qu'il adorait. Elle avait fait une folie.

Il y avait du lu'au de calmar, des feuilles de taro lentement mijotées et mélangées aux calmars et au lait de noix de coco ; du poulet hekka, du poulet effiloché et de longues nouilles de riz cuites dans une sauce aigre-douce à base de sauce soja avec des haricots verts et des carottes ; et une salade Ho'io, constituée de jeunes pousses de fougères avec des crevettes séchées, des tomates, des oignons, et encore de la sauce soja. Il y avait même de la crème glacée Kona au café emballée dans de la neige carbonique pour le dessert.

Tout ce qu'elle avait commandé était ce qu'il avait déjà mentionné à un moment ou un autre parce qu'il l'adorait. Et même pas en s'adressant directement à elle, mais lors de conversations avec leurs amis quand ils étaient tous ensemble.

Ashlyn ne plaisantait pas. Elle faisait *très* attention aux autres... et elle faisait ce qu'elle pouvait pour montrer aux gens combien elle se souciait d'eux.

Slate ne prit pas la peine de mettre la nourriture sur des assiettes, il se contenta de poser les boîtes sur la petite table et attrapa des couverts.

Avant d'entamer le repas à l'odeur délicieuse, il prit son téléphone pour envoyer un texto à Ashlyn.

Slate : Je ne pourrai jamais manger tout ça. Mais merci d'avoir pensé à moi.

Des points de suspension apparurent immédiatement en bas de la conversation. Slate attendit patiemment qu'elle ait fini d'écrire et qu'elle appuie sur « envoyer ».

Ashlyn : N'importe quoi, je t'ai vu manger et je suis certaine que ce que j'ai commandé n'est rien. J'espère que tu n'as plus la nausée.

Slate : Je vais bien.

Ashlyn : Je me suis dit que tu avais besoin d'un peu de nourriture réconfortante pour t'aider à aller mieux.

Slate : Merci beaucoup.

Ashlyn : Et maintenant, tu m'en dois une, parce que tu as toute cette glace pour toi. Tu n'es pas obligé de te battre avec moi pour la manger. J'espère qu'elle n'est pas trop fondue. Quand j'ai appelé, le type m'a assuré qu'ils l'emballent de façon à ce que ça tienne au moins deux heures, mais j'étais quand même sceptique.

Slate : C'est parfait. Et la prochaine fois que nous sortirons, je te laisserai manger toute la glace.

Ashlyn : Je vais prendre une photo de ce commentaire et je te le montrerai si tu oublies et que tu voles ma cuillère.

Slate éclata de rire une fois de plus. Il fut sur le point de répondre quand son estomac gargouilla encore. Merde, il avait seulement voulu envoyer un rapide remerciement et le voilà absorbé par la conversation au lieu de manger.

Slate : Je te laisse pour pouvoir manger avant que ça refroidisse. Merci, bébé. Ça compte beaucoup pour moi que tu fasses tant d'efforts pour m'envoyer à manger.

Ashlyn : Avec plaisir. Profite de ta nourriture hawaïenne gluante et dégoûtante, Slate.

Une fois de plus, il rit en secouant la tête.

Slate : Dors bien.

Ashlyn : Toi aussi.

Ashlyn : Oh, et... je ne crois pas l'avoir dit plus tôt, mais merci pour ce que tu fais, Slate. Je sais que ce n'est pas toujours facile, et que c'est en fait souvent horriblement merdissimal, mais merci à toi et tes coéquipiers. On se rappelle demain.

Slate avait l'habitude que les gens le remercient pour son service à la nation. Cela lui semblait souvent peu sincère. Comme si les gens récitaient juste quelque chose qu'ils avaient l'impression de devoir dire, au lieu de ce qu'ils

ressentaient vraiment. Mais les paroles d'Ashlyn parais-
saient sincères. Hilarantes à sa façon, mais vraiment
honnêtes. Et c'était exactement ce qu'il avait besoin d'entendre ce soir. Après tout ce qu'il avait vu plus tôt, ses mots
furent capables d'apaiser les images dans sa tête.

En ramassant sa fourchette, Slate entama d'abord le
lu'au et poussa un soupir de contentement quand les
saveurs explosèrent sur sa langue. Oui, la nourriture
hawaïenne n'était pas pour tout le monde, mais il adorait ça.

En regardant son repas, Slate ne se souvint pas de la
dernière fois que quelqu'un avait fait autant d'efforts pour
prendre soin de lui comme Ashlyn l'avait fait ce soir. En
général, c'était lui qui prenait soin des autres. C'était... vraiment agréable.

CHAPITRE HUIT

Ashlyn se détendit sur le canapé de Slate, fatiguée et satisfaite, en pensant au lendemain. Carly et Jag avaient invité tout le monde chez Duke's le dimanche pour goûter les différentes options de leur repas de mariage. C'était surtout une excuse pour rassembler tout le monde et passer un bon moment, parce que tout ce que Duke's servait était délicieux. Quoiqu'ils choisissent, ce serait parfait. Ashlyn était enthousiaste à l'idée de passer du temps avec tous ses amis.

Presque deux semaines s'étaient écoulées depuis que Slate avait appelé pour annuler leur rendez-vous à dîner. Ashlyn savait qu'elle avait commandé trop de nourriture pour lui, mais elle avait voulu lui prendre tout ce qu'il aimait pour essayer de le réconforter. Si elle ne pouvait pas être là pour lui en personne, elle allait envoyer de la nourriture.

Heureusement, ça avait fonctionné. Quand il l'avait revue, Slate lui avait montré exactement combien il avait apprécié son geste. Elle n'avait pas cru pouvoir avoir autant d'orgasmes en une nuit, mais il avait prouvé que son corps pouvait le supporter.

La relation semblait très bien se passer. Même s'ils se disputaient parfois pour de petites choses, elle n'avait jamais l'impression que Slate était vraiment irrité — ou qu'il se lassait d'elle.

Pour sa part, elle était fière de son travail de Seal et de l'avoir à son bras, mais surtout, elle aimait simplement passer du temps avec lui. Il la rendait heureuse. Ils ne se voyaient pas tous les jours, mais ils se parlaient et envoyaient fréquemment des messages. Parfois il appelait après l'entraînement physique et d'autres fois il attendait qu'ils rentrent tous les deux du travail. Il posait toujours des questions sur ses clients et continuait à sembler sincèrement intéressé par les histoires qu'elle racontait sur les hommes et les femmes qu'elle livrait.

Ce matin, Slate était venu la chercher assez tôt et ils avaient passé la journée à faire de la randonnée sur le sentier de Kealia. Il se trouvait sur le côté nord de l'île, et même si le paysage était luxuriant et qu'il y avait de magnifiques vues sur l'océan depuis le sommet, le chemin avait épuisé Ashlyn. Elle n'avait pas cru être en mauvaise forme, mais c'était apparemment le cas. Quand elle était enfin montée sur la crête, elle avait eu l'impression qu'elle allait mourir.

Évidemment, Slate n'avait eu aucune pitié pour elle, et au lieu de s'inquiéter du bruit que faisait sa respiration, il l'avait taquinée et narguée. C'était exactement ce dont elle avait besoin pour terminer la randonnée.

Ashlyn ne se souvenait pas d'un meilleur rendez-vous avec un homme. C'était agréable de ne pas toujours avoir besoin d'être parfaite avec Slate. Elle pouvait transpirer et grommeler, porter un jogging avec les cheveux attachés n'importe comment, et il s'en moquait. Il semblait l'apprécier telle qu'elle était. Ce qui était merveilleux.

Maintenant, elle était raide et courbaturée de la randonnée, mais satisfaite. Slate et elle étaient en ce moment tout ramollis sur son canapé. Il avait préparé des hamburgers pour le dîner et elle en avait mangé deux. Elle avait le ventre plein et était très détendue.

— C'était une bonne journée, dit-elle au bout d'un moment.

Slate avait allumé la télé et lancé le film *Red* avec Bruce Willis et Morgan Freeman. C'était un bon film, mais Ashlyn avait du mal à garder les yeux ouverts. L'effort physique de la journée et la nourriture dans son ventre lui donnaient très envie de dormir.

— C'est vrai, acquiesça Slate.

— J'ai pensé... commença-t-elle.

— Que Dieu nous garde, plaisanta Slate.

— La ferme, dit Ashlyn en secouant la tête.

Elle fit de son mieux pour lui donner un coup de coude, mais comme elle était collée contre lui et qu'il avait un bras autour de ses épaules, ça n'était pas très efficace.

— Pardon, dit-il sans paraître très désolé.

En fait, il semblait amusé.

— Continue.

— J'ai pensé que les choses changent beaucoup, pourtant elles restent les mêmes. L'autre jour, je parlais avec James Mason — tu sais, le vétéran de la Navy que je livre — et il parlait de la façon dont sa femme et lui faisaient de longues randonnées autour de l'île. Il apportait toujours un pique-nique. Rien de très sophistiqué, en général des sandwiches et des chips. Ils trouvaient un bon endroit sur le sentier et ils s'asseyaient pour simplement profiter de la compagnie l'un de l'autre en mangeant. Aujourd'hui m'a fait penser à ça.

Slate serra ses épaules et embrassa le haut de sa tête.

— Oui. C'était vraiment une bonne journée.

— Je parie que James aurait des suggestions pour

d'autres randonnées que nous pourrions faire. Peut-être certaines qui ne seraient pas aussi dures pour moi que celle d'aujourd'hui.

Slate gloussa.

— Tu t'en es très bien sortie, bébé.

— Mais bien sûr. Je haletais comme un hippopotame qui n'a pas la forme.

— Non, pas du tout. Peut-être comme un porcelet qui n'a pas la forme...

— Slate ! s'exclama Ashlyn en se redressant pour pouvoir lui donner un coup de coude correct.

— Je plaisante ! dit-il immédiatement en saisissant son bras.

Il se décala alors et s'allongea sur le canapé avec elle sur lui.

Il était dur comme un roc sous elle, mais étonnamment confortable.

— Tu l'apprécies, dit Slate.

Il fallut une seconde à Ashlyn pour penser à autre chose qu'au fait qu'elle adorait être sur Slate. Elle pouvait sentir sa queue entre ses jambes. Il n'avait pas d'érection, mais elle avait l'impression qu'il suffisait d'un commentaire cochon ou de se frotter contre lui pour que ça change. Elle adorait sa façon de réagir avec elle... tout comme l'inverse. Mais pour l'instant, elle appréciait leur intimité tranquille. L'ambiance n'était pas chargée sexuellement, elle était simplement confortable.

— James ? Oui, c'est vrai. Certaines personnes âgées auxquelles je livre de la nourriture sont terriblement ronchonnes. Elles se plaignent de ce que j'apporte, même alors que c'est gratuit. Ils ne m'invitent pas à entrer et ça ne les intéresse pas du tout d'apprendre à me connaître. Mais James est différent. La première fois que j'ai frappé à sa porte, il a insisté pour que je vienne à l'intérieur. Il m'a offert un verre d'eau glacée et m'a dit que j'étais jolie.

— Il se sent sûrement seul. N'as-tu pas dit que sa femme était morte récemment ? demanda Slate.

— Oui, mais je pense sincèrement que c'est dans sa nature d'être gentil et accueillant. Il m'a dit plusieurs fois que sa femme était toujours irritée par lui parce qu'il se liait d'amitié avec tous les gens qu'il rencontrait. Le type à la caisse de l'épicerie, les serveurs et les serveuses, les vendeurs au magasin de bricolage. Il m'a aussi parlé de tous ses voisins. Cet homme sait tout sur *tout le monde*. Même les ragots. Il m'a dit que la femme qui habitait à trois maisons de chez lui avait une liaison avec le prof de surf de son fils. Un jour, son mari est arrivé en avance du travail et le surfeur a dû fuir par la fenêtre complètement à poil.

Slate gloussa.

— James a l'air d'être un sacré personnage.

— C'est le cas. Il a aussi quelques excentricités... y compris certaines qui m'inquiètent.

— Comme quoi ?

— Eh bien, la dernière fois que je suis arrivée chez lui, un homme à tout faire était en train de nettoyer après avoir réparé une fuite du toit. Au lieu d'écrire un chèque, James s'est avancé vers une jarre décorative sur la table de sa cuisine et il en a sorti un paquet de billets de cent dollars. Il en a retiré trois et les a tendus au type. Puis il a remis le reste dans le bocal.

Elle secoua la tête et poursuivit :

— Quand l'homme est parti, je lui ai demandé pourquoi il avait autant d'argent à la maison, et il m'a annoncé qu'il ne faisait pas confiance aux banques. Qu'après avoir entendu ce que ses parents ont dû faire pour survivre à la grande dépression et aux divers krachs boursiers qui ont eu lieu au fil des années, il était plus à l'aise en ayant l'argent avec lui.

— Ce n'est pas malin, dit Slate en fronçant les sourcils.

— Je sais. J'ai essayé de le convaincre que le monde est très différent maintenant et je lui ai dit qu'il existait des mesures protectrices pour l'argent à la banque, mais il s'est contenté de hausser les épaules et de me dire qu'il était trop vieux et trop figé dans ses habitudes, expliqua Ashlyn. Ça m'inquiète. Mais il a quatre-vingt-huit ans, ce n'est pas comme s'il allait recevoir beaucoup d'intérêts s'il mettait tout ce qu'il a à la banque. Je suppose, puisqu'il a été approuvé pour recevoir des livraisons de Food For All, qu'il ne nage pas dans l'argent.

— La prochaine fois que tu le vois, tu devrais peut-être suggérer qu'il vaut mieux qu'il ne sorte pas tout un tas de billets comme ça devant les gens. Il est possible que cela éveille la cupidité de quelqu'un qui pourrait revenir le voler.

— Je l'ai déjà fait, dit Ashlyn. Il a ri et a répliqué qu'il était peut-être vieux, mais qu'il savait toujours tirer.

Elle sentit plus qu'elle n'entendit Slate glousser sous son corps.

— Je pense que ce type me plaît.

— Ça ne m'étonne pas. J'ai l'impression qu'il était autoritaire et trop protecteur quand il était jeune, tout comme toi.

Slate lui sourit.

— J'aime la façon dont tu te soucies de tes clients. Tu es quelqu'un de bien, Ashlyn Taylor.

— Toi aussi, Duncan Stone.

— Comment as-tu appris mon nom complet, d'ailleurs ? demanda-t-il.

Ashlyn fit semblant de fermer ses lèvres avec une fermeture éclair.

— Je ne le dirai jamais.

En vérité, pendant une conversation avec les autres femmes au sujet des surnoms des Seals, elle avait demandé quel était le prénom de Slate. Personne ne le savait, et Elodie s'était donné pour mission de le découvrir. Au bout de deux jours, elle avait envoyé le nom de Slate par texto à Ashlyn.

— Ce n'est pas important. Ce n'est pas comme si j'en avais honte, précisa Slate.

— C'est un bon nom. Fort, comme toi. Même si je ne sais pas pourquoi les gens t'appellent Slate comme l'ardoise et non pas Stone, comme la pierre.

— Je pense que c'est à cause de mes cheveux bruns. Tu sais, noirs comme l'ardoise.

Ashlyn pensa que c'était assez drôle que toutes les équipes possèdent des surnoms. Cela lui semblait un peu bête, mais comme elle l'avait connu sous le nom de Slate depuis longtemps, elle n'arrivait plus à penser à lui d'une autre façon.

Ashlyn ouvrit la bouche pour lui dire combien elle aimait cette épaisse tignasse brune, mais un énorme bâillement l'empêcha de parler.

La main de Slate se déplaça vers l'arrière de sa tête et il posa délicatement Ashlyn contre son torse.

— Repose-toi, bébé. Tu es fatiguée.

Elle l'était, mais elle se sentait mal de ne pas être de bonne compagnie.

— Je vais bien, dit-elle.

— Tu n'arrives pas à garder les yeux ouverts, rétorqua-t-il en secouant légèrement la tête. Repose tes yeux un moment.

— Tu en es sûr ? demanda Ashlyn en se blottissant déjà contre lui.

Slate était toujours tellement chaud et elle aimait la façon dont ils s'assemblaient parfaitement.

— Oui. Je vais simplement regarder le film.

— D'accord, réveille-moi quand c'est terminé.

Il acquiesça du fond de la gorge.

Ashlyn devait être plus fatiguée qu'elle ne l'avait cru, car la dernière chose dont elle se souvint fut la sensation de la main de Slate qui caressait doucement ses cheveux... puis plus rien.

⁎⁎

Ashlyn bougea, puis elle grimaça en remarquant qu'elle avait exagéré pendant la randonnée avec Slate. Elle avait mal partout. Elle essaya de rouler sur l'autre côté pour regarder son réveil et voir quelle heure il était... mais un bras fort autour de sa taille l'empêcha de se tourner.

En ouvrant les yeux, elle constata qu'elle n'était pas dans son propre lit.

La veille, sa conversation avec Slate, puis son endormissement sur son torse lui revinrent soudain... et elle paniqua.

Merde, Slate et elle n'avaient encore jamais passé la nuit ensemble. Ils n'en avaient même jamais parlé ! Quand ils dînaient tous les deux, ils couchaient généralement ensemble chez l'un ou chez l'autre après, puis celui qui ne vivait pas là se levait et partait. Cette routine convenait très bien à Ashlyn. Elle n'était pas vexée quand Slate partait, et il ne semblait jamais contrarié de la laisser partir.

Mais elle ne savait pas du tout ce qu'il allait penser du fait qu'elle soit restée la nuit. Les hommes pouvaient être bizarres concernant ce genre de choses. Elle ne voulait pas faire de vagues alors que tout était encore si nouveau entre eux.

Elle aimait la façon dont cela se passait. Elle appréciait Slate et elle ne voulait pas qu'il pense qu'elle avait besoin de changer leur routine. De devenir plus sérieuse. Passer la nuit était un grand changement dans les règles non dites qu'ils avaient suivies pendant le dernier mois environ.

— Bonjour, dit Slate d'un ton endormi.

Ashlyn n'était pas sûr de ce qu'elle devait faire. Sauter du lit, s'excuser et filer ? Faire comme si c'était parfaitement normal de se réveiller dans son lit, dans ses bras ?

Mais Slate étant Slate, il lui ôta la décision des mains. Il tira doucement sur son épaule jusqu'à ce qu'elle soit allongée sur le dos à côté de lui. Puis il se releva sur un coude en gardant l'autre bras autour de la taille d'Ashlyn.

— Qu'est-ce qui ne va pas ? demanda-t-il en fronçant légèrement les sourcils.

Pour une fois, Ashlyn regrettait qu'il soit aussi perspicace.

— Rien.

— Bébé.

Et voilà. Juste un mot, mais il était plein de scepticisme. Ashlyn ne put s'empêcher de lâcher ce qu'elle pensait.

— Je suis désolée ! Je n'avais pas l'intention de m'endormir sur toi. Je veux dire, si. Tu as dit que je le pouvais. Et tu étais si confortable et j'étais fatiguée d'avoir fait la randonnée. Tu aurais dû me réveiller. Je serais partie. Je n'avais pas l'intention de modifier notre accord.

— Respire, Ash, tout va bien. Tout d'abord, je t'ai encouragée à t'endormir. J'ai aimé te tenir pendant que tu dormais. Tu ronfles, tu sais.

Ashlyn fronça les sourcils.

— Pas du tout.

— Si. Ce n'est pas un gros ronflement, mais tu renifles dans ton sommeil. C'est adorable.

— Concentre-toi, Slate. Et pas sur le fait que je ne ronfle pas, lui dit-elle.

— Pardon. Je savais que tu étais fatiguée et ça ne me gênait pas que tu fasses la sieste. Quand le film s'est terminé, j'ai essayé de te réveiller, mais tu étais partie. Complètement KO. Je ne sais même pas si ce n'est pas dangereux de dormir aussi profondément. Et si quelqu'un cambriolait ton appartement ? Si un feu se déclenchait ? Tu dormirais à travers.

— J'ai toujours dormi très profondément, avoua Ashlyn d'un air gêné.

— Bien. Une chose de plus que j'ai apprise sur toi cette nuit. Ça, et le fait que tu ronfles.

— Arrête avec cette histoire de ronfler, râla Ashlyn. Je ne ronfle *pas* !

— Ouiiii. D'accord. Quoi qu'il en soit, j'ai essayé de te réveiller et tu m'as chassé en me disant de ne pas faire de bruit. Je t'ai donc portée jusqu'ici, je t'ai déshabillée, je t'ai longuement fait l'amour, puis je me suis couché moi aussi.

Ashlyn le fixa d'un air ahuri pendant cinq bonnes secondes.

— Pas du tout. Je n'aurais pas continué à dormir.

Slate avait réussi à rester impassible, mais à ces mots, il éclata de rire.

— Carrément, oui. Je veux dire, ç'aurait vraiment été vexant. Mais, sérieusement, je t'ai portée jusqu'ici, je t'ai mise à l'aise, puis je suis monté à côté de toi. J'ai super bien dormi, en plus. Tu dormais comme une souche. Quand tu dors, tu es complètement ailleurs, bébé. Ça me va très bien, en réalité, parce que j'ai le sommeil léger. Si tu étais le genre de dormeuse à tourner et te retourner toute la nuit, ç'aurait été nul, car je me serais réveillé chaque fois que tu bougeais.

Ashlyn se contenta de le fixer. Pour la première fois, elle constata qu'elle ne portait que sa culotte. Slate avait retiré son tee-shirt, son soutien-gorge et son legging. Elle n'était pas contrariée. Ce n'était pas comme s'il ne l'avait jamais vue nue auparavant. Il avait vu tout ce qu'elle avait à offrir de près. C'était assez intime de l'avoir préparée à dormir, mais elle ne pouvait nier que c'était gentil de sa part de s'occuper d'elle alors qu'elle avait été si fatiguée.

— Tu n'es donc pas contrarié que je sois restée pour la nuit ? lâcha-t-elle.

— N'as-tu rien entendu de ce que je viens de dire ? demanda Slate.

— Euh… si.

— Alors tu ne faisais pas très attention, parce que rien de ce que j'ai dit n'indique que je suis contrarié que tu sois restée pour la nuit.

— D'accord.

— Bien. As-tu des courbatures ce matin ?

— Oui.

— Beaucoup ?

— Euh, sur une échelle d'un à dix, environ douze.

Slate hocha la tête, se pencha pour l'embrasser sur le front, puis roula sur le côté.

— Slate ? demanda Ashlyn en sortant la main et en touchant son dos nu.

Il portait un boxer et rien d'autre. Les muscles dans son dos ondulèrent quand il se retourna pour la regarder.

— Oui ?

— Où vas-tu ?

— Je vais te chercher des antidouleurs. Puis je te ferai couler un bain. Ça aidera tes muscles à se détendre un peu. Comment aimes-tu ton eau ? Tiède, chaude, ou bouillante ?

Ashlyn déglutit. Elle avait envahi son espace sans lui donner le choix, et maintenant il continuait à s'occuper d'elle parce qu'elle avait exagéré la veille ?

— Bébé ? Quelle température pour l'eau de ton bain ?

— Légèrement moins que bouillante, lui dit-elle.

— Compris. Reste là et détends-toi. Je reviens dans un moment avec de l'eau et les comprimés.

— Vas-tu me rejoindre ? lâcha Ashlyn.

— Non. Je n'aime pas les bains.

— Et le sexe ?

— Quoi, le sexe ? demanda Slate en penchant légèrement la tête.

— Je... euh... tu en as envie ?

Un sourire diabolique passa sur son visage.

— Carrément. Mais tu as mal partout. Je ne vais pas dépérir et mourir si je ne pénètre pas ta chatte délicieuse ce matin. Pendant que tu es dans le bain, je nous préparerai du petit-déjeuner. Nous pourrions peut-être faire une balade tranquille le long de la plage de Waikiki avant de rejoindre les autres chez Duke's. Étirer les muscles va aussi t'aider. Mais si tu as des choses à faire ce matin, ça me va aussi.

Quelque chose avait soudain changé entre eux et Ashlyn ne savait pas très bien comment le gérer.

— C'est dimanche. Je suis souvent paresseuse le dimanche, alors non, je n'ai rien à faire avant de rejoindre tout le monde chez Duke's.

— Super. Reste là. Je reviens.

Slate pivota un peu plus, l'embrassa brièvement sur les lèvres et se leva.

Ashlyn garda les yeux rivés sur son dos quand il disparut dans son dressing. Il réapparut quelques secondes plus tard, vêtu d'un jogging noir, et se dirigea vers la salle de bains. Elle entendit l'eau se mettre à couler et au bout d'une minute environ, il revint dans la pièce. Il lui fit un sourire, puis partit sans un mot pour se rendre à la cuisine et lui attraper des antidouleurs.

Dès qu'il fut hors de sa vue, Ashlyn se laissa retomber sur le lit et poussa un long soupir.

Elle était extrêmement heureuse qu'il n'ait pas paniqué parce qu'elle était toujours là ce matin. Elle se sentait mal de ne pas s'être réveillée quand il l'avait portée dans sa chambre, mais soulagée que tout se passe bien entre eux.

Elle aimait bien Slate. C'était quelqu'un de bien. Elle

n'était pas prête à ce que leur relation prenne fin. Et apparemment, elle n'avait pas encore besoin de s'en inquiéter.

Ashlyn ne doutait pas qu'ils finiraient par se lasser l'un de l'autre. Elle allait devenir de plus en plus irritée par tout ce qu'il faisait. Et lui sans doute aussi. C'était toujours ainsi.

Mais pour l'instant, elle allait profiter des soins que lui prodiguait Slate... et de son bain chaud.

⁂

— Tu as très bonne mine ! s'exclama Lexie plus tard dans la journée.

Jusqu'ici, la journée avait été très détendue et Ashlyn ne se souvenait pas d'une meilleure « matinée du lendemain » que celle qu'elle avait partagée avec Slate. Il lui avait apporté une bouteille d'eau et des cachets, lui ordonnant de boire toute l'eau. Elle avait joué le jeu et seulement rougi un peu quand il lui avait pris la main et conduite à la salle de bains. Elle avait peut-être couché avec cet homme dans de nombreuses positions, mais se balader presque nue à la lumière du jour, c'était tout à fait différent. Il ne rendait pourtant pas les choses gênantes. Il s'était contenté de montrer la brosse à dents supplémentaire qu'il avait déterrée dans un tiroir et il l'avait laissée seule dans la salle de bains.

La température de l'eau du bain avait été parfaite et elle était restée dans la baignoire jusqu'à se sentir fripée comme un raisin sec. Puis elle avait pris une douche, lavé ses cheveux avec le shampooing de Slate, et s'était habillée avant de le rejoindre dans la cuisine.

Il avait préparé un gratin de pommes de terre, œufs et épinards et avait sorti le plat du four dès qu'il l'avait vue. Ils avaient davantage parlé de James et de la famille Turner pendant le petit-déjeuner, ainsi que d'un nouveau couple japonais qui avait emménagé sur l'île et qui n'avait pas encore trouvé ses marques. Il avait expliqué que les choses étaient assez intenses au travail et qu'il était possible que son équipe et lui soient bientôt déployés.

Elle n'aimait pas y penser, mais cela faisait partie de l'identité de Slate, et elle ne se gêna pas pour lui poser un million de questions. Il ne pouvait pas répondre à la plupart, et elle comprenait pourquoi.

Après le petit-déjeuner, il avait suivi Ashlyn jusqu'à son appartement afin qu'elle puisse se changer et se préparer pour leur sortie chez Duke's. Ils avaient parcouru la plage de Waikiki, regardant les passants et imaginant des histoires sur les personnes les plus extravagantes qu'ils croisaient. Et maintenant, ils étaient au restaurant avec leurs autres amis.

— Sérieusement, répéta Lexie. Tu brilles. On croirait presque que tu es enceinte.

Ashlyn faillit cracher la gorgée de mai tai qu'elle venait de boire. Slate lui avait tendu la boisson quand elle parlait avec ses amies, un peu plus tôt. Elle n'avait pas l'intention de conduire pendant le reste de la journée, alors ça ne la gênait pas de boire un peu... et manifestement, Slate le savait.

— Bon sang, je ne suis pas enceinte, grommela Ashlyn quand elle eut repris ses esprits.

— Je suis d'accord avec Lexie. Tu as l'air différente. Pas en mal, juste... *différente*, confirma Kenna en buvant une gorgée de sa propre boisson.

— Je suis la même personne qu'avant, leur dit Ashlyn.

— Les choses se passent bien avec Slate, lança Elodie.

Ce n'était pas une question.

— Oui.

— Tant mieux.

— Et le côté sans lendemain fait toujours partie du plan ? demanda Carly.

— Bien sûr. Pourquoi ? demanda Ashlyn.

— Aucune raison. C'est juste... Oublie ça.

— Sérieusement, quoi ? insista Ashlyn.

— D'accord, mais tu ne dois pas te fâcher. Je pensais simplement que je n'ai jamais vu Slate aussi... calme. En général, il donne l'impression d'être sur le point de jeter les bras en l'air et de dire « fais chier » avant de quitter la pièce.

— Je suis d'accord, intervint Monica.

Elle tenait un verre d'eau à la main au lieu d'un cocktail, à cause de sa grossesse.

— Avant, il parcourait constamment la pièce des yeux, comme s'il cherchait toujours le danger ou une excuse pour partir. Dernièrement, son regard est resté rivé sur *toi*.

Les paroles de ses amies firent naître une chaleur douce qui s'étala en elle. Elle haussa les épaules.

— C'est un protecteur. Vous le savez, parce que vos hommes sont pareils. C'est simplement sa personnalité.

— Tu as raison, dit Lexie. Mais cela semble s'être intensifié.

— Il t'a toujours regardée, mais dernièrement, c'est différent, acquiesça Elodie.

— Eh bien, nous couchons ensemble, dit Ashlyn d'un ton détaché. Notre relation a changé. Elle est plus personnelle. Et peut-être me regarde-t-il de façon plus intense aujourd'hui parce que nous n'avons pas eu de sexe hier soir ou ce matin, et que maintenant il en a envie.

Elle essaya d'ignorer les paroles de ses amies, car il était dangereux de penser à une forme de relation permanente avec Slate. Ils connaissaient tous les deux la chanson, et elle n'allait rien changer. Ça ne serait pas juste, ni pour l'un ni pour l'autre.

— Attends, attends, attends, dit Lexie en plissant les yeux.

Elle regarda autour d'elle avant de se pencher vers Ashlyn.

— Hier soir ou *ce matin* ? As-tu passé la nuit chez lui ? Ou l'inverse ?

Ashlyn poussa un soupir. Elle adorait ses amies, mais elles étaient parfois beaucoup trop observatrices. Et elles avaient des mémoires d'éléphant quand ça les arrangeait.

— Oui. Je n'en avais pas l'intention, mais je me suis endormie sur son canapé. Il n'a pas pu me réveiller parce que je dors très profondément, alors il m'a portée jusqu'au lit.

Ses cinq amies poussèrent un soupir comme si c'était la chose la plus romantique qui soit.

— C'est vrai que tu dors comme une masse, dit Kenna au bout d'un moment. La première fois que nous avons toutes dormi ensemble, je me sentais mal parce que nous faisions beaucoup de bruit alors que tu dormais, mais tu n'as même pas réagi.

— Mais tout se passe bien ? demanda Lexie en posant la main sur le bras d'Ashlyn.

Elle hocha la tête. Elle avait récemment confié à Lexie que Slate et elle n'avaient jamais passé toute la nuit ensemble et que s'ils franchissaient cette étape, elle avait peur que cela affecte défavorablement leur relation.

— Ça se passe bien. Vraiment bien, à vrai dire, assura Ashlyn.

— Hé, les filles, ils sont prêts pour nous ! cria Jag.

Ils traînaient tous dans le bar de chez Duke's en attendant que leur nourriture soit prête. Alani, la gérante, avait installé quelques tables dans un coin du restaurant pour leur groupe.

Les femmes s'avancèrent vers leurs hommes, mais Elodie saisit le bras d'Ashlyn en la retenant une seconde.

— Je suis heureuse pour toi, dit-elle.

— Merci, répondit Ashlyn avec un sourire.

— Je sais que vous avez l'intention d'avoir seulement

une relation sans lendemain, mais je dois juste dire... n'aie pas peur de viser ce dont tu as envie.

Ashlyn fixa l'autre femme. Elodie avait traversé un enfer et d'une façon ou d'une autre, elle avait réussi à ressortir de l'autre côté en ayant conservé sa santé mentale, et en ayant trouvé un homme qui déplacerait des montagnes pour la garder en sécurité et lui offrir tout ce qu'elle pouvait vouloir.

— Ce que je veux, c'est passer du bon temps. Fréquenter un homme qui n'est pas un connard, qui ne cherche pas à profiter de moi, et qui m'apprécie pour ce que je suis. Jusqu'ici, Slate est cet homme. Je ne suis pas prête à me caser. Je ne veux pas me marier maintenant et je ne veux surtout pas d'enfant à ce moment dans ma vie.

— C'est simplement que je ne veux pas que tu sois trop entêtée. Ou que tu regrettes d'abandonner ce qui aurait pu être la meilleure chose qui te soit arrivée, dit Elodie.

— Slate est quelqu'un de bien. À vrai dire, il est *fabuleux*. Mais je ne suis pas sûre que c'est mon « âme sœur ». Comment puis-je le savoir alors que j'ai eu si peu de relations sérieuses ? Nous avançons au jour le jour. Nous apprécions la compagnie l'un de l'autre et le sexe est hallucinant. Je ne veux surtout pas tout faire rater en avançant trop vite.

— Je comprends, répondit Elodie. Mais ne laisse pas tes hormones prévaloir sur ton bon sens.

Ashlyn ouvrit la bouche pour demander ce qu'elle voulait dire, mais un bras se posa autour de sa taille.

— Tout ce qui est bon aura disparu si on ne se dépêche pas, dit Slate avec impatience.

Ashlyn leva les yeux au ciel.

— Toujours pressé, le taquina-t-elle.

— Carrément, oui, quand il s'agit de battre les autres pour la nourriture.

— Lexie a l'air prête à se battre si quelqu'un s'approche

de trop près des ailes de poulet. Elle salive depuis qu'elle a appris qu'elles allaient être au menu, fit remarquer Elodie.

Ils s'approchèrent du coin où tout le monde remplissait les assiettes d'échantillons. Slate se pencha et chuchota :

— Ça va ?

Ashlyn s'arrêta et le regarda.

— Oui, pourquoi ?

— Tu es mal à l'aise quand tu es au centre de l'attention et j'ai eu l'impression que c'était assez intense avec les filles, pendant un moment.

Ashlyn fut surprise de voir qu'il savait cela à son sujet, mais elle supposa qu'elle n'aurait pas dû l'être. Ils se connaissaient depuis un bon moment maintenant, même s'ils ne se fréquentaient officiellement que depuis un mois environ.

— Je vais bien. Elles voulaient simplement savoir si tu étais doué au lit.

Slate cligna des paupières.

Ashlyn ne parvint pas à rester sérieuse. Elle éclata de rire.

— Mon Dieu, si tu voyais ta tête !

— Espèce de peste, grogna Slate. J'essayais simplement d'être gentil.

Ashlyn redevint sérieuse et posa la main sur le bras de Slate.

— Je suis désolée. Je le sais et j'apprécie. Je vais bien. Elles disaient simplement qu'elles avaient l'impression que j'étais très heureuse. Et je le suis, Slate. Ce matin, j'étais inquiète que tu penses que je dépassais les limites établies dans notre relation. Mais tu as donné l'impression que tout était normal. La journée a vraiment été merveilleuse et je suis très satisfaite de ce qu'il se passe entre nous.

— Je n'aime pas les règles dans mes relations, lui dit-il sérieusement. J'ai déjà assez de putains de règles à suivre au travail. Je veux que les choses entre nous progressent natu-rellement. Ça ne m'a pas gêné du tout que tu restes pour la nuit, Ashlyn. À vrai dire, j'étais soulagé que tu ne conduises pas seule aussi tard... c'est quelque chose qui me gêne chaque fois que tu pars de chez moi. Et je ne mentais pas en disant que j'ai vraiment bien dormi. Je ne suis pas prêt à ce que nous emménagions ensemble ou quoi, mais rester toute la nuit, chez toi ou chez moi, n'est pas du tout exclu en ce qui me concerne.

Ashlyn sourit.

— C'est pareil pour moi.

— Bien. *Maintenant*, pouvons-nous aller chercher à manger ? demanda-t-il.

Même s'il essayait de faire semblant d'être agacé, Ashlyn voyait qu'il était soulagé par sa réponse.

— Oui.

Elle posa la main sur le côté de son visage et attendit qu'il la regarde dans les yeux.

— Merci.

— Pourquoi ? demanda Slate.

— D'être toi.

Ces mots ne décrivaient pas exactement ce qu'elle voulait lui faire comprendre. Comme elle était heureuse qu'il soit le genre d'homme à s'inquiéter parce que sa petite amie rentrait chez elle tard le soir, même si elle en était parfaitement capable. Qu'il se soucie de ses courbatures. Qu'il lui avait fait couler un bain et l'avait emmenée se promener alors qu'il aurait pu faire quelque chose de plus productif. Qu'il semble inquiet qu'elle se fasse embêter par ses amies. Qu'il écoute ses histoires au sujet de ses clients alors qu'elle savait qu'il angoissait de la voir se rendre dans les maisons de tant de personnes.

Elle était heureuse qu'il soit l'homme qu'il était pour de très nombreuses raisons.

Slate avait dû saisir le sens plus profond derrière ces mots, car il ne plaisanta pas. Il se contenta de hocher la tête, puis il se pencha pour l'embrasser. Là, au milieu du restaurant, il couvrit ses lèvres avec les siennes et demanda à entrer dans sa bouche. Le baiser lui sembla... plus intense que d'habitude, pour une raison qui lui échappait. Plus significatif.

Quand il s'écarta, Ashlyn se lécha les lèvres et leva les yeux vers lui. Il posa une main sur sa joue et frotta le pouce sur sa peau en la caressant tendrement avant de hocher encore la tête, de lui prendre la main et de la traîner vers leurs amis.

Plus tard ce soir-là, quand Carly et Jag eurent décidé quels plats ils allaient servir à leur mariage, quand elle avait ri avec ses amis jusqu'à en avoir mal au ventre, quand ils étaient repassés prendre les vêtements pour l'entraînement du lundi matin à la maison de Slate après le dîner — au cours duquel Slate avait exfiltré plusieurs litres de mai tai de chez Duke's après avoir persuadé Carly de le laisser faire, alors que c'était illégal — après s'être enivrés avec les mai tais en question, et quand Slate l'avait baisée sur le canapé, contre un mur, lui avait fait des cunnilingus jusqu'à ce qu'elle le supplie d'arrêter, puis lui avait lentement fait l'amour, Ashlyn était allongée complètement molle et entièrement détendue contre lui dans son lit.

— As-tu encore des courbatures ? demanda-t-il doucement en caressant son dos nu.

Ashlyn ne put s'empêcher de rire.

— Je me souviens à peine de mon nom après tout l'alcool et les orgasmes. Je ne saurais pas si j'ai des courbatures même si ma vie en dépendait.

Slate gloussa.

Un silence confortable s'installa entre eux pendant une minute ou deux. Puis Slate affirma :

— C'était encore une très bonne journée.

Ashlyn sourit contre lui, sentant ses mots la réchauffer jusqu'au bout des orteils.

— Pour moi aussi.

— Qui as-tu sur ton planning demain ? demanda-t-il.

Elle gloussa.

— Aucune idée. Et tu ne t'attends pas vraiment à ce que je réfléchisse maintenant, hein ?

— Je t'aime bien comme ça.

— Comment ?

— Pompette. Et ramollie par le sexe.

Ashlyn gloussa.

— Pourquoi ne suis-je pas surprise ?

— Je vais me lever tôt pour aller à l'entraînement physique. Veux-tu que je te réveille avant de partir ou que je te laisse dormir ?

— Réveille-moi, dit-elle immédiatement.

— Vas-tu être *capable* de te réveiller ? rétorqua-t-il.

— Oui, grogna-t-elle. Je dors seulement hyper profondément juste après m'être couchée. Le matin, quand j'ai eu le sommeil nécessaire, je me réveille facilement.

— D'accord, bébé. Je poserai un verre d'eau à côté du lit. Tu boiras tout sans râler, hein ?

— Je ne suis pas ivre à ce point, protesta-t-elle, même si ça faisait un moment qu'elle n'avait pas bu autant d'alcool qu'aujourd'hui.

— Peu importe, dit-il.

— Très bien, Monsieur l'Autoritaire, je le boirai.

— Merci.

C'était agréable de l'avoir ici. Quand ils avaient commencé à sortir ensemble, Ashlyn se souvenait avoir pensé qu'elle était ravie d'avoir le lit pour elle après le sexe. Mais maintenant, elle ne trouvait pas une seule bonne raison de vouloir être seule. Il était tout chaud, il aimait se blottir contre elle, et malgré son corps dur, il formait un fantastique oreiller.

— Ash ?

— Mmm ? dit-elle, sur le point de s'endormir.

Après une longue pause, il répondit :

— Dors bien.

Elle eut brièvement la sensation que ce n'était pas ce qu'il voulait dire, mais elle était trop fatiguée et repue pour l'interroger.

— Toi aussi.

CHAPITRE NEUF

Slate regardait la femme dans son lit. Hier… en fait, les deux derniers jours… avaient été révélateurs. Même si le sexe entre eux était le meilleur qu'il ait jamais eu, et qu'il adorait l'enthousiasme d'Ashlyn pour tout ce qui s'y rapportait, il découvrait qu'il aimait tout autant passer du temps avec elle quand il n'était pas question de sexe.

Cela faisait longtemps qu'il n'avait pas dormi avec une femme. *Dormi*, dormi ! Comme il l'avait dit à Ashlyn, il avait le sommeil léger. D'habitude, le moindre bruit ou mouvement le réveillait. Aussi, rester avec une femme après le sexe impliquait en général une nuit de sommeil merdique. Mais avec Ashlyn, parce qu'elle dormait si profondément, il ne s'était pas réveillé une seule fois.

C'était le tout début de l'aurore lundi matin, et il devait arriver à temps à l'entraînement physique, sinon Mustang allait le tuer. Mais Slate n'arrivait pas à se motiver. Il ne savait pas ce qu'il y avait chez Ashlyn qui le rendait réticent à partir. C'était une femme bien, il la respectait, mais il n'était pas prêt à se caser comme l'avaient fait ses coéquipiers.

Avec cette idée en tête, Slate se pencha et secoua légèrement Ashlyn.

Elle grogna.

Il ne put s'empêcher d'avoir un sourire en coin.

— Salut, bébé. Je m'en vais.

— Hmm, ok, marmonna-t-elle.

— Réveille-toi et bois de l'eau, ordonna-t-il.

— Je suis réveillée, dit-elle d'un ton qui contredisait ses mots.

— Ash, *debout*. Tu as promis que tu allais boire cette eau.

Fronçant les sourcils, Ashlyn ouvrit les yeux.

— Tu es vraiment irritant, lui dit-elle.

— Et tu te sentiras mieux si tu bois quelque chose. Fais-moi confiance.

— Très bien, râla-t-elle avant de tendre la main vers le verre qu'il lui présentait.

Elle avala l'eau sans s'arrêter pour respirer, ce qui le fit sourire davantage.

— Voilà. Content ? demanda-t-elle en faisant la tête et en se laissant retomber sur le matelas.

— Oui. J'ai pensé que... commença Slate.

Ashlyn grogna.

— Penser si tôt le matin ne peut pas être une bonne chose.

— Nous avons un entraînement dans l'eau ce mercredi, puis nous aurons le reste de l'après-midi de libre. Que dirais-tu si je t'accompagnais pour certaines de tes livraisons ce jour-là ?

Les yeux d'Ashlyn s'ouvrirent à nouveau.

— Tu es sérieux ?

— Ouais.

— Oui ! J'adorerais. Ce jour-là, j'ai les Turner sur mon planning. Et James aussi. Oh, et Jazmin. Son fils Henry rentre de l'école vers quinze heures trente et il adore tout ce qui a un rapport avec l'armée. Je suis certaine qu'il aimerait beaucoup te rencontrer.

Slate ne savait pas trop pourquoi il avait proposé de l'accompagner... sans doute pour se rassurer un peu plus au sujet de son travail. Il fut cependant ravi par sa réaction enthousiaste.

— Super. Je peux te rejoindre à Food For All après le déjeuner. Ça te va ?

— C'est parfait.

— C'est d'accord, alors. Dors un peu plus. Veux-tu que je t'appelle après l'entraînement et que je vérifie si tu es bien debout ? demanda-t-il.

— Oui, tu veux bien ? En général, je me lève facilement, mais je crois que j'ai un peu la gueule de bois.

Slate eut envie de rire, mais il savait qu'elle n'aurait pas apprécié. Il s'était dit qu'elle allait avoir un peu mal à la tête, raison pour laquelle il avait insisté pour qu'elle boive de l'eau.

— D'accord, bébé. Je t'appelle plus tard.

Slate se pencha et l'embrassa doucement sur les lèvres.

— À plus tard, dit-elle en tendant la main et en attrapant la sienne avant qu'il puisse s'éloigner. Slate ?

— Oui ?

— Il me tarde mercredi.

— Moi aussi, bébé. Moi aussi, dit-il avant de serrer sa main puis de se diriger vers la porte.

Il se tourna une fois de plus pour regarder la femme qu'il ne semblait pas pouvoir se sortir de la tête, puis il se força à partir.

***

— Que se passe-t-il entre Ashlyn et toi ? demanda Mustang après l'entraînement.

Les autres étaient déjà partis et Slate aidait son chef d'équipe à charger sa voiture avec les poids qu'ils avaient utilisés ce matin-là.

— On sort ensemble, dit Slate.

— Sans déconner, Sherlock, répondit Mustang. Mais ça a l'air beaucoup plus sérieux maintenant que quand vous avez commencé à vous fréquenter.

— Pourquoi ? demanda-t-il en croisant les bras.

— Écoute, je ne cherche pas à t'emmerder, mais un aveugle verrait l'intensité entre vous deux. Particulièrement quand vous prétendez être simplement des amis qui couchent ensemble.

— Et *je* ne veux pas t'emmerder, mais ce qu'il se passe entre Ashlyn et moi regarde Ashlyn et moi, insista Slate.

Il n'était pas prêt à parler de sa relation avec quelqu'un d'autre. Bon sang, il ne savait pas trop ce qu'il y avait à dire. Ils se voyaient. Point final. Ils ne prévoyaient pas un putain de mariage comme Jag et Carly, et ils ne cherchaient pas le nom de leur futur enfant comme Pid et Monica.

— D'accord, je peux respecter ça. Mais j'essaie juste de la protéger. Les femmes ne sont pas... comme nous. Elles sont plus émotives. Elodie et moi, nous nous inquiétons que les choses tournent mal si l'un d'entre vous tombe amoureux et pas l'autre.

Slate ne put s'empêcher de rire.

— Nous ne sommes pas amoureux, dit-il sans hésiter. En fait, c'était l'idée d'Ashlyn d'avoir une relation sans lendemain.

— Mais tu passes beaucoup de temps avec elle, dernièrement. Et maintenant tu y passes la nuit, précisa Mustang.

Slate se renfrogna.

— Et alors ?

— Alors, je dis simplement : fais attention. J'aime beaucoup Ashlyn. Elodie aime beaucoup Ashlyn. Bon sang, *tout le monde* l'aime beaucoup. Je ne voudrais pas voir les choses devenir gênantes à l'avenir si ça ne marche pas entre vous.

— Ça n'arrivera pas, répondit Slate fermement.

Il vit l'air sceptique de son ami.

— Nous en avons déjà parlé. Tout va bien. Super, même. Le sexe est bon — non, c'est carrément phénoménal. C'est amusant de traîner avec elle et nous passons du bon temps. Mais c'est tout, Mustang. Sérieusement.

— Tu sais ce qu'on dit sur les gens qui protestent trop, n'est-ce pas ? fit remarquer son ami d'un ton sarcastique.

— J'ai besoin que tu me lâches avec ça. Je te respecte et je prendrais une balle pour toi, mais laisse tomber. Ça va bien. Elle me plaît. Je ne suis pas amoureux d'elle et je ne suis pas prêt à me caser comme toi et les autres. Si tu ne peux pas le supporter, je ne sais pas quoi dire. Je n'ai pas reçu le mémo indiquant que je devais épouser la prochaine fille avec laquelle je couchais, râla Slate en se sentant maintenant sur la défensive.

— D'accord, répondit Mustang en levant les mains. Je te lâche. J'ai dit ce que je voulais dire, de toute façon. Revenons-en au travail. Je n'ai pas encore prévenu le reste de l'équipe, je le ferai ce matin quand nous arriverons tous au travail, mais il y a de bonnes chances pour que nous partions dans le Bahreïn plus tard cette semaine.

Slate grimaça.

— En mission de gardes du corps ?

— Oui, acquiesça Mustang. Les tensions sont toujours élevées maintenant qu'Israël fait partie du commandement central des États-Unis au lieu de l'européen. Avec la rencontre CENTCOM dans le Bahreïn la semaine prochaine, on nous a demandé non seulement de fournir une sécurité renforcée aux représentants américains, mais d'être là en cas de problèmes.

— Mince, soupira Slate.

Puis il haussa les épaules.

— Ça vaut mieux que de ramper dans les montagnes d'Iran ou d'Irak pour chercher les insurgés.

— C'est très vrai. Personne ne s'attend à ce qu'il y ait autre chose que... quelques jours d'ennui pendant que les politiciens tentent de trouver une espèce de compromis en politique étrangère.

— D'accord. Il me tarde d'en savoir plus tout à l'heure. Oh, attends, penses-tu que nous partirons *après* mercredi ?

— Probablement, pourquoi ?

— J'ai dit à Ash que j'allais l'accompagner pour ses livraisons mercredi après-midi, expliqua Slate.

Mustang sourit, mais comme promis, il ne saisit pas l'occasion pour faire un autre commentaire au sujet de sa relation avec Ashlyn.

— Je pense que tu pourras le faire. Les réunions ne commencent pas avant dimanche, alors nous ne devrions pas partir avant vendredi. Jeudi soir au plus tôt.

— Super. Tu ne t'attends pas à ce qu'il y ait des complications pour revenir, n'est-ce pas ? Ce serait nul si Jag et Carly devaient déplacer leur mariage.

— Non. C'est une des raisons pour lesquelles j'ai encouragé le commandant à nous laisser prendre cette mission au lieu d'une autre, avoua Mustang. Le mariage n'a lieu que dans un mois environ, mais nous savons tous les deux comment les missions courtes et faciles peuvent parfois s'avérer être tout le contraire.

Slate hocha la tête en approuvant. Mustang était un bon chef d'équipe. Il n'avait pas peur de prendre les décisions difficiles quand c'était nécessaire, mais il avait toujours en tête l'intérêt des Seals sous son commandement.

— Je m'en vais. À plus tard, dit Slate.

Mustang hocha la tête et ferma son coffre.

— À plus.

Sur le chemin du retour chez lui, Slate refusa de trop réfléchir à ce que Mustang avait dit. Ashlyn et lui étaient très bien ensemble. Ils savaient où ils en étaient. Aucun d'eux n'était prêt pour une relation permanente et aucun d'eux n'était amoureux de l'autre. Tout allait bien. Super, même.

Slate refusait de laisser les inquiétudes de ses amis l'atteindre. Ce n'était pas parce qu'ils avaient envie de le voir casé comme eux que ça allait arriver dans l'immédiat.

Il laissa ses pensées revenir vers la veille au soir. Le désir qu'Ashlyn ressentait pour lui. Sa queue durcit et Slate inspira profondément. Pendant juste un instant, il souhaita être de retour chez elle. Il aurait aimé la réveiller en posant la bouche entre ses jambes, lui donnant un orgasme ou deux avant de jouir lui-même. Mais il allait devoir se satisfaire de sa propre main dans la douche.

Plus tard, il allait appeler Ashlyn pour vérifier qu'elle était réveillée et debout avant de partir au travail. Si l'équipe devait quitter la ville, il allait falloir préparer toute une logistique en avance. Toute la semaine allait être remplie de rapports et de recueil d'informations, sans mentionner leur entraînement du mercredi matin. Passer du temps avec Ashlyn pendant ses livraisons allait être une pause agréable dans ce qui se présentait comme une semaine chargée.

CHAPITRE DIX

— Tu as l'air fatigué, lâcha Ashlyn.

Elle n'avait pas l'intention d'être aussi impolie dès le départ, mais elle ne pouvait pas ravaler ses mots maintenant. Elle n'avait pas vu Slate depuis lundi et elle détestait le voir si épuisé.

Heureusement, il ne se vexa pas.

— Oui, nous avons eu quelques longues journées.

Slate lui avait parlé de la mission à venir quand il l'avait appelée lundi soir, et il l'avait rassurée en disant que ce n'était rien de dangereux. Elle n'était pas certaine de pouvoir entièrement le croire, mais comme il ne lui avait encore jamais menti jusqu'ici, elle se dit qu'elle allait lui laisser le bénéfice du doute.

Mais juste parce que ce n'était pas une histoire de vie ou de mort, ça ne signifiait pas qu'il ne travaillait pas comme un malade. Ce n'était que tard la veille au soir qu'il avait su avec certitude qu'il avait l'après-midi de libre.

Ashlyn avait été impatiente qu'il rencontre certains de ses clients, et même si elle l'aurait compris s'il avait dû annuler, elle était soulagée qu'il puisse l'accompagner. Malgré tout, elle ne put s'empêcher de dire :

— Si tu préfères ne pas venir pour pouvoir faire la sieste, je comprendrais.

Ils se trouvaient dans le parking près de Food For All, où elle l'avait rejoint après le déjeuner pour continuer son itinéraire de livraisons. Slate s'avança vers elle et posa la main de chaque côté de sa tête.

— Ça fait un moment maintenant qu'il me tarde. Toutes les histoires que tu racontes sur tes clients me passionnent. Je veux t'accompagner, Ash.

— D'accord, dit-elle avec un énorme sourire.

Il la fixa longuement avant de baisser lentement la tête.

— Je ne t'ai pas dit bonjour correctement, n'est-ce pas ? demanda-t-il.

Il ne lui laissa pas le temps de répondre avant de poser les lèvres sur les siennes. Contrairement à certains de leurs baisers, celui-ci fut lent et paresseux, mais cela poussa néanmoins Ashlyn à se tortiller.

— Maintenant, je suis prêt à partir, dit-il après avoir levé la tête et s'être léché les lèvres comme s'il essayait de capturer sa saveur.

— Et moi, je suis terriblement excitée, marmonna Ashlyn.

Elle fut récompensée par un gloussement de Slate. Il fit le tour jusqu'au côté conducteur de sa RAV4 et ouvrit la portière pour elle. Elle s'installa au volant et observa Slate pendant qu'il faisait le tour.

Quand il fut installé et qu'il avait mis sa ceinture, il lança :

— En route, chauffeur !

Ashlyn leva les yeux au ciel.

— N'importe quoi, dit-elle en démarrant la voiture.

Il se contenta de sourire.

Quand elle eut quitté la place de parking et qu'ils étaient en route, elle demanda :

— Ça t'ennuie que je conduise ?

— Pourquoi donc ? demanda-t-il, son étonnement facile à entendre.

— Eh bien, les hommes comme toi semblent aimer être aux commandes tout le temps. Tout contrôler. Et laisser une femme conduire, c'est tout le contraire.

— Ça m'est complètement égal que tu conduises, dit-il tranquillement. Il y a des moments où j'aime être aux commandes, et je ne peux nier avoir un petit problème de vouloir tout maîtriser. Mais je t'ai vu conduire, bébé. Tu fais attention et tu n'es pas imprudente. Tu ne roules pas trop vite et tu n'as jamais klaxonné de colère contre quelqu'un. Je sais que ces choses-là ne te rendent pas immunisée contre les accidents, mais je suis à l'aise quand tu conduis.

Certaines femmes auraient pu ne pas trouver ces commentaires très importants, mais Ashlyn eut l'impression d'avoir passé un test très important. C'était bête, elle ne faisait que conduire, mais quand même.

— Merci, dit-elle au bout d'un moment. J'ai toujours pensé que c'était fou qu'un homme pense être plus en sécurité dans une voiture quand il conduit.

Slate lui sourit.

— Alors, où allons-nous en premier ?

— Les Turner. Trey est sûrement au travail, mais Brooklyn sera là avec les petits.

— Les enfants ont deux et trois ans, n'est-ce pas ? demanda Slate.

Ravie qu'il s'en soit souvenu, Ashlyn hocha la tête.

— Oui. Et ils ne sont pas faciles.

— Tu veux des enfants ? demanda Slate.

Ashlyn écarquilla les yeux en le regardant.

Il éclata de rire.

— Détends-toi. Ce n'était pas une invitation. Je suis simplement curieux.

Elle poussa un soupir de soulagement.

— Je suppose.

— Mmm, ça ne ressemble pas à un oui, fit remarquer Slate.

Ashlyn haussa les épaules.

— Ce n'est pas que je n'aime pas les enfants. Au contraire. Mais jusqu'ici, je n'ai jamais eu un grand besoin d'avoir les miens. Ça me rend peut-être égoïste, mais j'aime ma vie. Je vois Brooklyn, ou Jazmin, ou d'autres parents sur mon itinéraire et je vois comme ils galèrent et comme ils sont toujours épuisés, et ça ne me rend pas vraiment pressée de devenir maman.

— Tu ne penses pas qu'ils sont heureux avec leurs enfants ?

— Ce n'est pas ça. Ils aiment leurs enfants, c'est évident. Et je ressentirais sans doute autre chose si j'avais les miens, mais pour l'instant, je ne ressens pas cette espèce de besoin.

Elle haussa encore les épaules, luttant pour trouver les mots appropriés.

— C'est difficile à expliquer.

— Non, tu l'expliques très bien. Et pour ce que ça vaut, je ne pense pas que tu es égoïste. Avoir des enfants est un engagement énorme. Cela prend du temps, beaucoup d'efforts et oui, de l'argent. Sans parler du fait que le monde est un endroit effrayant et qu'il semble devenir plus effrayant à chaque jour qui passe. Je comprends.

Ashlyn jeta un coup d'œil vers lui.

— Quel est ton point de vue sur les enfants ?

Elle n'arrivait pas à croire qu'elle avait eu le cran de lui poser la question. D'un autre côté, c'était lui qui avait lancé cette conversation.

— À peu près pareil que toi. Ma réticence vient davantage du fait que je détesterais laisser un enfant sans père s'il m'arrivait quelque chose. Je suis doué pour mon travail et j'ai cinq des meilleurs hommes que je pourrais vouloir pour me soutenir, mais quand le moment sera venu, ce sera terminé. Je ne voudrais pas qu'un de mes enfants doive gérer ma mort.

— Mais tu ne seras pas toujours un Seal, fit remarquer Ashlyn.

— C'est vrai. Et mon opinion sur le fait d'avoir des enfants pourrait changer quand j'aurai quitté mon service.

Ce fut son tour de hausser les épaules.

Ils restèrent silencieux un moment pendant qu'Ashlyn conduisait.

— En tout cas, je pense que tu serais une très bonne mère, dit Slate. Tu trouverais un moyen de t'organiser si tu avais un enfant. Je suppose que tu l'attacherais sans doute dans son siège auto et que tu continuerais tes livraisons en charmant tous tes clients.

Elle sourit.

— Merci. Et pareil pour toi. Tu serais un père fabuleux. J'ai l'impression que tu serais vraiment présent et que n'importe quel enfant de toi serait un mini-toi. Il ou elle te suivrait partout en voulant être comme son papa.

Slate ne répondit pas et lui attrapa simplement la main. Il serra doucement, puis continua à la tenir pendant qu'elle conduisait.

Voici ce qu'Ashlyn avait toujours voulu dans une relation. Quelqu'un avec qui elle pouvait être sincère, un véritable partenaire avec lequel elle s'entendait sexuellement... et qui pouvait lui donner des papillons dans le ventre en lui tenant simplement la main.

Elle retint un soupir ironique. Évidemment, elle avait trouvé exactement ce qu'elle souhaitait avec un homme qu'elle ne fréquentait pas pour une relation sérieuse.

Dix minutes plus tard, elle s'engagea dans la rue où vivaient les Turner. Elle se gara devant leur maison et coupa le moteur. Slate et elle descendirent de la voiture quand elle eut appuyé sur le bouton pour ouvrir le coffre. Slate attrapa le carton avec les repas et la suivit pendant qu'elle s'avançait vers la porte d'entrée.

Elle frappa doucement pour ne pas réveiller les enfants s'ils faisaient la sieste, mais le cri d'excitation à l'intérieur lui fit savoir qu'ils ne dormaient absolument pas.

Brooklyn ouvrit la porte, les rejoignant sur la terrasse quand Briar et Curtis s'avancèrent en titubant et attrapèrent les jambes d'Ashlyn.

— Ash ! cria le petit garçon avec un énorme sourire.

Sa sœur ne dit rien, se contentant de lever la tête en souriant.

— Salut, les enfants ! Vous allez bien aujourd'hui ? demanda Ashlyn.

Les bambins ne répondirent pas, mais elle ne s'y attendait pas de toute façon. Ashlyn regarda leur maman... et ravala un gloussement en voyant comment elle fixait Slate. Il portait toujours l'uniforme qu'il avait mis au travail ce matin-là, et il avait commencé à faire pousser un peu sa barbe. Il avait dit que c'était en préparation pour la mission qu'ils allaient faire dans quelques jours : dans de nombreux endroits, une barbe l'aidait à se mêler aux habitants. Mais pour l'instant, elle le rendait encore plus beau.

Brooklyn était manifestement d'accord avec Ashlyn.

— Salut, Brook, dit Ashlyn. Voici Slate. Il m'aide avec les livraisons aujourd'hui.

— Bonjour, dit-elle timidement.

— Bonjour, dit Curtis en imitant sa mère.

Il s'avança vers Slate et attrapa la jambe de son pantalon.

— Porte ! exigea-t-il.

— Oh, je suis désolée, s'excusa Brooklyn en tendant les

mains vers son fils. Il veut tout le temps être porté, en ce moment. Ça me tue le dos.

— Aucun souci, dit Slate. Tu veux bien prendre ça ? demanda-t-il en tendant le carton à Ashlyn.

Elle le prit et le regarda se baisser et soulever le petit garçon. Il le posa sur sa hanche et sourit.

— Bonjour, Curtis. As-tu été un gentil garçon aujourd'hui pour ta maman ?

Curtis semblait fasciné par Slate. Il posa la main sur son visage et tapota sa barbe.

Ashlyn aurait pu jurer que ses ovaires frémirent en voyant Slate tenir le petit garçon. Elle venait peut-être de lui dire qu'elle n'était pas prête à avoir des enfants, mais le voir avec Curtis lui faisait déjà remettre en question cette décision.

— Entrez, dit Brooklyn en soulevant la petite Briar et en faisant un signe vers la maison. C'est le bazar, mais j'ai appris à m'y faire et à essayer de ne pas être trop gênée. Avoir deux tout-petits n'aide pas du tout à garder une maison rangée.

— Aucun problème, la rassura Ashlyn. Et nous ne pouvons pas rester aujourd'hui. Je suis en retard sur le planning parce que j'ai pris un long déjeuner histoire de rejoindre Slate. Mais tu vas adorer la nourriture. Elodie s'est surpassée avec les repas, aujourd'hui. Elle a fait des sandwiches végétariens, ce qui peut paraître vraiment banal et ennuyeux, mais comme d'habitude, elle a réussi à en faire un plat gourmet. Elle a finement tranché des poivrons rouges et verts, mis des oignons, des champignons, des aubergines, de la laitue et des tomates dans une fougasse. Puis elle a ajouté du brie et cette délicieuse mayonnaise au raifort. Crois-moi, même si tu ne penses pas aimer quelques-uns de ces ingrédients, tu vas changer d'avis en les goûtant tous ensemble.

— Ça a l'air incroyable, dit Brooklyn.

— Et je sais que Trey n'est pas un grand fan de légumes, alors je lui ai pris une escalope de poulet au citron et au poivre. Oh, et pour les desserts, les barres à sept couches sont à mourir. Je te recommande d'avoir un verre de lait près de toi quand tu les manges, suggéra-t-elle avec un sourire. Ça va parfaitement ensemble.

— Il me tarde de tout goûter.

— J'ai aussi des couches faites en apprentissage dans la voiture, dit Ashlyn. Quelqu'un est passé et les a données, alors je me suis dit que tu pourrais t'en servir.

— Oh, oui, merci beaucoup !

— Si tu le prends, je vais aller les chercher, dit Slate.

Ashlyn tendit immédiatement les mains vers le petit garçon. Curtis sourit, heureux d'avoir une autre adulte qui faisait attention à lui. Sa sœur au contraire, semblait satisfaite de rester dans les bras de sa mère.

Dès que Slate quitta la terrasse en retournant vers la voiture, Brooklyn dit :

— Waouh !

Ashlyn rit.

— Pas mal, hein ?

— Je me souviens que tu as dit sortir avec quelqu'un, mais *mince*.

— Oui, il est super.

— Si ce que tu as dit de lui est vrai, il est plus que super. Il faut que tu t'accroches à lui, Ash. Il est magnifique, attentionné, et il a été super avec Curtis.

— Ce n'est pas sérieux entre nous, protesta Ashlyn.

Brooklyn leva un sourcil.

— Et il est au courant ? Parce que la façon dont il te regarde semble indiquer le contraire.

— Bien sûr qu'il le sait. C'est juste sa nature. Il est très... intense.

— D'accord, continue à te dire ça.

Ashlyn ouvrit la bouche pour protester, mais Slate revint avant qu'elle puisse ajouter autre chose.

— Et voilà. Puis-je les poser à l'intérieur ?

— Oui, merci, dit Brooklyn avec un sourire et en faisant un pas de côté avant d'agiter les sourcils en regardant Ashlyn dès que Slate s'était retourné pour poser le carton de couches juste à l'intérieur de la porte.

Elle se contenta de sourire à l'autre femme.

— Merci encore pour les repas. Il me tarde de les goûter.

— Avec plaisir. À vendredi, lui dit Ashlyn en se penchant et en déposant prudemment Curtis sur la terrasse. Quand sa mère ouvrit la porte, il courut dans la maison avec un cri et sans un regard en arrière.

— Bon sang, il est en forme, aujourd'hui. Merci encore, et à vendredi, dit Brooklyn en rentrant pour attraper son bambin.

Quand ils retournèrent dans la voiture, Slate lui sourit.

— Quoi ? demanda Ashlyn.

— Rien.

— Allez, quoi ? insista-t-elle.

— Tu avais l'air bien avec lui.

Elle savait exactement de qui parlait Slate.

— Je pourrais dire la même chose de toi. Je maintiens mon affirmation de tout à l'heure : tu ferais un super papa.

— Elle est gentille, mais elle a du mal, dit Slate ensuite.

— Je sais. J'aimerais en faire plus pour elle.

— Tu en fais plus que la plupart des gens. Et j'ai remarqué que tu ne lui as pas dit avoir *acheté* ces couches.

Ashlyn haussa les épaules.

— C'est quelqu'un de fier. Et ce n'était pas grand-chose pour moi de récupérer un carton au magasin quand j'y étais la dernière fois.

— Je regrette de ne pas avoir fait ça plus tôt, dit Slate.

— Fait quoi ? demanda Ashlyn en démarrant la voiture.

— T'avoir accompagnée. Voir les gens que tu aides. Sinon, je ne t'aurais peut-être pas autant embêtée au sujet des livraisons.

Ces mots furent importants pour elle.

— Merci.

— Je suis sérieux. Ils t'aiment beaucoup, c'est évident, et tu t'inquiètes beaucoup pour eux. Ils ont de la chance de t'avoir de leur côté.

— Eh bien, tu n'as rencontré qu'une cliente, dit Ashlyn, presque gênée par ses compliments. Ils ne sont pas tous aussi aimables que Brooklyn et ses enfants.

— Je parie qu'ils te sont quand même reconnaissants, dit Slate. Où allons-nous ensuite ?

L'après-midi s'écoula rapidement. C'était agréable de travailler aux côtés de Slate. Comme Ashlyn l'avait expliqué, tous ses clients n'étaient pas particulièrement aimables, mais ils semblaient tous contents de la voir et reconnaissants pour la nourriture.

Il était presque cinq heures quand elle se gara devant la dernière maison.

— J'ai gardé James pour la fin, dit-elle à Slate. Il va être super excité de te rencontrer et il voudra sans doute parler de la Navy. Est-ce que ça te va ? Ou faut-il que tu rentres ?

— Aucun problème, dit Slate. Je t'ai tellement entendu parler de lui que j'ai déjà l'impression de le connaître. Voudras-tu manger ensemble après être repassés voir Lexie à Food For All ?

Ashlyn hocha la tête.

— Avec plaisir.

— Entendre parler du sandwich végétarien et du poulet au citron toute la journée me fait gargouiller l'estomac.

Elle éclata de rire.

— Allez, viens, je suis sûre que James nous attend. Il a

un fauteuil juste à côté de la fenêtre de devant, afin de voir toutes les allées et venues des gens du quartier.

Cette fois, quand ils marchèrent vers la porte, Slate lui tint la main en portant le repas restant de l'autre.

James ouvrit la porte avant qu'ils l'atteignent.

— Comment va ma fille préférée ? demanda-t-il avec un sourire.

Ashlyn lâcha la main de Slate et embrassa prudemment le vieil homme. Il avait le dos arrondi par l'âge et ses cheveux blancs étaient ébouriffés sur sa tête. Il avait une barbe de quelques jours parce qu'il ne s'était pas rasé, et il y avait des taches sur sa chemise. Mais l'accueil qu'il lui réservait chaque fois était si sincère que son apparence ne la troublait même pas.

— Désolée pour notre retard, dit-elle en s'écartant.

Ashlyn garda la main sur son bras pour s'assurer qu'il ne tombe pas. Pour ses quatre-vingt-huit ans, il était étonnamment mobile, mais elle ne voulait pas prendre le risque qu'il trébuche.

— Tu n'es pas en retard, tu arrives exactement à temps ! s'exclama James. Je viens de préparer plus de café. As-tu le temps de rester un moment ?

Ashlyn aurait dû le gronder pour la quantité de café qu'il buvait, mais l'unique fois où elle avait abordé le sujet, il lui avait dit qu'il buvait deux cafetières chaque jour et qu'il n'était pas sur le point d'arrêter maintenant.

— Nous aimerions beaucoup rester un moment, le rassura Ashlyn. James, je veux te présenter Slate. C'est mon petit ami. Je t'ai parlé de lui.

— C'est le Seal ? demanda James.

Ashlyn fit de son mieux pour cacher son sourire. Slate lui avait dit qu'elle pouvait parler de son travail à James, et ça l'amusait assez qu'il ne se soit pas encore adressé directement à lui.

— Oui. C'est lui.

Le regard de James se tourna vers Slate. Il se tint un peu plus droit et leva la main sur son front pour le saluer.

— Ravi de te rencontrer.

Slate fit un salut à son tour.

— J'ai entendu dire que vous aviez de sacrées histoires sur votre époque dans l'armée, dit-il.

Ashlyn sentit James se détendre sous sa main. Il était évident qu'il avait été nerveux à l'idée de rencontrer Slate. Il avait avoué à Ashlyn qu'il ne sortait plus tellement et qu'il avait du mal à communiquer avec les jeunes gens.

— Je parie que tu en as aussi, dit James.

— Effectivement, acquiesça Slate.

— Eh bien, venez, ne restez pas dehors toute la journée. Je vais aller nous chercher du café et nous pourrons parler.

— Et si tu allais t'asseoir avec Slate ? Je vais aller chercher le café, suggéra Ashlyn.

Elle savait d'expérience que James aimait son café très fort et très noir. Si elle devait en avaler, il fallait qu'elle modifie un peu le sien.

— Bien, bien. Nous allons nous asseoir et nous détendre, alors, dit James.

Ashlyn tendit la main vers le sac que tenait Slate. Il le lui fit passer tout en attrapant le coude de James en même temps, pour être certain qu'il ne tombe pas. Le geste fut si naturel qu'elle se dit que James n'avait pas l'impression d'être traité comme un invalide.

Slate hocha la tête vers elle et Ashlyn ne put s'empêcher de voir l'approbation et l'admiration dans ses yeux quand il soutint son regard un moment. Il guida James dans la maison. Elle était petite et encombrée, mais propre. Ashlyn savait que quelqu'un venait un jour sur deux pour faire les petites corvées dans la maison et vérifier que James mangeait.

Slate l'installa sur le fauteuil relax où il préférait manifestement s'asseoir et il s'installa sur le canapé en face du vieil homme. Ashlyn les entendit immédiatement commencer à parler de la vie à bord d'un bateau de la marine et des pays qu'ils avaient visités.

En souriant, elle posa le sac avec le poulet au citron sur le comptoir et ouvrit le placard pour sortir deux tasses de café. La tasse de James était déjà posée sur le comptoir, tachée de marron après de nombreuses années d'utilisation. Ashlyn avait été horrifiée la première fois qu'elle l'avait vue, et elle avait essayé de frotter les taches, mais en vain. Elle s'était dit que si boire dans cette tasse n'avait pas encore tué James, ça ne valait pas la peine de s'inquiéter.

Elle posa le poulet sur une assiette, ainsi que les légumes, voulant s'assurer que James mange avant qu'ils partent, et après l'avoir réchauffé aux micro-ondes, elle découpa le poulet en petites bouchées. James pouvait couper sa propre nourriture, mais il avait avoué une fois que sa femme avait l'habitude de faire la même chose pour lui, et que ce petit geste lui manquait. Elle versa le café sombre dans les tasses. À peu près certaine que Slate n'allait pas être gêné par ce café fort, elle ajouta du sucre seulement dans le sien.

Elle apporta d'abord le café aux hommes, souriant intérieurement quand James la regarda à peine. Ça ne la gênait pas, car c'était agréable de le voir aussi enthousiaste de parler avec quelqu'un qui pouvait vraiment apprécier son passé.

Elle porta ensuite l'assiette à James et lui tendit une fourchette. Il n'interrompit pas l'histoire qu'il racontait à Slate sur son époque à bord de l'USS Maddox et quand ils avaient affronté trois vedettes lance-torpilles vietnamiennes dans les années soixante. Il se contenta de porter la première fourchette de poulet à sa bouche et continua à parler.

Slate croisa encore son regard, les yeux étincelants d'humour, avant de boire une gorgée de café et de reporter son attention sur le vieil homme.

Ashlyn retourna à la cuisine, réticente à s'immiscer dans ce moment « entre hommes » ayant lieu dans l'autre pièce. Elle adorait écouter les histoires de James, mais elle avait entendu la plupart d'entre elles plus d'une fois. En examinant la cuisine, elle fronça les sourcils. Elle n'eut pas l'impression que la personne qui aidait James avait fait grand-chose depuis qu'elle était venue la veille. D'après ce qu'elle avait compris, Aiden Quinlan venait le mardi, le jeudi et le dimanche pour aider James.

Elle ne l'avait rencontré qu'une seule fois, et Ashlyn ne savait pas trop quoi penser de cet homme. Il faisait la taille de Slate, environ un mètre quatre-vingt-dix, et il avait à peu près le même âge également, le début de la trentaine. Il avait les cheveux blonds et les yeux bleus, avait été assez silencieux quand elle l'avait rencontré... mais pour une raison qui lui échappait, il ne plaisait pas à Ashlyn. Elle ne savait pas pourquoi exactement. C'était juste une intuition. James semblait l'apprécier, alors elle avait gardé son opinion pour elle.

Mais dernièrement, quand elle était passée, elle avait eu l'impression que la maison n'était pas aussi bien entretenue qu'elle aurait dû l'être. En jetant un coup d'œil dans les toilettes à côté de la cuisine, Ashlyn fronça le nez. Le rouleau de papier toilette était vide, la poubelle était pleine et le battant des toilettes était levé. Il était évident que la pièce n'avait pas été nettoyée depuis un moment.

Elle retourna dans la cuisine pour attraper des serviettes en papier et un détergent. Pendant que James et Slate parlaient, elle se dit qu'elle allait passer le temps en nettoyant un peu.

Une demi-heure plus tard, les toilettes étaient propres, tout comme la cuisine. Elle avait lavé la vaisselle dans l'évier et avait jeté la nourriture gâtée du réfrigérateur. Elle était même allée dans la chambre de James et avait ramassé ses vêtements sales et lancé une machine.

Elle fut surprise lorsque quelqu'un frappa à la porte. Ashlyn retourna dans le salon où James et Slate avaient parlé sans s'arrêter. Elle écarquilla les yeux en voyant Aiden. D'après ce qu'elle savait, il n'était pas censé venir les mercredis.

— Oh, bonjour. Je pensais que tu serais déjà partie, fit Aiden en apercevant Ashlyn.

Elle entra dans la pièce et haussa les épaules.

— J'ai organisé mon planning de livraisons afin que Slate puisse rencontrer James.

— Bonjour. Ravi de te rencontrer, dit Aiden, même s'il n'avait pas encore été présenté. Je suis juste passé te voir, James, parce que tu as dit que tu avais mal aux jambes, hier.

— Tu as mal aux jambes ? demanda Ashlyn, inquiète.

— Ce n'est pas grand-chose, murmura James en balayant ses inquiétudes de la main. J'ai quatre-vingt-huit ans, j'ai le droit d'avoir des douleurs par-ci par-là.

— En as-tu parlé à ton médecin ? dit Ashlyn.

— Pas encore. Je le ferai, si ça continue, la rassura James.

— Eh bien, puisque tu as l'air d'aller bien, je vais repartir, annonça Aiden en utilisant le pouce pour montrer la porte d'entrée par laquelle il était arrivé.

— Puis-je te parler une seconde ? demanda Ashlyn rapidement.

Une trace d'impatience passa sur le visage d'Aiden.

— Ça ne sera pas long, lui dit-elle.

— Très bien.

— Nous pouvons parler dans la cuisine, précisa-t-elle quand Aiden ne sembla pas vouloir quitter l'endroit qu'il occupait à côté de la porte.

Il poussa un soupir et hocha la tête en marchant vers elle.

Les yeux de Slate étaient rivés sur l'autre homme, et quand Aiden jeta un coup d'œil dans sa direction lorsqu'il passa devant le canapé, Ashlyn le vit faire un pas sur le côté... comme pour l'éviter.

S'il se méfiait un peu de Slate, Ashlyn n'allait pas s'en plaindre.

Quand ils furent dans la cuisine, hors de portée des oreilles de James, Ashlyn n'hésita pas à aborder le sujet.

— Cet endroit était un peu un désastre quand je suis arrivée. Les toilettes, la cuisine et la chambre étaient en désordre. Tu es payé pour l'aider à faire le ménage, n'est-ce pas ?

— Tu n'as pas à me dire comment faire mon travail, rétorqua Aiden méchamment.

Ashlyn fut un peu surprise par son ton venimeux. Elle aurait sans doute pu être un peu plus diplomate en critiquant l'état de la maison, mais tout de même.

— Tu as raison, je suis désolée, dit-elle immédiatement.

Ce fut la bonne réaction. Les épaules d'Aiden retombèrent et il passa une main dans ses cheveux blonds assez longs.

— Non, c'est moi qui suis désolé. Je ne voulais pas être désagréable. James n'a pas passé une bonne journée hier, et il n'était pas non plus lui-même le week-end dernier. J'ai passé tout mon temps à lui parler, à essayer de le sortir de la dépression dans laquelle il semble être tombé.

Ashlyn fronça les sourcils.

— La dépression ?

— Oui. Il était toujours au lit quand je suis arrivé

dimanche et il m'a dit qu'il ne voulait pas se lever quand j'essayais de l'encourager à le faire, expliqua Aiden.

Ashlyn ne fut pas heureuse d'entendre cela. Elle était aussi surprise.

— Il semble aller bien aujourd'hui.

— Oui, et c'est un soulagement, acquiesça Aiden. Je n'ai pas eu le temps de nettoyer comme je le fais d'habitude, c'est pour cela que c'est moins rangé que d'habitude. Demain, je ferai en sorte de m'occuper de ce que tu n'as pas fait. Merci d'avoir fait la vaisselle et tout.

— Avec plaisir. Je pense qu'il nous faut dire quelque chose à son médecin au sujet de ses jambes et de sa dépression.

— Ça le gêne. Il dit qu'il devrait être capable de mieux prendre soin de lui-même, avoua Aiden. Il a beaucoup parlé de sa femme et comme elle lui manque. Je pense qu'il finira par se remettre, et je ne sais pas trop si c'est une bonne chose d'impliquer un médecin sans sa permission. Même si nous le faisions, nous savons tous les deux qu'ils vont juste lui prescrire des médicaments qui vont l'assommer. C'est pour cette raison que je suis passé aujourd'hui alors que ce n'était pas prévu au programme. Je voulais voir comment il allait. Vérifier qu'il était sorti du lit et qu'il allait bien.

Ashlyn hocha la tête.

— C'est gentil. Il est comme mon propre grand-père, maintenant. J'aimerais qu'il ne vive pas tout seul, mais je suppose que nous n'y pouvons rien.

— Non. Quoi qu'il en soit, merci encore d'avoir pris le relais. Comme je l'ai dit, je m'occuperai du reste de la maison demain.

Rassurée, Ashlyn lui sourit.

— Super.

— Parfait.

Il lui sourit à son tour avant d'ajouter :

— Alors... est-ce sérieux entre ce type dans le salon et toi ?

Ashlyn fut surprise par la question.

— Euh... assez sérieux.

Pas vraiment, mais elle n'avait pas l'intention d'expliquer la relation de Slate et elle à Aiden. Pas alors qu'elle ne le connaissait pas du tout.

— Dommage. Tu es plutôt canon. Si tu veux sortir un jour, il te suffit de laisser ton numéro de téléphone sur le comptoir après une livraison. Nous pourrions nous voir.

— Euh... d'accord.

— D'accord, répéta-t-il avant de frapper deux fois sur le comptoir et de retourner dans l'autre pièce.

Ashlyn le suivit en prenant soin de garder ses distances. Elle ne voulait pas qu'Aiden se fasse des idées. Il devait être un type décent, puisqu'il avait choisi un travail pour lequel il aidait les personnes âgées comme James. La première et seule fois qu'elle l'avait rencontré, il avait parlé des trois autres personnes âgées dont il s'occupait. Mais elle n'était pas attirée par lui... et il restait cette intuition qu'elle avait eue lors de leur première rencontre. Elle ne voulait pas sortir avec ce type.

Aiden hocha la tête vers James et Slate, puis il se dirigea vers la porte.

— À demain, mon vieux, dit-il nonchalamment en partant.

Il ne laissa même pas le temps à James de répondre avant de sortir et se diriger vers une vieille Chevy Chevette garée derrière la RAV4 d'Ashlyn.

— Viens t'asseoir, bébé, dit Slate en tapotant le coussin à côté de lui.

Incapable d'interpréter le regard qu'il avait, elle fit ce qu'il demandait. Elle était fatiguée de la journée et d'avoir nettoyé la cuisine et les toilettes, et une petite pause n'allait pas lui faire de mal.

À la seconde où elle s'installa, la main de Slate atterrit sur sa jambe. Ses doigts reposaient contre l'intérieur de sa cuisse... c'était une position très possessive. Elle ne dit rien, mais elle vit James les observer attentivement avec un petit sourire.

— Alors... vas-tu prendre soin d'Ashlyn ? demanda James.

— Oui, dit Slate sans hésiter.

— J'ai entendu une maxime un jour, et elle m'est restée : un homme ne protège pas sa femme parce qu'elle est faible, il la protège parce qu'elle est importante, dit James.

Ashlyn faillit fondre sur place. Ça lui plaisait. Beaucoup. Elle pensa à Elodie et Lexie, et Carly, Monica, Kenna. Ses amies étaient fortes et indépendantes, mais elles avaient toutes été dans des situations où elles avaient eu besoin d'être protégées contre le mal dans ce monde. Et leurs hommes, les coéquipiers de Slate, n'étaient pas seulement intervenus, mais ils avaient fait en sorte que ses amies n'aient jamais l'impression de ne pas être capables ou fortes.

— C'est très vrai, dit Slate en se tournant pour regarder Ashlyn dans les yeux. Une chose que j'ai apprise au cours des années est que souvent, la personne la plus forte est celle qui a le plus besoin de soutien.

— Il me plaît, dit James à Ashlyn. Il faut que tu le gardes.

Ashlyn sourit au vieil homme.

— Il me plaît aussi.

Elle n'avait pas l'intention d'aborder le sujet de le « garder », même de très loin. Elle pensa soudain que lorsque Slate et elle finiraient par rompre, cela pourrait bien faire plus de mal à ses amis, y compris James, qu'à elle-même.

— Comment était-ce ? demanda-t-elle en hochant la tête vers l'assiette vide devant James.

— Bon, comme d'habitude. Ton amie sait vraiment cuisiner, dit-il.

— C'est vrai, acquiesça Ashlyn. Je vais ramener ton assiette à la cuisine avant de partir.

Même si elle avait envie de rester plus longtemps, il se faisait tard et Slate avait été fatigué avant même qu'ils partent pour les livraisons. Il devait être encore plus épuisé maintenant.

— Y a-t-il quelque chose que nous pouvons faire avant de partir ? demanda Slate quand Ashlyn se fut levée.

Elle sentit ses doigts courir le long de son dos avant qu'elle parte attraper l'assiette à côté de James.

— Je n'ai besoin de rien.

— Vous en êtes sûr ? Vos jambes ne vous font pas mal, aujourd'hui ?

Ashlyn marqua une assez longue pause pour entendre la réponse de James.

— Non. Aiden est un éternel inquiet. Je vais bien.

Satisfaite par l'insistance dans la voix de son ami, Ashlyn entra dans la cuisine.

Elle lava l'assiette et la fourchette à la main et les rangea avant de retourner dans le salon. James se tenait une fois de plus debout avec la main de Slate sur son coude. Quand ils la virent, ils s'avancèrent vers la porte.

Ashlyn serra James dans ses bras et sentit la main de Slate se reposer au creux de son dos. Elle s'écarta un peu et durcit la voix.

— Tu as mon numéro, je m'attends à ce que tu t'en serves si tu ne te sens pas bien. Même si tu veux seulement parler, je t'écouterai, d'accord ?

— Tu n'es pas obligée de passer ton temps libre à écouter un vieil homme, lui dit-il en secouant légèrement la tête.

— Ce n'est pas une épreuve, lui dit-elle. Je t'aime beaucoup, James. Tu le sais, n'est-ce pas ?

Sa lèvre trembla un peu, mais il parvint à maîtriser ses émotions et hocha la tête.

— Oui.

— Bien. Alors, tu m'appelles si tu te sens seul ou déprimé, d'accord ?

Il acquiesça.

— Aiden vient demain et je te verrai vendredi. J'ai appris d'une source fiable qu'Elodie prépare un de tes plats préférés.

— La frittata ? demanda James avec espoir.

— Oui, répondit Ashlyn en souriant. Alors, sois sage, sinon je ferai en sorte de ne plus en avoir avant d'arriver ici.

— Tu ne ferais jamais ça, affirma James. Prends soin d'elle, dit-il à Slate.

— Promis, répondit-il au vieil homme.

Ils attendirent qu'il rentre en traînant des pieds et qu'il verrouille sa porte avant de monter dans la voiture. Ashlyn démarra et ils retournèrent vers Food For All.

— Cet enfoiré t'a invitée à sortir, non ? grogna Slate au bout de quelques minutes de silence.

Ashlyn le regarda avec surprise et n'envisagea même pas de mentir.

— Aiden ? Oui. Comment le sais-tu ?

— Parce qu'il te reluquait comme pas possible. Que lui as-tu dit ? demanda Slate.

Ashlyn n'était pas certaine d'être prête pour cette conversation, mais elle ne l'évita pas.

— Je lui ai dit que je n'étais pas intéressée.

— Bien.

— Euh... nous n'en avons pas parlé. Je sais que ce n'est rien de sérieux et tout, mais quel est ton avis sur le fait de voir d'autres gens ?

— Je sors seulement avec une femme à la fois, affirma Slate.

Ashlyn se sentit très soulagée.

— Pareil pour moi. C'est donc une relation exclusive ?

— Oui. Si tu rencontres quelqu'un qui t'intéresse, tout ce que je te demande, c'est de me le faire savoir d'abord.

Ashlyn ne savait pas trop ce que cela signifiait. Lui faire savoir afin qu'il puisse rompre avec elle ? Lui faire savoir pour qu'il puisse lui aussi fréquenter d'autres femmes ? Il avait prétendu ne sortir qu'avec une femme à la fois, mais cela changerait-il s'il savait qu'elle voyait quelqu'un d'autre ?

Elle était trop heureuse pour poser une de ces questions. Pour l'instant, elle était simplement contente qu'il ne s'intéresse pas à quelqu'un d'autre pendant qu'ils se voyaient. Ce n'était pas parce que ce n'était pas sérieux qu'elle acceptait de le partager.

Elle comprit qu'elle n'avait pas répondu à sa dernière affirmation.

— Je le ferai. Et pareil pour toi.

Slate hocha la tête. Il avait la mâchoire serrée, mais Ashlyn ne savait pas s'il était contrarié par elle, par Aiden, ou quoi.

Au bout de quelques minutes, il lui prit la main et la porta à ses lèvres pour embrasser ses doigts.

— Je suis désolé, il m'a simplement surpris. Je n'ai pas aimé la façon dont il te regardait.

Décidant qu'elle devait détendre l'atmosphère, Ashlyn lui sourit.

— Je pense qu'il était surtout excité par l'odeur du poulet.

Comme elle l'avait espéré, Slate gloussa.

— En parlant de ça, je suis affamé. Que veux-tu manger pour dîner ?

— Je peux préparer quelque chose, lui dit-elle.

— Et si nous nous arrêtions à la Taverne de la Plantation pour récupérer quelque chose en allant chez moi ? demanda-t-il.

Elle vit une lueur dans les yeux de Slate.

— Chez toi ? répéta-t-elle.

— Ça t'ennuie ?

— Non, pas du tout.

— Bien. Et je viens de me rappeler que j'ai oublié ma voiture. Quand nous serons passés à Food For All, j'irai au restaurant pour récupérer le dîner et tu pourras aller tout droit chez moi.

Il sortit les clés de sa poche. Il en retira une de l'anneau et la lui tendit.

— Je te rejoindrai sur le toit.

Ashlyn adorait qu'il l'envoie chez lui sans qu'il y soit lui-même... mais le fait qu'il lui donne une clé la fit légèrement paniquer.

Comme s'il lisait dans ses pensées, il ajouta :

— Quand tu seras entrée, tu pourras poser la clé sur la table derrière la porte. Je la remettrai sur mon porte-clefs en arrivant.

Ashlyn hocha la tête.

— D'accord.

— As-tu une envie particulière ? demanda-t-il.

— Surprends-moi. Tu sais ce que j'aime.

Et c'était vrai. Ils avaient mangé ensemble assez souvent, à la fois avec leurs amis et maintenant souvent juste tous les deux. Il avait appris ce qu'elle préférait manger et ce qu'elle détestait.

Slate hocha la tête.

— Ça marche. J'ai aimé voir ce que tu fais aujourd'hui, Ash. Et au risque de t'entendre dire « je te l'avais bien dit », tu avais raison au sujet de ne pas être en danger. La plupart de tes clients feraient tout pour toi.

— Merci, répondit Ashlyn.

Elle n'était pas vraiment surprise que Slate soit le genre d'homme capable de l'admettre quand il avait tort, mais c'était tout de même agréable.

— Ça ne veut pas dire que je vais arrêter de m'inquiéter pour toi, avertit-il. Il y a des enfoirés partout, et tu dois rester prudente.

Ashlyn leva les yeux au ciel. Évidemment, il ne pouvait pas résister à l'envie de lui faire une leçon de sécurité.

— Oui, m'sieur, plaisanta-t-elle.

— Si seulement tu étais toujours aussi respectueuse, dit-il d'un ton pince-sans-rire.

Ashlyn éclata de rire. Être avec Slate était si confortable. Elle pouvait être elle-même et c'était agréable qu'il respecte son travail. Cela faisait longtemps qu'elle ne s'était pas sentie aussi liée à quelqu'un.

— Je te montrerai peut-être l'étendue de mon respect ce soir après le dîner... dit-elle d'un ton suggestif.

— Tu devrais me rejoindre dans ma chambre à la place.

— Non. Mon Seal de la Navy dur à cuire doit manger. Il aura besoin de toutes ses forces.

— Si je prends un PV pour excès de vitesse à mon retour du restaurant, ce sera de ta faute, se plaignit-il en bougeant sur son siège, essayant de se mettre à l'aise malgré l'érection qu'Ashlyn voyait maintenant.

— Ça me va, lui dit-elle.

La journée avait été fabuleuse. Mais Ashlyn avait l'impression que la nuit allait être encore meilleure.

⁂

Aiden Quinlan n'était pas content. Il commençait à être en état de manque et n'avait pas d'argent pour se procurer plus d'héroïne. Sa dernière dose datait de plus de vingt-quatre heures et la nausée s'était installée. Il détestait plus que tout au monde ressentir les effets du manque.

Son plan avait été de passer chez le vieil homme pour récupérer de l'argent et aller voir son dealer ce soir-là, mais il n'avait pas compté sur la présence d'Ashlyn. Ça n'aurait déjà pas été facile de piller la réserve du vieil homme alors que James était assis dans le salon, mais Aiden avait été assez désespéré pour essayer.

Heureusement, il s'était souvenu de la plainte de James concernant ses douleurs aux jambes et il avait pu utiliser ça comme une excuse pour expliquer sa présence un jour où il n'était pas prévu au planning.

L'audace qu'avait cette connasse de se plaindre de l'état de la maison ! Qui était-elle pour le juger ? Elle n'était pas obligée de nettoyer chez un tas de vieux dégoûtants. C'étaient des porcs et il en avait marre de faire la boniche, de travailler pour si peu.

Quand il avait commencé à travailler en tant qu'aide à domicile, Aiden avait été plus que content de son salaire. Mais après s'être fait mal au dos en aidant un de ses clients, il avait dû prendre des antidouleurs costauds. Il les avait aimés. Beaucoup. Son dos était encore mal en point quand le médecin avait arrêté de lui prescrire le médicament et Aiden n'avait eu d'autre choix que d'essayer quelque chose d'un peu… *moins légal* pour repousser la douleur.

Même si son mal de dos avait fini par partir, ce n'était pas le cas de son addiction.

Et maintenant, l'argent qu'il gagnait en tant qu'aide à domicile ne suffisait pas. Ça ne suffisait jamais. Les drogues étaient chères, d'autant plus que son corps en avait de plus en plus besoin à chaque jour qui passait. Mais il avait eu de la chance lorsqu'on lui avait affecté James Mason. Cet homme détestait passionnément les banques et refusait de les utiliser.

La première fois qu'Aiden l'avait conduit à la banque pour encaisser son chèque de la sécurité sociale, il n'avait pas pensé grand-chose quand James avait mis l'argent dans sa poche et l'avait ramené chez lui. Mais à mesure que son besoin en drogues croissait, son intérêt pour ce que faisait le vieil homme avec son argent avait augmenté.

James était un vieux con paranoïaque. Il n'accédait jamais à ses cachettes d'argent quand Aiden était chez lui. Mais un jour, il avait eu de la chance. En partant du travail, il avait jeté un coup d'œil en arrière, par la fenêtre à l'avant de la maison... et il avait vu James sortir un tas de billets d'un vase avec des fleurs dans un coin du salon. Il était évident que les fleurs étaient en plastique. Aiden s'était dit que le bouquet était horriblement moche. Maintenant il l'adorait.

Après ça, voler de l'argent au vieux grincheux avait été facile. Aiden avait trouvé le plan parfait, et au cours des derniers mois il avait fonctionné sans accroc. Il prenait de petites sommes, pas assez pour que James le remarque, mais suffisamment pour acheter quelques doses. Mais désormais, il avait besoin de plus pour obtenir le même résultat. Prendre quelques billets une ou deux fois par semaine ne suffisait pas.

Il lui fallait un butin plus gros. Il fallait qu'il trouve d'autres cachettes de James. Ça ne devait pas être difficile : la maison n'était pas grande.

— Demain, se rassura-t-il en faisant les cent pas dans son appartement presque vide. Il avait déjà mis en gage la plupart des choses qui valaient quelques dollars. Maintenant, aux grands maux les grands remèdes, et James Mason était son distributeur de billets personnel.

Pendant un instant, sa conscience fit une apparition rare et Aiden se sentit coupable de voler le vieil homme. De bien des façons, il lui rappelait son propre grand-père. Mais il repoussa ces pensées. La seule façon dont il allait obtenir la dope dont il avait besoin était en prenant son argent. James n'en avait pas besoin. Il ne faisait rien et ne partait nulle part. De plus, l'argent ne lui manquerait jamais. Il était impossible qu'il sache exactement tout ce qu'il avait caché dans la maison.

Aiden allait cependant devoir être plus prudent. Il devait rester loin de la maison les jours où Ashlyn était censée venir. Il l'avait draguée sur un coup de tête. Plus il était proche d'elle, mieux il connaîtrait son emploi du temps. Il ne voulait pas abandonner sa manne financière ou son travail, et au fond de lui, il avait l'impression qu'Ashlyn pouvait poser problème. S'il la baisait, il pouvait plus facilement la contrôler, peut-être même obtenir de l'argent auprès d'elle. Mais elle n'avait pas mordu à l'hameçon... bon sang.

Il ne voulait surtout pas que quelqu'un découvre ce qu'il faisait. Il allait simplement devoir prendre plus d'argent, assez pour subsister un moment. Et certainement plus jamais de visites non prévues.

Satisfait par ce plan, Aiden hocha la tête. Il n'avait toujours pas d'argent, mais il avait besoin de sa dose. Terriblement. Il allait devoir faire la manche à Waikiki, ce qu'il détestait. Il aimait encore moins être en manque. Peut-être que les touristes allaient avoir davantage pitié de lui en le voyant transpirer avec les mains tremblantes. Il pouvait toujours prétendre qu'il était en hypoglycémie, qu'il avait besoin d'argent pour manger.

Aiden se dirigea vers sa voiture. À la même heure le lendemain, il allait être bien et le vieux Mason aurait quelques dollars de moins.

CHAPITRE ONZE

Ashlyn se réinstalla sur la méridienne de la terrasse de Kenna dans l'appartement fabuleux qu'elle partageait avec Aleck. La veille, les hommes étaient partis en mission. Slate avait affirmé ne pas partir longtemps, et être sûr à quatre-vingt-dix-neuf pour cent qu'il n'y aurait pas d'AK-47, de sable ou de lance-roquettes.

Il l'avait dit pour plaisanter, mais Ashlyn n'avait pas été ravie de l'entendre. En effet, cela signifiait que dans le passé et à l'avenir, ces choses étaient bien présentes, lui rappelant que Slate et ses amis étaient fréquemment en danger de mort. Intellectuellement, elle avait su qu'ils ne sautillaient pas d'une ville à l'autre un répandant l'amour et la bonne humeur quand ils étaient déployés, mais l'entendre quand c'était dit avec autant de franchise était difficile à supporter.

Fréquenter un Seal impliquait d'accepter le bon comme le mauvais. Et jusqu'ici, Ashlyn avait surtout vécu les bonnes choses avec Slate. Les déploiements faisaient partie de la vie avec un militaire. Elle devait simplement prendre sur elle. Slate lui avait manqué dans le passé quand il était parti en mission, mais d'une façon plus abstraite, comme tous les autres de l'équipe lui manquaient quand ils mettaient leur vie en péril.

Cependant... ce n'était plus pareil.

— C'est nul, hein ? dit Elodie en se laissant tomber sur la chaise à côté de la sienne.

Le soleil commençait tout juste à se coucher et le ciel était illuminé d'orange et de pourpre. Ashlyn aurait dû être focalisée sur la beauté devant elle, mais elle ne parvenait pas à se concentrer sur la vue.

— Oui.

— C'est différent quand on tient à lui, affirma Elodie.

— Vous parlez de l'horreur des déploiements ? demanda Kenna en sortant sur le balcon. Parce que si c'est le cas, je suis partante pour cette conversation.

— Essayez d'être enceintes et de savoir que votre homme se met en danger, se plaignit Monica en sortant derrière Kenna.

— Ou de planifier votre mariage sans savoir si votre fiancé va revenir à temps, râla Carly. Je sais que notre mariage n'est que dans plusieurs semaines, mais les missions des Seals peuvent facilement passer d'un simple week-end à une absence de plusieurs mois.

Ashlyn se tourna vers Lexie qui avait été assise avec elle sur la terrasse avant que les autres les rejoignent.

— Tu veux ajouter ton grain de sel ? demanda-t-elle.

Lexie haussa les épaules.

— Je ne pense pas en avoir besoin. Tu fais maintenant partie d'un club exclusif. Celui qu'aucune de nous ne voulait vraiment rejoindre, tout en sachant que nous n'avions pas le choix si nous voulions être avec nos hommes.

— Lexie, Monica et moi sommes dans la position encore plus unique de savoir *exactement* ce que font nos hommes au travail, ajouta Elodie avec douceur. Nous étions en plein milieu de leur mission quand ils nous ont rencontrées.

— Est-ce que ça rend les choses plus faciles aux plus difficiles quand ils partent ? voulut savoir Ashlyn.

— Les deux, répondit Lexie. Plus facile, parce que nous avons vu comme l'équipe est douée. Comme ils travaillent bien ensemble et comme ils sont professionnels. Plus dur parce que nous savons que les balles qui volent autour d'eux sont très réelles. Et que les choses peuvent mal tourner.

— Je suis d'accord, dit Monica en frottant son ventre qui s'arrondissait.

Il lui restait environ trois mois et demi avant la naissance du bébé, et Pid et elle étaient impatients qu'elle naisse.

— Comme l'a dit Lexie, nos hommes sont doués dans ce qu'ils font. Nous devons simplement croire qu'ils reviendront auprès de nous, ajouta Elodie.

— Je n'ai peut-être pas fait l'expérience de leur expertise à l'étranger, mais quand j'étais sur cette plage et qu'il était possible que je me retrouve au milieu d'une explosion, j'étais certaine que Marshall allait faire le nécessaire pour me tirer de là, fit remarquer Kenna.

— Mais ensuite, tu t'en es sortie *toi-même*, dit Carly avec un sourire.

— Oui, mais franchement, c'était de la chance, protesta Kenna.

— Euh, non, pas du tout, rétorqua fermement Carly. Mon abruti d'ex était déterminé à enlever et torturer quelqu'un. S'il ne pouvait pas m'avoir, tu aurais été une bonne remplaçante.

— Ce que je veux dire, c'est que toi et moi, Carly, nous avons quand même vu l'équipe en action, même si nous n'étions pas dans un pays étranger, expliqua Kenna.

— Peu importe comme c'est effrayant, peu importe comme tu t'inquiètes en regardant le journal télévisé, il faut que tu restes positive, dit Elodie à Ashlyn avec beaucoup de sérieux. Slate n'a surtout pas besoin d'être distrait en mission parce qu'il pense que tu ne peux pas gérer son travail.

Ashlyn y réfléchit un instant et sut que son ami avait raison. Slate devait garder la tête à ce qu'il faisait, pas se demander comment elle s'en sortait en son absence.

— Alors... les choses sont devenues plus sérieuses entre Slate et toi ? demanda Carly. Aux dernières nouvelles, c'était juste une histoire sans lendemain.

— C'est toujours le cas, lui dit Ashlyn. Mais ça ne signifie pas que je ne peux pas m'inquiéter pour lui.

— Oh, je sais, ce n'est pas ce que je sous-entendais.

— Quand nous étions juste des amis, je m'inquiétais aussi pour lui, dit Ashlyn, un peu sur la défensive.

— Mais c'est différent maintenant, n'est-ce pas ? demanda Lexie. Tu as beau essayer de nous dire que tout est super mégadécontracté entre vous, il est impossible que tu puisses rester là à nous dire que rien n'a changé pendant son déploiement, maintenant que vous sortez ensemble.

Lexie avait raison. C'était effectivement différent. Mais Ashlyn ne savait pas expliquer pourquoi. Elle avait passé la nuit chez lui avant qu'il parte et le sexe avait été plus intense que jamais. Toujours hallucinant, et il l'avait encore fait jouir plusieurs fois avant lui. Mais c'était plus... intime, d'une façon ou d'une autre. Il ne semblait pas aussi pressé ou en manque. Slate avait pris le temps, il avait été plus doux avec elle... comme s'il voulait tout prolonger, aussi réticent à partir qu'elle était de le voir s'en aller.

— C'est différent, finit-elle par admettre.

Les cinq femmes hochèrent la tête, car aucune explication n'était nécessaire.

— Je dois dire cependant que je n'ai jamais vraiment compris le besoin que vous aviez toutes de vous voir quand l'équipe était déployée. Enfin, j'étais heureuse de vous rejoindre et de traîner dans le bel appartement de Kenna, mais je ne le comprenais pas. Maintenant, si.

— Qu'est-ce que tu comprends, précisément ? demanda Elodie.

— Le besoin de voir des gens qui savent ce que l'on ressent, qui ne vous jugeront pas de paniquer un peu à cause de quelque chose que l'on ne maîtrise pas du tout. Nous pouvons prendre le temps, même si ce n'est que pour une seule soirée, d'admettre avoir peur et d'être inquiètes et même un peu déprimées avant d'agir comme des grandes et de poursuivre nos vies jusqu'au retour des hommes, dit Ashlyn.

— Exactement, souffla Lexie.

— Oui, acquiesça Carly.

— Précisément, ajouta Elodie.

Monica hocha la tête.

— C'est exactement pour cette raison que je veux vous avoir ici, dit Kenna. Je sais que vous ressentez les mêmes choses que moi et ce n'est pas grave de ne pas tout le temps être fortes. Nous savons toutes que nous devons prendre sur nous et vivre nos vies quand les gars sont partis, mais c'est agréable de savoir que nous ne sommes pas seules avec nos peurs.

— Il y a des moments où j'ai simplement envie de dire que ça suffit et d'aller nous marier tout de suite, avoua Carly. Je veux dire, oui, nous avons du temps avant notre date de mariage, mais s'il arrivait quelque chose à Jag ? Et s'il était encore déployé et que c'était une mission longue ? Je veux simplement être sa femme et je me sens égoïste de vouloir avoir un semblant de mariage traditionnel.

— Ne te sens mal pour ça, dit Elodie immédiatement. Tu sais que Jag veut ce mariage autant que toi.

— Je ne peux m'empêcher de penser que Stuart risque de rater la naissance de notre fille, avoua Monica. Les femmes ont tout le temps des bébés sans que le père soit présent, mais il est tellement enthousiaste à l'idée de la voir naître que ça me tuerait qu'il le rate.

— Midas et moi, nous ne sommes pas pressés de nous marier, mais je sais qu'il s'inquiète au cas où il lui arriverait quelque chose chaque fois qu'il part. Il m'a nommée en tant que bénéficiaire de son assurance-vie, ce dont je ne peux pas supporter l'idée, mais il a affirmé vouloir me mettre à l'abri au cas où, puisque nous ne nous marions pas tout de suite, expliqua Lexie.

— Être une épouse ou une copine de militaire n'est pas pour les mauviettes, c'est certain, soupira Kenna.

Ashlyn hocha la tête avec toutes les autres... mais soudain, elle se sentit comme un imposteur. Parce qu'elle sortait maintenant avec Slate, elle n'avait jamais autant eu l'impression de faire partie du groupe. Mais en entendant toutes les inquiétudes de ses amies, elle se sentit une fois de plus comme extérieure à la situation.

— D'accord, cette conversation est devenue trop déprimante, déclara Kenna. Nous devons parler d'autre chose pendant un moment.

— Comment se passe ton travail, Monica ? Aimes-tu toujours travailler avec les enfants du centre Head Start ? demanda Carly.

— C'est merveilleux, dit Monica. Tout le monde va tellement me manquer quand je prendrai mon congé maternité. Mais ce qu'il y a de bien, c'est que je pourrai la prendre au travail à mon retour et que je n'aurais pas à m'inquiéter de trouver une nounou fiable et digne de confiance.

Après une trentaine de minutes de bavardages sur l'éducation des enfants dans la culture d'aujourd'hui, sur les préparatifs du mariage de Carly, sur le mystérieux Baker et si quelqu'un l'avait vu ou avait eu de ses nouvelles (personne) et sur les plans pour une sortie entre filles au lieu de rester enfermées dans l'appartement de Kenna comme elles le faisaient d'habitude, Lexie demanda à Ashlyn comment allait un de leurs clients de Food For All.

— J'ai oublié de te demander hier, quand tu es rentrée des livraisons, as-tu vu Marcus ? Est-ce qu'il va bien ?

Marcus était un de leurs clients réguliers. Il avait rompu avec sa petite amie il y avait un moment, et elle n'avait pas bien pris la séparation. Pour faire court, elle avait pété un câble quand il avait commencé à fréquenter quelqu'un d'autre et elle avait décidé que si elle ne pouvait pas avoir Marcus, alors personne ne le pourrait. Après l'avoir harcelé pendant des semaines, elle s'était introduite dans son appartement et elle l'avait frappé. Quelqu'un avait appelé la police et son ex avait été arrêtée.

Honteux, Marcus avait essayé d'annuler ses livraisons. Il avait déjà du mal à gagner assez d'argent pour vivre, et il ne pouvait pas donner à sa nouvelle petite amie tout ce qu'il estimait qu'elle méritait. Ashlyn avait refusé de le laisser annuler, le persuadant de rester dans le programme jusqu'à ce qu'il trouve un emploi mieux payé.

— Son ex lui a vraiment fait un sale coup, dit Ashlyn. Je ne suis pas assez naïve pour penser que les femmes ne peuvent pas maltraiter les hommes, mais je jure que si les policiers n'étaient pas arrivés à son appartement à ce moment-là, Marcus pourrait ne pas avoir survécu. Il m'a dit qu'elle venait de courir à la cuisine pour attraper un couteau quand la police est arrivée.

— Merde, sérieusement ? demanda Elodie.

— Oui.

— Mais elle est en prison, n'est-ce pas ? voulut savoir Monica, très inquiète.

— Pour l'instant. Quand j'ai vu comme il était blessé, j'ai passé quelques coups de fil, dit Ashlyn. Il y a des refuges pour femmes battues qui peuvent aider dans ce genre de situation, mais il n'y a pas de refuge pour hommes battus. Je comprends, la majorité des victimes dans les relations violentes sont des femmes, mais ça ne veut pas dire qu'il n'y a pas d'hommes dans des situations désespérées. Quoi qu'il en soit, après avoir parlé à trois organismes différents, j'ai enfin trouvé quelqu'un qui ait accepté de l'aider. Au début, Marcus était réticent, mais je pense que son ex lui a vraiment fait peur et il sait que s'il ne disparaît pas, elle pourrait finir ce qu'elle a commencé la prochaine fois.

— L'île n'est pas très grande, dit Kenna. Penses-tu vraiment qu'il peut se cacher ?

— Tu as raison, elle ne l'est pas. Et non, je ne le crois pas. Les fous ont toujours un moyen de trouver leur cible, comme nous l'avons vu de nos propres yeux, je pense.

Carly grimaça et hocha la tête, tout comme les autres.

— Il va partir sur le continent. Je ne sais pas où et je n'ai pas posé la question. Mais la personne avec laquelle j'ai parlé fait partie d'un organisme qui aide les femmes maltraitées à déménager. Ça ne les a pas dérangés d'utiliser cette connaissance et leurs connexions pour aider Marcus à démarrer une nouvelle vie ailleurs.

— Waouh, c'est merveilleux, dit Carly.

— Mais c'est nul qu'il doive quitter Hawaï, intervint Lexie.

— Oui, acquiesça Ashlyn. Mais j'ai vu le soulagement dans ses yeux, la dernière fois que j'ai livré sa nourriture, après qu'il ait parlé avec ce contact.

— Tu es incroyable, Ash, dit Elodie. Je suis fière de t'avoir pour amie.

— Je me sentais mal de ne pas avoir essayé de l'aider *avant* qu'il se fasse frapper, expliqua Ashlyn.

— Tu ne peux pas faire plus que ce dont tu es capable, dit Monica. Parfois, même si les gens font exactement ce qu'il faut, ils peuvent finir dans une situation merdique malgré tout. Je crois beaucoup au karma, particulièrement après ce qui m'est arrivé. Ceux qui font des choses malveillantes finiront par en souffrir. Et ceux qui font le bien seront récompensés.

Ces mots furent encore plus poignants parce qu'ils étaient dits par Monica. Elle ne parlait pas beaucoup, mais quand elle le faisait, ça comptait.

— Je sais. J'aimerais juste que le karma travaille plus vite, murmura Ashlyn.

— Ça arrive parfois, lui dit Monica.

— Comme dans ton cas, lança Carly.

— Exactement, répondit Monica avec un petit sourire.

Ashlyn ne pouvait pas en vouloir à Monica d'être satisfaite que l'homme qui l'avait enlevée, et qui avait prévu que Baker et elle meurent horriblement dans une coulée de lave, avait à la place subi ce sort lui-même.

— Quelqu'un veut un autre verre ? demanda Elodie en se levant et en s'étirant.

— Moi !

— Oui !

— Moi aussi !

— Je vais t'aider, proposa Ashlyn en se levant et en attrapant les verres vides des autres femmes.

Tout le monde sauf Monica buvait des margaritas extra-fortes préparées par Elodie. C'était en partie parce qu'elle était enceinte, mais aussi parce qu'elle ne buvait pas souvent d'alcool, même quand elle n'avait pas de bébé dans le ventre.

À la cuisine, Elodie se tourna vers Ashlyn et posa une main sur son bras.

— Est-ce que ça va ?

— Oui, pourquoi pas ?

— Je ne sais pas, j'ai juste cru que tu étais un peu... perdue pendant un moment.

Apparemment, Elodie était extrêmement observatrice, même quand elle était ivre.

— Pour ce que ça vaut, je pense que Slate et toi vous êtes plus proches que vous ne le laissez paraître.

Ashlyn ouvrit la bouche pour la contredire, mais Elodie leva une main pour l'arrêter.

— Non, ne dis rien. Penses-y. Slate et toi vous étiez amis avant de commencer à sortir ensemble. Vous avez tous les deux traversé les merdes arrivées récemment à Carly, Monica et Kenna. Ce genre de bouleversement émotionnel a tendance à lier les gens. Je sais que vous vous lanciez tout le temps des piques, mais je pense que c'est parce que vous ne vouliez pas admettre que vous vous plaisiez. Et de la part de Slate, le fait qu'il rabâche ses histoires sur ta sécurité, c'est un signe évident qu'il tient énormément à toi. Sinon, ton travail ne lui importerait pas tellement, ni les gens avec qui tu entres en contact pendant tes livraisons. Je pense que c'est super que vous ayez avancé dans votre relation. Que vous couchiez ensemble. Mais je détesterais devoir perdre Slate, ou qu'il te perde, parce que vous êtes tous les deux trop entêtés pour admettre que vous voulez plus qu'une relation sans lendemain.

Ashlyn ne savait pas trop comment répondre. C'était un argument familier de la part de ses amies.

Elle aimait ne pas avoir la pression d'une relation longue. Elle profitait de ne pas devoir s'inquiéter de dire à Slate où elle était tout le temps, ou ce qu'il allait penser si elle ne voulait pas rester pour la nuit, ou si elle avait envie de sortir avec ses amies, ou même de rester à la maison et de faire la loque devant la télévision toute seule. Jusqu'ici, les choses étaient assez parfaites entre Slate et elle, et elle ne voulait pas mettre ça en péril.

Mais Elodie n'avait pas tout à fait tort non plus... ce qui était perturbant. Ce premier déploiement depuis qu'ils avaient officiellement commencé à sortir ensemble était plus difficile qu'elle ne l'avait cru... et ça ne faisait qu'une seule journée.

— Je ne veux vraiment pas t'embêter en insistant, dit Elodie quand Ashlyn ne répondit pas. Aucune pression.

Ashlyn rit sèchement.

— Bien sûr. Aucune pression.

— Sérieusement. J'aime Slate et toi. Ai-je envie que ça fonctionne entre vous ? Oui, évidemment. Mais si ce n'est pas le cas, tant pis. Ça ne me poussera pas à vous apprécier moins. Sauf s'il s'avère que tu es une psychopathe comme la petite amie de Marcus. Dans ce cas, il faudra que je te pourchasse et que je te casse la figure.

Ashlyn se doutait qu'Elodie essayait de plaisanter, mais elle voulait être certaine que son amie sache qu'elle ne serait jamais au grand jamais aussi collante et tarée avec Slate. Elle le respectait beaucoup trop pour lui faire du mal.

— Je ne sais pas ce que l'avenir nous réserve, mais si et quand il décide qu'il veut passer à autre chose, je le laisserai faire, dit-elle à son amie. J'apprécie son amitié, alors j'aimerais que nous restions amis quand nous aurons arrêté de sortir ensemble. J'espère que nous y arriverons.

Elodie tendit les bras et serra Ashlyn contre elle.

— Moi aussi, dit-elle doucement. Mais surtout, j'espère que vous allez vous sortir le doigt du cul et comprendre que vous êtes parfaits l'un pour l'autre.

Elle fit ensuite un pas en arrière et se tourna vers le mixeur.

— Passe-moi la bouteille de tequila, tu veux bien ?

Ashlyn secoua la tête en sachant qu'Elodie avait volontairement changé de sujet pour avoir le dernier mot sur la relation de Slate et elle. Elle ne voulait pas la décevoir, ni aucune des autres femmes, mais Ashlyn n'était simplement pas certaine que Slate et elle puissent durer sur le long terme. Pas alors que leur plus grand point commun était une réticence à s'engager.

En chassant cette pensée pour l'instant, elle attrapa l'alcool et regarda Elodie verser ce qui restait de la bouteille dans le mixeur. Elles échangèrent un sourire lorsqu'elle appuya sur le bouton pour mélanger. Les boissons allaient être terriblement alcoolisées... ce qui convenait très bien à Ashlyn. Elle avait besoin de penser à autre chose que Slate.

Quand les margaritas furent mixées, Elodie remplit chaque verre et en attrapa deux. Ashlyn parvint à prendre les trois restants et elles les apportèrent sur le balcon. Elles furent accueillies par des acclamations de la part de Lexie, Carly et Kenna.

— Je reviens tout de suite, je vais aux toilettes, dit Ashlyn au petit groupe.

— Tu as besoin d'être accompagnée ? la taquina Kenna.

Ashlyn rit.

— Non. Si nous étions en boîte, oui, bien sûr, mais je pense pouvoir aller jusqu'aux toilettes et revenir sans que quelqu'un entre dans l'appartement et m'enlève.

— Ne dis jamais jamais, avertit Carly en agitant l'index vers elle avant de boire une grande gorgée de sa boisson.

En gloussant toujours, Ashlyn se tourna pour repartir à l'intérieur.

À la seconde où elle ferma la porte des toilettes derrière elle, elle ne put résister à l'envie de sortir son téléphone et d'ouvrir l'application de géolocalisation. C'était stupide, elle savait ce qu'elle allait voir dès qu'elle allait cliquer sur le plan.

L'icône du téléphone de Slate était exactement au même endroit que la dernière fois qu'elle avait vérifié... à l'aéroport de la base navale. Il avait éteint son téléphone avant le vol et ne l'avait pas rallumé depuis. C'était un rappel de plus indiquant que Slate était ailleurs, en train de risquer sa vie, et qu'elle n'avait pas la moindre idée d'où il se trouvait précisément ni de quand il revenait.

Il manquait à Ashlyn. Plus pendant ce déploiement que les autres. Même son lit semblait trop grand maintenant, sans lui à l'intérieur. Ce qui était plutôt nul.

En soupirant, elle remit le téléphone dans sa poche avant de faire ce qu'elle avait à faire. Ensuite, elle se lava les mains, inspira profondément et retourna sur le balcon auprès de ses amies. Il fallait qu'elle les imite. Qu'elle se saoule, qu'elle soit triste à cause de l'absence de son copain, puis que le lendemain elle redresse les épaules et reprenne sa vie.

CHAPITRE DOUZE

Le téléphone d'Ashlyn sonna juste au moment où elle s'engageait dans le parking près de Food For All. Cela faisait une semaine depuis que les hommes avaient été déployés et elle venait de terminer ses livraisons pour la journée. Son espoir monta en flèche un moment, pensant que c'était Slate qui l'appelait pour lui dire qu'il était rentré, mais quand elle regarda l'écran, elle fut surprise d'y voir le nom de James.

Elle coupa le moteur et appuya sur le bouton vert.

— Salut, James. Tout va bien ?

— Bien sûr. Tu as dit que je pouvais appeler quand je voulais, rappela l'homme plus âgé.

— C'est vrai, acquiesça Ashlyn. Que se passe-t-il ?

— Je viens juste de voir que tu as apporté trop de nourriture, dit James. Je me suis demandé ce qui te prenait autant de temps dans la cuisine tout à l'heure, en préparant mon déjeuner, et maintenant, je le sais. Tu es sournoise.

Ashlyn éclata de rire.

— Deux des personnes que je devais livrer aujourd'hui n'étaient pas à la maison quand je suis arrivée, alors j'avais de la nourriture en plus, dit Ashlyn en mentant comme un arracheur de dents. Je ne voulais pas gaspiller, et comme je sais combien tu aimes les frittatas au maïs d'Elodie, j'ai pensé que ça ne te gênerait pas si je t'en laissais un peu plus.

— Bien sûr que non. Et oui, j'adore les frittatas. Merci. Même si je préfère ta compagnie à la nourriture, dit-il doucement.

Le cœur d'Ashlyn faillit se briser. Il était évident que le vieil homme se sentait seul. Et même si elle aimait passer du temps avec lui, elle ne pouvait pas rester trop longtemps chez lui, car il fallait aussi livrer les autres familles.

— Aiden est censé venir dimanche, n'est-ce pas ?

— Oui. Mais ce n'est pas pareil. J'ai fait la sieste les dernières fois qu'il était là, avoua James.

— Ah bon ? Je ne pensais pas que tu étais du genre à faire la sieste, s'inquiéta Ashlyn.

— C'est vrai. En tout cas, je ne l'étais pas autrefois. Je suis un vieil homme et je vieillis un peu plus chaque jour.

— Tu n'es pas si vieux, lui dit Ashlyn.

Il rit.

— J'ai quatre-vingt-huit ans, dit-il comme si elle avait oublié.

— Je sais. Mais tu es jeune pour tes quatre-vingt-huit ans, répondit-elle en souriant.

— C'est vrai. Quoi qu'il en soit, je voulais te remercier de veiller sur moi. Je te suis reconnaissant pour les repas supplémentaires.

— Avec plaisir.

— Et on ne sait jamais, la prochaine fois, je t'enverrai peut-être un de ces textos.

Ashlyn n'eut pas le courage de lui dire qu'il ne pouvait pas lui envoyer de textos depuis la ligne fixe qu'il voulait absolument utiliser dans sa maison.

— Super. Passe un bon week-end, James. Je te vois lundi.

— Il me tarde. Essaie de ne pas trop stresser ce week-end pour ton homme. C'est un Seal, tout ira bien pour lui.

Ashlyn avait avoué à James combien Slate lui manquait.

— Je vais essayer.

— À la semaine prochaine.

— Au revoir.

Ashlyn coupa la conversation et inspira profondément. Elle n'avait pas de plan pour la soirée et elle avait l'impression qu'elle allait ressasser l'absence de Slate. Même si la mission pour laquelle ils étaient partis n'était pas censée être dangereuse, elle était quand même inquiète pour lui et avec chaque jour qui passait sans qu'il revienne, elle imaginait toutes sortes de problèmes.

Elle se pencha et attrapa son sac à main sur le siège passager avant de se tourner pour ouvrir la portière... et de voir quelqu'un qui se tenait juste à côté de sa voiture.

Elle poussa un petit cri aigu et sursauta. La personne se pencha alors et lui sourit à travers la vitre.

— Slate ? cria-t-elle, cherchant fébrilement à attraper la poignée de la portière.

Elle avait l'impression d'avoir deux mains gauches, mais elle finit par réussir à l'ouvrir. Slate avait fait un pas en arrière pour la laisser sortir, et elle lui sauta dans les bras.

— Oh mon Dieu ! Tu es de retour ! s'exclama-t-elle.

— Je suis de retour, dit-il en gloussant.

Son rire était ce qu'elle avait entendu de mieux depuis une éternité. Elle s'accrocha à lui et ferma les yeux. Respirer son odeur familière lui donna l'impression que le monde était dix fois plus lumineux.

Elle fut horrifiée de sentir sa gorge se fermer et sa lèvre se mettre à trembler.

— Je viens juste de rentrer et j'ai jeté un coup d'œil à l'application : j'ai vu que tu venais ici. Je me suis dit que j'allais venir te surprendre.

Slate s'écarta... puis il fronça les sourcils en voyant son visage.

— Ash ? Qu'est-ce qui ne va pas ?

— R-r-rien, bafouilla Ashlyn en faisant de son mieux pour ne pas fondre en larmes.

Il lui jeta un regard sceptique.

— Bébé. Parle-moi.

— Je suis simplement si heureuse que tu sois de retour. Et en sécurité, parvint-elle à dire.

— Je t'ai expliqué que cette mission n'allait pas être un problème. En fait, elle s'est entièrement déroulée sans incident. Nous sommes restés debout toute la journée en essayant d'avoir l'air dangereux et méchants, alors que nous nous ennuyions à mourir. J'ai eu beaucoup de temps pour réfléchir à toutes les choses que je voulais te faire en revenant, dit-il avec un sourire sensuel.

Ashlyn inspira profondément et cela l'aida à reprendre son sang-froid.

— Ah oui ? Comme quoi ?

— Comme te dévorer et te voir exploser sur mes doigts. Puis, quand tu seras encore en train de jouir, entrer en toi et te sentir étrangler ma queue. Puis te baiser vite et fort jusqu'à ce que tu me supplies de te faire jouir une deuxième fois. Ça, ce n'est que le début.

— Waouh, souffla Ashlyn. Ça me va.

Les images qu'il décrivait étaient des choses qu'ils avaient déjà faites, mais d'une façon ou d'une autre, après une semaine d'inquiétudes à son sujet et de nuits sans lui, elle était plus excitée que jamais.

Slate sourit.

— Chez toi ou chez moi ?

— M'en fiche, dit Ashlyn.

— Chez moi, décida Slate. As-tu besoin de ta voiture ce week-end ?

— Euh, je ne crois pas. Je n'ai rien de prévu.

— Maintenant, si. Être avec moi... dans mon lit, dans ma douche, sur mon canapé, les jambes écartées sur ma table pendant que je te mange, sur tes genoux en prenant ma queue dans ta gorge... Ça te va ?

Ashlyn pouvait à peine parler. Ses tétons étaient presque douloureusement durs sous son chemisier. Elle voulait Slate. Maintenant.

— Oui. Slate ?

— Oui, bébé ?

— Embrasse-moi.

— Avec plaisir, dit-il avant de baisser la tête.

Ashlyn poussa un soupir de contentement à la seconde où ses lèvres touchèrent les siennes. Elle mêla ses doigts autant qu'elle le pouvait à ses cheveux courts et s'y accrocha. Elle leva une jambe et appuya sa cuisse contre la sienne. Elle ne pouvait pas être suffisamment proche. Il descendit la main pour attraper sa jambe, la collant contre lui pendant qu'ils s'embrassaient sur le parking.

— Apparemment, tu sais que les gars sont revenus, cria Lexie.

Ashlyn s'écarta de Slate, hébétée, mais il ne lâcha pas sa jambe. Il avait un bras autour de son dos, la tenant contre lui, et elle était enveloppée autour de lui comme si elle n'allait jamais le lâcher. Quand Lexie s'approcha, il finit par la laisser descendre sa jambe, lentement, mais il ne lui lâcha pas le dos. Ashlyn soupçonnait que c'était parce qu'il voulait cacher l'érection qu'elle sentait contre son ventre.

— Je t'ai laissé un mot à Food For All, parce que je ne savais pas que tu étais revenue, dit Lexie. Il disait seulement que les hommes sont rentrés et que je pars pour le week-end.

— Slate m'a fait la surprise, dit Ashlyn à son amie.

Penses-tu que les autres sont au courant ? Devons-nous les appeler ?

— Elles sont au courant, la rassura Slate. Mustang a appelé Elodie de l'aéroport et Aleck et Jag ont fait pareil. Pid va passer chercher Monica à son travail.

— Très bien. Super, dit Ashlyn.

Elle n'avait pas anticipé comme c'était énorme quand l'équipe revenait d'une mission, mais après la semaine difficile qu'elle avait eue... elle comprenait enfin. Désormais, ne pas prévenir ses amies de leur retour lui aurait semblé cruel.

— Passe un bon week-end, dit Lexie. Je t'aurais bien dit de m'appeler plus tard, mais je pense qu'aucune d'entre nous n'aura le temps de souffler avant lundi.

Ashlyn sentit Slate glousser contre elle.

— À lundi ! cria-t-elle à son amie.

Lexie agita la main et ferma sa portière avant de démarrer le moteur.

Slate la fit tourner et se dirigea vers sa voiture qu'Ashlyn n'avait pas vue parce qu'elle avait été trop préoccupée en parlant avec James quand elle s'était garée. Il ouvrit la portière du côté passager, mais il serra longuement Ashlyn dans ses bras au lieu de la laisser monter à l'intérieur.

Une fois de plus, Ashlyn sentit l'émotion lui serrer la gorge, mais elle la ravala. Elle voulait montrer à Slate qu'elle savait être forte. Qu'elle ne s'était pas effondrée pendant son absence.

— Tu m'as manqué, marmonna-t-il dans son cou en la serrant avec force.

— Pareil, répondit-elle.

Vingt secondes s'écoulèrent environ dans les bras l'un de l'autre, puis Slate finit par inspirer profondément et par s'écarter.

— Tu as faim ? demanda-t-il.

Ashlyn secoua la tête.

— Non. Et toi ?

— Non. C'est de toi que j'ai besoin, bébé.

— Alors, lâche-moi pour aller chez toi et tu pourras m'avoir, lança-t-elle d'un ton espiègle.

Slate sourit.

— D'accord.

Il indiqua le siège.

— Votre trône, ma princesse.

Il plaisantait, mais Ashlyn ne put s'empêcher d'être toute chamboulée par ses mots.

— Reine, pour toi, rétorqua-t-elle.

Slate eut un sourire en coin et ferma la portière quand elle fut installée. Puis il fit le tour de la voiture en trottinant — il trottina vraiment, comme s'il ne pouvait pas supporter les cinq secondes supplémentaires qu'il aurait fallu pour marcher jusqu'au côté conducteur — et ouvrit la portière.

Ils ne se parlèrent pas sur le chemin jusqu'à sa maison, mais Slate lui prit la main et la serra fortement pendant tout le trajet.

✳
✳✳

Des heures plus tard, Slate était allongé à côté d'Ashlyn. Il avait le bras en appui sur son coude et la tête posée sur sa main, la regardant dormir. Il était tard, après minuit, mais il ne pouvait pas se reposer. Il était toujours à l'heure du Bahreïn et il n'était pas très fatigué, malgré les longues heures de voyage.

Ashlyn avait été affamée quand ils étaient enfin arrivés à la maison. Elle avait commencé à le déshabiller avant même qu'il ait refermé la porte et verrouillé derrière eux. Elle s'était agenouillée dans l'entrée de sa maison et avait pris sa queue dans sa bouche. Elle ne l'avait même pas laissé se retenir, gardant la bouche sur lui, même quand il l'avait prévenue qu'il allait jouir. Elle avait pris sa décharge dans la bouche... puis l'avait regardé avec un sourire satisfait en se léchant les lèvres.

Il avait plus ou moins perdu la boule alors, ayant besoin de la goûter et de lui rendre sa faveur. Ils avaient fini par arriver dans sa chambre, où il l'avait titillée, la conduisant au bord de l'orgasme encore et encore jusqu'à ce qu'elle le supplie et menace de le tuer s'il ne la laissait pas jouir.

Après, il l'avait mise à genoux et l'avait prise par-derrière.

Slate ne se souvenait pas d'un meilleur retour à la maison. Ashlyn lui avait manqué plus qu'il ne l'avait cru. Il n'avait pas menti plus tôt, il avait passé la majorité de son temps à penser à elle. Mais il ne s'agissait pas seulement de pensées sexuelles. Il s'était demandé comment se passaient ses livraisons, si la soirée entre filles chez Kenna et Aleck avait été agréable, comment allait la famille Turner, et si elle avait de nouveaux clients. Il espérait qu'elle mange assez et qu'elle prenne soin d'elle, car elle avait tendance à s'oublier si quelqu'un avait besoin de quelque chose.

Ashlyn poussa un soupir dans son sommeil et se tourna sur le côté, se blottissant contre lui. Slate roula sur le dos et la tira contre lui. Elle ne se réveilla pas, car elle était toujours profondément endormie, comme d'habitude, mais elle posa quand même un bras autour de lui et passa sa jambe sur les siennes. Elle s'accrochait à lui, même dans son sommeil.

Avec n'importe quelle autre femme, il aurait pu être irrité. Ashlyn pensait qu'il aimait les câlins, et il ne l'avait jamais détrompée. Mais en réalité, avant Ashlyn, il n'avait pas aimé que quelqu'un le touche pendant son sommeil. Tant de choses étaient différentes dans cette relation. La façon dont elle gravitait vers lui en dormant lui avait manqué. Son lit lui avait semblé très vide au cours de la semaine écoulée.

Après avoir atterri, il avait immédiatement affiché l'application de localisation pour voir où elle était. Au lieu de l'appeler ou de lui envoyer un texto pour lui faire savoir qu'il était rentré, Slate avait décidé de la surprendre à Food For All. Son bonheur en le voyant avait été exactement ce qu'il espérait. C'était sa *propre* joie en voyant Ashlyn qui l'avait un peu surpris. Il ne s'était pas rendu compte exactement combien elle lui avait manqué avant qu'elle se retrouve à nouveau dans ses bras.

Ils n'avaient pas réussi à se lâcher les mains, ou même les lèvres, assez longtemps pour manger depuis qu'il était revenu, et Slate devait faire en sorte de rectifier cela le matin même. Il ne savait pas ce qu'il avait dans la maison, mais il allait bien trouver quelque chose. Même si le sexe était bon, il ne voulait pas qu'Ashlyn ait faim.

— C'est bon d'être à la maison, chuchota-t-il.

C'était vrai. Mais c'était encore mieux d'être à la maison avec Ashlyn dans ses bras.

Elle soupira dans son sommeil, mais elle ne relâcha pas son emprise sur lui.

Slate fixa le plafond, constatant qu'il était entièrement satisfait. Inviter Ashlyn à sortir avec lui avait été une des meilleures décisions de sa vie depuis longtemps. Elle ne ressemblait à aucune petite amie qu'il avait pu avoir. Il adorait rire avec elle, la taquiner... même leurs querelles l'excitaient. Et elle avait du répondant. Bien sûr, ils étaient bien assortis sexuellement. Oui, il ne pensait pas avoir été déjà aussi contenté. Aussi... stable.

Il repensa à leur conversation avant qu'il parte pour le Bahreïn, au sujet de se fréquenter exclusivement. Il n'avait même pas pensé à fréquenter quelqu'un d'autre avant qu'elle aborde le sujet. Il n'avait aucune envie de chercher quelqu'un d'autre… non pas qu'il en avait le temps, de toute façon. S'il n'était pas à la base, il traînait avec ses coéquipiers ou Ashlyn. Franchement, il n'avait pas de temps à accorder à quelqu'un d'autre.

Slate pouvait aussi admettre — mais seulement à lui-même — que savoir qu'Aiden lui avait fait des avances le mettait profondément mal à l'aise. Il n'avait jamais été très doué pour partager, même gamin. L'idée qu'Ashlyn rie et plaisante avec un autre homme comme elle le faisait avec lui ? Cela le fit serrer la mâchoire.

Et l'idée qu'elle dorme avec un autre homme, qu'elle l'enveloppe de son corps magnifique, lui donnait envie de casser la figure à quelqu'un.

En ce qui le concernait, ils se voyaient exclusivement. Il lui avait demandé de le tenir au courant si elle rencontrait quelqu'un d'autre qui l'intéressait, mais Slate se connaissait trop bien. Si cela arrivait, il lui fallait la laisser partir. Il ne souhaitait pas la moitié du temps et de l'attention d'Ashlyn.

Slate écarquilla les yeux de surprise et sentit tout son corps rougir en comprenant qu'il voulait Ashlyn pour lui tout seul. Il ne se souvenait pas avoir déjà ressenti cela. Quand une femme devenait trop collante, il avait toujours trouvé un moyen de s'écarter en douceur et de finir par rompre. Soudain, il eut l'impression que c'était lui qui devenait le plus collant de la relation.

Mais, s'étonna Slate, ça ne le contrariait pas.

Il avait toujours l'impression qu'Ashlyn et lui étaient ensemble sans se prendre la tête. Il ne la voyait pas tous les jours, même s'ils se parlaient presque tous les jours. Ça ne la gênait pas s'il partait après avoir passé la soirée ensemble, même si dernièrement, ils passaient toute la nuit ensemble, qu'ils baisent ou pas.

En fermant les yeux, Slate décida qu'il réfléchissait trop à leur relation. Tout allait bien. Ils appréciaient la compagnie l'un de l'autre. Il était inévitable que le lien qu'il ressentait avec elle finisse par s'estomper. Cela s'était toujours passé ainsi, alors il ne s'attendait à rien de différent.

Et quand cela finirait par arriver, ils allaient rester amis, ils allaient se voir quand ils traînaient avec son équipe et leurs femmes. Cette relation était très bien comme elle était.

CHAPITRE TREIZE

Ashlyn plissa les yeux en conduisant. Elle avait affreusement mal à la tête. Elle n'avait pas eu un tel mal de tête depuis longtemps. Elle avait envisagé d'appeler Lexie plus tôt pour lui dire qu'elle avait besoin de prendre la journée, mais ses clients comptaient sur elle pour leur livraison de nourriture. De plus, Lexie aidait Carly avec des préparations de dernière minute pour son mariage, qui avait lieu dans une semaine et demie.

Elle avait donc pris de l'aspirine et continué dans l'après-midi, la douleur empirant à chaque minute qui passait. Quand elle s'avança vers la maison de Jazmin, Ashlyn crut qu'elle allait vomir sur le seuil.

Dès que la jeune mère l'avait vue, elle lui avait pris la nourriture des mains avant de lui ordonner de rentrer chez elle. Bien sûr, Brooklyn, James et l'aide-soignante de Christi lui avaient tous dit la même chose. Heureusement, comme elle n'était pas restée pour bavarder avec qui que ce soit aujourd'hui, elle avait terminé plus tôt que d'habitude.

Elle avait envoyé un message à Lexie pour lui faire savoir qu'elle avait fini et qu'elle rentrait à la maison soigner son mal de tête, puis elle s'était concentrée pour ne pas avoir d'accident en route vers son appartement. Elle s'engagea sur une place de parking, sans se soucier que sa voiture ne soit pas parfaitement droite entre les lignes. Attrapant son sac, Ashlyn inspira par le nez et expira par la bouche en tentant de repousser la nausée qui devenait trop forte.

Elle ne se souvenait pas avoir déjà été aussi soulagée d'être à la maison lorsqu'elle ferma la porte de son appartement derrière elle. Elle laissa tomber son sac sur le sol, sans s'inquiéter de l'endroit où il atterrissait, et se dirigea vers sa chambre. Elle trébucha, marchant comme si elle avait bu une bouteille entière de tequila par elle-même, ne pensant qu'à aller se coucher.

Sans allumer les lampes et en prenant le temps de fermer les rideaux, Ashlyn finit par arriver jusqu'au lit en poussant un soupir de soulagement. Cependant, avant de pouvoir se laisser tomber dessus, elle savait qu'il lui fallait se mettre à l'aise. Retirant son short et son tee-shirt — elle avait déjà enlevé ses claquettes à la porte — elle passa le bras derrière elle pour dégrafer son soutien-gorge. Elle savait d'expérience que n'importe quel type de vêtement frottant contre sa peau lui donnait un sentiment de claustrophobie et semblait exacerber la douleur de sa tête. Ça n'avait aucun sens, mais elle était prête à faire n'importe quoi pour réduire les pulsations lancinantes dans son crâne.

Quand elle fut nue à l'exception de sa culotte, Ashlyn s'allongea soigneusement sur le dos. Elle ne se glissa pas sous les couvertures. Elle ferma simplement les yeux et fit de son mieux pour se détendre.

La sonnerie de son téléphone sur la table de nuit la fit sursauter et augmenta la douleur quand elle tressaillit à cause du bruit. Se maudissant de ne pas l'avoir mis sur silencieux, Ashlyn tendit aveuglément la main vers son portable.

— Lô ? dit-elle sans même regarder l'écran.

L'idée d'ouvrir les yeux suffisait à empirer la nausée.

— Ash ? Pourquoi es-tu déjà à la maison ?

Slate.

— Je vais bien, dit-elle, même si c'était un mensonge.

Elle n'allait pas bien. Elle avait envie de mourir. Mais il n'y avait rien que Slate ou quiconque puisse faire pour l'aider. Il lui fallait simplement du temps pour se reposer. Elle irait bien. Au bout d'un moment.

— Ce n'est pas ce que j'ai demandé, bébé, dit-il.

Ashlyn grimaça. Sa voix lui semblait très forte. Même le bruit de sa *propre* voix empirait la douleur.

— J'ai mal à la tête, chuchota-t-elle. J'ai fini les livraisons et je suis rentrée à la maison.

— Merde, dit Slate à voix basse, ce pour quoi Ashlyn lui fut extrêmement reconnaissante. J'arrive.

— Non, Slate, tu ne peux rien faire.

— La porte est déverrouillée ? demanda-t-il en ignorant ses protestations.

— Euh...

Ashlyn ne se souvenait même pas si elle l'avait verrouillée en arrivant ou pas.

— Peu importe. Si ce n'est pas le cas, je trouverai un moyen de te rejoindre.

— Je peux me lever et te faire entrer, suggéra Ashlyn, sans être certaine d'en être capable, mais ayant l'impression de devoir le dire quand même.

— Non. Ne bouge pas. Je suppose que tu es au lit ?

— Oui.

— Bien.

— Vas-tu enfoncer ma porte comme le Seal de la Navy dur à cuire que tu es ? demanda Ashlyn faiblement. Parce que je ne suis pas certaine que mon propriétaire apprécie.

Slate gloussa doucement.

— Non. Ferme les yeux et détends toi, Ash. Je serai bientôt là.

— Ils sont fermés. La lumière me fait mal, gémit-elle en ayant envie de se mettre des claques parce qu'elle semblait si pathétique. Attends, quelle heure est-il ? As-tu le droit de partir en avance ?

— Oui. Je pars maintenant. J'arrive bientôt.

— D'accord. Fais attention sur la route.

— Promis. Au revoir.

Sans ouvrir les yeux, Ashlyn appuya sur le petit bouton sur le côté de son téléphone pour le mettre en mode silencieux et elle le reposa sur sa table de nuit. Elle se concentra sur sa respiration, inspirant par le nez, expirant par la bouche, priant pour que la douleur s'estompe bientôt.

Après ce qui lui sembla être une minute seulement depuis qu'elle avait raccroché, le petit bruit de sa porte d'entrée qui s'ouvrait la fit sursauter. Elle voulut crier pour vérifier que c'était Slate, mais elle savait que si elle levait la voix au-dessus d'un chuchotement, elle allait certainement vomir.

Une seconde plus tard, la porte de sa chambre grinça en s'ouvrant. Ashlyn entrouvrit les yeux, poussa un soupir de soulagement parce que c'était Slate et pas un tueur en série qui venait la découper en petits morceaux, et referma les yeux.

— Bon sang, bébé, chuchota Slate.

Chaque pas sur le tapis lui donnait l'impression que des marteaux-piqueurs s'acharnaient sur sa tête. Il ne tapait pas des pieds, se contentant de marcher, mais chaque petit bruit semblait multiplié par mille.

Ashlyn leva une main et la posa sur ses lèvres.

— Chhhh, dit-elle tout doucement.

Un doigt frôla sa joue et Ashlyn gémit. Il s'écarta immédiatement.

— J'appelle le médecin, chuchota-t-il.

— Non. Ça va, lui dit-elle.

— N'importe quoi. Tu as grimacé au simple bruit de mes pas sur le tapis. Tu es allongée nue, en étoile sur le lit et les lignes de douleur sur ton front me donnent envie de tuer quelqu'un.

Ashlyn ne put s'empêcher de sourire faiblement.

— C'est juste un mal de tête, lui dit-elle.

— D'accord. Et je suis juste un marin. Dis-moi de quoi tu as besoin, ordonna Slate.

— L'obscurité. Le silence. Et rester allongée là jusqu'à ce que la douleur s'en aille.

— Tu as pris quelque chose ? demanda-t-il.

— De l'aspirine.

— C'est tout ?

— Oui. Je n'ai pas ça assez souvent pour qu'un médecin me prescrive quelque chose de plus fort.

— Je m'en occupe, affirma Slate.

Ashlyn avait envie d'ouvrir les yeux pour le regarder, mais elle savait que c'était une mauvaise idée. Elle se contenta de tendre aveuglément la main et de serrer son bras.

— Comme tu as crocheté ma serrure pour entrer ? le taquina-t-elle mollement.

— Bébé, la porte était déverrouillée. Je me suis contenté d'entrer. Mais pour ce que ça vaut, mon premier plan était de trouver ton propriétaire et de lui faire ouvrir la porte pour moi. Si ça ne marchait pas, j'allais chercher quelqu'un de la maintenance. Et en dernier recours, oui, j'allais crocheter ta serrure. *Rien* ne m'empêchera de venir à toi quand tu en as besoin.

Même si le fait de parler et d'écouter quelqu'un lui parler était terriblement douloureux, ses mots firent défaillir l'âme romantique d'Ashlyn.

— Et j'ai quelques connaissances. Je te trouverai quelque chose de plus costaud à prendre contre la douleur.

— D'accord.

Il détacha doucement les doigts de son bras et embrassa le dos de sa main avant de la reposer sur le matelas. Elle ne fut pas vraiment surprise qu'il soit assez malin pour comprendre immédiatement que l'embrasser sur son visage ou sa tête lui causerait davantage de douleur.

— Dors, bébé. Je reviens plus tard avec un médicament contre la douleur.

Ashlyn commença à hocher la tête, puis elle se ravisa.

— Merci.

Elle l'entendit marcher vers la fenêtre et les rideaux firent un bruit de tissu. Elle supposa que Slate vérifiait qu'ils étaient bien fermés. Puis il retourna à côté du lit, resta là un moment et finit par quitter la pièce. La porte cliqua en se refermant derrière lui, laissant Ashlyn à nouveau seule.

Elle était contente de savoir qu'il se souciait suffisamment d'elle pour venir la voir. Elle aurait aimé être en meilleure forme pour passer du temps avec lui. Les jours suivant son retour de la dernière mission avaient été agréables. Très agréables. Leur relation semblait encore plus solide, comme si le moment de séparation avait prouvé que c'était plutôt « loin des yeux, près du cœur ».

Sauf que leur cœur n'était pas impliqué. Oui, ils s'appréciaient et se respectaient, mais c'était tout. Ils étaient amants maintenant... mais quand la relation arriverait en bout de course, ils redeviendraient juste des amis.

Une petite voix au fond de la tête d'Ashlyn criait qu'elle était naïve et qu'elle ne reconnaissait pas ce qu'il y avait sous son nez. D'un autre côté, sa tête hurlait aussi de douleur, alors c'était peut-être ça qu'elle entendait.

Maintenant qu'elle était à la maison, dans l'obscurité, couchée sur le dos dans son lit, Ashlyn se vida la tête. Le fait que Slate vienne voir comment elle allait comptait beaucoup. Et elle allait le remercier abondamment dès qu'elle en serait capable. En attendant, elle allait juste faire une petite sieste.

⁎⁎

Slate était assis à la table d'Ashlyn et passa une main dans ses cheveux. Il était agité. Elle avait si mal qu'elle n'avait pas pensé à verrouiller la porte derrière elle en rentrant et elle avait laissé tomber son sac sur le sol juste à l'intérieur. La façon dont elle fronçait les sourcils lui indiquait exactement comme elle avait mal. Sans parler du fait qu'elle était nue à l'exception de sa culotte, comme si la simple idée que quelque chose touche sa peau empirait la douleur.

Dans d'autres circonstances, il aurait été excité en voyant Ashlyn pratiquement nue en étoile sur son lit, mais pas aujourd'hui.

Quand il avait distraitement vérifié l'application pour voir où en était Ashlyn avec ses livraisons, il avait été surpris de la trouver chez elle. Il était bien trop tôt pour qu'elle ait fini.

Il s'était levé de sa réunion sans un mot et était sorti de la pièce pour passer un coup de fil et voir comment elle allait. Il n'avait même pas réfléchi à ce qu'il faisait. L'équipe se renseignait sur une augmentation des hostilités en Afghanistan et il était probable qu'ils repartent dans quelques semaines.

Mais il avait les pensées aussi loin que possible du désert quand il avait entendu le premier mot sortir de la bouche d'Ashlyn. Elle avait mal et il fallait qu'il fasse le nécessaire pour que cela cesse.

Mustang était sorti de la pièce pour vérifier que tout allait bien et Slate lui avait appris ce qu'il se passait et où il allait. Sans hésiter, Mustang avait hoché la tête en lui disant de prendre soin d'elle et de lui faire savoir comment elle allait.

Après avoir vérifié qu'elle était aussi bien installée que possible, Slate envoya un texto à Mustang en lui demandant une faveur. Son ami l'avait immédiatement rappelé en disant qu'il allait parler à un médecin qu'ils connaissaient à la base afin d'apporter un antidouleur plus fort à l'appartement d'Ashlyn après le travail.

Slate voulait le médicament maintenant, mais il n'avait d'autre choix que d'attendre, sauf s'il voulait laisser Ashlyn toute seule une fois de plus. Et ce n'était absolument pas ce qu'il voulait. En attendant, il ne pouvait rien faire d'autre que rester assis et s'inquiéter pour la femme dans l'autre pièce qui avait essayé d'être si forte, de le rassurer qu'elle allait bien, alors que c'était tout le contraire.

Il ne pouvait pas allumer la télévision. C'était trop bruyant, même avec la porte de sa chambre fermée. Il ne voulait pas cuisiner quelque chose, car l'odeur risquait de lui donner encore plus la nausée. Tapotant silencieusement sur la table, Slate attendit impatiemment que les minutes s'écoulent jusqu'à l'arrivée de Mustang.

Il détestait voir Ashlyn souffrir. Il se frotta le torse. Il n'avait pas l'habitude de se sentir impuissant. En mission, il y avait toujours quelque chose à faire. Des décisions à prendre. Mais il ne pouvait littéralement rien faire pour aider dans cette situation. Il ne pouvait pas la tenir, car ça lui faisait mal. Il ne pouvait pas l'embrasser, car encore, c'était douloureux. Il ne pouvait pas s'asseoir et lui parler à cause de... *la douleur*. Tout ce qu'il voulait faire allait simplement lui infliger plus de douleur. Cette idée suffisait à lui donner envie de vomir à son tour.

Plus il restait assis là, à réfléchir à ce que vivait Ashlyn, plus les pensées tourbillonnaient et sa paranoïa augmentait.

Pouvait-elle avoir une tumeur au cerveau ? Il fallait qu'elle fasse un scanner. Ou une I.R.M. Il allait l'accompagner pour voir un médecin et quel que soit le problème, ils allaient l'affronter ensemble. Si elle pensait qu'il risquait de rompre avec elle parce qu'elle avait un cancer, ou une tumeur, ou quoi que le médecin découvre, elle avait tort.

Se rendant compte de l'évolution insensée de ses pensées, Slate inspira profondément.

C'était un mal de tête. Elle disait en avoir de temps en temps. Oui, il était terrible — vraiment terrible — mais elle ne semblait pas paniquer. Il devait lui faire confiance pour connaître son propre corps. Il allait malgré tout l'encourager à consulter un médecin, au moins pour récupérer des médicaments au cas où cela se reproduisait, mais il fallait qu'il se calme.

Le téléphone d'Ashlyn s'éclaira pour annoncer un autre texto. Il avait pris le téléphone sur sa table de chevet avant de quitter la pièce, ne souhaitant pas prendre le risque qu'il sonne ou qu'il vibre alors qu'elle essayait de dormir pour chasser la douleur. Il n'aurait pas dû être surpris qu'elle l'ait déjà mis sur silencieux, mais il ne voulait pas retourner dans la chambre et potentiellement déranger Ashlyn pour le lui reposer.

Elle avait reçu des textos à peu près en continu depuis qu'il s'était assis. Elodie, Lexie, Kenna, Monica et Carly lui avaient envoyé des messages. Apparemment, Lexie avait dit à Carly qu'Ashlyn avait mal à la tête et la nouvelle s'était répandue.

Slate lut tous les textos envoyés par les femmes. Il les voyait dans les notifications sans avoir besoin de déverrouiller le téléphone.

Elodie : Désolée d'apprendre que tu es malade. Fais-le-moi savoir si tu as besoin de quelque chose. Je pourrais te préparer de la soupe à la tomate. Et avant que tu dises berk, crois-moi, je fais une soupe à la tomate qui déchire.

Kenna : Carly m'a dit que tu avais un mal de tête abominable. C'est nul. Appelle-moi quand tu te sentiras mieux.

Carly : J'espère que ça ne te gêne pas, mais j'ai dit aux autres que tu étais malade. Il faut que tu te concentres sur ta guérison afin de ne pas rater mon mariage. Je sais, c'est égoïste, mais je ne peux pas imaginer que tu ne partages pas cette journée avec moi. Alors, guéris vite !

Monica : Pid m'a dit que tu ne te sentais pas bien. J'ai déjà eu quelques maux de tête affreux et j'ai découvert que la lavande aide vraiment. Si tu ne te sens pas mieux demain, je t'en apporterai un sachet.

Mais ce fut le dernier texto, de la part de Lexie, qui intrigua Slate.

Lexie : Je suis désolée que tu aies encore mal à la tête. Tu aurais dû me le faire savoir plus tôt et tu aurais pu prendre ta tournée. Je sais à quel point ils peuvent être terribles. La dernière fois, tu as passé trois jours sans manger et ça ne va pas du tout. Alors, si tu te sens toujours mal demain, tiens-moi au courant et je t'apporterai des choses que tu peux manger sans avoir à cuisiner. D'accord ? Bisous.

Il ne réfléchit même pas à ce qu'il faisait. Il attrapa son propre téléphone et cliqua sur le prénom de Lexie. Il ne lui avait encore jamais envoyé de texto, n'avait eu aucune raison de communiquer en privé avec la femme de Midas. Mais il ne pouvait pas s'en empêcher maintenant.

Slate : C'est Slate. J'ai lu le texto que tu as envoyé à Ash sur son téléphone. Je suis chez elle en ce moment. Ces maux de tête durent plusieurs jours ?

Lexie : Oh ! Je suis tellement contente que tu sois là avec elle ! En général, ça ne dure pas aussi longtemps, mais une fois, elle a été très malade et elle a perdu pas mal de poids parce qu'elle ne pouvait pas sortir du lit pour manger quelque chose.

Slate : Quand ?

Lexie : Quand quoi ?

Slate : Quand a eu lieu ce long mal de tête ?

Lexie : Je ne sais pas trop. Il y a environ six mois, peut-être ?

Slate ferma les yeux et inspira profondément. Elle avait eu un mal de tête abominable pendant *des jours* et il ne l'avait pas su. Pour une raison qui lui échappait, cela l'irritait. Ils n'étaient pas ensemble six mois auparavant, mais ils étaient amis et il détestait qu'elle ne lui ait rien dit.

Lexie : Fais en sorte qu'elle boive beaucoup d'eau. Elle ne le voudra pas, parce que bouger fait mal, mais j'ai lu que ça aide de s'hydrater.

Slate : D'accord. Y a-t-il quelque chose qu'elle aime manger dans ces cas-là ?

Il n'était pas heureux de ne pas connaître la réponse à une question aussi simple que ce qu'Ashlyn aimait manger quand elle ne se sentait pas bien, mais il n'allait pas éviter de demander ce qu'il avait besoin de savoir.

Lexie : Je ne pense pas qu'elle aime manger quoi que ce soit. Je ne ferais rien de compliqué à ta place. Rien de trop chaud ou trop froid, car cela exacerbera sûrement le mal de tête.

Du pain, de la compote, peut-être une boisson protéinée si elle arrive à l'avaler.

Ses conseils semblaient logiques. Les pouces de Slate volèrent sur son clavier pour répondre.

Slate : Merci. Je vais prendre soin d'elle.

Lexie : J'en suis sûre. Sérieusement, je me sens tellement mieux de savoir que tu es là-bas. S'il te plaît, dis-lui que nous pensons toutes à elle. Et tu pourras peut-être m'envoyer un texto plus tard et me faire savoir comment elle va ?

Slate : Je ferai ça.

Lexie : Merci. Ash prend toujours soin des autres. C'est bien qu'elle ait quelqu'un qui veille sur elle pour une fois. Faut que j'y aille, Carly a besoin de moi. À plus.

Slate ne prit pas la peine de répondre en sachant que Lexie était occupée. Un autre texto apparut à l'écran. Mustang lui faisait savoir qu'il venait d'arriver sur le parking. Slate se leva et se dirigea vers la porte pour éviter que son ami frappe ou appuie sur la sonnette.

Environ une minute après, Mustang s'avança vers lui dans le couloir. Il avait un petit sachet dans la main et le lui tendit.

— Comment va-t-elle ? demanda-t-il.

Slate haussa les épaules.

— Pas bien. Elle souffre.

— D'accord. Eh bien, le doc a dit que l'ibuprofène peut aider à réduire les symptômes d'une migraine, mais c'est plus efficace quand il est pris dès les premiers signes. Une fois que le mal de tête s'est installé, c'est en général trop tard pour les médicaments.

— Merde.

— Oui. Mais il m'a donné deux cachets de Topamax. Il a

dit qu'ils aident parfois, même quand ce n'est pas pris dans les deux heures après le début du mal de tête. Il recommande absolument qu'elle aille voir son médecin et qu'elle essaie de découvrir ce qui cause la douleur, et qu'elle obtienne une ordonnance pour quelque chose qui fonctionne avec ses symptômes à elle.

— Merci beaucoup.

— Garde un œil sur elle. Comme c'est un nouveau médicament pour elle, il vaut mieux ne pas la laisser seule.

— Je n'en avais pas l'intention, même si tu n'étais pas passé, dit Slate, irrité que son ami puisse penser une telle chose de lui.

— Je sais, je sais. As-tu besoin de quelque chose ? demanda Mustang.

— Si tu peux convaincre Elodie de me laisser un peu de temps avant qu'elle prenne d'assaut l'appartement, ce serait bien. Et je suis certain qu'Ashlyn apprécierait aussi. D'après sa réaction à ma présence, je pense qu'elle déteste que les gens la voient malade et vulnérable.

— Je ferai de mon mieux. Mais tu connais ma femme. Et les autres. Elles aiment prendre soin de leur groupe. Et Ashlyn fait vraiment partie de la bande.

Slate hocha la tête.

— Désolé d'être parti aujourd'hui sans vraiment prévenir. Ai-je raté quelque chose ?

Mustang poussa un soupir.

— Juste le fait qu'il y a quatre-vingt-dix pour cent de chances que nous partions dans le désert.

— Jag va-t-il rater son mariage ?

— Pas si je peux faire autrement, affirma Mustang. Bien sûr, il pourrait ne pas avoir la lune de miel dont il a envie.

Slate hocha la tête. Il n'était pas très surpris. Mais connaissant Jag et Carly, ils allaient rattraper l'absence de lune de miel quand il reviendrait de sa mission.

— Tiens-moi au courant de son état, dit Mustang.

— Promis. Merci encore d'être passé.

— C'est une femme bien, ajouta Mustang avec sincérité. Jamais une méchanceté à dire sur qui que ce soit et plus généreuse que la majorité. De plus, c'est ta copine, ce qui signifie qu'elle est importante pour nous tous. À plus tard.

Quand Mustang repartit dans le couloir, Slate ferma la porte en pensant toujours aux mots de son ami. Il aimait le soutien que les coéquipiers se témoignaient par rapport à leurs femmes. Cela donnait l'impression que le groupe était encore plus comme une famille.

Il retourna dans la cuisine et attrapa un gobelet en plastique dans un placard. Il fouilla et fut content de trouver un tiroir rempli de couverts en plastique et de pailles qu'elle avait gardées de ses repas à emporter.

Se souvenant de ce que Lexie avait dit sur le chaud et le froid, il remplit le gobelet avec de l'eau du robinet et y plongea la paille. Il ouvrit le sac que Mustang avait apporté et découvrit un échantillon du médicament contre les migraines avec deux doses. Il retira un cachet et se dirigea vers la chambre.

Il ouvrit doucement la porte et vit qu'Ashlyn n'avait pas bougé. Il s'avança vers son côté du lit et s'agenouilla.

— Ash, chuchota-t-il.

Elle ne bougea pas.

— Ashlyn, dit-il un peu plus fort, détestant voir son front se plisser en entendant son nom.

— N'ouvre pas les yeux, j'ai un cachet que tu peux prendre.

— Veux dormir, marmonna-t-elle.

— Je sais, et tu pourras dormir, après avoir avalé ça. Peux-tu faire ça pour moi ?

— Oui.

— Je t'ai apporté de l'eau avec une paille afin que tu

n'aies pas besoin de pencher la tête en buvant. Relève-toi sur un coude et penche-toi vers moi. Bien, comme ça.

Slate garda les yeux fixés sur son visage en approchant le gobelet.

— Ouvre la bouche.

Elle fit ce qu'il demandait sans ouvrir les yeux.

— Bien, sors la langue. Je poserai le cachet dessus et tu pourras l'avaler avec l'eau que j'ai ici.

Sa confiance en lui fut une leçon d'humilité. Elle ne demanda pas quel genre de médicaments il lui donnait ni quoi que ce soit. Elle fit simplement ce qu'il demandait, le laissant lui donner le cachet. Quand elle l'avala, Slate dit :

— Continue à boire. Avale autant d'eau que possible. C'est bon pour toi. Promis.

Ashlyn hocha légèrement la tête en continuant à boire avec la paille.

Enfin, elle s'écarta et se rallongea précautionneusement.

— Bravo. Tu te sentiras bientôt mieux avec cette pilule, bébé.

— Était-ce du cyanure ? Parce qu'en ce moment, j'ai l'impression que ça m'aiderait *vraiment* à me sentir mieux.

Slate était partagé. Il était heureux de l'entendre essayer de plaisanter, mais il n'était pas ravi que la plaisanterie fasse allusion à la mort pour chasser sa douleur.

— Non.

— Je plaisantais, dit-elle avec un soupir.

— Je sais. Et tu dois savoir que je ne te donnerai jamais rien, et que je ne ferai rien, qui te fasse du mal.

— Je le sais. Mais je te préviens, même si je suis vraiment contente que tu sois là maintenant, quand je me sentirai mieux demain, je serai sans doute gênée.

— Inutile de te sentir gênée pour quoi que ce soit. Tu prendrais soin de moi si j'étais malade, dit Slate.

— C'est vrai, acquiesça-t-elle.

— Bien. J'ai promis que si tu prenais le médicament, tu pourrais te rendormir. Je vais traîner dans ton salon en attendant.

— Merci encore d'être là.

— Je ne voudrais pas être ailleurs, lui dit Slate avant de se pencher et d'embrasser sa tempe aussi doucement qu'il le pouvait. Dors, chuchota-t-il.

Ashlyn poussa un soupir et se détendit visiblement.

En reculant, Slate ne détourna pas les yeux de son visage avant d'atteindre la porte. Il la ferma silencieusement derrière lui et inspira profondément. Elle irait bien. Elle était forte. Il détestait simplement la voir impuissante et en souffrance. Il était soulagé que ce soit arrivé pendant qu'il était là, et pas lors de son déploiement. S'il était rentré à la maison et qu'il avait appris qu'elle avait été mal pendant son absence, il en aurait été malade.

Mais ce n'était pas comme s'il pouvait empêcher ça. Les soldats et les marins rataient beaucoup d'occasions importantes dans les vies de leurs familles. Les naissances des bébés, les maladies, les premiers pas, les anniversaires, les fêtes, les morts des amis et de la famille. Mais ils avaient fait le serment de servir leur pays et malheureusement, rater ce qu'il se passait à la maison en faisait partie.

Se promettant de vivre dans l'instant encore plus qu'il ne le faisait déjà, Slate retourna à la table de la cuisine. La nuit allait être longue, mais il n'avait pas l'intention de partir.

CHAPITRE QUATORZE

Ashlyn se réveilla quelques fois au milieu de la nuit, mais ce ne fut que le lendemain matin qu'elle eut l'impression de pouvoir bouger sans ressentir une douleur extrême. Elle regarda sa table de nuit et vit un gobelet en plastique avec une paille dedans. Elle se souvenait que Slate le lui avait apporté en lui ordonnant de boire et de prendre un médicament, mais pas de grand-chose de plus.

En roulant sur le côté, elle s'assit lentement, ravie de ne pas immédiatement subir une douleur lancinante à la tête. Elle avait la bouche très sèche, mais étonnamment, le médicament avait fait en sorte d'apaiser la douleur horrible.

Elle se sentait encore un peu vaseuse et savait qu'elle n'allait pas courir de marathon plus tard dans la journée, mais elle se sentait mieux que d'habitude après l'un de ses maux de tête. Elle se souvenait du dernier épisode, où elle n'avait pas pu sortir du lit pendant trois jours. Oui, il avait été terrible, mais elle semblait heureusement avoir dépassé le pire de celui-ci.

Ashlyn se leva, testant prudemment son équilibre. Il

fallait qu'elle aille vite consulter un médecin. Elle n'avait peut-être pas souvent des maux de tête, mais quand ça arrivait, ils étaient terribles. Vraiment terribles. Et ce n'était pas malin de les ignorer plus longtemps.

En avançant vers la salle de bains d'un pas traînant, Ashlyn attrapa un tee-shirt trop grand. Elle urina et se brossa les dents, mais décida qu'une douche était trop difficile pour le moment. Ce n'était pas grave, ce n'était pas comme si elle allait sortir aujourd'hui. Elle avait l'intention de s'enfermer dans son appartement et de se remettre lentement. Elle allait appeler Slate plus tard et le remercier d'être venu et de lui avoir donné le médicament.

Elle devait aussi faire savoir à Lexie qu'elle allait bien, ainsi qu'aux autres.

Son ventre gargouilla quand elle entra dans le salon pour se diriger vers la cuisine... et elle s'arrêta net en voyant son canapé.

Elle ne s'était pas attendue à y voir Slate, profondément endormi.

Il semblait très mal installé. Il était parti la veille au soir... non ? Il avait dit qu'il allait partir pour qu'elle puisse dormir... non ? Elle avait supposé que cela signifiait qu'il quittait son appartement, pas juste sa chambre, mais elle avait apparemment eu tort.

Elle dut faire une espèce de bruit, parce que les yeux de Slate s'ouvrirent soudain et il la regarda.

— Ash. Tu te sens mieux ? demanda-t-il en s'asseyant et en se frottant le visage.

— Oui. Que fais-tu là ?

— Tu étais malade, dit Slate en se levant et en s'étirant.

Il posa une main dans son dos et s'étira en arrière. Il portait toujours l'uniforme de la Navy qu'il avait au travail d'habitude, et d'une façon ou d'une autre, la vue de ses pieds nus donna une certaine intimité à ce moment.

— Mais mon canapé est horrible. Et tu portes encore ton uniforme, protesta-t-elle.

Slate sourit et marcha vers elle.

— Ça va, dit-il en haussant les épaules. J'ai dormi dans des endroits bien pires et j'ai l'habitude de dormir avec mes vêtements. Ce n'est pas comme si je me déshabillais pour me mettre à l'aise quand je suis en mission. Comment te sens-tu ce matin ? Vraiment ? As-tu mal à la tête ? Ton front n'est pas plissé par un million de rides, alors j'espère que c'est bon signe.

Ashlyn avait du mal à se dire que Slate était resté pour... faire quoi ? Veiller sur elle ?

— Ash ? Qu'est-ce qui ne va pas ? Parle-moi, ordonna-t-il doucement.

— Je... tu... je n'arrive pas à croire que tu sois resté.

— Où voulais-tu que j'aille ? À la maison ? Sûrement pas ! Pas alors que je m'inquiétais pour toi. Bébé, je ne pouvais même pas te toucher sans que tu grimaces. Tu as enlevé tous tes vêtements, parce qu'ils te faisaient mal à la peau, je suppose. Chuchoter, c'était trop bruyant. Et ta chambre était comme une grotte. Tu m'as fait très peur. Je me suis levé toutes les heures pour voir comment tu allais, cette nuit. Il a fallu quatre ou cinq heures, mais le médicament que je t'ai donné a fini par sembler efficace. Tu étais mieux installée et tu t'étais même glissée sous les couvertures à un moment. Il faut que tu ailles voir un médecin, Ash. Je ne peux pas te voir traverser ça une nouvelle fois.

Ashlyn hocha automatiquement la tête.

— J'ai déjà décidé ce matin d'appeler pour voir si je pouvais obtenir un rendez-vous.

— Bien. Viens, assieds-toi pendant que je te trouve quelque chose à manger.

— Je ne suis pas certaine d'être prête à manger grand-chose, prévint-elle.

Slate acquiesça.

— Je ne suis pas surpris. Mais tu as besoin de quelque chose. Je vais te faire une boisson protéinée à la vanille et peut-être de la compote.

Ashlyn fronça les sourcils, perplexe.

— Euh, je ne crois pas avoir ça dans ma cuisine.

— Maintenant, si. J'ai commandé des trucs qui ont été livrés hier soir.

Elle resta stupéfaite.

— Ah bon ?

— Oui. Et d'autres choses que tu peux peut-être manger. Maintenant, assieds-toi et laisse-moi prendre soin de toi.

Ashlyn avait l'impression de s'être réveillée dans une autre dimension. Elle était restée si longtemps seule qu'elle s'était habituée à prendre soin d'elle-même. Et même si elle avait utilisé la livraison des courses une fois ou deux, elle n'était pas certaine qu'elle y aurait pensé ce matin. Elle aurait simplement trouvé quelque chose dans son placard pour la faire tenir jusqu'à être capable d'aller au magasin.

Elle s'installa sur le canapé, constatant que les coussins étaient encore chauds. Quand Slate voulut s'éloigner, Ashlyn prit sa main dans la sienne.

— Slate ?

Il se tourna immédiatement vers elle.

— Oui ?

— Merci d'être resté. Je pense que tu as fait largement plus que ce que mérite un petit arrangement entre amis.

Il fronça les sourcils et se pencha, forçant Ashlyn à s'appuyer contre les coussins. Il posa les mains à côté de ses épaules et se pencha au-dessus d'elle.

— Nous ne suivons pas les règles, dit-il sévèrement. Nous sommes Ash et Slate. Point final. Tu es mon amie, mais tu es aussi mon amante. Ma copine. Il est impensable que je t'abandonne alors que tu avais besoin de moi hier soir. Je sais que tu aurais fait la même chose si les rôles étaient inversés.

Elle hocha immédiatement la tête.

— Nous ne courons peut-être pas au magasin pour acheter des bagues de fiançailles, mais ça ne veut pas dire que tu ne comptes pas énormément pour moi, et que je ne veille pas sur ce qui est à moi. Et ne te méprends pas : tu es mienne pendant aussi longtemps que nous sortons ensemble, tout comme je suis à toi. Compris ?

Le cœur battant à mille millions de kilomètres-heure, Ashlyn hocha la tête en ayant l'impression que c'était la vingtième fois ce matin-là.

— As-tu un problème avec ça ? Est-ce que c'est trop ? Si tu veux revenir à une simple amitié, je peux le faire. Ce serait vraiment dur, mais je le ferai. Je ne veux pas que tu penses que cette relation est foireuse, même si elle est sans lendemain. Ce n'est pas parce qu'elle n'est pas sérieuse que je vais t'ignorer quand tu souffres. Sans lendemain, ça ne veut pas dire que nous baisons, puis que nous partons chacun de notre côté comme si nous étions des inconnus.

— D'accord.

— D'accord ? répéta-t-il en penchant la tête.

— D'accord, confirma Ashlyn.

— Bien. Maintenant, détends-toi pendant que je t'attrape quelque chose à manger.

Là-dessus, Slate se pencha en avant, embrassa doucement son front, puis se leva et partit dans sa cuisine.

Ashlyn relâcha le souffle qu'elle retenait. Slate était intense les bons jours, mais même *elle* n'avait pas remarqué qu'il pouvait être intense à ce point. Elle aimait tout ce qu'il avait dit. Elle s'était lancée dans cette relation en pensant qu'elle pouvait garder les choses légères et faciles, mais elle avait sous-estimé le charisme de Slate... et ses propres tendances émotionnelles.

Ashlyn n'avait jamais été seulement impliquée à moitié dans une relation. Quand elle sortait avec quelqu'un, c'était en général en s'investissant entièrement dès le départ. Bon sang, elle avait déménagé à Hawaï avec Franklin bien trop peu de temps après l'avoir rencontré.

Elle avait cru pouvoir rester insouciante avec Slate. Avait essayé de s'en convaincre pendant des semaines.

Elle avait eu tort.

Malgré tout, ce n'était pas parce qu'elle l'aimait beaucoup et qu'elle appréciait de passer du temps avec lui, dans le lit et en dehors, qu'ils allaient se marier. Mais ils *avaient* une relation et elle admit que les gens qui se fréquentaient ne se contentaient pas de baiser puis de partir en courant.

Il avait raison concernant sa supposition précédente : si c'était Slate qui était blessé ou malade, elle aurait été là pour lui.

Se sentant étrangement soulagée — par sa relation avec Slate, la façon dont la soirée s'était déroulée, et même ce matin — Ashlyn se détendit contre les coussins. Elle avait intérêt à profiter du fait de se faire servir, car viendrait un moment où elle serait à nouveau seule.

Quand Slate revint dans le salon avec un verre dans une main et une barre protéinée dans l'autre, Ashlyn se sentait plutôt bien. Elle avait encore l'esprit un peu embrumé à cause de la migraine et sans doute du médicament qu'il lui avait donné, mais elle préférait cela au mal de tête qu'elle avait eu.

Il lui tendit le verre avant de s'asseoir à côté d'elle.

— Il faut que tu envoies un message à tes amies.

Ashlyn but une gorgée de la boisson et fut agréablement surprise par son bon goût. Pour une raison qui lui échappait, elle avait supposé que ce serait assez désagréable, peut-être parce qu'elle était censée être bonne pour la santé. Elle ne voyait pas vraiment la différence entre ce que Slate avait fait pour elle et un des milk-shakes qu'elle achetait parfois chez son glacier préféré.

— C'est délicieux, dit-elle en souriant.

Les lèvres de Slate esquissèrent un sourire.

— Je sais.

— J'ai l'impression de manger le dessert au petit-déjeuner.

— Oui.

Elle fronça les sourcils.

— Je n'arrive pas à croire que tu ne m'aies jamais dit comme c'est bon. Tu m'as laissé croire que tu faisais attention à ta santé le matin alors que tu prends ça pour le petit-déjeuner.

Slate éclata de rire, et ce bruit emplit Ashlyn de bonheur. Il était souvent stoïque, alors savoir qu'elle était capable de le faire rire la réchauffait de l'intérieur.

— Bébé, dit-il.

C'était tout. Juste un mot.

— Quoi ? Je suis sérieuse. Attends, tu es sûr que c'est une de tes boissons protéinées ? Tu n'as pas fait livrer de la crème glacée pour préparer ça, juste histoire que je me sente mieux ?

— C'est une boisson protéinée, assura Slate. Des glaçons, de la poudre de protéines à la vanille, des fraises pour un peu plus de goût et du lait écrémé pour le rendre plus crémeux.

— C'est miam, dit-elle en buvant une autre gorgée.

Il lui sourit.

— Miam ? Personne ne dit ça.

— Apparemment, moi si, l'informa-t-elle.

— D'accord. Mais pour ce que ça vaut, tu devrais sans doute en garder un peu pour faire passer la barre protéinée. Elle est bonne, mais pas aussi bonne que la boisson. Ils ont beaucoup progressé pour faire en sorte que ça n'ait pas un goût de carton, mais à mon avis tu ne vas pas autant apprécier ça que la boisson.

Ashlyn fronça le nez, mais elle prit la barre nutritive dans sa main.

— Je pense que je me sentirais mieux si ça n'avait pas un goût de friandise décadente. Je me sens déjà assez coupable d'avoir bu ce milk-shake.

Slate gloussa et la regarda déchirer l'emballage d'un côté et prendre une bouchée. Elle mâcha un moment avant de hausser les épaules.

— Ce n'est pas aussi mauvais que je m'y attendais. Je ne suis pas sûre de vouloir en manger une à chaque repas du reste de ma vie, mais ce n'est pas horrible.

Slate n'avait pas détourné le regard depuis qu'il s'était assis.

— Quoi ? J'ai quelque chose sur la figure ? demanda Ashlyn en essuyant son visage sur son bras, parce qu'elle avait les deux mains pleines.

— Non. Je suis simplement très soulagé de te voir revenue à ton état normal. Tu m'as fait peur, Ash.

— Je suis désolée, dit-elle doucement.

Slate secoua la tête.

— Non, ne t'excuse pas. Tu n'as pas fait exprès d'avoir mal à la tête. Je te fais juste savoir que j'espère ne jamais te revoir comme ça.

— C'est vrai que ce n'est pas drôle. Merci de m'avoir apporté des médicaments. C'était quoi, d'ailleurs ?

Slate haussa les épaules.

— Aucune idée. Enfin, Mustang m'a dit le nom du médicament, mais je ne faisais pas vraiment attention. Tout ce qui m'importait, c'était que ça t'aide.

— Comment a-t-il réussi à l'obtenir ? demanda Ashlyn.

— Dans notre domaine de travail, nous connaissons beaucoup de gens, dit Slate avec désinvolture.

— Oh mon Dieu, a-t-il appelé Baker ? s'exclama Ashlyn en se redressant. J'ai tellement entendu parler de lui ! En fait, je sais qu'il est venu au mariage de Monica et Pid au ranch de Kualoa, mais je n'ai pas eu l'occasion de lui parler.

— Quoi ? Non, Mustang n'a pas appelé Baker. Bon sang.

— Oh. Zut.

Il secoua la tête.

— Il a appelé un médecin de la base qui nous a soignés dans le passé. Il a expliqué tes symptômes et le médecin a donné un échantillon du médicament pour toi. Mustang n'en a rapporté que deux. Mais comme ils ont fonctionné, tu pourras dire à ton médecin que ce que tu as pris semble efficace et il ou elle pourra te faire une ordonnance.

— Même pas drôle, grommela Ashlyn.

— En dehors de ça, je ne suis pas certain de vouloir que tu sois pote avec Baker, dit Slate.

— Pourquoi ?

— Parce qu'apparemment il est canon. C'est ce que disent toutes les autres femmes.

— Et ? demanda Ashlyn.

Slate se contenta de lever un sourcil en la regardant.

— Oh, allez. Peu importe qu'il soit canon, je sors avec *toi*.

— Et tu n'as pas intérêt à l'oublier, dit Slate avant de tendre le bras et de l'attraper derrière la nuque pour la tirer vers lui.

Comme Ashlyn avait les mains pleines, elle ne pouvait pas se rattraper, mais Slate ne la laissa pas tomber. Il l'embrassa avec force, et bien trop brièvement, avant de la laisser partir.

— D'après ce que m'ont dit les autres, il a un faible pour une femme appelée Jodelle, de toute façon, dit-elle.

Slate hocha la tête.

— Je ne suis pas vraiment ravi d'impliquer Baker dans quoi que ce soit en rapport avec toi, parce que chaque fois que nous avons dû l'appeler dernièrement, c'était pour des choses terribles menaçant nos copines. Ça me conviendrait tout à fait que tu ne le rencontres jamais si cela signifie que tout va bien. Que tout le monde est en sécurité. Que tout est normal.

Ashlyn pouvait le comprendre. Elle frissonna un peu en pensant à tout ce que ses amies avaient traversé.

— Bien.

— Et... je l'ai dit plus tôt, mais la conversation a légèrement dévié. Il faut que tu envoies un texto à Elodie et les autres.

— Je sais.

— Non, tu dois le faire vite. Elles sont inquiètes pour toi, bébé. Elles t'ont envoyé des textos — et à moi — la majeure partie de la nuit pour voir comment tu allais. Et elles ont déjà recommencé ce matin.

Slate se tourna et attrapa le téléphone d'Ashlyn sur la table à côté du canapé. Il le lui tendit.

Elle se pencha en avant et posa sa boisson sur la table basse avant d'attraper le téléphone.

— Mince, elles agissent comme si j'étais mourante. C'était simplement un mal de tête, marmonna Ashlyn en déroulant toutes ses notifications.

— Dans notre métier, et après tout ce qui est arrivé, personne ne prend la santé des autres pour acquise.

Ashlyn poussa un soupir. Au bout d'un moment, elle annonça :

— Quand j'ai rompu avec Franklin, je me suis sentie tellement bête.

Slate fronça les sourcils, perplexe, et elle s'empressa d'essayer d'expliquer son changement de sujet brutal.

— J'ai déménagé à Hawaï à cause de lui, et nous ne sortions pas ensemble depuis très longtemps. J'étais enthousiaste à l'idée de vivre ici et il m'a donné un prétexte pour faire quelque chose dont je rêvais sans en avoir le courage. Quand j'ai découvert que c'était un vrai crétin, j'ai eu du mal à croire que j'avais été une telle idiote. Quelle abrutie traverse l'océan pour un type qu'elle connaît à peine ? Mais il s'est avéré que c'était la meilleure décision de toute ma vie. J'ai obtenu le travail à Food For All, j'ai rencontré Lexie, puis Elodie et Kenna, Monica, Carly... et toi.

— Tu n'étais pas ravie de me rencontrer au début, ricana Slate.

— C'est vrai. Tu étais autoritaire et pénible.

— Mais tu m'apprécies maintenant, dit Slate en se penchant vers elle.

Sauf qu'il ne s'arrêta pas et Ashlyn rit en tombant sur le dos quand elle essaya de s'éloigner. Il se maintint au-dessus d'elle sur le canapé, en souriant.

— Dis-le, ordonna-t-il.

— « Le », rétorqua-t-elle avec espièglerie.

— Peste, dit Slate en descendant sur elle et en la coin-çant sur place.

Il arrêta de sourire et affirma :

— Tu n'étais pas stupide. Tu étais optimiste. Et c'est un de tes plus grands atouts. Est-ce que je pense que tu es parfois *trop* optimiste ? Oui, mais si tu n'étais pas comme ça, tu ne serais pas ici en ce moment. Et je sais que les autres femmes sont aussi contentes de te connaître que l'inverse.

Ashlyn lui sourit.

— Maintenant, et si tu finissais cette barre protéinée ? dit Slate en faisant signe de la tête vers la barre à moitié mangée toujours dans sa main. Finis ta boisson, envoie un texto aux filles, puis nous pourrons traîner ici et regarder un film ou deux.

— Est-ce que tu... je m'étais dit que tu allais partir, maintenant que tu sais que je vais bien. Je suis certaine que tu as des choses à faire aujourd'hui.

— C'est samedi, bébé. Je n'ai rien à faire que de traîner avec toi et m'assurer que tu ailles bien. Ce mal de tête pourrait revenir et je veux être là si ça arrive.

La sensation douce et chaleureuse se répandit en elle. Ashlyn ne voyait rien de mieux que de traîner avec Slate toute la journée.

— D'accord.

— Mais c'est moi qui choisis le film, précisa-t-il.

Ashlyn grimaça.

— Non. Tu vas choisir quelque chose d'ennuyeux.

— Non, pas du tout, protesta-t-il.

— Mais si. Tu penses que *Full Metal Jacket* est un classique.

— Bébé, c'est un classique.

— Mais c'est gore. Et ça crie tout le temps, protesta Ashlyn.

Slate gloussa.

— Très bien. Tu peux sélectionner le premier film, mais je prends le deuxième. Et si tu choisis encore *La Revanche d'une blonde*, je vais t'obliger à regarder le film militaire le plus long et le plus ennuyeux que je pourrai trouver.

— Bon, d'accord, concéda Ashlyn.

Elle se moquait de ce qu'ils allaient regarder, tant qu'elle pouvait être avec Slate.

Il leva une main et la passa tendrement sur le côté de sa tête.

— J'ai détesté ne pas pouvoir faire ça hier soir,

murmura-t-il. J'ai détesté savoir que je pouvais te faire mal en te touchant.

Ashlyn détestait ça aussi. Elle pencha la tête contre sa main, lui donnant son poids. Il lui sourit, puis il se pencha et embrassa doucement son front.

— Nous pourrions retourner dans la chambre et trouver autre chose à faire que regarder un film, lâcha-t-elle.

— Hors de question, dit Slate sans hésiter. Pas de sexe tant que je ne suis pas certain que tu vas entièrement mieux.

Ashlyn fit la moue.

— Tu n'es pas drôle.

— Non, acquiesça-t-il en se rasseyant. Mange, envoie les textos, puis on pourra se faire un câlin en regardant la télé.

Ashlyn gloussa.

— Qu'y a-t-il de si drôle ? demanda Slate.

— Toi qui dis le mot câlin, avoua-t-elle.

— Tout aussi drôle que toi utilisant le mot miam, rétorqua-t-il, mais il sourit en le disant.

Ashlyn prit une autre bouchée de la barre protéinée et la mâcha d'un air narquois.

Elle n'aurait jamais cru que Slate pouvait être aussi... plein de compassion et de tendresse. Cela lui plaisait. Beaucoup.

Pendant qu'elle finissait de mâcher, une nouvelle notification apparut sur son téléphone. Elodie. Elle demandait si elle se sentait mieux, si elle était debout, et quand ça l'arrangeait qu'elle apporte la soupe qu'elle préparait déjà pour elle ce matin.

— Je vais me doucher pendant que tu discutes avec ta bande, lui dit Slate.

Il se pencha, embrassa le haut de sa tête, puis partit vers sa chambre.

Ashlyn le regarda partir, tentée de le suivre dans sa salle de bains et de passer sous la douche avec lui, mais elle savait comme il était têtu. S'il pensait que l'abstinence était ce qu'il y avait de mieux pour sa santé, elle ne pouvait pas le faire changer d'avis.

Elle prit son téléphone, pressée de rassurer ses amies qu'elle se sentait mieux, mais aussi d'en avoir fini avec les textos pour profiter pleinement de sa journée avec Slate.

CHAPITRE QUINZE

Plus d'une semaine après son mal de tête atroce, Ashlyn se sentait toujours très bien. Elle avait vu son médecin et son I.R.M. n'avait rien révélé. Elle devait admettre être soulagée de ne pas avoir une tumeur au cerveau. Chercher les raisons pour lesquelles elle avait eu une telle migraine sur Internet n'avait pas été une très bonne idée. D'après les sites Internet qu'elle avait consultés, elle avait probablement un cancer du cerveau.

Heureusement, ce n'était pas ça. Son médecin lui avait parlé de certaines choses qu'elle pouvait faire pour essayer d'empêcher le mal de tête d'empirer s'il revenait, par exemple ne pas se pousser à finir la journée de travail et prendre immédiatement de l'ibuprofène. Il lui avait aussi prescrit quelques pilules du même médicament que Slate lui avait donné, parce qu'il avait si bien fonctionné la dernière fois.

C'était un mardi et Ashlyn était en route vers la maison de James Mason. C'était son quatre-vingt-neuvième anniversaire et Slate et elle lui avaient préparé un gâteau spécial la veille. Ça avait été très dur de ne rien dire quand elle lui avait livré son repas habituel. Elle avait voulu le surprendre. Et pas seulement avec le gâteau.

Ashlyn avait parlé à Carly qui lui avait assuré son soutien pour ce dont elle allait parler à James aujourd'hui.

En se garant, elle vit la Chevette d'Aiden garée dans l'allée étroite à côté de la maison de James. Ce n'était pas surprenant, car le mardi était un des jours où Aiden venait donner un coup de main, mais il était tôt et elle ne croyait pas qu'il arrivait généralement avant le déjeuner.

Trop enthousiaste pour s'inquiéter du planning d'Aiden — elle n'arrivait pas toujours chez ses clients à la même heure non plus —, Ashlyn attrapa soigneusement le gâteau sur le siège passager et ferma la portière avec son pied, se dirigeant vers la porte d'entrée.

En tenant le gâteau d'une main, elle frappa à la porte.

Aiden ouvrit en lui jetant un regard noir.

— Que fais-tu là ?

Surprise par son accueil cassant, Ashlyn ne répondit pas immédiatement. Elle prit un moment pour l'observer. Il avait assez mauvaise mine. Son tee-shirt était sale et froissé, son visage pâle, et il semblait un peu... agité ? Il était évident qu'il était perturbé.

Décidant d'ignorer son comportement, elle dit joyeusement :

— C'est l'anniversaire de James. Je lui ai apporté un gâteau.

— Je ne savais pas que c'était son anniversaire, marmonna-t-il en ouvrant la porte pour elle.

— Oui. Quatre-vingt-neuf ans.

Ashlyn entra dans la maison et vit James qui se tenait dans l'encadrement de la porte entre la cuisine et le salon. Il ne semblait pas très heureux non plus... mais dès qu'il la vit, il sourit.

— Bonjour, Ashlyn. Qu'est-ce qui t'amène aujourd'hui ?
Ce n'est pas mercredi ? Je perds le compte des jours.

— Non. C'est mardi. Un mardi très spécial. Je ne pouvais
pas le laisser passer sans venir te souhaiter un bon anniversaire et apporter du gâteau !

James rayonna.

— Comment le savais-tu ? Je ne l'ai dit à personne.

— Je sais tout, répondit Ashlyn mystérieusement.

Elle n'avait pas l'intention d'avouer qu'elle avait spécifiquement demandé à Lexie de regarder quand tombait son
anniversaire, parce qu'elle était curieuse.

— Ça fait longtemps que je n'ai pas eu de gâteau d'anniversaire. Depuis que ma chère Angie est morte, dit James
doucement.

— Alors, je suis encore plus contente d'être venue
aujourd'hui, répondit Ashlyn.

— Je vais partir, dit Aiden derrière elle.

Elle se retourna.

— Oh, tu ne veux pas rester manger du gâteau ? Je ne
voulais pas te chasser...

— Ça va, l'interrompit James.

Surprise par son ton dur, Ashlyn resta debout au milieu de
la pièce entre Aiden et James, se sentant soudain mal à l'aise.

— Je suis désolé, dit Aiden doucement en s'adressant à
James. Ça n'arrivera plus. Je te vois jeudi.

Puis il tourna les talons et ouvrit la porte pour sortir.

— Je suis vraiment désolée, James. Ai-je interrompu
quelque chose ? demanda Ashlyn prudemment.

James parut triste un moment, puis il secoua la tête.

— Non. Ça va. Avec un peu de chance, Aiden a appris
une leçon aujourd'hui. Tout le monde fait des erreurs. Je
suis prêt à oublier le passé. Maintenant... quel genre de
gâteau as-tu préparé pour moi ?

Ashlyn avait envie de poser plus de questions sur ce qui était arrivé avec Aiden. Quelle « erreur » il avait commise, précisément. Mais elle ne voulait pas non plus contrarier James.

— Une Forêt-Noire, qu'est-ce que tu crois ?

James sourit une fois de plus.

— Mon préféré, lui dit-il.

Ashlyn le savait, c'était la raison pour laquelle elle le lui avait préparé. Elle avait entendu de nombreuses histoires sur les gâteaux que sa femme lui faisait chaque année. Celle qu'il préférait raconter était la fois où elle lui avait envoyé un carton de cupcakes à la Forêt-Noire pour son anniversaire quand il était déployé sur un navire. Le carton avait été perdu pendant le transport et il ne les avait reçus qu'une semaine après son anniversaire. Ils étaient rassis et écrasés pour la plupart, mais James jurait encore qu'ils faisaient partie des meilleurs cupcakes qu'il avait jamais mangés.

Personnellement, Ashlyn était surprise qu'il n'ait pas fait d'intoxication alimentaire, mais elle avait gardé la bouche fermée, car c'était évidemment un des souvenirs les plus chers de James.

Elle entra dans la cuisine et posa le gâteau sur la petite table. Elle sortit une chaise pour James et il s'y laissa tomber avec reconnaissance. Elle poussa le verre d'eau qui se trouvait sur la table plus près de lui, mais il secoua la tête.

— Non. Donne-moi un verre d'eau fraîche. S'il te plaît, ajouta-t-il un peu tard.

Se demandant quel était le problème avec l'autre eau, Ashlyn se contenta de hocher la tête et elle porta le verre apparemment pas bon jusqu'à l'évier et le vida.

— J'ai une meilleure idée, dit-elle en ouvrant le frigo.

Elle en sortit une bouteille de Bikini Blonde Lager, brassée par la Maui Brewing Company, du fond de l'étagère du haut.

Elle la lui montra.

— Je pense qu'une fête d'anniversaire vaut bien une bière, pas toi ?

James regarda sa montre.

— Il n'est même pas dix heures, dit-il.

— Et alors ? Je ne dirai rien si tu gardes le secret. De plus, as-tu l'intention de prendre la voiture aujourd'hui ?

Il gloussa.

— Non. Et une bière me fera plaisir. J'ai oublié que j'en avais une là-dedans.

Ashlyn la décapsula et posa la bouteille sur la table devant lui. Puis elle se pencha et déposa un baiser sur sa tête.

— Joyeux anniversaire, mon ami.

Il lui sourit.

Ashlyn sentit qu'elle avait un peu les larmes aux yeux et elle se détourna pour attraper des assiettes et des four-chettes, histoire de cacher son émotion.

Un peu plus tard, quand ils entamaient leur deuxième morceau du gâteau délicieux, Ashlyn décida qu'il était temps de donner son cadeau suivant à James.

— Alors, j'ai pensé à quelque chose. Et avant que tu refuses, écoute-moi jusqu'au bout.

James pencha la tête avec curiosité en entendant ces mots.

— Mes amis Carly et Jag se marient jeudi prochain. C'est très informel et ils le font chez Duke's. Tu sais, le restaurant à Waikiki ? Je me demandais si tu voulais m'y accompagner.

James la fixa, incrédule.

— Et ton jeune homme ? Je pense qu'il aura quelque chose à redire si c'est moi qui t'accompagne.

— Oui, tu as raison. Ce qu'il dit, c'est qu'il est d'accord. Je lui ai déjà parlé de te proposer de venir. Et Carly est très enthousiaste à l'idée de te rencontrer. Et Jag n'y voit aucun inconvénient non plus. Je sais que tu dois t'ennuyer, peut-être même être un peu triste, assis tout seul dans ta maison tout le temps.

Elle retint son souffle pendant que James réfléchissait à son invitation.

— Je ne veux pas être un fardeau, dit-il au bout d'un moment. Je ne marche pas très bien et je ne peux pas monter les escaliers sans aide.

— Tu n'es *jamais* un fardeau, dit-elle sévèrement. Et il y aura des tonnes de gens pour t'aider si nécessaire. Es-tu déjà allé chez Duke's ?

— Si je suis allé chez Duke's ? Ma fille, j'ai quatre-vingt-neuf ans et j'ai passé la majeure partie de ma vie sur cette île. Bien sûr que j'y suis allé. Leur hula pie est ce qu'il y a de plus incroyable — après la Forêt-Noire, bien sûr. J'ai rencontré Duke Kahanamoku quelques fois, tu sais.

— Vraiment ? demanda Ashlyn, fascinée.

— Oui. C'était le shérif d'Honolulu quand j'étais enfant, et il aimait venir sur la plage et bavarder avec les gamins qui surfaient. Il est mort en mille neuf cent soixante-huit et j'étais là quand ils ont éparpillé ses cendres dans l'océan qu'il avait toujours aimé.

— Alors ? Viendras-tu ?

James la regarda dans les yeux.

— Es-tu certaine que je n'abuserai pas ?

— Pas du tout. Promis. Carly et Jag ont prévu une fête très détendue. Après la cérémonie, un buffet énorme sera proposé et je suis sûre qu'il y aura beaucoup trop à manger. En fait, je le *sais*, parce que Carly m'a spécifiquement dit qu'elle voulait qu'il y ait beaucoup de restes afin de pouvoir en donner à Food For All. Je vais sans doute livrer des entrées de chez Duke's toute la semaine prochaine. S'il te plaît, dis que tu viendras.

— Ça fait une éternité que je ne suis pas descendu à Waikiki, lâcha James avec nostalgie.

Ashlyn retint son souffle.

— Si tu es sûre que je ne vous casserai pas les pieds, j'aimerais beaucoup venir, finit-il par dire.

— Oui ! s'exclama Ashlyn. Slate et moi serons là pour passer te chercher vers onze heures, jeudi. Je sais que c'est un jour bizarre pour se marier, mais c'était le seul pour lequel Duke's pouvait être loué entièrement. Et ne te mets pas sur ton trente-et-un. Nous sommes à Hawaï et Carly a été très claire en affirmant que si quelqu'un venait dans une tenue guindée elle allait le jeter dehors.

Ashlyn sourit avant d'ajouter :

— À vrai dire, je t'ai acheté une chemise hawaïenne l'autre jour pour ton anniversaire. Elle est dans la voiture, je vais te l'apporter avant de partir. Je ne pouvais pas la prendre en portant le gâteau. Elle serait parfaite pour jeudi.

James plissa les yeux.

— Tu avais tout prévu, l'accusa-t-il sans hostilité. Qu'aurais-tu fait si j'avais refusé ?

— Je t'aurais convaincu du contraire, rétorqua Ashlyn du tac au tac.

Puis elle redevint sérieuse.

— Je ne suis pas proche de mes parents, James. Ils se disputaient beaucoup quand j'étais enfant et ils préféraient se crier dessus plutôt que d'essayer de s'entendre pour moi. Je n'ai jamais connu mes grands-parents. J'espère ne pas dépasser les limites... mais tu es comme le grand-père que je n'ai jamais eu. Je suis fascinée par tes histoires sur ton enfance ici, et les guerres que tu as traversées, et je suis désolée de n'avoir jamais pu rencontrer ta femme. J'ai l'impression d'avoir eu de la chance quand tu t'es inscrit pour les livraisons de Food For All.

Les yeux de James s'emplirent de larmes et il cligna rapidement des yeux et tritura les miettes de gâteau sur son assiette. Ashlyn se sentit un peu émue elle-même. Elle lui donna le temps de se remettre.

— C'est moi qui ai de la chance, dit-il au bout d'un moment.

— Nous sommes tous les deux chanceux, alors, conclut Ashlyn.

Elle resta encore une autre demi-heure environ, riant et plaisantant avec James. Il poussa des cris d'admiration en voyant la chemise qu'elle lui avait achetée et affirma qu'il l'adorait.

Quand elle sut qu'elle ne pouvait pas retarder son départ si elle voulait terminer ses livraisons, elle se leva à contrecœur.

— N'oublie pas, onze heures jeudi. Mets la chemise que j'ai apportée. Les cadeaux ne sont pas nécessaires et prépare-toi pour un super moment de détente sur la plage.

— En regardant les jolies filles en bikini, dit James avec un sourire.

Ashlyn gloussa.

— Ça aussi.

Elle serra l'homme dans ses bras, détestant sentir sa fragilité.

— Joyeux anniversaire, James.

— Le meilleur anniversaire que j'ai eu depuis des lustres, dit-il en la serrant à son tour.

Quand Ashlyn l'eut installé dans son fauteuil et mis son téléphone et la télécommande à sa portée, et après avoir posé une autre tranche de gâteau sur la table à côté de lui pour plus tard, ainsi qu'un grand gobelet d'eau avec une paille, elle partit enfin.

Elle envoya un texto à Slate dès qu'elle monta dans sa voiture.

Ashlyn : Il a dit oui !

Slate : Bonne nouvelle, bébé.

Ashlyn : Oui. Il a même dit qu'il porterait la chemise que je lui ai achetée. Et il a adoré le gâteau.

Slate : Tu as passé une bonne matinée.

Ashlyn : Oui. Comment se passe la tienne ?

Slate : Bien remplie.

Ashlyn fronça les sourcils. Elle avait l'impression de savoir ce que ça signifiait. Slate et les autres se préparaient à être encore déployés. Elle détestait que cela arrive si vite après le dernier déploiement, mais comme Slate le lui avait rappelé, ils ne choisissaient pas à quel moment les terroristes décidaient d'être des enfoirés. Il leur fallait simplement agir quand ça arrivait.

Au moins, ils n'allaient pas partir avant la cérémonie. Ç'aurait été terrible si Jag avait dû rater son propre mariage et le retarder.

Slate : Fais attention sur la route, aujourd'hui.

Ashlyn : Promis. Je viens toujours chez toi ce soir ?

Slate : Oui. Mais je ne sais pas à quelle heure je sortirai d'ici. Utilise la clé que je t'ai donnée ce matin et mets-toi à l'aise. Ne t'inquiète pas pour mon dîner. Si je pars trop tard, je m'achèterai quelque chose en route.

Ashlyn sourit et regarda son porte-clefs. Elle avait été stupéfaite quand Slate la lui avait donnée ce matin, avant qu'ils partent de chez elle. Ils avaient envisagé qu'elle vienne chez lui dans la soirée, et il avait nonchalamment retiré la clé de son porte-clefs et la lui avait donnée. Ce n'était pas comme si elle y emménageait, mais elle avait l'impression que c'était énorme qu'il lui donne une clé de chez lui.

Ashlyn : Ne t'arrête pas pour acheter n'importe quoi. Je préparerai une quiche sans pâte. C'est rempli de protéines et de bonnes choses, et ça tiendra jusqu'à ce que tu rentres à la maison. Si tu arrives trop tard, nous pourrons simplement la réchauffer.

Slate : Super. Mais, bébé, ne m'attends pas. Tu auras faim, alors mange quand le plat est prêt.

Ashlyn : Très bien.

Slate : Et ne boude pas.

Elle éclata de rire. Il la connaissait trop bien.

Ashlyn : Je ne boude pas. Comment le pourrais-je alors que c'est l'anniversaire de James et qu'il a accepté de venir au mariage jeudi ?

Slate : Effectivement. À ce soir.

Ashlyn : À plus tard. Amuse-toi bien à l'assaut du château.

Slate : Bébé, ce n'est pas *Princess Bride*. Il n'y a pas de château ni d'assaut.

Ashlyn : Mais vous prévoyez d'assaillir quelque chose.

Slate : N'importe quoi.

Ashlyn : Oui. Je te laisse partir. Il faut que je mette la gomme pour finir toutes mes livraisons.

Slate : Personne ne sera fâché si tu es en retard. Sois prudente.

Ashlyn : Promis.

Slate : À plus tard.

Ashlyn était très heureuse et son esprit très occupé à étudier les livraisons qu'elle devait faire, à lister les ingrédients qu'elle devait acheter après le travail pour préparer la quiche, et à s'enthousiasmer pour jeudi.

Elle ne réfléchit pas davantage à l'étrange échange entre

James et Aiden. Mais plus tard, quand elle allait repenser à cette journée, elle allait comprendre qu'elle aurait dû poser plus de questions.

⁎⁎

Aiden était assis dans sa voiture et il grimaça en voyant la jauge d'essence. Il était presque à sec et n'avait pas d'argent pour en acheter davantage. Tout comme il n'avait pas d'argent pour sa dose suivante. Son dealer refusait de lui donner la dose habituelle sans paiement. Juste parce qu'il n'avait pas été capable de le rembourser au moment où il l'avait dit les deux dernières fois, ça ne donnait pas à cet enfoiré le droit de le remballer !

C'était la faute du vieil homme. S'il avait bu la putain d'eau qu'Aiden lui avait donnée, au lieu de devenir paranoïaque, il aurait dormi avant que la connasse arrive... et Aiden aurait eu l'argent dont il avait désespérément besoin.

Personne dans sa vie ne comprenait comme c'était horrible d'être en manque. Personne ne s'en souciait. Il n'avait pas besoin de mille dollars, il avait simplement besoin d'en avoir cent. Assez pour quelques doses. Et le vieil homme n'avait pas besoin de son argent à la con. Tout ce qu'il faisait, c'était rester assis toute la journée, laissant s'accumuler l'argent de sa retraite de la Navy et de la sécurité sociale.

Il avait juste voulu que le vieux con s'endorme, histoire de chercher une autre cachette d'argent dans la maison. Aiden avait pris tout ce qu'il osait dans les deux endroits qu'il avait déjà trouvés. Il savait qu'il devait y avoir d'autres cachettes.

Mais il était devenu imprudent et James l'avait vu pulvériser le somnifère dans son eau. Il l'avait confronté. Il avait voulu savoir ce qu'il fabriquait. Aiden n'avait eu d'autre choix que d'avouer qu'il droguait son eau, mais il était à peu près certain d'avoir été convaincant en faisant croire à James que c'était parce qu'il était inquiet pour lui, parce qu'il ne dormait pas bien.

C'était sans doute une bonne chose que l'autre connasse soit arrivée. Cela avait détourné l'attention de James des raisons d'agir d'Aiden. Mais maintenant le vieil homme était méfiant, et il allait être plus vigilant que jamais.

S'il se faisait virer, Aiden était foutu. Il avait *besoin* de l'argent caché dans la maison de James.

Comme il ne pouvait pas y retourner avant jeudi, il allait devoir trouver un autre moyen d'obtenir de l'argent. Sans doute faire la manche, ce qui était vraiment *nul* ! Mais il allait faire le nécessaire pour avoir assez d'argent pour une dose. Il n'allait pas pouvoir tenir jusqu'à jeudi, quand il allait essayer de voler plus d'argent au vieux pépé.

Quatre-vingt-neuf ans. Bon sang, Aiden espérait qu'il n'allait pas lui-même vivre si longtemps. Quel était l'intérêt ? Il ne pouvait pas bien marcher, ne faisait rien d'autre que rester assis et regarder la télé et dormir. Ridicule.

Aiden allait devoir être plus rusé pour droguer le type afin de fouiller sa maison. Il y avait plus d'argent caché, Aiden en était certain. Et il avait besoin de le trouver. Il allait le trouver. Personne n'allait l'en empêcher. Pas James, pas la connasse... personne.

CHAPITRE SEIZE

Slate n'arrivait pas à empêcher son regard d'errer vers Ashlyn. Elle était rayonnante. En général, c'était une phrase réservée à la mariée, mais il se sentait obligé de l'appliquer à Ashlyn. Elle avait un énorme sourire et semblait détendue et heureuse.

Jusqu'ici, la journée avait été parfaite. Il s'était réveillé avec la bouche d'Ashlyn sur sa queue et l'avait baisée vite et fort, puis lentement et tendrement sous la douche. Il avait ensuite été témoin de sa compassion et de sa joie quand ils étaient arrivés à la maison de James Mason et qu'elle l'avait vu porter la chemise qu'elle lui avait achetée.

Elle avait conduit le vieil homme jusqu'à son Trailblazer et l'avait installé sur le siège avant, puis elle s'était joyeusement assise à l'arrière, bavardant tout le long jusqu'à Waikiki. Slate les avait déposés devant l'Outrigger, où se trouvait Duke's, et il était parti se garer. Quand il était arrivé au restaurant, James était assis à une table et il s'amusait comme un petit fou avec Kenna, Aleck, Midas et Lexie.

Maintenant, Ashlyn était au bar pour récupérer des boissons, sans doute un mai tai pour elle et des bières pour

James et lui. Elle riait avec les serveurs et elle avait le bras autour d'Elodie pendant qu'elles attendaient leur commande.

Mustang s'approcha de lui.

— Je n'aurais jamais cru dire ça, avoua-t-il avec un petit gloussement, mais j'adore les mariages, putain.

Slate ricana.

— Sérieusement, comment pourrait-on ne pas aimer ? Je peux voir ma femme bien habillée, elle boit un peu trop, ce qui me réserve de bonnes choses pour ce soir quand nous rentrerons. Elle est heureuse comme un poisson dans l'eau et je peux passer du temps avec les personnes que je préfère sur terre. Ce sera nul quand Midas et toi vous serez passés à la casserole et que nous n'aurons plus personne pour faire ce genre de fête.

— Tu vas un peu vite en besogne, non ? rétorqua Slate. Je ne suis pas sûr que Midas et Lex sont prêts à se marier bientôt, et ce n'est certainement pas mon cas. De plus, nous pourrions décider de nous contenter de signer les papiers vite fait.

— C'est vrai, mais nous pourrions quand même faire une grosse fête après.

Slate secoua la tête.

— Mais sérieusement, je ne veux pas que tu sois déçu quand cette histoire entre Ash et moi prendra fin et que nous serons simplement amis.

Mustang se tourna et appuya son épaule contre le mur, accordant toute son attention à Slate.

— Je sais que tu en as assez que j'aborde le sujet...

— Alors, ne le fais pas, l'interrompit Slate, mais son ami l'ignora.

— Cela fait presque trois mois depuis que vous avez commencé à sortir ensemble. Vous répétez tous les deux que c'est une histoire sans lendemain, que c'est juste une espèce d'arrangement entre amis, mais j'affirme que ce sont des conneries.

— Pas du tout, répliqua-t-il d'un ton brusque.

— Mais si, Slate. Merde, Ashlyn et toi vous vous êtes tournés autour pendant toute une année avant de finalement sortir ensemble. Et ça ne te ressemble pas. Nomme-moi une autre femme qui est ton amie.

— Elodie, dit Slate sans hésiter.

— Très bien, une autre femme *célibataire*, clarifia son ami.

Slate pinça les lèvres.

— Exactement, insista Mustang sans prendre un air trop satisfait. Tu n'es pas ami avec des femmes. Il n'y a rien de mal à ça, mais dès le départ, Ashlyn et toi aviez quelque chose de différent. J'hésite à utiliser le mot spécial, parce que je ne veux pas parler comme une fillette. Mais sérieusement, ce n'est *pas* sans lendemain. Je ne sais pas si vous finirez par vous avancer vers l'autel ensemble, mais je pense que tu te manques de respect, ainsi qu'à Ashlyn, en insistant pour dire que vous ne faites que baiser. Que ce n'est pas une véritable relation.

Slate eut envie d'être irrité par les tentatives de psychanalyse de son ami. Mais il avait trop d'arguments valables. Slate n'avait jamais été simplement l'ami d'une femme. Pas parce qu'il n'aimait pas ou ne respectait pas les femmes en général, mais parce qu'il s'entendait mieux avec les hommes.

Jusqu'à Ashlyn.

Elle le faisait rire. Elle l'exaspérait.

Parfois, elle l'irritait au plus haut point. Exactement comme ses coéquipiers.

Il avait aussi confiance en elle. N'avait jamais eu de mal à trouver des sujets de conversation. Il aimait passer du temps avec elle... et pas seulement dans la chambre. Oui, quand ils avaient commencé à se fréquenter, ils étaient incapables de ne pas se toucher. Chaque fois qu'ils se voyaient, ils finissaient au lit.

Mais la relation s'était transformée en... quelque chose de plus. Ils ne se sautaient pas immédiatement dessus en se voyant. Ils parlaient. Ils riaient. Ils se faisaient même des câlins sur le canapé en regardant la télé. Ils ne passaient pas chaque nuit ensemble, mais quand ils baisaient, ils dormaient ensemble quelle que soit la maison où ils étaient. Se lever et partir après l'orgasme était bien la dernière chose qu'il avait envie de faire.

Il ne voulait peut-être pas l'admettre à haute voix, mais Mustang avait raison.

Slate était toujours aussi déterminé qu'avant à ne *pas* vouloir changer la nature de leur relation. Mais maintenant... c'était parce qu'il ne voulait rien faire foirer. Il ne voulait pas faire peur à Ashlyn.

— Et cette femme ne te regarde pas comme si tu étais juste un ami, poursuivit Mustang. Elle te cherche constamment des yeux quand tu n'es pas à ses côtés. Elle ne dévisage pas les autres hommes en cherchant de meilleurs partis, comme le font certaines femmes quand elles sont dans une relation sans lendemain. Et quand vous êtes proches, vous vous touchez automatiquement. Tu mets la main dans son dos. Elle s'appuie contre toi. Tu lui tiens la main ou tu passes un bras autour d'elle. Vous pouvez tous les deux protester et dire à tous ceux qui veulent bien écouter qu'il n'y a rien de sérieux entre vous, mais ce sont des conneries. Plus vite vous l'admettrez, mieux vous vous en sortirez.

— Mustang, tu sais que je te respecte et que je t'aime comme un frère, mais il faut que tu me lâches, dit Slate que le ton sérieux de la discussion mettait mal à l'aise.

— Très bien. Mais j'ai une dernière chose à dire avant de la fermer.

Slate se prépara au pire.

— Elodie est ce qui m'est arrivé de mieux dans la vie et je ne te raconte pas n'importe quoi. Je n'ai jamais beaucoup pensé au mariage avant de la rencontrer, mais je ne peux littéralement pas imaginer ma vie sans elle, maintenant. Je pensais que j'étais satisfait. J'avais un travail que j'aimais et dans lequel j'étais doué, j'avais des amis fabuleux, de l'argent à la banque, je vivais à Hawaï... que pouvais-je demander de mieux ? Je ne peux pas expliquer ce que ça fait de quitter le travail à la fin de la journée, ou quand je rentre d'une mission, et de savoir que lorsque je passerai le seuil de ma porte, elle sera là. Ashlyn n'est peut-être pas ton âme sœur, mais... et si elle l'était ? Tu ne voudrais surtout pas t'en vouloir le restant de ta vie de l'avoir laissée partir. De n'avoir pas essayé de voir si tu peux faire fonctionner les choses sur du long terme. À un moment donné, elle se lassera d'être juste un beau cul pour toi. Elle voudra un lien plus profond avec un homme... et elle partira le trouver avec quelqu'un d'autre. Au fond de toi, si ça te convient, très bien. Mais dans le cas contraire... il faut que tu t'impliques plus dans cette relation.

Slate serra les poings. Il n'était pas fâché contre Mustang. C'était l'idée d'Ashlyn avec un autre homme qui le perturbait.

— Je vois que je me fais enfin comprendre, fit remarquer Mustang d'un air satisfait.

Il donna une tape dans le dos de son ami et se redressa. Il se tourna pour regarder Elodie et Ashlyn au bar. Elles riaient toutes les deux comme des hystériques à cause de ce que disait l'un des barmans.

— Rien à voir, dit Mustang — et Slate était tout à fait prêt à changer de sujet —, mais on dirait bien que nous allons partir dimanche.

Slate hocha la tête. Il s'y était attendu. La situation en

Afghanistan était instable. Des menaces contre la base américaine sur place avaient été déclarées comme étant crédibles et quelques équipes des forces spéciales étaient envoyées à l'étranger pour voir s'ils pouvaient débusquer les responsables.

— Jag est au courant ?

— Oui. Je lui ai dit ce matin. Il n'est pas ravi de devoir laisser Carly si vite après leur mariage, mais il est soulagé qu'elle porte son alliance avant qu'il s'en aille. C'est nul que je ne puisse pas lui donner les jours qui précèdent, soupira Mustang. Nous avons besoin de lui pendant les séances de préparation.

Slate hocha la tête. Les recherches et la planification de leur mission étaient ce que leur équipe faisait de plus important. Personne n'aimait s'aventurer aveuglément dans une situation, et même s'ils avaient déjà examiné la ville et essayé de déduire les lieux où se trouvaient les membres de l'État islamique, ils devaient connaître chaque ruelle, chaque maison et chaque issue comme le dos de la main avant d'atterrir dans le pays.

— Elles arrivent, murmura Mustang.

Slate tourna la tête et vit Elodie et Ashlyn s'avancer vers eux avec de grands sourires. Ashlyn portait trois boissons dans les mains, s'efforçant de ne rien faire tomber.

Slate fit un pas en avant et lui prit les deux bouteilles de bière en lui laissant simplement le mai tai.

— Bon sang, bébé, as-tu laissé de l'alcool aux autres ? la taquina-t-il.

Il remarqua distraitement que Mustang éloignait Elodie.

Le sourire d'Ashlyn s'élargit.

— J'ai dit à Kaleen que je voulais un double pour ne pas être obligée de retourner au bar et d'en demander un autre, et elle m'a donné ce verre énorme.

Et il était énorme. Au lieu d'avoir un double, c'était plutôt un quadruple.

— J'espère que tu n'avais pas l'intention de marcher à la fin de la soirée, lâcha Slate.

Ashlyn gloussa.

— Non. Pourquoi marcher alors que tu peux me porter ? Mais sérieusement, j'ai aussi prévu de boire beaucoup d'eau. Je ne veux surtout pas m'endormir au mariage de mon amie et me ridiculiser.

Slate ne put s'en empêcher : il se pencha en avant et prit ses lèvres avec les siennes. Les seules parties de leur corps qui se touchaient étaient leurs lèvres, car il avait les mains pleines et elle tenait son énorme verre. Elle avait le goût de sa boisson fruitée... et Slate eut envie d'elle. Là, tout de suite.

Il se força à s'écarter, fixant Ashlyn pendant qu'elle se léchait les lèvres. Elle avait envie de lui aussi. Son désir était évident.

Soudain, Slate eut envie que l'après-midi soit terminée. Le sexe avec Ashlyn quand elle était un peu pompette était fantastique. Il avait l'impression que ça devait être stupéfiant quand elle était carrément ivre.

— Arrête ça, chuchota-t-elle.

— Que j'arrête quoi ? demanda-t-il.

— De me regarder comme si tu voulais me déshabiller et me baiser sur place.

— Je ne peux pas m'en empêcher.

— Je ne pense pas que c'est normal, songea Ashlyn.

— Qu'est-ce qui n'est pas normal ?

— Nous. Nous avons déjà couché ensemble deux fois ce matin. Comment pouvons-nous en avoir encore envie si vite après ?

Slate sourit.

— Parce que tu es toi, dit-il simplement.

Elle fronça le nez.

— Ça ne veut rien dire. J'ai toujours été moi, et je n'ai encore jamais été comme ça.

— Très bien, parce que nous sommes nous, rectifia Slate.

Ashlyn sourit.

— Ça, je veux bien l'admettre.

— Viens, bébé. James a besoin de sa bière et le fait que tu sois mignonne me donne seulement envie de sécher ce mariage et de te ramener chez moi et de te montrer comme nous sommes normaux.

— Nous ne pouvons pas partir ! s'exclama Ashlyn, horrifiée.

— Je plaisante. Je ne raterai le mariage de Jag pour rien au monde, lui dit Slate.

Il fit passer une des bières dans l'autre main afin de les tenir dans la même et il posa l'autre au creux du dos d'Ashlyn. Il se pencha et enfouit le nez dans la peau près de son oreille.

— Bois tout ce que tu veux, mais pas au point d'être malade, dit-il doucement. Je n'aime pas quand tu te sens mal.

Elle hocha la tête et leva les yeux vers lui, le regard empreint d'une émotion qu'il ne sut pas déchiffrer.

— Merci d'avoir accepté mon idée de faire venir James.

— Il me plaît. Et pas seulement parce que c'est un vétéran. Il a des histoires intéressantes, il est drôle, il est évident qu'il se sent seul. Et je ferais n'importe quoi pour te rendre heureuse, Ash.

— Je suis très heureuse, dit-elle sans hésiter.

— Bien. Moi aussi.

— Bien, répéta-t-elle en s'appuyant contre Slate lorsqu'il posa un bras autour de ses épaules.

Ils retournèrent vers l'endroit où tout le monde était

rassemblé, attendant la cérémonie qui devait commencer dans environ vingt minutes. Les invités allaient sortir sur le sable à l'arrière du restaurant où avait été installé un chapiteau blanc. Jag n'avait pas été très certain de vouloir se marier sur la plage où l'ex de Carly s'était littéralement fait exploser en essayant d'enlever Kenna, mais elle l'avait convaincu que cela aiderait à débarrasser l'endroit de son mauvais karma.

Personnellement, Slate était d'accord. La plage devait être un endroit joyeux et il était content que les terribles souvenirs de cette nuit soient remplacés par de meilleurs... pour tout le monde, pas juste Kenna et Aleck. Pour tous les civils qui se trouvaient au restaurant le soir où Shawn avait perdu l'esprit.

— Et voilà, dit Slate en tendant la bière à James.

Le vieil homme leva la tête et il était facile de voir le bonheur dans ses yeux.

— Merci. J'ai de l'argent, je peux te rembourser.

— N'importe quoi, dit Ashlyn en l'entendant.

Elle se pencha et l'embrassa sur la joue.

— Considère que c'est un cadeau d'anniversaire.

— Tu m'as déjà donné ça, dit James en montrant la chemise hawaïenne aux couleurs vives qu'il portait.

— Oui.

— J'ai quelques dollars pour une bière, dit-il plus doucement maintenant. Je sais que je reçois des repas de Food For All, mais je ne suis pas fauché.

Ashlyn s'accroupit à côté de sa chaise et posa une main sur sa jambe. Elle lui parla tout aussi doucement, afin que tout le monde autour d'eux ne puisse pas les entendre. Mais comme Slate se tenait juste à côté, il était assez proche pour distinguer leur discussion.

— Je le sais. Et franchement, même si tu appelais pour annuler le service dès demain, je continuerais à venir. Je te l'ai déjà dit, James, tu es comme un grand-père pour moi. Te faire des cadeaux n'est pas un acte de charité, c'est parce que je t'aime. En ce qui me concerne, tu fais maintenant partie de ma famille. Et la famille ne râle pas quand on lui achète une bière. En fait, tu devrais me manipuler pour en acheter plus. Parce que c'est ce que ferait la famille. Compris ?

Il fallut une seconde pour que James maîtrise ses émotions, mais au bout d'un moment, il hocha la tête.

— Compris.

— De plus... je ne t'ai pas acheté la bière, c'est Slate. J'ai ouvert une ardoise à son nom, chuchota-t-elle en faisant un clin d'œil à James. J'ai dit au barman que mon beau copain allait tout payer à la fin de la soirée.

James gloussa.

— Dans ce cas... à votre santé ! dit-il en levant sa bouteille de bière et en la faisant tinter contre l'énorme cocktail d'Ashlyn.

Slate serra Ashlyn contre lui dès qu'elle se leva. Il l'embrassa sur la tempe et chuchota :

— Tu es incroyable.

Elle lui sourit.

— Venez, dit Kenna en faisant signe à tout le monde depuis la plage, en bas de quelques marches. Il est presque temps et nous devons nous installer !

— Vas-y, lui dit Slate. Je m'occupe de James.

— Tu en es sûr ?

— Oui, j'en suis sûr.

Elle se leva sur la pointe des pieds et l'embrassa sur les lèvres, avec douceur, avant de sourire et de s'empresser de rejoindre ses amies.

James se leva lentement à côté de Slate.

— Elle est magnifique, dit l'homme plus âgé.

Slate hocha la tête. Effectivement. Elle l'était vraiment.

Elle portait une robe d'été bleu sombre qui moulait sa poitrine et ses hanches, mais qui voletait autour de ses mollets dans la brise marine. Elle avait gardé ses cheveux lisses et brillants détachés et de temps en temps, quelques mèches volaient devant son visage et elle devait les ramener en arrière. Elle ne portait pas de talons : ce n'était pas pratique sur le sable et Carly voulait que tout le monde soit habillé de façon décontractée et confortable. Elle avait du vernis rose vif sur les ongles des orteils, assorti aux fleurs des claquettes qu'elle portait. De plus, elle n'avait pas besoin de talons. Ashlyn était la plus grande de toutes ses amies, parfaite pour le mètre quatre-vingt-huit de Slate.

Quand Slate prit le coude de James dans sa main pour l'aider à garder l'équilibre alors qu'ils descendaient les marches jusqu'au sable, il se dit qu'Ashlyn était parfaite pour lui d'à peu près toutes les façons. Depuis les quelques mois que durait leur relation, il n'avait pas une seule fois été irrité par elle. Véritablement irrité.

— Ça fait très longtemps que je ne suis pas allé à la plage, fit remarquer James.

Slate détourna son intention d'Ashlyn et se concentra sur le vieil homme.

— J'ai appris que tu étais plutôt bon surfeur, autrefois.

— C'est vrai, dit James sans se vanter.

Il affirmait simplement un état de fait.

— Tu aurais été un très bon Seal.

Il ne cherchait pas simplement à le flatter. Il avait entendu les histoires de James au sujet de certaines des choses qu'il avait faites dans la Navy. Et même s'il n'avait pas été un Seal, il avait fait exactement le même genre de choses que Slate et son équipe faisaient encore aujourd'hui.

Il n'y avait pas de chaises installées sous le chapiteau, tout le monde restant simplement debout pour regarder la courte cérémonie de Carly et Jag. Ashlyn commença à rapprocher une chaise longue de la tente afin que James puisse s'asseoir, mais Slate secoua la tête.

— Il n'en a pas besoin.

— Mais...

— Il n'en a pas besoin, répéta Slate avec un peu plus d'insistance.

Ashlyn le fixa un moment avant de hocher la tête.

Slate se mit cependant à l'ombre du chapiteau avec James, mais il savait sans avoir besoin de le demander que ça gênerait le vétéran d'être le seul assis. Il garda la main sur le coude de James, lui offrant un soutien et faisant en sorte qu'il ne tombe pas accidentellement dans le sable.

Quand Carly et Jag s'avancèrent vers eux, tous les regards se tournèrent vers les marches descendant du restaurant de Duke's. Il n'y avait pas vraiment d'allée, ni de musique, ni de demoiselles d'honneur. C'était simplement deux personnes qui s'aimaient et qui se rejoignaient pour promettre cet amour l'un à l'autre devant leurs amis.

Ashlyn se blottit contre le côté gauche de Slate et passa un bras autour du sien, appuyant la tête sur son biceps. Slate sentit James bouger contre lui à sa droite et il examina l'homme de quatre-vingt-neuf ans légèrement courbé. Celui-ci regardait Ashlyn avec tendresse. Puis il leva la tête et croisa le regard de Slate.

Carly et Jag s'approchèrent de Paulo qui avait accepté de célébrer la cérémonie et se tournèrent l'un vers l'autre.

Slate se sentait incroyablement satisfait à ce moment précis. Il savait que dans quelques jours, il allait transpirer comme un malade en Afghanistan, faisant de son mieux pour tuer les rebelles avant qu'ils le tuent. Mais pour l'instant, il avait du sable sous les pieds, la brise qui soufflait contre ses bras et ses jambes, une femme incroyable à ses côtés, un homme qu'il respectait énormément de l'autre, et il voyait un de ses meilleurs amis au monde épouser la femme qu'il aimait.

La vie était plutôt fabuleuse.

✳✳

— Bouge, bébé, ordonna Slate, tard ce soir-là.

Ils étaient dans son lit et Ashlyn était effectivement ivre. Elle lui avait sauté dessus dès qu'ils étaient rentrés dans la maison. Il l'avait laissée prendre les commandes. Et apparemment, elle voulait être au-dessus.

Ça ne gênait pas Slate, sauf qu'elle ne bougeait pas assez vite pour lui. Ashlyn avait les joues rouges à cause de l'alcool et de tout ce qu'elle avait dansé. Quand Carly et Jag avaient échangé leurs vœux et partagé un baiser totalement inapproprié sur une plage publique, ils étaient tous retournés au restaurant et ils avaient fait de leur mieux pour faire diminuer la quantité de nourriture qui avait été préparée pour eux.

Ensuite, Ashlyn avait rejoint Elodie, Lexie, Carly et Kenna sur la piste de danse. Monica avait surtout regardé depuis sa place, expliquant que comme elle était enceinte, elle ne pouvait pas danser. Bien sûr, les filles n'avaient accepté cette excuse qu'un certain temps, jusqu'à la faire lever et danser avec elles... bien qu'un peu plus calmement.

Slate et le reste de son équipe avaient regardé leurs femmes avec amusement, prenant soin de les rejoindre quand la musique ralentissait. James avait observé le tout depuis sa chaise dans le coin avec un sourire sur le visage, parfaitement heureux d'être hors de sa maison et d'assister à cette fête joyeuse.

Ils l'avaient reconduit chez lui et Ashlyn l'avait fait entrer, vérifiant que tout allait bien, puis elle avait rendu Slate fou tout le long du trajet jusque chez lui. Elle avait fait monter et descendre sa main sur sa jambe, frôlant sa queue de temps en temps. Elle avait un sourire rusé et dès qu'il avait garé sa voiture, elle avait décroché sa ceinture et elle était montée à cheval sur lui.

Et maintenant ils étaient dans son lit. Ashlyn était aussi nue que le jour de sa naissance, bougeant lentement sur sa queue. Slate posa les mains sur ses hanches. Le plaisir était presque *trop* intense.

— *Bouge*, ordonna-t-il une fois de plus.

Ashlyn semblait être perdue dans son propre monde. Un petit sourire illumina son visage quand elle utilisa ses muscles internes pour serrer sa queue au fond d'elle.

— Mais j'aime ça, rétorqua-t-elle. C'est si agréable…

Il n'en pouvait plus. Il avait besoin qu'elle jouisse pour pouvoir la baiser comme il en avait envie : vite et fort. Il descendit une main et commença à caresser son clitoris avec le pouce.

Elle tressaillit et il eut du mal à se retenir de ne pas exploser quand elle le serra encore plus fort avec ses muscles internes.

— Oh ! s'exclama-t-elle en ondulant enfin plus vite sur sa queue.

Ce n'était pas le mouvement de va-et-vient dont il avait besoin pour jouir, mais c'était tout de même incroyable.

— C'est ça, bébé. Jouis sur ma queue. Laisse-moi te sentir dégouliner sur mes couilles.

— Slate ! cria-t-elle lorsque tout son corps se mit à trembler.

Elle se recourba contre lui, une main posée sur son torse afin de se maintenir, et l'autre serrant son biceps, enfonçant les ongles dedans comme s'il était la seule chose qui lui permettait de ne pas craquer.

Slate continua à manipuler son clitoris assez brutalement, ayant besoin qu'elle jouisse. Il ne pouvait cependant nier que la vue lui plaisait. Les longs cheveux d'Ashlyn frôlaient son torse et son visage, le chatouillant à chaque mouvement qu'elle faisait. Elle avait les tétons durs et ses seins rebondissaient quand elle se balançait. Son petit ventre la rendait encore plus féminine et il adorait la sensation de ses cuisses douces de chaque côté de ses hanches.

Ashlyn se mordit la lèvre et ferma les yeux lorsque ses tremblements augmentèrent. Il savait qu'elle était au bord de l'orgasme et il grogna :

— Ouvre les yeux et regarde-moi.

Quand elle n'obéit pas, il arrêta de bouger son pouce sur la petite boule de nerfs sensible.

Elle ouvrit immédiatement les yeux.

— Slate, gémit-elle. Ne t'arrête pas !

— Regarde-moi et je continuerai, dit-il.

Elle hocha maladroitement la tête et il recommença à bouger le pouce.

Elle balança les hanches et ses cuisses se serrèrent autour de lui quand elle s'approcha de plus en plus du plaisir culminant.

— C'est ça, bébé. Tu es tellement brûlante et serrée ! Tu étrangles ma queue et c'est tellement bon. Je vais te baiser à fond quand tu auras joui. J'arrive à peine me retenir.

— *Oui*, soupira-t-elle.

Leurs regards étaient fixés l'un sur l'autre. Slate avait envie de baisser la tête, de voir sa queue enfoncée en elle, mais il ne le pouvait pas. Elle avait les pupilles dilatées de désir, les lèvres brillantes à cause de ses baisers.

Il pinça son clitoris et elle craqua, se recourbant encore davantage contre lui en jouissant.

Les mains de Slate se posèrent sur ses hanches et il la souleva légèrement, puis il la refit descendre brusquement.

Elle poussa un cri.

Slate recommença, mais n'obtenant pas la friction dont

il avait besoin, il roula jusqu'à ce qu'elle se trouve sous son corps. Elle tremblait encore quand il la pilonna en continu. Il grognait chaque fois qu'il touchait le fond de son intimité parcourue de spasmes.

Il ne fallut pas longtemps pour que son propre orgasme le submerge. Il s'enfonça en elle aussi profondément que possible, cambra le dos et se lâcha. Il aurait pu jurer que sa vue s'obscurcit une seconde, puis il vit des étoiles, ravagé par un plaisir qui dépassait ses rêves les plus fous.

Après avoir récupéré une partie de ses sens, Slate se laissa retomber en s'appuyant sur les coudes pour ne pas écraser Ashlyn. Il l'embrassa avec douceur, ravi de la sentir alanguie. Elle avait encore l'haleine sucrée à cause du cocktail qu'elle avait bu toute la nuit, et il se jura de ne jamais oublier ce moment, ce goût, aussi longtemps qu'il viv...

Il se rendit soudain compte de quelque chose. Et même s'il ne voulait pas gâcher l'ambiance, il fallait s'en charger immédiatement.

— Bébé ?

— Mmm ?

Elle semblait complètement ailleurs, et Slate adorait ça.

— On avait tellement envie que je n'ai pas eu le temps de mettre un préservatif.

Il ne tourna pas autour du pot, mais il retint son souffle en priant pour qu'elle ne panique pas.

— Mmmm... OK.

Il attendit qu'elle dise autre chose, mais quand Ashlyn se contenta de passer les bras dans son dos et de le tirer vers elle, il insista :

— Tu m'as entendu ?

— Mouii. Pas de préservatif. Je prends la pilule. Je suis clean. J'espère que toi aussi.

— Que je prenne la pilule ? répéta-t-il bêtement.

Elle rit et finit par ouvrir les yeux pour le regarder.

— Non, que tu es *clean*.

— Je le suis, répondit-il avec sérieux. Je n'ai jamais fait ça sans préservatif. Jamais.

— Jamais ? chuchota-t-elle.

— Non.

— Mon Dieu... je suis désolée.

Slate fronça les sourcils.

— Pourquoi ?

— Je t'ai plus ou moins attaqué. Je ne t'ai pas donné le temps d'en attraper un avant que je te saute dessus.

Slate gloussa.

— Que tu me sautes dessus ?

— Tu sais ce que je veux dire, dit-elle en rougissant. Je ne voulais pas te faire faire quelque chose que tu ne veux pas.

— Je n'ai pas dit que je ne veux pas te sentir sans la barrière du préservatif, dit Slate. C'est simplement que je ne savais pas si ça allait te contrarier.

— Nous nous sommes mis d'accord pour le faire savoir si nous fréquentions quelqu'un d'autre et comme tu n'as rien dit, je suppose que je suis ta seule partenaire. Ça m'a semblé sans danger et je suis protégée contre les grossesses. Alors non, je ne suis pas contrariée.

Slate ne put empêcher ses hanches de se balancer. Il glissa facilement dans son corps, leurs deux orgasmes lui facilitant le chemin. La sensation d'être en elle sans protection était indescriptible. Sa queue tressaillit et commença à se remettre.

— Oh mon Dieu, tu ne peux pas être déjà prêt à repartir. Je suis un tas de bouillie et tu es déjà en train de durcir ?

— Je ne peux pas m'en empêcher, souffla-t-il. Je peux sentir chaque mouvement de tes muscles. Et ta chaleur incroyable. Et tu es si mouillée et glissante...

Ashlyn gloussa et il le sentit également dans sa queue.

— Oh mon Dieu, tu es comme un gamin avec un nouveau jouet.

Slate se sentait effectivement un peu comme ça.

— Ne t'inquiète pas, tu n'as rien à faire. Je ferai tout le travail.

— Ça vaut mieux, parce que je suis dans un coma post-orgasme. Et la chambre tourne un peu autour de moi.

— Tu vas vomir ?

— Non.

— Bien.

Slate se retira lentement de son corps jusqu'à ce que seul son gland reste en elle, puis il s'y enfonça une fois de plus jusqu'à coller ses bourses contre elle.

— Ne fais pas attention à moi alors, je vais faire ça pendant le reste de la nuit.

Ashlyn rit et une fois de plus, Slate le sentit tout au fond d'elle.

— Très bien, je t'en prie.

C'est donc ce qu'il fit.

Trente minutes plus tard, ils transpiraient à nouveau et cette fois c'était Ashlyn qui était allongée sur son torse.

— Ça y est. Je suis morte.

— Mais quelle belle mort, souffla Slate, toujours submergé par la sensation d'Ashlyn sur sa queue nue.

Ashlyn tourna la tête, embrassa la peau de son torse, puis reposa la joue contre lui.

— Slate ?

— Oui, bébé ?

— J'ai passé une bonne soirée.

— Moi aussi, dit-il sans hésiter.

Peu de temps après, il sentit son corps se détendre contre lui quand elle s'endormit.

Il resta longtemps allongé en repensant à leur journée. Il rejoua la conversation de Mustang dans sa tête. Il se souvint que même quand Ashlyn s'amusait avec ses amies, elle le cherchait du regard toutes les trois ou quatre minutes. C'était agréable de la sentir contre lui quand ils dansaient. Elle était généreuse et altruiste. Il se sentait tellement heureux et satisfait quand il était avec elle.

Le sexe était incroyable.

Cela semblait un peu immature de le mettre dans la catégorie des avantages, mais il ne pouvait nier qu'il y avait une alchimie hallucinante entre eux. Il n'avait encore jamais oublié de mettre un préservatif de toute sa vie. Mais il avait été tout aussi pressé d'entrer dans son corps qu'elle avait été de l'avoir en elle. Et la sensation de la prendre sans protection... était meilleure qu'il n'aurait pu l'imaginer.

En fin de compte, les derniers mois avaient été parmi les meilleurs de sa vie. Slate se sentait équilibré. Dans le passé, il avait été concentré sur son travail et quand il fréquentait une femme, il devenait assez rapidement irrité par elle. En général, cela arrivait quand elle commençait à exiger plus de son temps qu'il n'était prêt à en donner.

Mais Slate ne se souvenait pas d'un moment où il avait véritablement été irrité par Ashlyn. Elle était facile à vivre. Elle ne le harcelait pas au sujet de ce qu'il faisait au travail, n'insistait pas pour qu'il passe du temps avec elle. En fait, il pouvait dire que c'était *lui* qui ne voyait jamais assez Ashlyn. Bien sûr, elle semblait aussi s'amuser quand ils étaient ensemble.

Il fit courir un doigt le long de la courbe délicate de sa colonne alors qu'elle était allongée sur lui et sourit quand elle se cambra pour mieux le toucher et essaya de se coller encore davantage à lui dans son sommeil.

Voulait-il plus avec elle ? Plus que ce qu'ils avaient déjà ? Quelque chose de plus profond... de plus durable ? C'était une pensée effrayante. Comme il l'avait pensé après sa conversation avec Mustang, essayer de changer la nature de leur relation pouvait tout gâcher. Ashlyn lui avait bien fait comprendre qu'elle était parfaitement satisfaite par la situation telle qu'elle était. Il ne voulait surtout pas faire d'histoires.

Quoi qu'il arrive, il partait en mission dans quelques jours. Ce n'était pas le moment d'avoir des conversations profondes sur le changement de leur relation.

Pour l'instant, ils allaient continuer à vivre au jour le jour. Ils n'étaient pas obligés de prendre des décisions tout de suite.

CHAPITRE DIX-SEPT

Trois jours plus tard, Ashlyn faisait de son mieux pour ne pas perdre la boule. Slate partait pour un autre déploiement et celui-ci était plus dangereux que le dernier. Il ne lui avait pas dit, bien sûr, mais elle le voyait bien. Il était rentré tard du travail les deux soirs précédents avec un pli sur le front qui n'y avait pas été avant la dernière mission. Il resta stoïque en faisant ses bagages et également quand ils passèrent du temps à nettoyer son frigo, rassemblant la nourriture qui risquait de se gâter pendant son absence afin de la porter à Food For All.

Il semblait plus sérieux dans d'autres domaines, également. Quand ils avaient fait l'amour la veille, cela avait été plus désespéré. En tout cas la première fois. Comme s'il savait qu'il était possible qu'il ne revienne pas.

Ashlyn ne pouvait même pas penser à cette éventualité. Slate allait revenir. Il le fallait.

— Je ne sais pas combien de temps je serai absent, bébé, lui dit-il maintenant alors qu'ils se tenaient devant sa porte d'entrée. Merci de garder un œil sur la maison pour moi.

Ashlyn put seulement acquiescer contre son torse. Elle

était incapable de relever la tête pour le regarder, sachant que sinon elle allait éclater en sanglots, et il n'avait surtout pas besoin de ça maintenant. Il fallait qu'elle soit forte, qu'elle le regarde partir avec un sourire et l'assurance que tout irait bien pour elle.

Mais ça n'allait pas bien. Elle était morte de peur. Le sérieux de leur mission avait fini par s'immiscer en elle et elle avait un mauvais pressentiment.

— Ash ? demanda-t-il doucement.

En inspirant profondément, elle sut qu'il était temps. Temps qu'elle prenne sur elle et qu'elle laisse son copain aller faire le dur comme il y était entraîné. Elle leva la tête et le regarda courageusement dans les yeux.

— Oui ?

Le visage de Slate s'adoucit.

Merde. Elle n'avait pas caché ses craintes et son angoisse aussi bien qu'elle l'avait espéré.

— Je dois admettre que j'ai beau détester voir cette expression sur ton visage, c'est très agréable de savoir que je vais te manquer.

Ashlyn fronça les sourcils.

— Bien sûr. Tu ne t'en doutais pas ?

Slate haussa les épaules.

— Je n'ai encore jamais manqué à personne avant.

— Eh bien, maintenant si, dit-elle d'un ton un peu vexé.

Il gloussa.

— Il faut que tu saches que tu vas me manquer aussi, bébé.

Les larmes qu'elle avait retenues menaçaient de faire leur apparition. Ashlyn garda son sang-froid. Tout juste.

— Oui, parce que je suis fabuleuse, dit-elle aussi joyeusement qu'elle en était capable.

Slate sourit, mais le sourire n'atteignit pas tout à fait ses yeux.

— Fais attention pendant mon absence. As-tu de nouveaux clients sur ton planning cette semaine ?

— Non.

— Bien. Vous avez prévu une nuit entre filles ?

Ashlyn hocha la tête.

— Oui, samedi. Nous détestons attendre si longtemps, mais nous avons toutes du travail. Je pense que Carly va passer la semaine avec Kenna, cependant.

— C'est nul que sa lune de miel ait été retardée, dit Slate.

— Il lui tarde que Jag se fasse pardonner.

Ashlyn savait ce qu'ils faisaient. Ils parlaient de tout et de rien pour prolonger l'instant. C'était affreux. Retirer le pansement d'un seul coup avait un avantage : la douleur demeurait, mais au moins la partie difficile était vite terminée.

— Fais attention à toi, chuchota-t-elle.

— Toujours.

— Je sais, mais... tu ne l'as pas dit et je ne l'ai pas demandé... mais cette mission me semble différente de la dernière.

Il hocha la tête en confirmant ses craintes.

— Je sais que tu es un dur à cuire et que tu as des hommes fabuleux pour te soutenir, mais s'il te plaît, ne prend pas de risque.

— Promis, dit Slate en appuyant le front contre le sien.

Ils restèrent ainsi un moment, puis Ashlyn sut qu'il devait partir avant qu'elle craque complètement.

— Allez, ça suffit. Il faut que tu partes. Je te verrai à ton retour.

— Oui, tu me verras, acquiesça-t-il.

Il pencha la tête d'Ashlyn vers le haut avec un doigt sous son menton et se pencha vers elle.

Ashlyn crut qu'il allait l'embrasser désespérément...

mais à la place, ce fut lent, tendre et aimant. Ce qui lui donna encore davantage envie de pleurer.

— Prends ton temps ce matin. Il est encore tôt, dit-il en s'écartant et en se penchant pour ramasser son sac en toile.

Ashlyn hocha la tête. Elle n'allait pas rester chez lui alors qu'il n'était pas là. Ce serait pure torture. Mais elle avait accepté de passer de temps en temps pour voir si tout allait bien.

Elle resta debout, toute raide, dans son vestibule et elle déglutit en faisant de son mieux pour sourire.

— À bientôt, dit-il doucement.

— À bientôt, répéta-t-elle en priant pour que ce soit vrai.

Puis il disparut.

Et Ashlyn laissa couler sur ses joues les larmes qu'elle avait retenues.

Elle ne pouvait pas supporter de le voir partir en voiture, alors elle retourna dans la chambre de Slate et enfouit son visage dans son oreiller. Son odeur la fit pleurer plus fort. Elle ne pouvait s'empêcher de penser à la veille au soir. Ils avaient baisé presque frénétiquement la première fois. Mais ensuite, ils avaient fait l'amour, Slate la chérissant. Il y avait vraiment une différence et même si Ashlyn aimait quand ils étaient complètement dingues de désir l'un pour l'autre, elle aimait encore plus quand Slate était lent et tendre.

Il fallut un moment, mais elle finit par maîtriser ses émotions. Elle était une adulte avec des responsabilités. Les conjoints et partenaires des militaires faisaient ça tout le temps. Ils et elles regardaient leurs hommes et leurs femmes partir vers le danger avec une régularité alarmante, tout en continuant leur vie à la maison.

Ashlyn s'habilla, puis elle inspira profondément, prit soin d'éteindre les lampes dans la maison et marcha vers sa voiture. Elle avait beau apprécier de travailler avec deux femmes qui savaient ce qu'elle traversait parce qu'elles vivaient la même chose, Ashlyn était assez contente d'avoir du temps pour elle en faisant les livraisons aujourd'hui.

Ce n'était pas qu'elle ne voulait pas parler avec Elodie et Lexie, elle avait simplement besoin d'espace pour analyser ses sentiments.

À un moment donné, leur arrangement pour le sexe entre amis s'était métamorphosé. Elle ne savait pas trop en quoi exactement, mais la relation sans lendemain qu'elle avait proposée, où ils passaient tous les deux à autre chose après avoir suffisamment couché ensemble, n'était plus la situation dans laquelle elle se trouvait. Au lieu que ses sentiments pour Slate s'estompent, ils s'étaient renforcés.

En soupirant, elle se dirigea vers son appartement. Elle ne pouvait pas se résoudre à se doucher chez Slate. Sa salle de bains contenait trop de souvenirs de l'amour et des rires qu'ils avaient partagés dans cet endroit. Chez elle, la douche était trop petite pour y être à deux, elle avait donc l'impression que le choix était plus sûr étant donné sa fragilité actuelle.

— Slate ira bien, dit Ashlyn à voix haute en conduisant. C'est un professionnel qui fait tout le temps ce genre de choses.

Elle ne savait pas de quel « genre de choses » elle parlait, mais peu importe.

— Il reviendra, et nous reprendrons où nous nous sommes arrêtés.

Ces paroles lui semblèrent un peu désespérées, même à ses propres oreilles, mais comme il n'y avait personne pour l'écouter parler à elle-même, elle s'en moquait.

Elle alluma la radio dans sa voiture, heureuse d'entendre une chanson rythmée et joyeuse et non une chanson d'amour mièvre. Elle irait bien. Slate irait bien. Tout allait bien se passer. Très bien.

Ashlyn savait qu'elle essayait un peu trop de se

convaincre elle-même, mais c'était ce dont elle avait besoin pour maîtriser ses émotions.

***

Slate et son équipe n'étaient même pas en Afghanistan depuis une journée complète lorsque les choses tournèrent mal. La menace des attaques contre la base se transforma en réalité et les plans bien répétés de l'équipe des Seals furent complètement inutiles en l'espace de quelques heures.

Ils s'étaient rendus dans la ville extrêmement hostile pour essayer de trouver de quel endroit les roquettes avaient été tirées et pour éliminer tout ce qui se mettait en travers de leur chemin. Cela faisait deux jours et leurs recherches les avaient conduits en périphérie de la ville et dans une zone extrêmement dangereuse.

Les maisons étaient délabrées et donnaient l'impression d'être construites avec tous les matériaux que les résidents avaient pu trouver. De la tôle ondulée, des planches, le capot d'une voiture, même du grillage. Ç'aurait été déprimant si leurs vies n'étaient pas en jeu. Slate ne pouvait pas prendre le temps d'observer les visages d'enfants qui les regardaient par les fenêtres cassées et les trous dans les murs pendant que l'équipe avançait vers la cible en silence.

Leurs informations les avaient orientés vers le leader d'un groupe de rebelles extrémistes extrêmement loyaux envers Osama Ben Laden. Même si l'homme était mort depuis des années, divers groupes faisaient de leur mieux pour ramener son idéologie et les tendances violentes qu'il soutenait.

D'une façon ou d'une autre, ce groupe de soldats en particulier avait réussi à obtenir beaucoup de lance-roquettes avec lesquels ils tiraient sur la base américaine.

Apparemment, ils tuaient le moindre Américain qui croisait leur chemin en ville, à la campagne ou n'importe où.

La maison dans laquelle ils étaient sur le point de s'introduire détonnait dans le paysage de ce quartier dilapidé. Il était à deux étages, contrairement à toutes les petites demeures décrépites dans les rues alentour. Il était fait de briques au lieu de matériaux de récupération. La grande structure solide était au milieu de ce qu'ils estimaient être le pays taliban.

C'était un endroit extrêmement dangereux, mais leurs informations indiquaient qu'une autre attaque sur la base était imminente et le chef devait être éliminé maintenant, avant que d'autres soldats et civils ne soient blessés ou tués.

Mustang pointa vers Midas et Aleck, puis vers le côté droit d'une porte. Ensuite, il désigna Pid et Jag et le côté gauche de la même entrée.

Slate hocha la tête et prit position à côté de son chef d'équipe. La position la plus dangereuse en entrant dans n'importe quel bâtiment était devant, mais ça ne le gênait pas de se tenir aux côtés de son ami. Les autres allaient entrer juste derrière eux et couvrir leur gauche et leur droite. L'objectif était d'éliminer toute opposition directement devant eux.

L'ambiance autour d'eux mettait Slate mal à l'aise. C'était calme... *trop* calme. Comme si tout le monde dans le quartier retenait sa respiration. Il était possible qu'ils pénètrent dans une maison vide ou une embuscade. Il faisait nuit dehors — ils avaient prévu de faire leur descente quand le chef serait endormi à la maison — mais c'était vraiment leur seul avantage.

Mustang leva une main et fit un décompte avec les doigts.

Trois. Deux. Un.

Slate et Mustang défoncèrent la porte sans trop de

problèmes, la surface lourde en bois cognant contre le mur et faisant un bruit de coup de feu dans la nuit silencieuse.

Slate sentait ses coéquipiers dans son dos, bougeant en silence comme ils y avaient été entraînés. Ils passèrent vite la première pièce, s'avançant vers les deux autres au rez-de-chaussée. Vides.

Slate sentit les cheveux se dresser sur sa nuque. Quelque chose clochait. Les informations indiquaient que le chef avait quatre femmes et huit enfants. Même s'ils ne vivaient pas tous ici, il aurait dû y avoir *quelqu'un* dans la maison.

— Attention aux pièges, chuchota-t-il à Mustang qui hocha la tête et pinça sombrement les lèvres.

Slate se sentit un peu mieux de ne pas être le seul mal à l'aise.

Ils montèrent les escaliers et Slate grimaça quand les planches tordues craquèrent sous leurs bottes.

Aleck et Midas surveillaient leurs arrières pendant que Mustang et lui avançaient jusqu'au premier étage. Pid et Jag restèrent en bas pour s'assurer que personne n'entre dans la maison alors qu'ils étaient à l'intérieur.

Bien que les pièces au rez-de-chaussée étaient presque vides, ne contenant rien d'autre que quelques tables et chaises et papiers sur le sol, ainsi qu'une cuisine très basique, l'étage était différent. Il y avait des vêtements éparpillés partout et des cartons entassés dans chaque pièce. Il était donc extrêmement difficile de les sécuriser. Ils travaillèrent malgré tout rapidement et efficacement.

Juste au moment où Slate crut que leur raid était un fiasco total, il vit un mouvement dans le coin de la dernière pièce qu'ils vérifiaient.

Il leva la main vers Mustang et pointa du doigt. Son chef d'équipe hocha la tête et ils se faufilèrent en avant, préparant leurs armes.

— Marine américaine. Les mains en l'air ! ordonna Mustang d'un ton menaçant.

Ils virent immédiatement deux mains apparaître derrière un gros carton.

— Qu'est-ce que ? souffla Slate.

Ce n'étaient pas des mains d'adulte. Elles étaient trop petites.

Mustang poussa le carton sur le côté pendant que Slate gardait l'arme pointée sur la personne qui se cachait derrière.

Effectivement, c'était un enfant. Un jeune garçon vêtu de haillons. Son visage était sale et il tenait ce qui ressemblait à une torche.

Mais ce n'était pas le visage d'un petit garçon effrayé. Son visage exprimait une haine évidente.

— Quel est ton nom ? demanda Mustang.

Soit le jeune garçon ne comprenait pas l'anglais, soit il n'avait aucune intention de leur dire quoi que ce soit.

Avant que l'un des quatre hommes puisse faire autre chose, l'enfant alluma la lampe dans sa main et la pointa vers la seule fenêtre de la pièce.

Il l'alluma et l'éteignit rapidement deux fois.

— Merde ! jura Mustang. Il fait signe à quelqu'un.

Slate parvint à cette conclusion en même temps que son chef d'équipe. Sa seule pensée fut de sortir aussi vite que possible.

— Go, go, go ! cria-t-il à Mustang et aux autres.

Ils se tournèrent tous pour se précipiter hors de la pièce. Ils étaient des soldats bien entraînés, mais ils savaient également que les chances étaient contre eux et que le repli était la seule option.

La maison était vide, car c'était un piège.

À la dernière seconde, Slate hésita. Le jeune garçon avait manifestement été éduqué à haïr les Américains. Il n'avait vu ni peur ni regret dans les yeux du gamin quand il avait été trouvé. En fait, Slate aurait pu parier qu'il avait bougé exprès afin d'être découvert. C'était un appât. Et quel que soit le plan, ce garçon était censé mourir... en même temps que Slate et son équipe.

Mais même si l'enfant n'allait pas apprécier d'être sauvé, Slate devait essayer.

Il se retourna et fit trois pas en arrière dans la pièce, tendant la main vers le bras du garçon. Celui-ci poussa un cri quand Slate le tira brusquement vers la porte. Il n'avait pas le temps de faire les choses en douceur, de convaincre le gamin qu'il ne faisait pas un noble sacrifice, mais qu'il était simplement un pion. Le jeune garçon avait sans doute une mère quelque part qui pleurait en ce moment même en sachant que son fils allait mourir.

Le reste de l'équipe de Slate était parvenu en bas des escaliers et en route vers la porte d'entrée, les armes sorties et prêtes à tirer sur quiconque les attendait à la sortie.

Mais avant que Slate fasse un seul pas dans l'escalier, son monde explosa et tout le bâtiment s'effondra autour de lui.

CHAPITRE DIX-HUIT

Ça ne faisait même pas une semaine complète depuis que Slate était parti, mais pour Ashlyn, c'était comme une année. Il lui tardait de passer la nuit avec les filles le lendemain, car elle avait désespérément besoin de parler de ce qu'elle ressentait avec ses amies.

Elle n'était pas sûre de pouvoir gérer ça. Elle avait cru qu'elle en était capable. S'était dit que le travail de Slate n'était pas un gros problème. Il partait sauver le monde et elle poursuivait sa vie comme d'habitude en son absence. Mais elle ne gérait pas bien le fait de savoir qu'il était en danger. Elle ne savait pas du tout comment les autres parvenaient à garder leur sang-froid. Ashlyn échouait dans ce rôle de petite amie et elle détestait être si faible.

Ce n'était pas *elle* qui était en danger, c'était Slate. Pourquoi était-elle donc tendue ? Et tous les gens avec lesquels elle entrait en contact semblaient se nourrir de son énergie négative. Elle s'était disputée avec un homme au supermarché parce qu'il avait quarante-neuf produits à la caisse express, au lieu de douze ou moins, comme le disait le panneau. Elle avait fait un doigt à une femme sur l'autoroute qui lui avait fait une queue de poisson et Ashlyn était *toujours* calme au volant.

La goutte d'eau fut quand elle rendit visite à James. Il avait semblé contrarié, mais n'avait pas voulu lui dire ce qui n'allait pas. Ashlyn avait simplement abandonné, tourné les talons et elle était partie. Elle n'avait pas essayé de le convaincre de lui parler, avait seulement quitté sa maison sans rien dire d'autre que « à la semaine prochaine ».

Ça ne lui ressemblait pas. Ashlyn se sentait très mal, maintenant, pour la façon dont elle l'avait traité. Elle savait qu'elle devait maîtriser ses émotions.

Elle était simplement rentrée à la maison après le travail et elle se tenait devant son micro-ondes, attendant que son repas surgelé soit prêt, lorsque le téléphone sonna. Ashlyn bondit presque sur son téléphone, espérant voir le nom de Slate à l'écran.

Elle cria presque de joie en voyant que c'était bien lui.

— Slate ! s'exclama-t-elle en décrochant.

— Salut, bébé.

Il semblait épuisé.

— Tu es rentré ?

— Presque.

— Est-ce que ça va ? demanda Ashlyn. Tu as une voix bizarre.

— Je vais être franc. J'ai été blessé. Mais je vais bien.

— Blessé ? Comment ? Où ?

— Rien de majeur. J'ai été un peu sonné. Je n'ai pas réussi à sortir d'un bâtiment avant qu'il explose autour de moi.

Ashlyn voyait qu'il essayait de plaisanter, mais elle ne trouvait rien de tout cela amusant.

— *Sérieusement ?*

— Oui, j'ai fait une erreur de jugement. En gros, j'ai chevauché les escaliers qui tombaient sous moi, sauf que mon casque s'est détaché et que je me suis cogné contre quelque chose. Les gars m'ont déterré et m'ont ramené à la base. Quand je me suis réveillé, j'avais sacrément mal à la tête.

Ashlyn n'arrivait pas à respirer. *Quand il s'était réveillé ?* Cela voulait dire qu'il avait été vraiment assommé.

— Mais ça va ?

— Oui. J'ai une commotion cérébrale. Les médecins voulaient me faire prendre un vol pour l'Allemagne, mais je ne voulais pas guérir ailleurs que chez moi. Alors, ils m'ont laissé rentrer.

Ashlyn ne savait pas comment c'était dans l'armée, mais elle avait l'impression que ce n'était pas tout à fait aussi facile de refuser un traitement quand on était un Seal de la Navy que si on était un civil. Mais à ce moment précis, elle voulait surtout savoir comment allait Slate et non comment il avait convaincu un médecin de le laisser prendre l'avion pour rentrer chez lui avec une commotion cérébrale.

Ashlyn commença à s'avancer vers sa chambre. Quand elle était rentrée à la maison, elle s'était immédiatement changée pour enfiler un tee-shirt de Slate avec lequel elle dormait, et elle ne portait rien d'autre.

— Je vais me changer pour te rejoindre chez toi, lui dit-elle.

— Non.

Cet unique mot figea Ashlyn sur place au milieu de son couloir.

— Quoi ?

— Je suis épuisé, bébé. Et Mustang va rester avec moi. Je t'appelle quand je me lève demain matin.

Si Mustang allait être chez Slate, cela signifiait qu'Elodie y serait sans doute aussi. Slate voulait bien que son ami et sa femme soient là... mais pas elle ? Cela la blessa plus qu'elle ne l'aurait cru.

En fait, la douleur qu'elle ressentit à ce moment-là fut si vive, si profonde, qu'elle leva la main sur sa poitrine pour essayer de la contenir.

— Je peux veiller sur toi, dit-elle d'une voix plus faible qu'elle ne l'avait voulu. Te réveiller environ chaque heure, c'est ce qu'il faut faire quand quelqu'un a une commotion, non ?

— Mustang gère, lui dit-il. Nous avons l'habitude de veiller l'un sur l'autre quand nous sommes blessés. J'ai appelé parce que je me suis dit que tu allais apprendre notre retour par les autres. Je ne voulais pas que tu t'inquiètes pour moi.

Qu'elle ne s'inquiète pas pour lui. Mais bien sûr.

— D'accord, lâcha-t-elle au bout d'un moment.

Que pouvait-elle dire d'autre ? Elle pouvait le supplier de la laisser venir, mais cela lui semblait... un peu trop désespéré. Et s'il ne voulait pas la voir, elle n'allait pas le forcer.

— Faut que j'y aille. Mustang me jette des regards noirs. Monsieur le Docteur est pénible avec tous ses « ne fais pas ci » et « tu ne peux pas faire ça ». Je t'appelle demain, bébé. C'est bon d'être rentré à la maison.

— Oui. D'accord. Je suis contente que tu ailles bien.

— À plus.

— Au revoir.

Dès qu'elle raccrocha le téléphone, les jambes tremblantes d'Ashlyn cédèrent et elle se laissa glisser sur le sol du couloir. Puis elle tomba sur le côté où elle se roula en boule.

Slate avait été blessé en mission... et il ne voulait pas qu'elle prenne soin de lui.

Comme si la foudre s'abattait à travers le toit de son appartement, Ashlyn comprit qu'elle l'aimait.

Elle n'avait pas voulu que ça arrive. Il était passé sous ses radars. Elle voulait qu'il s'agisse d'une histoire sans lendemain... mais c'était tout le contraire.

Apparemment, lui était parfaitement heureux dans la situation actuelle.

S'il l'aimait, même juste un petit peu, n'aurait-il pas été impatient de la voir ? N'aurait-il pas voulu qu'elle soit à ses côtés pendant qu'il se rétablissait ? Ou compris qu'elle avait *besoin* d'être avec lui, de voir par elle-même qu'il allait bien ?

Ashlyn ne pouvait même pas être fâchée contre Slate. Il avait fait exactement ce qu'elle avait demandé... il avait gardé les choses légères et décontractées. Un arrangement sexuel entre amis. N'était-ce pas ce qu'elle avait prétendu vouloir ?

En gémissant, elle se recroquevilla davantage. Elle était une idiote. Tellement stupide. Elle aurait dû savoir qu'elle était incapable d'avoir une histoire sans lendemain. Elle n'avait jamais eu ça dans le passé. Elle avait toujours sauté à pieds joints dans les relations. Mais aucun rejet ne l'avait jamais blessée comme celui-ci.

Ashlyn ne savait pas combien de temps elle était restée allongée au milieu de son couloir. Finalement, elle se leva et partit dans sa chambre. Elle savait qu'elle aurait dû jeter à la poubelle le repas surgelé qu'elle avait réchauffé, mais elle pouvait s'en occuper le lendemain. Tout ce qu'elle voulait faire maintenant, c'était dormir. Elle ne pouvait même plus pleurer.

Elle savait ce qu'elle avait à faire. Il fallait qu'elle prenne lentement du recul dans sa relation avec Slate. Il fallait qu'elle protège ce qui restait de son cœur brisé. Elle allait faire son possible pour rester son amie, même si c'était affreusement douloureux.

Cette nuit cependant, elle allait pleurer la perte de ce qu'ils n'auraient jamais.

⁑

Slate fit de son mieux pour cacher le martèlement douloureux de son crâne à Mustang. Si son ami savait comme il souffrait, il allait le traîner à l'hôpital de la base. Mais le seul endroit où voulait être Slate, c'était dans son propre lit.

La roquette qui avait fait exploser la maison, qui était censée tuer son équipe entière, avait miraculeusement fait seulement la moitié de son travail. Il ne savait pas du tout ce qui était arrivé au jeune garçon qu'il avait essayé de sauver. Mustang et Midas avaient expliqué qu'ils ne l'avaient pas trouvé en cherchant Slate dans les décombres. Son casque avait été écrasé par le bâtiment effondré, car il était tombé de sa tête à un moment donné, mais Slate avait plus ou moins chevauché les débris quand la maison avait explosé, au lieu de se faire tuer.

Jag et Pid avaient porté son corps évanoui jusqu'au point d'extraction et quand il s'était réveillé, il était allongé sur une table dans l'hôpital de la base. Les médecins n'avaient pas du tout été ravis quand il avait voulu se lever. Et ils n'avaient *vraiment* pas été contents quand il avait insisté pour que Mustang obtienne l'autorisation de le faire rentrer chez lui pour se rétablir.

Il avait de la chance et Slate le savait. Enfin, tout le monde le savait. Il se sentait très mal, mais il voulait quitter ce pays. Il essayait de cacher sa souffrance à ses coéquipiers, même si Slate avait l'impression qu'ils savaient exactement comment il se sentait. Tous les muscles de son corps lui faisaient mal. Il avait des élancements à la tête. La nausée. Son torse était couvert d'hématomes violets et sombres, mais miraculeusement, les scanners ne montraient aucun signe d'hémorragie interne.

C'était un putain de miracle qu'il n'ait pas été écrasé sous les décombres de ce bâtiment en briques.

Pid affirmait que la roquette n'avait pas impacté directement la maison. En fait, celui qui l'avait tirée avait presque entièrement raté la maison. Elle avait frôlé le mur extérieur, faisant s'effondrer les briques les unes sur les autres au lieu de les expulser dans toutes les directions.

Dans l'avion, il était assis entre Jag et Pid et il sentait leurs regards inquiets sur lui. Il lui avait fallu toute sa concentration pour ne pas s'évanouir.

Vaguement, il se rendit compte que l'avion descendait. Ils allaient atterrir dans quelques minutes. Au fond de son cerveau embrumé, il comprit qu'il pouvait sans doute capter avec son téléphone même s'ils n'avaient pas encore atterri. Il sortit son téléphone et composa un numéro familier.

À peine une minute plus tard, Slate raccrocha et ferma les yeux juste au moment où l'avion touchait le sol.

— Ça va ? demanda Jag à côté de lui.

— Oui, dit Slate doucement, même si la pression de sa tête menaçait de le faire vomir sur ses genoux d'une seconde à l'autre.

— Es-tu certain d'avoir pris la bonne décision ?

Slate n'arrivait pas à réfléchir. De quelle décision parlait Jag ? Mais au lieu de poser la question, il se contenta de répondre d'une voix traînante :

— Ouais.

Son ami grogna, manifestement insatisfait par sa réponse. Slate s'en moquait. Il ne pensait qu'à s'allonger. Il fallait qu'il descende de l'avion, qu'il marche jusqu'à la voiture de Mustang et avec un peu de chance, qu'il parvienne jusqu'à son lit avant de faire quelque chose qui pousserait Mustang à le conduire tout droit aux urgences.

Finalement, une heure plus tard, Slate s'assit prudemment sur le bord de son lit. Le trajet jusque chez lui avait été un enfer. Et si Mustang ne l'avait pas aidé à entrer dans sa maison, il n'aurait jamais pu y arriver.

— Il faut que tu ailles à l'hôpital, Slate, dit-il doucement maintenant, sachant manifestement que son ami avait très mal à la tête.

— Non. Il faut juste que je m'allonge. Peux-tu m'aider à trouver les médicaments que le médecin m'a donnés pour la douleur ?

Il en avait pris avant de monter dans l'avion et ça l'avait fait dormir pendant la majeure partie du vol. Slate n'aimait pas ce que le médicament lui avait fait ressentir, mais au point où il en était, il préférait être inconscient plutôt que d'endurer la douleur.

Mustang avait raison. Il aurait sans doute dû aller à l'hôpital, mais il était à la maison maintenant et il n'avait pas l'intention de repartir. S'il se sentait encore aussi mal le lendemain, il allait céder et partir à l'hôpital.

Son ami quitta la pièce et revint avec le sac en toile de Slate.

— Ça te gêne si Elodie passe ? demanda Mustang en fouillant dans une poche sur le côté du sac.

— Non.

Slate savait à peine de quoi parlait Mustang. La pulsation dans sa tête semblait correspondre à celle de son cœur. Il avait l'impression d'avoir cent vingt ans. Il avait mal aux muscles. Mal aux articulations. Bon sang, même ses os étaient douloureux.

— Tiens, dit Mustang. Donne-moi ta main.

Slate la tendit et ferma les yeux.

— Donne-moi une seconde pour aller te chercher de l'eau, murmura Mustang, mais Slate l'ignora et plaça les deux pilules dans sa bouche avant de les avaler.

Ensuite, il hissa lentement son corps sur le matelas et

poussa un soupir de soulagement quand il s'allongea enfin à plat sur le dos.

— Merde, jura Mustang, mais Slate n'ouvrit pas les yeux.

Il sentit son ami travailler à lui défaire les lacets de ses bottes, mais il n'eut pas la force de le remercier quand il les retira.

— Si tu me donnes l'impression que tu vas te transformer en zombie demain matin, je te traîne à l'hôpital, que ça te plaise ou non, annonça Mustang d'une voix grave.

— D'accord.

— D'accord ? répéta Mustang.

— Oui.

— Bien. Je reviendrai te réveiller toutes les heures, alors ne m'arrache pas la tête quand je le ferai.

— Promis, chuchota Slate.

Il entendit un frottement de tissu et se dit que Mustang se dirigeait vers la porte.

— Mustang ? murmura Slate avant que son ami s'en aille. Merci. Pas seulement pour ce soir, mais pour m'avoir sorti de là.

— Tu aurais fait la même chose pour moi, répondit son chef d'équipe.

— Carrément. Les Seals n'abandonnent pas un autre Seal.

— Exactement. À dans une heure.

Il ne tardait pas à Slate de se faire réveiller continuellement, mais il savait que c'était nécessaire. Pour l'instant, il oublia tout et ferma les yeux en laissant le médicament faire son travail.

⁂

Le lendemain matin, Slate se sentait mieux. Légèrement.

Mustang avait fait exactement comme promis, il avait

réveillé Slate une fois par heure toute la nuit. Cela signifiait que les deux hommes étaient épuisés le lendemain matin, car ils n'avaient pas pu dormir sans interruption.

Slate somnola pendant le reste de la journée du samedi, à peine conscient des allées et venues de Mustang et Elodie. Il mangeait quand Elodie lui mettait quelque chose entre les mains, buvait quand Mustang le lui ordonnait, mais en général, il dormit toute la journée, et encore la nuit du samedi.

Quand vint le dimanche, Slate se sentit beaucoup plus lui-même. Il refusa la pilule qu'Elodie essaya de le convaincre de prendre ce matin-là et se força à se lever, à se doucher et à mettre des vêtements propres.

Les dernières quarante-huit heures étaient complète-ment floues. Slate se souvenait à peine d'être arrivé chez lui et ne se rappelait aucune des conversations qu'il avait pu avoir avec Elodie ou Mustang.

Il sortit lentement de sa chambre, remarquant qu'il était midi passé. Le soleil était lumineux dans le ciel et il ne fut pas très surpris de voir Mustang assis sur son canapé.

Il fut toutefois étonné de voir Midas et Aleck aussi. Elodie était absente. Elle pouvait être sur sa terrasse de toit, mais Slate en doutait.

— Salut, dit-il en entrant dans son salon.

— Merde alors, t'as une mine affreuse, dit Midas.

— Merci beaucoup, répondit Slate. Je me suis dit que j'allais faire une petite course de quinze kilomètres ce matin, vous savez, pour étirer mes muscles.

Ses amis le fixèrent avec des yeux ronds.

— Mais non, je plaisante. N'importe quoi, dit-il en secouant légèrement la tête.

Slate passa dans sa cuisine et se rendit compte qu'il était affamé. Il ne se souvenait pas de la dernière fois qu'il avait mangé ni de ce que c'était, mais il aurait été capable de manger à peu près n'importe quoi à ce moment précis.

— Va t'asseoir, ordonna Aleck derrière lui. Je vais te faire des œufs et une boisson protéinée.

Les deux lui faisaient très envie et Mustang se retourna pour rejoindre ses autres coéquipiers. Puis un souvenir le dérangea et il s'arrêta net.

— Putain. Ashlyn. Où est mon téléphone ?

— Assieds-toi, ordonna Aleck. Avant que tu tombes à la renverse.

Slate l'ignora.

— Où est mon putain de téléphone ? répéta-t-il.

— Je l'ai, dit Mustang en s'approchant de lui.

Mais au lieu de lui donner le téléphone, il posa une main sur l'épaule de Slate.

— Assieds-toi. Tu pourras appeler Ashlyn dans une minute.

Il sentit monter l'appréhension.

— Qu'est-ce qui ne va pas ?

— Viens t'asseoir, insista Mustang d'un air sérieux. Nous allons parler, puis tu pourras appeler Ash.

— Elle va bien ? demanda Slate en laissant son ami le conduire jusqu'au canapé.

Slate devint encore plus angoissé en jetant un coup d'œil vers Midas pour avoir un indice sur ce qu'il se passait. S'il ne se trompait pas, le visage de son ami affichait une certaine pitié.

Merde, merde !

— Bon, alors... de quoi te souviens-tu juste avant que la roquette explose ? demanda Mustang.

Slate inspira profondément.

— Je vous ai crié de sortir, je me suis retourné pour attraper le gamin. Je ne pouvais pas le laisser sur place.

— Alors même que c'était lui qui avait donné le signal pour faire exploser la maison ? demanda Midas.

— Oui. C'était carrément stupide, je sais. Mais c'était un *gamin*. Il avait quoi, sept ou huit ans ?

— Un gamin élevé dans la haine des Américains et avec l'idéologie qu'il vaut mieux mourir pour les talibans que vivre comme un lâche, ajouta Mustang.

Slate pinça les lèvres. Son chef d'équipe avait raison, mais Slate savait que s'il devait recommencer, il aurait sans doute fait exactement pareil.

— Bien, passons. Ensuite ? demanda Mustang.

— Je me suis réveillé dans la clinique. J'ai argumenté avec le médecin au sujet de l'Allemagne. J'ai des bribes ici et là concernant le trajet en avion. Je me suis concentré pour arriver ici. Pour m'allonger. Puis Elodie et toi vous m'avez réveillé, nourri. C'est à peu près tout.

Midas et Mustang échangèrent un regard que Slate n'aima pas du tout.

— Qu'est-ce que j'oublie ? demanda Slate.

— J'ai parlé avec Pid. Il était assis à côté de toi dans l'avion, pour vérifier que tu continuais à respirer, ce genre de choses, commença Mustang.

Slate grimaça. Il aurait dû rester plus longtemps dans la clinique de la base. Il aurait dû partir en Allemagne. Il détestait la situation dans laquelle il avait mis ses amis. Mais Mustang lui parlait encore, alors il n'eut pas le temps de s'y attarder.

— Il a expliqué que dès que l'avion a commencé à descendre, tu as sorti ton téléphone et tu as appelé Ashlyn.

Slate se raidit. Il avait appelé Ash ? *Merde*. Il ne s'en souvenait pas du tout. Elle avait dû paniquer.

— Que lui ai-je dit ?

Il détestait devoir poser la question, mais ses amis

comprenaient déjà qu'il ne se souvenait pas beaucoup des deux derniers jours.

— D'après Pid, tu lui as dit que tu étais rentré, ou presque rentré, et que tu avais été blessé, mais que tu allais bien. Tu as dit que tu rentrais chez toi, que j'allais m'occuper de toi et que tu lui parlerais plus tard.

Slate attendit, mais quand Mustang ne poursuivit pas, il poussa intérieurement un soupir de soulagement. Ça ne semblait pas si terrible. Vu la façon dont agissaient ses amis, il avait cru qu'il avait peut-être dit à Ashlyn qu'il ne voulait plus jamais la revoir.

Aleck entra dans la pièce et appuya les mains sur le dossier du canapé.

— Il ne comprend pas, dit-il à personne en particulier.

— Si vous arrêtiez tous de tourner autour du pot et de cracher ce que vous pensez que j'ai dit qui était si terrible, on peut peut-être passer à autre chose et je peux appeler ma copine, fulmina Slate.

Son mal de tête était de retour, mais il n'en tint pas compte.

— Tu as annoncé à ta *copine* que tu avais été blessé en mission. Que tu avais une commotion cérébrale. Et que Mustang allait s'occuper de toi, répéta Midas. D'après ce que Pid a compris de ton côté de la conversation, elle a proposé de venir chez toi et de prendre soin de toi et tu as refusé. Tu as indiqué que tu allais l'appeler le lendemain... ce qui, d'ailleurs, était hier. Et au cas où tu ne l'aurais pas remarqué, tu ne l'as pas appelée. Tu étais complètement assommé parce que ton cerveau a été brouillé dans ton crâne et que tu étais trop entêté pour te faire soigner correctement.

Slate fixa son ami. Au cours des années, ses coéquipiers et lui avaient eu de nombreuses disputes, mais il ne se souvenait pas avoir entendu qui que ce soit être aussi énervé contre lui que Midas l'était à ce moment précis.

— J'ai essayé de l'appeler, en espérant lui expliquer les choses, mais elle n'a pas répondu. Ashlyn et toi vous êtes peut-être seulement des copains de baise, mais c'était vraiment une façon merdique de la traiter, termina Midas.

Slate serra les poings. Il n'aimait pas que l'on fasse référence à Ashlyn de cette façon.

— Si j'avais été blessé, et que j'avais appelé Elodie en lui annonçant que Jag allait prendre soin de moi, que penses-tu qu'elle aurait ressenti ? demanda Mustang d'un ton beaucoup plus doux. Et ne me raconte pas de conneries en prétextant que nous sommes mariés, poursuivit-il.

— Elle n'a pas appelé, dit Midas à Slate. Elle n'a pas envoyé de message à Lexie. D'après ce que nous savons, elle n'a contacté personne. Sans doute parce que son copain, qui était son ami depuis des mois avant le changement de statut de leur relation, a été déployé et a appelé pour dire qu'il était blessé, mais que non, il ne voulait pas qu'elle vienne le voir. Que son ami serait là pour lui à la place.

— Et elle devait savoir qu'Elodie n'allait pas rester à la maison à m'attendre, ajouta doucement Mustang. Qu'elle allait se précipiter pour venir me voir... et qu'elle aiderait donc à prendre soin de toi.

Slate déglutit et ferma les yeux. *Merde.*

— Il comprend enfin, soupira Midas.

Slate ouvrit les yeux et croisa son regard.

— Donne-moi mon téléphone.

— Slate, la plupart d'entre nous avons essayé de l'appeler. Pour expliquer que ce qui est arrivé et le fait que tu as sous-estimé tes blessures, mais elle a été... évasive, avertit Midas d'un ton plus amical, désormais.

— Si je dois demander encore une fois que quelqu'un

me passe mon foutu téléphone, je ne vais pas être content, dit Slate en serrant les dents.

Il n'était pas content en ce moment même, mais ce n'était pas le sujet.

Mustang tendit le portable à Slate.

Il se pencha en avant et l'attrapa. Slate vit immédiatement toute une série de notifications de messages reçus au cours de la dernière journée et demie. Lexie, Kenna, Monica, Carly, ses autres coéquipiers... bon sang, même Baker voulait savoir comment il allait.

Il y en avait un de la part d'Ashlyn. Un seul. Et il était court et impersonnel, disant qu'elle espérait qu'il se sentait mieux.

Il déglutit et cliqua sur le nom d'Ashlyn. Il se leva et retourna dans sa chambre. Il aimait ses amis, mais il ne voulait certainement pas qu'ils entendent cette conversation.

Slate n'était pas certain de devoir être surpris ou énervé quand Ashlyn ne répondit pas. Le son de sa voix sur la messagerie lui donna encore davantage envie de la voir. Après le bip, Slate laissa un message :

— C'est moi, Ash. J'ai besoin de te parler. S'il te plaît, rappelle-moi dès que tu auras ce message.

Il raccrocha et fit anxieusement les cent pas dans sa chambre. Il fallait qu'il répare la situation. Il avait merdé. Oui, il avait été complètement perturbé par la douleur et ne se souvenait même pas de grand-chose après s'être cogné la tête, mais si Ashlyn avait été blessée, il aurait été fou d'inquiétude pour elle. Le fait qu'elle ne se soit pas précipitée chez lui montrait à Slate comme elle était contrariée.

Il cliqua une fois de plus sur son nom et composa rapidement un message.

Slate : Salut, j'ai besoin de te parler. De te voir. Peux-tu passer ?

Il attendit une minute complète, mais la coche grise ne devint pas verte, ce qui signifiait qu'elle n'avait pas ouvert son message.

Inquiet maintenant, Slate lui envoya un autre texto.

Slate : J'ai merdé. Ce n'est pas une excuse, mais j'avais une commotion cérébrale. Je ne me souviens pas de t'avoir appelé. S'il te plaît, fais-moi savoir que tu vas bien, au moins.

Rien. Pas de points de suspension indiquant qu'elle répondait à son texto et aucun signe qu'elle l'avait lu.

En panique et en pensant au pire, Slate se souvint enfin de l'application de géolocalisation. Il pouvait voir où elle était. Elle était peut-être chez elle, blessée ou malade à cause d'une migraine, et incapable d'atteindre le téléphone. Il cliqua sur l'application... et ne comprit pas tout de suite ce qu'il voyait.

Ashlyn n'était pas chez elle. Si l'application avait raison, elle se trouvait en ce moment à Waikiki dans un endroit qui s'appelait Arnold's Beach Bar. Ce n'était pas loin de chez Duke's.

C'était dimanche après-midi et Ashlyn était dans un bar ? Que se passait-il ?

Slate : Si tu ne réponds pas pour me faire savoir que tu vas bien, je vais descendre chez Arnold's pour vérifier par moi-même que tu es vraiment là-bas, et que ce n'est pas quelqu'un qui t'a enlevée et volé ton téléphone et qui utilise ta carte de crédit pour se saouler.

Il retint sa respiration en priant pour qu'elle réponde, mais en sachant aussi que si c'était le cas, cela voulait dire qu'elle l'évitait... ce qui était dur à avaler.

Les coches grises sur son écran devinrent vertes et les points de suspension qu'il attendait tant finirent par apparaître.

Merde.

Ashlyn : Je vais bien. J'espère que tu te sens mieux.

Ses mots étaient polis, mais distants. Slate eut envie de jeter son fichu téléphone de l'autre côté de la pièce. Il eut la chair de poule sur les bras.

Il n'était pas prêt à la perdre.

Slate : Que fais-tu dans un bar ?
Ashlyn : Je déjeune avec quelqu'un.

Tous les muscles du corps de Slate se figèrent quand il fixa les mots sur son écran. Elle sortait déjeuner pendant qu'il se remettait après avoir failli mourir ? Oui, apparemment il lui avait demandé de ne pas venir, mais tout de même. Il n'exagérait pas en pensant qu'il aurait pu être tué. En fait, il savait qu'il n'était pas passé loin de se faire exploser en milliers de petits morceaux dans cette maison. C'était un miracle qu'il soit encore en vie.

Et sa copine était dans un bar ? Avec « quelqu'un » ? Les amies d'Ashlyn étaient ses amies aussi et il était à peu près certain qu'elle n'était pas sortie avec Elodie, Lexie ou une des autres.

Était-elle avec un homme ?

Cette idée lui donna la nausée.

Et le rendit furieux.

Et déçu.

Et fou de jalousie.

Dans un instant de lucidité intense... Slate comprit qu'il s'était fait des illusions au cours des trois derniers mois.

Il avait accepté la suggestion ridicule d'Ashlyn concernant leur arrangement entre amis parce qu'il la voulait à tout prix. Au début, il avait peut-être fait de son mieux pour ne pas s'attacher à elle, pour que leur relation reste essentiellement basée autour du sexe, en ne restant pas la nuit, en ne l'appelant que de temps en temps... mais à mesure que les semaines s'étaient écoulées, les choses avaient changé. Elle était *à lui.*

À lui, bon sang ! Et il n'allait pas laisser ce quiproquo — d'accord, sa connerie monumentale — les séparer.

Que l'histoire sans lendemain aille se faire voir. Leur relation n'avait rien de désinvolte. Et il allait faire en sorte qu'Ashlyn soit au courant. Il bouleversait tout, vraiment, et elle allait simplement devoir l'accepter.

Il était irrationnel, mais Slate s'en moquait.

Il aimait Ashlyn Taylor. Elle était tout ce qu'il pouvait souhaiter chez une femme. Intelligente et sexy et gentille et loyale. Elle était à *lui*. Tout comme il était à elle.

En repensant au dernier mois environ, Slate était certain qu'Ashlyn l'aimait tout autant que lui. Ils ignoraient tous les deux désespérément ce qui se trouvait juste sous leur nez. Elle était vexée en ce moment et il ne pouvait pas lui en vouloir, mais si elle pensait pouvoir sortir avec un autre type et l'oublier si facilement, elle se trompait.

Slate ne prit pas la peine de répondre à son message. Il était trop fâché. Trop jaloux. Trop contrarié. Il souffrait trop. De plus, il n'allait pas dire ce qu'il avait besoin de dire dans un texto. Il voulait être en face à face afin de s'excuser correctement. Il devait être capable de lire l'expression de visage d'Ashlyn, de voir si son comportement involontairement insensible avait détruit tout ce qu'ils avaient construit au cours de l'année passée.

Déterminé, Slate retourna dans son salon.

Mustang, Midas et Aleck tournèrent tous la tête pour le regarder quand il apparut.

— J'ai besoin que quelqu'un me conduise chez Ashlyn.

Mustang sourit lentement.

Midas acquiesça.

Aleck insista :

— Pas avant que tu aies mangé quelque chose.

Manger était bien la dernière chose que Slate avait envie de faire, mais il ne voulait pas non plus tomber dans les pommes pendant qu'il convainquait Ashlyn de le pardonner d'avoir été un abruti aussi indélicat... et quand il allait lui faire savoir qu'il voulait renégocier les termes de leur relation.

En cliquant sur l'appli de son téléphone, Slate vit qu'Ashlyn était toujours à Waikiki dans ce putain de bar. Il avait le temps de manger. Il hocha la tête vers Aleck.

CHAPITRE DIX-NEUF

Ashlyn poussa un soupir de soulagement quand elle referma la portière de l'Uber qu'elle avait appelé pour passer la prendre au bar. C'était l'anniversaire de Jack, un autre employé à plein temps qui travaillait à Food For All, et un groupe de personnes s'était rassemblé pour le fêter chez Arnold's.

Natalie, la gérante du local en centre-ville avait envoyé un texto en demandant si Ashlyn voulait venir. Elle n'en avait pas envie. Elle voulait se complaire toute seule dans son malheur. Mais elle s'était forcée à se doucher, à se changer et à quitter l'appartement. Attendre que Slate l'appelle ne figurait pas en haut de sa liste de choses amusantes à faire. En fait, c'était une torture.

Mustang avait appelé, ainsi que certains des autres, mais elle ne se sentait pas encore assez forte pour supporter la pitié dans leur voix alors qu'ils essayaient d'expliquer pourquoi Slate n'avait pas voulu son aide quand il ne se sentait pas bien. Elle ne savait pas exactement ce qui était arrivé lors de sa mission — non pas qu'elle avait donné à qui que ce soit l'occasion de l'expliquer — mais le fait que Slate lui dise très clairement que ses amis allaient être présents pour lui, au lieu de lui demander de venir, tournait en boucle dans sa tête.

Elle avait attendu son appel toute la journée du samedi, en vain, et à chaque heure qui passait, elle était devenue de plus en plus déprimée. C'était vraiment nul d'être complètement amoureuse d'un homme puis de comprendre très clairement qu'il ne ressentait pas la même chose. Mais elle allait finir par aller mieux. C'était toujours le cas.

La première étape était de rester occupée et de ne pas se morfondre dans son appartement. Elle avait donc dit à Natalie qu'elle viendrait. Ne sachant pas si elle allait boire ou pas, elle avait appelé un Uber. L'après-midi avait été amusante... autant qu'elle pouvait l'être alors qu'elle avait le cœur brisé... mais Ashlyn était maintenant plus que prête à rentrer chez elle.

À vrai dire, elle avait été soulagée d'avoir enfin des nouvelles de Slate. Elle ne le haïssait pas. Elle ne pouvait jamais le haïr. Malgré tout, elle avait été terriblement inquiète. Recevoir ce premier texto avait donc en partie dissipé le stress et l'inquiétude.

Il prétendait ne pas se souvenir de l'avoir appelée, et elle supposa que c'était possible. Mais il était rentré vendredi. Et c'était maintenant *dimanche*. Savoir qu'il était chez lui depuis presque deux jours et qu'il n'avait pas essayé de la contacter lui rappelait sa place dans la vie de Slate.

Elle avait oublié qu'il avait l'application de géolocalisation jusqu'à ce troisième message. Si elle avait été une personne différente, elle aurait également ignoré ce texto, mais elle avait l'impression qu'il serait vraiment venu chez Arnold's pour voir si elle y était, et elle ne voulait surtout pas une confrontation dans un lieu public.

Ashlyn avait envie de le voir. De voir de ses propres yeux qu'il allait bien. Ce n'était qu'après s'être assuré qu'il n'était vraiment pas blessé qu'elle allait expliquer qu'il valait mieux qu'ils restent juste des amis. Ça allait être douloureux... affreusement... mais nécessaire.

Elle avait donc répondu à son message. Le rassurant qu'elle allait bien. Elle avait eu l'intention de s'arrêter là, mais Ashlyn la Stupide ne pouvait pas ne *pas* demander comment il allait.

Au lieu de répondre à sa question, il avait demandé ce qu'elle faisait chez Arnold's. Elle aurait dû dire que c'était pour le travail, mais elle était restée vague... c'était trop difficile d'écrire avec des larmes dans les yeux. Il n'avait pas répondu. Ce qui était un autre coup dur. Mais tant pis. Elle se préparait à passer à autre chose.

Ashlyn n'avait pas remarqué comme elle était perdue dans ses pensées jusqu'à ce que la conductrice lui dise :

— Et voilà. Passez une bonne soirée.

En ouvrant les yeux, Ashlyn vit qu'elles étaient sur le parking de son immeuble. Elle remercia la femme et descendit du siège arrière. Elle entra lentement dans l'immeuble et monta les escaliers. Elle fouillait dans son sac à la recherche de sa clé quand quelque chose attira son regard.

En levant la tête, elle s'arrêta à mi-chemin du couloir et fixa Slate qui fronçait les yeux, debout les bras croisés, appuyé contre sa porte.

Ashlyn le dévora du regard. Il avait l'air en forme. Quelques éraflures sur le visage. Un peu pâle, mais en un seul morceau. Le soulagement qui la submergea arriva si vite que cela affaiblit ses genoux et elle dut poser une main sur le mur pour reprendre son équilibre.

Slate se repoussa de la porte et avança vers elle. Il tendit la main vers son coude et l'attrapa avec douceur.

— Es-tu ivre ? demanda-t-il.

Écarquillant les yeux, Ashlyn secoua la tête.

— Non.

— Bien. Parce que pour la conversation que nous allons avoir, j'ai besoin que tu sois complètement sobre.

— Je n'ai rien bu.

Slate hocha la tête et tira sur son bras pour la faire avancer. Sans protester, et se détestant parce qu'elle sentit des papillons dans son ventre à son contact, Ashlyn marcha à côté de lui sans dire un mot. Quand ils parvinrent à sa porte, elle fouilla encore à la recherche de sa clé. Dès qu'elle l'eut sortie de son sac, il la lui prit et déverrouilla sa porte.

Elle laissa tomber son sac à main sur la petite table dans le vestibule et entra dans son appartement. Elle grimaça en voyant dans quel état il était. La vaisselle sale était empilée dans l'évier, il fallait qu'elle sorte les poubelles. Elle avait dormi sur son canapé les nuits précédentes, craignant d'aller dans sa chambre parce que ça lui rappelait trop Slate, et la couverture qu'elle avait utilisée était par terre. De plus, son oreiller au bout du canapé montrait clairement qu'elle avait dormi dans son salon.

Il y avait des tasses sales sur la table basse et elle n'avait pas pris la peine de ramasser les nombreux mouchoirs usagés sur la petite table et sur le sol avant de partir chez Arnold's.

Quand elle jeta un coup d'œil à Slate, il avait le regard rivé sur elle, pas sur l'état de son appartement.

— Tu as l'air fatiguée, dit-il doucement.

Ashlyn haussa les épaules. Elle n'avait pas l'intention d'avouer qu'elle avait très mal dormi, trop occupée à s'inquiéter pour lui et à pleurer comme une madeleine.

Le regard sévère du visage de Slate s'estompa et Ashlyn aurait pu jurer voir de la nervosité prendre sa place.

— Tu as l'air bien. Je suis contente que tu n'aies rien, lui dit-elle.

— Moi aussi. Même si ma tête est encore un peu brumeuse. Si ce que je viens de traverser n'était que la moitié de ce que tu as ressenti avec cette migraine, je ne sais pas comment tu as fait pour la supporter.

— Je n'avais pas vraiment le choix.

— C'est vrai. Pouvons-nous parler ? demanda-t-il.

Ashlyn fronça les sourcils.

— Nous sommes déjà en train de parler.

— Je veux dire... j'ai besoin de te présenter mes excuses. D'expliquer ce qui est arrivé.

— Ça va. Je comprends.

— Je ne crois pas, rétorqua-t-il. Il faut que je te parle de mercredi et jeudi en Afghanistan. Que je t'explique ce qui m'a conduit à t'appeler vendredi soir.

— Je pensais que tu n'avais pas le droit de parler de tes missions, s'étonna Ashlyn.

— C'est vrai.

Elle avait la tête qui tournait. Elle n'était pas sûre de vouloir entendre les détails de ce qui lui était arrivé, car cela allait lui faire très peur, mais en même temps, elle souhaitait désespérément plus d'informations.

— D'accord.

Slate fit un signe vers le salon.

— Pouvons-nous nous asseoir ? Je déteste l'avouer, mais je me sens encore un peu faible.

Ashlyn hocha immédiatement la tête. Bon sang, elle était vraiment horrible. Même si elle n'avait pas été prête à voir Slate à sa porte, et qu'il ne lui tardait absolument pas de rompre avec lui, elle ne voulait pas le faire souffrir.

Il la suivit dans le salon et elle fut ravie qu'il ne fasse pas de commentaire sur les mouchoirs et le désordre généralisé. Elle s'installa à un bout du canapé, et fut encore plus soulagée quand Slate ne s'assit pas juste à côté d'elle. Il lui laissa de la place, s'asseyant à l'autre bout.

— Les choses ont mal tourné dès que nous sommes arrivés en Afghanistan. Les rebelles ciblaient la base et tout le monde était sur le qui-vive. Au bout de quelques nuits là-bas, nous sommes partis en ville pour essayer de trouver le chef d'un groupe de combattants talibans. Nous avons eu des informations sur l'endroit où il vivait et nous sommes allés vérifier. Pour faire court, il n'était pas là-bas, mais pendant que nous étions dans sa maison, lui, ou un de ses partisans, a tiré une roquette dessus en espérant tuer toute mon équipe.

Ashlyn retint son souffle.

Slate continua :

— Qui que ce soit, il a terriblement mal visé, ou n'était peut-être pas préparé au recul de son arme, parce qu'au lieu de frapper le bâtiment en plein milieu, le tir était loin de la cible. La mauvaise construction de la maison m'a sans doute aussi sauvé. Je me souviens avoir essayé de surfer sur un tas de briques et de planches pendant qu'elles glissaient sous mes pieds... mais c'est tout. J'ai été assommé. Je me suis réveillé à la base. Les gars m'ont tiré des décombres et conduit jusqu'à la clinique de la base. J'ai cru comprendre que j'étais super agressif — je ne m'en souviens pas vraiment — et que j'ai refusé de rester là-bas, et que je me suis *vraiment* énervé quand ils ont suggéré de m'envoyer en Allemagne. Je ne sais pas comment il a fait, mais Mustang a convaincu les médecins de me confier à lui et nous sommes partis pour rentrer à la maison. Je ne me souviens pas de t'avoir appelé, bébé, admit Slate doucement. Je ne me souviens pas d'être sorti de l'avion, monté dans la voiture de Mustang, ni du trajet jusque chez moi. Je ne me souviens de rien d'autre que des bribes jusqu'à environ midi aujourd'hui, quand je me suis réveillé avec un peu plus de lucidité. Je sais seulement que je t'ai fait souffrir... et ça me ronge.

Ashlyn fixa l'homme qu'elle aimait plus que tous ceux qu'elle avait pu fréquenter... et elle haussa les épaules.

— Ce n'est pas grave.

— Si, affirma Slate. Tu aurais dû être là.

— Et je l'aurais été, rétorqua Ashlyn, blessée et un peu en colère à ces mots. Mais tu as été très clair en indiquant que Mustang pouvait facilement prendre soin de toi. Peu importe que tu ne te souviennes pas de l'avoir dit, Slate. C'est peut-être même plus révélateur.

— Que veux-tu dire ?

— Juste que ton subconscient te disait peut-être ce que tu pensais vraiment.

Slate secoua la tête.

— Non, tu as tort.

— Vraiment ? demanda Ashlyn en penchant la tête sur le côté. Je suis juste la fille avec laquelle tu couches, dit-elle en essayant de cacher la tristesse dans sa voix. C'est Mustang qui t'a sauvé. Qui t'a accompagné pendant toutes tes épreuves. Tu savais au fond de toi qu'il te protégerait pendant que tu ne pouvais pas te protéger toi-même. Et tu le connais bien mieux que tu ne me connais. C'est naturel que tu veuilles son aide au lieu de la mienne.

— Je te connais, dit Slate fermement.

Ashlyn ne répondit pas.

— Vraiment, insista-t-il. Tu es la personne la plus généreuse que j'ai pu rencontrer dans ma vie. Et je ne parle pas financièrement. N'importe qui peut donner de l'argent et l'oublier la minute qui suit. Toi, tu te donnes *toi-même*. À tous ceux qui sont assez malins pour reconnaître ta valeur. Tu as gardé le bébé de Jazmin pendant deux heures, lui offrant une des premières pauses qu'elle avait depuis des mois. Tu donnes des compliments à Brooklyn quand elle n'en peut plus avec ses petits. Tu as encouragé et soutenu ses études, ce qu'elle n'aurait jamais cru pouvoir faire jusqu'à ce que tu commences à livrer des repas à sa famille et elle. Tu te soucies de savoir si une femme handicapée reçoit assez de soleil dans sa vie. Suffisamment pour l'encourager à s'asseoir dehors et rire avec toi pendant vingt minutes chaque fois que tu lui rends visite. Et n'oublions pas James. Tu as fait en sorte que cet homme se sente moins seul et qu'il fasse à nouveau partie du monde. Tout le monde n'aurait pas invité quelqu'un comme lui au mariage de son amie. Tu donnes un peu de toi-même à tous ceux que tu rencontres, Ashlyn, et tu as amélioré *ma* vie à cent pour cent.

Ashlyn ne put rien faire d'autre que le fixer. Elle ne savait pas du tout où il allait avec ce discours, mais elle fut incapable de dire un seul mot en réponse.

— Tu m'as rendu meilleur simplement en existant. Je ne suis pas aussi impatient que je l'étais. Si tu ne me crois pas, demande à n'importe lequel de mes coéquipiers. Je ris davantage. Je m'intéresse véritablement aux gens qui m'entourent, ne me contentant pas de les analyser pour déterminer s'ils peuvent représenter une menace. Bon sang, j'ai été piégé dans cette foutue maison pour cette raison précisément. Il y avait un gamin. Il avait peut-être sept ou huit ans. Il a fait signe à celui qui détenait le lance-roquettes, lui indiquant que nous étions à l'intérieur. Tout le monde a couru comme des malades pour sortir de là parce que nous savions tous ce qui allait arriver. Mais je ne pouvais pas abandonner ce gamin. Il me détestait. Il était prêt à mourir si ça signifiait que mon équipe était tuée… mais juste au moment où je me suis tourné pour partir en courant, ma conscience m'a fait hésiter. Je me suis retourné pour l'attraper. C'est ce que *tu* aurais fait. Je le savais. Au fond de mon âme, je savais que tu ne serais pas partie sans essayer de sauver ce gamin. Alors que je le traînais vers les escaliers, j'ai compris que je n'allais pas m'en sortir. Tu sais ce qui m'est passé par la tête à ce moment-là ?

— Quoi ? chuchota Ashlyn.

Elle pleurait maintenant, mais elle ne pouvait pas s'arrêter.

— J'espérais que les autres étaient sortis. J'ai souhaité que le jeune garçon arrête de me griffer la main en essayant de me faire lâcher. Mais plus que tout, j'ai pensé à toi.

— Moi ?

— Oui, bébé. *Toi.* J'étais furieux que tu ne puisses jamais savoir combien tu comptais pour moi. Que je n'allais jamais pouvoir t'expliquer que notre histoire soi-disant sans lendemain, c'est n'importe quoi. Notre relation n'a absolument rien de temporaire. Pas pour moi.

Ashlyn écarquilla les yeux. Avait-elle bien entendu ? Elle voulait peut-être tellement qu'il ressente la même chose qu'elle hallucinait.

— Je ne me souviens vraiment pas de t'avoir appelée. Pour ma défense, mon cerveau a été pas mal secoué dans mon crâne. Ce n'est vraiment pas une excuse... mais la première chose que j'ai voulu faire ce matin, quand je me suis enfin réveillé et que je me suis senti à peu près normal, c'était de te parler. Puis tu m'as dit que tu étais à un rendez-vous...

Slate inspira profondément.

— Je *déteste* t'avoir fait souffrir au point que tu sortes avec quelqu'un d'autre... mais je ne renoncerai pas à toi. À nous. Je ferai ce qu'il faut pour regagner ta confiance. Si tu veux continuer à voir d'autres gens pendant que nous réparons ce que nous avions, je le gérerai. Ça ne me plaira pas, mais je te prouverai que je ne suis pas seulement ton ami, mais l'homme qui t'aime. L'homme qui fera un caprice devant un médecin militaire comme un gamin de trois ans pour pouvoir rentrer chez lui et voir la femme qui détient son cœur.

Ashlyn avait l'impression qu'elle allait s'évanouir. Au

lieu d'admettre qu'elle l'aimait à son tour, elle ne pensa qu'à dire :

— Je n'étais pas à un rendez-vous.

— Bébé, tu étais dans un bar et tu as dit être là-bas avec *quelqu'un*.

— C'est vrai. Mais... je n'étais pas avec un homme. Enfin, il y avait des hommes, mais c'était en groupe. Aujourd'hui, c'est l'anniversaire de l'un des employés de Food For All. Nous sommes sortis à plusieurs pour l'aider à fêter ça.

Slate se redressa un peu.

— Ce n'était pas un rencard ?

— Non.

Tout son corps s'affaissa et il ferma les yeux en penchant la tête.

— Slate ?

— Donne-moi une seconde, chuchota-t-il.

Ashlyn ne savait pas trop quoi faire. Une semaine auparavant, elle serait montée sur ses genoux et elle l'aurait rassuré de la meilleure façon qu'elle connaissait en lui montrant qu'il était le seul homme dans sa vie...

Et dès qu'elle eut cette pensée, Ashlyn se demanda ce qui la retenait encore.

Il s'était excusé. Il avait eu une commotion cérébrale. Il ne se souvenait même pas des deux derniers jours.

Il avait dit qu'il l'aimait.

Elle bougea avant même de se rendre compte de ce qu'elle faisait. Avança de quelques pas pour se tenir devant lui. Puis elle posa les genoux de chaque côté de ses cuisses.

À la seconde où il sentit le coussin céder sous son corps, Slate ouvrit les yeux et posa les mains sur ses hanches. Il l'aida à maintenir l'équilibre pendant qu'elle se rapprochait.

Ashlyn posa les mains sur ses joues et le regarda dans

les yeux. Elle était morte de peur, mais ceci était trop important pour tourner autour du pot.

— Tu m'aimes ? chuchota-t-elle.

— Oui, répondit Slate sans hésiter.

— Je t'aime aussi.

Il ne bougea pas pendant une fraction de seconde après que le dernier mot eut quitté sa bouche. Puis il laissa échapper un long soupir, la serra contre lui et enfouit son nez dans l'espace entre son épaule et sa nuque.

— *Merde alors*, chuchota-t-il.

Ashlyn pleurait... encore... mais elle sourit.

— *Fuck* ! jura Slate.

— Je ne sais pas si tu es déjà assez en forme pour ça, le taquina Ashlyn.

Il recula la tête et elle vit que ses yeux étaient brillants de larmes.

— Redis-le, ordonna-t-il.

— Je t'aime. Ça fait un moment maintenant, mais j'avais trop peur de l'admettre, même à moi-même. Quand j'ai appris que tu étais blessé... je n'ai jamais été aussi effrayée. Puis tu as affirmé ne pas vouloir me voir, que Mustang pouvait veiller sur toi, et toute cette peur s'est transformée en agonie. Je ne pouvais même pas parler à nos amis parce que j'avais trop mal.

— Je suis tellement désolé, souffla Slate.

Ashlyn secoua la tête.

— Je n'ai pas dit ça pour te faire culpabiliser ou pour que tu t'excuses à nouveau. Nous avons dépassé ça. Moi aussi, j'ai merdé. J'aurais dû t'ignorer et aller chez toi de toute façon. J'aurais dû écouter ce que tes amis avaient à dire. J'aurais dû admettre il y a longtemps que je voulais tellement plus que cet arrangement entre amis. J'avais trop peur que ce soit le seul moyen de t'avoir.

— S'il y a une prochaine fois, peu importe ce que je dirai, tu viens à mes côtés. D'accord ? lui fit promettre Slate.

Ashlyn ravala la peur qui montait en elle à l'idée qu'il soit blessé à l'avenir. Mais elle n'était pas idiote. Son homme était un Seal. Son travail était dangereux. Il lui fallait juste espérer et prier pour que son équipe le protège et que les méchants n'aient pas de la chance une deuxième fois.

— D'accord.

Il posa les mains sur son visage.

— Tu ne sortais pas avec quelqu'un d'autre.

Ce n'était pas une question.

— Non. Tu es le seul homme qui m'ait intéressé depuis plus d'un an. Ça fait une éternité que je craque sur toi.

— Ah oui ?

— Oui.

— Je ne sais pas si je peux prétendre la même chose... mais je sais que je ne pouvais pas m'arrêter de penser à toi. De m'inquiéter pour toi. De te titiller pour que tu exploses.

Ashlyn leva les yeux au ciel alors même que Slate essuyait l'humidité de ses joues avec les pouces.

— Tu as donc agi comme un gamin de maternelle qui embête la fille qui lui plaît parce qu'il ne sait pas comment attirer son attention autrement.

— À peu près, acquiesça Slate, puis il se pencha lentement vers elle.

Son baiser fut léger, presque hésitant. Comme si c'était leur premier. Et de bien des façons, c'était vrai. Le premier de leur nouvelle relation sérieuse.

Quand il s'écarta, Slate appuya son front contre le sien.

— Comment allons-nous bien pouvoir raconter à tout le monde, après avoir insisté pendant des mois que notre relation était sans lendemain, que soudain nous nous aimons et que notre relation est sérieuse ? marmonna-t-elle.

En réaction, Slate posa une main sur sa hanche pour la

maintenir en équilibre, puis il se pencha suffisamment pour passer l'autre main dans sa poche arrière. Il sortit son téléphone, utilisant les deux mains pour écrire quelque chose.

— Slate ? Que fais-tu ?

— Attends une seconde.

— Sérieusement, Slate, que...

— Voilà. C'est fait. Tout le monde est au courant, plus besoin de s'inquiéter.

— Qu'est-ce qui est fait ? Qu'as-tu fait ?

Il tourna son téléphone et Ashlyn fixa le texto groupé qu'il venait d'envoyer.

Slate : Ash et moi sommes amoureux. Nous allons nous marier un jour dans un futur que j'espère assez proche. La première personne qui dit « je le savais » ou « je te l'avais bien dit » ne sera pas invitée au mariage.

— Oh, mon Dieu ! Je n'arrive pas à croire que tu aies envoyé ça. À qui l'as-tu envoyé ? demanda Ashlyn, partagée entre la honte et le rire hystérique.

— Tout le monde.

— Non !

— Si.

Juste à ce moment-là, son téléphone commença à vibrer dans sa main à mesure que des gens répondaient aux messages. Non seulement ça, mais Ashlyn entendit son propre téléphone, toujours dans son sac près de la porte, émettre le bruit des notifications.

— Tu es impossible.

— Et tu m'aimes quand même.

Elle sourit.

— C'est vrai.

Son visage devint sérieux.

— Je vais faire de mon mieux pour ne plus jamais te

faire de mal, bébé. Mais si c'est le cas, ne te contente pas de recevoir. Réplique avec tout ce que tu as. Toujours. Je ne peux pas supporter l'idée que tu dormes à nouveau sur ton canapé en pleurant comme une madeleine à cause de quelque chose que j'ai dit ou fait.

Évidemment, il avait remarqué que c'était exactement ce qu'elle avait fait au cours des deux derniers jours.

— Promis.

— Je suis sérieux. Je finirai toujours par arrêter de faire le con, mais si tu me le fais remarquer, ça m'aidera à y arriver plus tôt.

— D'accord.

— Maintenant que tout va bien entre nous — tout va bien entre nous, n'est-ce pas ?

— Oui, Slate.

Il hocha la tête.

— D'accord. Maintenant que tout va bien entre nous, je pense que j'ai besoin de m'allonger un moment.

Ashlyn fronça les sourcils d'inquiétude.

— Pourquoi ? As-tu mal à la tête ? Dois-je appeler un médecin ? Mustang devrait peut-être venir. Comme il a veillé sur toi, il le saura si tu dois te rendre à l'hôpital, n'est-ce pas ?

— Chhh. Je vais bien. Je suis juste fatigué. Et j'ai encore un peu mal à la tête. Mais pas autant qu'avant.

— Tu en es sûr ? Tu ne me le dis pas simplement pour que je ne panique pas ?

— J'en suis sûr.

Ashlyn poussa un soupir de soulagement.

— Quand as-tu mangé pour la dernière fois ?

— Avant de venir ici. Aleck m'a fait avaler des œufs et une boisson protéinée.

— Que dirais-tu d'aller t'allonger dans la chambre pendant que je prépare quelque chose à dîner. Peut-être des lasagnes ? Je mettrai plein de viande dedans pour plus de protéines. Et les glucides te feront sans doute du bien.

— Et si je restais plutôt allongé ici pendant que tu cuisines ? suggéra-t-il.

— D'accord. C'est mieux. Je pourrai garder un œil sur toi, acquiesça Ashlyn.

Puis elle ajouta, un peu honteuse :

— Et il y a déjà une couverture et un oreiller ici de toute façon.

Slate fronça les sourcils.

— Je déteste t'avoir fait du mal, bébé.

— Ça va. C'est fini. Nous passons à autre chose. Apparemment, nous allons nous marier à un moment donné, même si je ne me souviens pas de ta demande, ni d'avoir dit oui.

Slate sourit et se pencha en avant pour l'embrasser tendrement.

— Je sais le voir quand j'ai trouvé quelque chose de bien et toi, bébé, tu es la meilleure chose qui me soit jamais arrivée. Nous allons nous marier. Peut-être pas demain, ni le mois prochain, mais ça arrivera.

— Tu es sûr que ça fonctionnera entre nous ? Que nous n'allons pas nous lasser l'un de l'autre ?

— J'en suis totalement certain, affirma-t-il sans l'ombre d'une hésitation. Je n'ai pas survécu à cette attaque au lance-roquettes pour continuer à être un crétin.

Ashlyn ne put s'empêcher de sourire, même si elle détestait toujours penser à ce qu'il avait traversé. Puis elle songea à autre chose.

— Penses-tu qu'il va bien ?

Prouvant qu'ils étaient sur la même longueur d'onde, Slate n'eut pas besoin de demander de qui elle parlait.

— Je ne sais pas. Mon instinct me dit que non, mais mon cœur espère que puisque j'ai survécu, lui aussi, peut-être. Ses parents ont pu venir le déterrer après notre départ. Les autres ne l'ont pas trouvé pendant qu'ils me cherchaient.

— C'est tellement triste, soupira Ashlyn.

— C'est vrai. Les gamins sont innocents. Je déteste que quelqu'un ait tordu son jeune esprit pour nous vouer une haine aussi terrible si tôt dans sa vie.

Ashlyn se pencha en avant et appuya son poids contre Slate. Il passa les bras autour d'elle et ils restèrent assis de cette façon pendant quelques minutes.

— La nourriture, dit-elle en finissant par s'asseoir avec un soupir.

Quand elle regarda Slate dans les yeux, elle vit la façon dont il fronçait les sourcils comme s'il avait mal à la tête. Elle descendit de ses genoux, se pencha et l'embrassa briè-vement, ramassa la couverture qui était toujours sur le sol et pointa l'oreiller du doigt.

— Allonge-toi.

— Oui, m'dame.

— Et dire que tu aurais pu avoir cet excellent service de chambre ces deux derniers jours, plaisanta-t-elle en étalant la couverture sur lui quand il s'installa sur le dos.

— Oui.

Sauf qu'il ne donna pas l'impression de trouver ça drôle.

— Je plaisantais, dit-elle.

— Pas moi. Je t'ai fait pleurer. Et j'ai failli te perdre. Ça n'arrivera plus.

— Je sais.

Et c'était vrai.

— Dors, Slate. Quand tu te réveilleras, nous mangerons, puis nous t'installerons au lit. Attends, as-tu besoin de travailler demain ?

— Non. J'ai la semaine de libre.

— D'accord, super. Je vais appeler Lex et voir si quelqu'un peut me remplacer pour les livraisons pendant quelques jours.

— Ça ne me gêne pas de traîner ici pendant que tu fais ce que tu as à faire, protesta-t-il.

— Non. J'insiste. J'ai failli te perdre, dit-elle en chuchotant cette dernière partie. Donne-moi quelques jours.

— D'accord, murmura-t-il sans hésiter. J'aimerais beaucoup que tu prennes soin de moi pendant que je me remets sur pied.

Ashlyn hocha la tête, puis elle tendit la main vers la lampe à côté du canapé. Elle l'éteignit, puis elle s'approcha des rideaux aux fenêtres et les ferma également. Elle savait comme la lumière du soleil pouvait être douloureuse quand on avait mal à la tête. Slate ressentait sans doute la même chose. Son soupir de soulagement lui indiqua qu'elle avait raison.

— Oh, au fait, je ne répondrai à aucun des textos de nos amis. Tu as envoyé le message, à *toi* de les gérer.

— Aucun souci. Je vais m'en occuper en les ignorant, dit-il avec un petit sourire alors même qu'il fermait les yeux.

Ashlyn le regarda un moment. Même si elle était légèrement submergée par la façon dont elle était passée de vouloir rompre avec Slate au fait d'admettre qu'elle l'aimait, elle ne put s'empêcher de sourire. Elle allait parler aux autres femmes de tout ce qui était arrivé. Elles allaient être ravies pour elle et sans doute avoir des sourires satisfaits en affirmant qu'elles savaient depuis le début que Slate et elle allaient finir ensemble... ensemble *pour de vrai*.

Inspirant profondément, Ashlyn se tourna vers la cuisine pour commencer à préparer les lasagnes. Elle avait besoin de redonner des forces à Slate. De le faire redevenir l'homme autoritaire, légèrement irritant et protecteur qu'elle aimait et connaissait. Elle n'aimait pas le voir hésitant et souffrant.

D'une façon ou d'une autre, une journée qui avait très mal commencé avait fini par être une des meilleures de sa vie. Une relation avec Slate n'allait pas être de tout repos, mais tant qu'ils s'avouaient qu'ils s'aimaient à la fin de chaque journée, et qu'ils promettaient de gérer les problèmes ensemble, tout irait bien.

CHAPITRE VINGT

Les quatre derniers jours avaient fait partie des plus heureux de la vie d'Ashlyn, car elle les avait passés avec l'homme qu'elle aimait.

Ils étaient restés chez elle du dimanche soir jusqu'au lundi, puis ils étaient retournés à la maison de Slate pour le restant de la semaine. Quand elle avait précautionneusement retiré son tee-shirt le dimanche soir, avant de l'installer au lit, les hématomes recouvrant son corps l'avaient choquée. Slate avait *carrément* minimisé ses blessures. Ashlyn avait refusé qu'il fasse trop d'efforts après ça, insistant pour qu'il se laisse le temps de guérir.

Mais la veille, il était évident qu'il était presque redevenu lui-même. Il avait insisté pour faire du sport le jeudi matin, soulevant des poids en faisant des abdos et des tractions... pas encore de course à pied.

C'était vendredi matin et il était temps pour tous les deux de reprendre leur routine normale. Même s'il n'était pas obligé de retourner au travail avant lundi, Slate était pressé de parler à son commandant et de lui donner son récit de ce qui était arrivé en Afghanistan. Son homme était vraiment entêté, mais aussi, heureusement, il guérissait vite.

Ils avaient enfin fait l'amour la veille au soir. Ashlyn avait essayé que tout reste lent et facile, mais il n'avait pas fallu longtemps avant qu'ils soient tous les deux trop désespérés pour poursuivre ainsi.

Slate avait été insatiable, lui répétant combien il l'aimait en lui donnant trois orgasmes avec la bouche et les doigts avant d'avoir pitié d'elle. Elle avait essayé de rouler sur le côté afin qu'il puisse la prendre de derrière — elle *adorait* qu'il la baise de cette façon — mais il ne le permit pas, la forçant à nouveau sur le dos et s'enfonçant profondément en elle pendant qu'ils étaient face à face.

— Après tout ce qui est arrivé, la première fois que nous *faisons l'amour*, dit-il en insistant sur les mots, je veux voir ton visage. Je veux te regarder dans les yeux afin que tu puisses voir combien je t'aime.

Elle avait fondu. Comment pouvait-elle dire non à ça ?

Il avait fait exactement ce qu'il avait dit, allant et venant lentement, en continu, sans la quitter du regard. Il l'avait une fois de plus conduite au bord de l'orgasme, jusqu'à ce qu'elle le supplie de la laisser jouir. À la seconde où elle s'était recroquevillée contre lui et mise à trembler, il avait craqué, la pilonnant, répétant *je t'aime, je t'aime*, au rythme de ses poussées.

Après, ils étaient restés accrochés l'un à l'autre, leurs cœurs battant à toute vitesse.

Maintenant, elle était dans sa voiture, essayant d'arrêter de rêvasser.

Il lui tardait de revoir ses clients. En réalité, ils étaient plus que des clients. Ils étaient des amis et Ashlyn était pressée de voir ce qu'elle avait raté au cours des quatre derniers jours. Elle avait du mal à croire que ce n'était que vendredi. C'était comme si plusieurs semaines s'étaient écoulées. Sa vie avait tellement changé au cours des derniers jours... et pour le mieux.

Elodie, Lexie, Kenna, Monica et Carly avaient été folles de joie de voir le changement de la relation de Slate et elle. Et oui, Ashlyn avait entendu beaucoup de « ça m'étonne pas » et de « il était temps » de la part de ses amies, mais ça ne l'ennuyait pas du tout. Il était évident qu'elles étaient toutes enthousiastes pour Slate et elle.

Tout le monde sur sa tournée de livraison était heureux de la revoir. Jazmin était contente de lui montrer la première dent de Henry qui pointait. Briar et Curtis montrèrent leurs derniers dessins et Brooklyn était extrêmement heureuse parce que Trey avait obtenu un nouveau travail qui payait cinq dollars de plus à l'heure. Même Christi sourit plus que d'habitude pendant qu'elle était assise au soleil sur la terrasse.

La seule personne qui n'était pas heureuse, c'était James.

Ashlyn s'était approchée de sa maison d'un pas léger, impatiente de le voir. Mais dès qu'elle le vit lorsqu'il ouvrit sa porte, elle sut que quelque chose n'allait pas. Il sourit en la voyant, mais il y avait vraiment quelque chose qui... clochait.

Il lui fallut insister un peu pour apprendre quoi. Après quelques bavardages, après avoir posé la part de tarte au citron vert faite par Elodie sur une assiette, et après lui avoir tout raconté sur le changement de la relation entre Slate et elle, elle lâcha :

— Alors, vas-tu me dire ce qui ne va pas, ou bien allons-nous rester assis là pendant le reste de ma visite et faire comme s'il ne se passait rien ?

James poussa un soupir.

— J'ai quatre-vingt-neuf ans. On aurait pu croire que j'ai l'habitude d'être déçu par les gens.

— Qu'est-il arrivé ? demanda Ashlyn.

— C'est au sujet d'Aiden.

— Ton aide à domicile ?

— Oui. Ça fait un moment que j'ai des inquiétudes à son sujet, mais je voulais lui accorder le bénéfice du doute. Ce garçon n'a pas eu une vie facile et il a été extrêmement serviable, expliqua James.

— Mais ? insista Ashlyn quand il ne poursuivit pas immédiatement.

— Tu sais que je n'aime pas tellement les banques, n'est-ce pas ? demanda James.

Perplexe à cause du changement de sujet, Ashlyn hocha la tête.

— Je n'arrête pas de te dire que les choses ont changé depuis que tu étais enfant. Que tu peux déposer ton argent en toute sécurité, maintenant.

James lui fit un petit sourire.

— Je sais, mais les vieilles habitudes sont difficiles à changer. Mes parents ont continuellement parlé de la Grande Dépression quand j'étais petit. Ils ont perdu beaucoup d'argent à cause de la situation avec les banques, et jusqu'à leur mort, ils ont gardé leurs économies dans la maison. Et ne me parle pas des intérêts, dit-il en levant la main. La somme dérisoire que donnent les banques est un affront. Ils se font de l'argent sur le dos de nos comptes, et pourtant ils nous donnent des clopinettes. C'est une arnaque !

Sachant que James pouvait devenir très remonté en parlant de ce sujet en particulier, Ashlyn essaya de réorienter la conversation.

— Qu'est-il arrivé avec Aiden ?

James poussa un soupir.

— J'ai reçu le chèque de ma pension, hier. Aiden était content de me conduire à la banque pour l'encaisser. J'attends toujours d'être seul pour cacher mon argent. Quand

Aiden est parti pour la journée, je suis allé à la cuisine pour placer l'argent dans une de mes cachettes. J'ai vu un mouvement du coin des yeux. C'était Aiden qui regardait par la fenêtre. Je ne pense pas qu'il a su que je l'ai vu, mais je ne peux pas le laisser revenir chez moi.

— Oh, James. Je suis désolée. Es-tu certain qu'il t'espionnait vraiment ?

C'était une question idiote, mais elle ne put s'empêcher de la poser.

James se contenta de la regarder en levant les sourcils.

Elle poussa un soupir.

— Oui, c'est une question bête, pardon.

— Il n'y a pas que ça, reprit James. Je veux dire, après m'être assuré qu'il était parti, j'aurais facilement pu changer l'argent de cachette… mais il y a d'autres choses qu'il a faites qui me mettent mal à l'aise depuis un moment maintenant.

— Comme quoi ?

James agita la main pour balayer sa question.

— Peu importe. J'ai appelé l'agence juste avant que tu arrives et je leur ai expliqué que je n'ai plus besoin de leurs services.

James se repoussa alors lentement de sa chaise. Il s'avança vers une petite table contre le mur près de la cuisine et ramassa une boîte en carton. Elle faisait environ le double de la taille d'une boîte à chaussures. Il la porta jusqu'à l'endroit où était assise Ashlyn et la lui tendit.

Ashlyn la lui prit.

— Qu'est-ce ?

— Mes économies, annonça James calmement en se rasseyant sur sa chaise.

— Quoi ?

— C'est tout l'argent que j'ai au monde. Il m'a fallu un moment pour me souvenir de toutes mes cachettes dans la maison, mais je crois avoir tout rassemblé.

— Je ne peux pas prendre ça ! s'exclama Ashlyn.

— Ce n'est pas un cadeau, rectifia James avec douceur. Je suis peut-être vieux, mais je ne suis pas sénile... pour l'instant.

Il sourit, mais Ashlyn ne trouvait pas cette situation drôle du tout.

— Je veux que tu le gardes pour moi. Je sais que je ne devrais pas te demander ça, mais je le fais quand même. J'ai confiance en toi, Ashlyn. Tu ne m'as jamais donné de preuve du contraire. J'ai gardé mille dollars pour tout ce qui pourrait arriver, mais je ne veux plus tout cet argent dans la maison.

Ashlyn essaya de penser à quelque chose à dire, mais elle était trop surprise. Trop choquée pour imaginer quelque chose.

— Il me manque de l'argent, lui dit James. Je ne sais pas combien, mais je soupçonne Aiden de se servir depuis longtemps. Je ne peux pas le prouver, et si j'essayais, je sais que la police penserait simplement que j'ai oublié combien j'avais et que je suis un vieux fou.

— Maintenant, il est peut-être temps d'ouvrir un compte à la banque, suggéra Ashlyn doucement.

James se contenta de secouer la tête.

— Il ne me reste pas beaucoup de temps sur cette Terre, et ça me va. Mon Angie m'attend de l'autre côté et il me tarde de la revoir. Mais je n'ai pas l'intention de laisser quelqu'un d'autre prendre ce que j'ai gagné. Ce n'est pas grand-chose, peut-être vingt mille environ, mais je te fais confiance pour veiller dessus.

Ashlyn eut envie de pleurer. Elle ne voulait surtout pas la responsabilité de l'argent de James, mais ça l'inquiétait encore plus qu'il le garde dans sa maison, particulièrement s'il croyait qu'Aiden le volait.

— D'accord, James. Je veillerai dessus pour toi.

Une des premières choses qu'elle allait faire, c'était les déposer sur son compte. Il était impensable qu'elle garde autant d'argent dans son appartement. Et elle avait le sentiment que Slate n'aimerait pas non plus.

Elle vit les épaules de James se détendre à ces mots. Il était évident que ça l'inquiétait. Il semblait cent fois moins stressé que lorsqu'elle était arrivée.

— Bien. J'ai confiance en toi, Ashlyn, répéta-t-il.

— Ça me touche beaucoup, James. Mais que vas-tu faire pour ton aide à domicile ? Je ne veux pas te vexer, mais tu as toujours besoin d'aide.

— Je sais. La semaine prochaine, j'appellerai l'association des vétérans et je verrai s'ils peuvent me recommander quelqu'un d'autre. En attendant, je te verrai toujours les lundis, mercredis et vendredis, non ?

— Bien sûr, le rassura Ashlyn. Et je vais voir si je peux t'ajouter sur mon itinéraire les autres jours de la semaine aussi.

Sa maison n'était pas proche de celles auxquelles elle rendait visite les autres jours de la semaine, mais elle allait trouver un moyen pour que ça fonctionne.

— Tu es une fille bien, dit James. Je suis fier de te connaître.

Ashlyn sourit.

— Et je suis fière de *te* connaître.

— Maintenant, si tu as le temps, tu peux peut-être m'en dire plus sur la façon dont Slate et toi vous êtes passés du « rien de sérieux » à la déclaration d'amour avec un grand A.

Ashlyn éclata de rire.

— Avec un grand A ?

— N'est-ce pas ainsi que disent les jeunes, de nos jours ? demanda James.

Elle se contenta de secouer la tête.

— Je n'en ai aucune idée, avoua-t-elle.

Elle se pencha et posa le carton d'argent sur le sol, prit le gobelet d'eau que James avait absolument voulu qu'elle boive en arrivant et raconta tout à son ami.

Une demi-heure plus tard, le téléphone d'Ashlyn annonça l'arrivée d'un texto. Elle le sortit de sa poche et vit qu'elle avait un message de Slate.

Slate : Dis bonjour à James de ma part. As-tu une idée de l'heure à laquelle tu vas rentrer à la maison ?

La maison. Bon sang, comme c'était agréable. Elle avait beau protester depuis des mois que Slate et elle n'emménageaient pas ensemble, c'était vraiment bien d'imaginer la maison de Slate comme étant *leur maison*.

— Je suppose que c'est ton jeune homme, dit James.

— Oui. Il passe le bonjour et se demandait quand j'allais rentrer.

— Il se fait tard, vas-y, rentre auprès de ton homme.

Ashlyn était impatiente de le revoir. Ils avaient passé chaque minute ensemble pendant les quatre derniers jours et maintenant, c'était bizarre de ne pas l'avoir vu depuis ce matin.

Mais pour une raison qu'elle ignorait, elle était mal à l'aise à l'idée de quitter James.

— Ce n'est pas si tard.

— Ashlyn, rentre chez toi, dit James fermement. De plus, je suis fatigué. Je vais allumer la télévision et sûrement m'endormir sur mon fauteuil.

— D'accord, je m'en vais. Mais je t'appelle demain pour voir comment tu vas.

— Tout ira bien, la rassura-t-il.

— Bien. Alors, j'appellerai demain pour dire bonjour, rétorqua Ashlyn.

James gloussa.

— Ce serait bête de continuer à protester contre un appel d'une jolie jeune femme, n'est-ce pas ?

— Oui.

Ashlyn se leva et s'approcha du fauteuil de James. Elle s'agenouilla à côté et posa la main sur son bras. À cause de sa personnalité, elle oubliait en général comme il était âgé et fragile. Mais en touchant son bras maigre et en étant aussi près de lui, elle se rendit compte comme il était vulnérable.

— Je suis désolée pour Aiden. Je sais que tu l'appréciais.

James pinça les lèvres et hocha la tête.

— Il a changé, dernièrement. Je ne l'ai pas remarqué au début, mais avec le recul, je le vois.

Ashlyn lui serra le bras avec douceur.

— Il vaut mieux prévenir que guérir. Je verrai ce que je peux découvrir de mon côté sur une autre aide à domicile. Nous te trouverons ça en un rien de temps.

— Tu es quelqu'un de bien, affirma James.

— J'essaie. Bon, ne mange pas les deux autres parts de tarte pour le dîner. Elodie a travaillé dur à préparer le poulet, le riz et les boulettes de viande au houmous, hier. J'en ai apporté assez pour deux repas. Il y a aussi des fruits et du pain à la cuisine.

— Tu es trop bonne pour moi, dit James en levant la main et en la posant sur sa joue, comme le faisait Slate.

Pendant un moment, Ashlyn visualisa son ami en jeune homme, faisant la cour à sa femme et étant protecteur et autoritaire, tout comme Slate l'était avec elle. Cela la fit sourire.

— J'adore te voir sourire. Maintenant, bouge. Rentre à la maison auprès de ton homme et passe un merveilleux week-end.

— Je t'appelle demain.

James leva les yeux au ciel et cela fit sourire Ashlyn.

— Et appelle-moi si tu as besoin de quoi que ce soit. Je suis sérieuse, James.

— Oui, m'dame. Promis. Et...

Il baissa la voix avant de poursuivre :

— Merci de t'occuper de ça pour moi.

Il hocha la tête vers le carton posé à côté de la chaise d'Ashlyn.

— Bien sûr.

Ashlyn se pencha en avant et embrassa James sur la joue.

— À bientôt au téléphone.

— À très vite.

Ashlyn se leva, prit son gobelet et le ramena dans la cuisine où elle le posa dans l'évier. Puis elle retourna dans le petit salon, souleva les économies de James, lui sourit une fois de plus et se dirigea vers sa voiture. Elle marcha un peu plus vite que d'habitude, paranoïaque à cause de tout l'argent qu'elle portait.

Pensant que Slate serait mécontent de savoir qu'elle se promenait avec vingt mille dollars, Ashlyn prit son téléphone quand elle fut en sécurité dans la voiture avec les portières verrouillées.

Ashlyn : Je rentre à Food For All maintenant. Je devrais être à la maison dans environ quarante-cinq minutes.

Slate : Parfait. Je fais des pâtes avec des légumes grillés pour le dîner.

Bon sang, la conversation était si... domestique. Ashlyn adora.

Ashlyn : Super. J'ai beaucoup de choses à te raconter en arrivant.

Slate : Tout va bien ?

Ashlyn : Oui. C'était une bonne journée.

Slate : D'accord. Je te laisse pour que tu puisses conduire. Fais attention.

Ashlyn : Promis. À tout à l'heure.

Slate : Je t'aime.

Ashlyn sourit et fixa les mots à l'écran. C'était incroyable comme elle se sentait bien en les lisant.

Ashlyn : Je t'aime aussi.

Puis elle démarra la voiture et s'écarta du trottoir. Elle avait presque peur de la façon dont tout se passait bien dans sa vie. Pendant un instant, elle se demanda à quel moment tout allait s'effondrer. Elle avait toujours l'impression que quand tout allait bien pour elle, il arrivait quelque chose pour tout gâcher.

Mais elle n'allait pas penser à ça. Tout allait bien. Très bien. Même si Slate et elle allaient inévitablement affronter des problèmes à un moment dans l'avenir, pour l'instant, tout était merveilleux.

⁎⁎

Aiden raccrocha le téléphone, jeta la tête en arrière et poussa un cri de frustration.

Il venait d'être informé que James Mason n'avait plus besoin de ses services.

Ce vieux con ne pouvait pas le virer ! Pas maintenant. Il avait *besoin* de ce travail. Il avait besoin de l'argent des cachettes partout dans la maison. Sans sa dose, Aiden allait littéralement mourir. Du moins, il allait en avoir l'impression à cause du manque.

Dernièrement, il avait dû prendre de plus en plus d'héroïne pour maintenir son effet. Et le seul moyen d'en acheter autant que nécessaire était en complétant son salaire. L'argent de James était le moyen le plus rapide et le plus facile de faire cela.

Ce type se faisait livrer de la nourriture gratuite, il ne quittait jamais la maison. Il recevait l'argent de sa pension de la Navy et de la sécurité sociale. Pas un dollar de ce qu'Aiden avait déjà pris ne lui avait manqué, alors pourquoi ça le gênait si Aiden avait besoin de quelques sous ?

Il avait été un peu imprudent la veille. Après leur retour de la banque, il savait que James allait cacher l'argent dès son départ... et Aiden avait besoin d'une partie de cet argent. Il avait donc fait le tour de la maison et regardé le vieil homme cacher les billets. Heureusement, d'ailleurs, car James l'avait placé dans un nouvel endroit.

Il ne se souvenait pas que James ait regardé par la fenêtre... mais il avait dû être aperçu. Et maintenant, il avait été viré.

Que James aille se faire foutre ! Que son travail aille se faire foutre ! Il était loin d'être suffisamment payé pour gérer les merdes des vieux toute la journée. Ils sentaient mauvais, ils étaient ennuyeux, bordéliques et pathétiques.

Aiden fit les cent pas dans son appartement vide. Un endroit qu'il n'allait pas pouvoir se permettre beaucoup plus longtemps, sans travail et avec une addiction à gérer. À l'idée de l'argent potentiellement caché dans la maison de James, Aiden saliva.

Comme prendre un peu ici et là n'était plus une option, il allait simplement tout prendre. Il y aurait sûrement assez pour le faire tenir un moment. Il lui suffisait de le trouver.

Des plans tourbillonnèrent dans sa tête. Il allait faire un trajet de plus jusque chez lui. Il allait s'excuser. Il allait se remettre dans les bonnes grâces de James... puis le droguer une dernière fois. Il mettait des somnifères dans son eau depuis un moment. Il était plus facile de chercher l'argent quand le vieil homme dormait. Aiden n'avait ainsi pas besoin de s'inquiéter d'être pris la main dans le sac, pour ainsi dire.

Il l'avait entendu parler au téléphone avec cette connasse des livraisons de repas au sujet d'être fatigué et de dormir plus que d'habitude. Par un extraordinaire coup de chance, il ne semblait pas soupçonner Aiden, alors qu'il l'avait surpris en train d'administrer quelque chose dans un verre d'eau, une fois. Ce type était complètement idiot.

Demain, ce crétin allait faire une *très* longue sieste. Une sieste dont il n'allait pas se réveiller.

Aiden ne se sentait même pas coupable en décidant de faire faire une overdose à cet enfoiré. Il était carrément plus vieux que les pierres. Un poids mort. Il allait lui donner une triple dose de somnifères, puis chercher tout l'argent caché. Il allait laisser la maison exactement comme il l'avait trouvée, histoire que personne ne soupçonne autre chose qu'un très vieil homme s'allongeant pour une sieste et ne se réveillant jamais.

Ses empreintes digitales n'allaient pas éveiller les soupçons des policiers, parce qu'il passait trois fois par semaine. Il allait se garer à quelques pâtés de maison de là, afin que personne ne voie sa voiture. Aiden avait vu suffisamment d'émissions sur des faits divers pour savoir qu'il devait laisser son téléphone dans son appartement, afin d'avoir un alibi au cas où la police vérifiait les données de son téléphone.

Plus il y pensait, plus Aiden était excité.

Ça allait fonctionner. Si le vieil homme ne l'avait pas viré, il aurait continué à prendre quelques centaines de dollars ici et là, et ça n'aurait pas été énorme. Mais maintenant, il allait prendre tout le filon.

— Quel crétin, marmonna Aiden.

Il ne savait pas si une triple dose de somnifères allait vraiment tuer le vieux ou pas, mais il n'allait pas perdre de temps à s'en inquiéter. À tout le moins, ça l'assommerait quelques heures, peut-être même toute la journée et la nuit. Et à la même heure le lendemain, Aiden aurait ses drogues et se sentirait bien à nouveau. En fonction de la quantité d'argent qu'il trouvait, il pouvait être tranquille pendant longtemps.

Le seul problème d'Aiden à ce moment précis était de trouver assez de liquide pour une dose qui le fasse tenir jusqu'au lendemain. Il envisagea de cambrioler l'appartement de son voisin, ce qu'il avait déjà fait une fois, mais il décida qu'il valait mieux prendre moins de risques. Il pouvait passer voir la fille qu'il connaissait et qui avait parfois pitié de lui, lui jetant quelques pièces quand il l'avait baisée... ou il pouvait faire une sorte d'échange avec son dealer. Il n'aimait pas ça, c'était bien trop dangereux, mais au point où il en était, il allait faire le nécessaire pour obtenir la drogue.

— Dernière fois, dit Aiden à voix haute. Ce sera la dernière fois que je dois supplier quelqu'un d'autre.

Puis il se dirigea vers sa voiture. Heureusement, il avait rempli le réservoir avec une partie de l'argent qu'il avait pris chez James la dernière fois, alors il avait largement assez d'essence pour aller à Waikiki et revenir. Il allait appeler son dealer, se piquer, et prévoir exactement ce qu'il allait faire le lendemain.

Cela faisait longtemps qu'il ne s'était pas senti aussi bien et Aiden sourit en montant dans sa voiture. Il toucha une boîte aux lettres en quittant le quartier, mais il ne le remarqua même pas en se dirigeant vers l'autoroute.

CHAPITRE VINGT ET UN

Slate se réveilla le samedi matin, regardant simplement Ashlyn dormir. La veille avait été une dure journée. Il était allé à la base et il avait regardé les vidéos des caméras embarquées de ce qui était arrivé en Afghanistan il y avait un peu plus d'une semaine. Il avait vraiment merdé en essayant de sauver le jeune garçon, mais ironiquement, ses actions lui avaient sans doute sauvé la vie.

S'il avait suivi son équipe en bas des escaliers, il n'aurait probablement pas pu sortir de la maison avant la frappe de la roquette. Et il aurait été plus proche du côté de la maison qui s'était effondré le premier, enfoui sous beaucoup plus de gravats. Comme il avait été à l'étage supérieur, du côté opposé au point de contact, il avait pu échapper au pire de l'explosion.

Ça n'avait pas été facile de voir ses coéquipiers creuser fébrilement dans les décombres en essayant de le trouver, ou de les voir porter son corps sans connaissance à travers les rues hostiles de la ville pendant qu'ils battaient en retraite.

Slate avait toujours su que Mustang, Midas, Aleck, Pid et

Jag couvraient ses arrières, mais le voir de ses propres yeux, entendre le stress dans leurs voix et leur confiance absolue dans le fait de le ramener à la base en sécurité, avait renforcé un lien déjà très fort.

Il avait une vision différente des missions, désormais. Oui, il fallait toujours éliminer les gens mauvais, les civils innocents devaient être sauvés, les camarades capturés devaient être libérés... mais maintenant, pour la première fois de sa carrière, Slate était un peu moins disposé à mourir pour ces choses-là. Il allait néanmoins donner tout ce qu'il avait à chaque mission, il aimait toujours son pays, mais il aimait maintenant quelque chose, *quelqu'un*, encore plus.

Ashlyn était recroquevillée contre lui, sa respiration lente et profonde. L'amour qu'il ressentait pour cette femme semblait dévorant. Il ne savait pas comment il avait fait pour ne pas l'admettre plus tôt. Il était ridicule de ne pas avoir reconnu ce qu'étaient ces sentiments, d'autant plus qu'il n'avait encore jamais rien ressenti de tel.

Il avait fallu qu'il soit blessé et jaloux pour qu'ils ouvrent enfin les yeux et qu'ils voient ce qui était sous leur nez. Voir Ashlyn passer la porte la veille au soir avait été exactement ce dont il avait besoin pour chasser le stress de la journée. Il voulait qu'ils rentrent à la maison l'un auprès de l'autre chaque jour.

Il n'avait pas été ravi que James lui ait donné vingt mille dollars à surveiller pour lui, mais il était soulagé que le vieil homme n'ait plus autant d'argent dans sa maison. Aujourd'-hui, malgré l'opinion de James concernant les banques, Ashlyn et lui allaient déposer la somme sur un compte pour le garder. Il l'avait convaincue d'ouvrir un compte séparé pour l'argent de James, afin qu'il n'y ait pas de conflit d'inté-rêts ou de questions à ce sujet.

Après, ils n'avaient rien de prévu hormis profiter de la compagnie l'un de l'autre. Slate se sentait étonnamment bien après que le léger gonflement de son cerveau se soit estompé et il allait retourner au travail la semaine suivante. Mais avant ça, Ashlyn et lui avaient deux jours complets pour eux.

Il était difficile de se souvenir d'un temps où Ash et lui ne faisaient rien d'autre que se critiquer. Mais Slate repensait avec tendresse à cette époque. Elle savait se défendre, savait lui résister et défendait ce en quoi elle croyait, et il aimait ça chez elle... tout autant que ça le rendait fou.

Elle aurait donné les vêtements qu'elle portait sur son dos si cela pouvait aider quelqu'un d'autre. Elle allait garder les économies d'un vieil homme en sécurité si ça pouvait le rassurer. Elle allait toujours faire son possible pour aider les autres... ce qui voulait dire que Slate devait toujours la soutenir afin qu'elle ne se mette pas dans une position vulnérable en aidant quelqu'un d'autre. Slate était tout à fait prêt à la laisser faire ce qu'elle voulait, mais il allait la ramener en sécurité quand la situation le demandait.

Il se sentit coupable pour le soulagement qu'il ressentit en se disant qu'elle n'avait pas d'ex vindicatif. Elle n'était pas recherchée par la mafia. Ils n'avaient pas à s'inquiéter que quelqu'un veuille lui faire du mal à cause de ce qu'elle avait fait dans le passé. Slate ne pensait pas qu'elle avait un seul ennemi au monde, ce qui était un soulagement. Il ne pouvait pas supporter de penser qu'elle puisse se retrouver dans une des situations vécues par ses amies.

Leur vie ensemble allait être aussi ennuyeuse que possible et ils allaient être parfaitement heureux.

Ashlyn bougea contre lui et Slate sourit pendant qu'elle se réveillait lentement. Elle entrouvrit les yeux et le regarda, puis le réveil sur la table derrière lui, puis encore lui.

— Il est tôt. Tu as bien dormi ?

— Il n'est pas tellement tôt et oui, j'ai dormi comme une souche avec toi dans mes bras.

Elle lui fit un sourire endormi.

— Moi aussi.

Slate ne put s'empêcher de ricaner. Elle dormait comme une souche *toutes* les nuits. Elle était une de ces personnes chanceuses qui s'endormaient profondément et le restaient. Il était content pour elle.

— D'accord, je dors comme une souche toutes les nuits, dit-elle en interprétant correctement son ricanement. Mais je dors encore mieux parce que tu es avec moi.

Slate fit courir un doigt sur son nez et l'embrassa tendrement.

— Avons-nous des plans pour aujourd'hui ?

— Pas en dehors de nous rendre à la banque, dit Slate.

— Et elle n'ouvre pas avant dix heures le samedi, n'est-ce pas ? demanda-t-elle.

— Je crois que tu as raison.

Elle aplatit une de ses mains sur le ventre de Slate et descendit lentement.

— Alors, nous avons le temps d'être paresseux, ce matin.

— Paresseux ? demanda-t-il avec un sourire. Oh non, pas de paresse pour toi. J'ai fait tout le travail, hier soir.

Elle immobilisa la main et fronça les sourcils en le regardant.

— Non, pas du tout. Je me souviens bien d'avoir été dessus et aux commandes.

Slate éclata de rire.

— Je pense que tu as un souci de mémoire, bébé. Tu as commencé par être aux commandes, mais après ce premier orgasme, tu n'as rien pu faire hormis rester allongée là, perdue et hébétée de plaisir, et j'ai dû prendre le relais. Tu étais peut-être au-dessus, mais c'est *moi* qui soulevais ton corps sur ma queue pendant que je te baisais.

Au lieu de se fâcher, Ashlyn se contenta de sourire.

— Oui, d'accord, tu as sans doute raison, concéda-t-elle en faisant glisser la main dans son boxer et en commençant à caresser sa trique matinale en véritable érection.

— Alors, ce matin, tu peux être paresseux et je ferai en sorte de faire tout le travail.

Elle s'agenouilla et se décala vers le bas jusqu'à être entre ses jambes. Elle retira son boxer, puis se pencha au-dessus de sa queue très réveillée.

Elle lui sourit en le léchant de la base jusqu'au gland.

Si c'était l'idée qu'elle avait de le laisser paresser, il était carrément chanceux. Il enfouit la main dans ses cheveux lorsqu'elle baissa la tête. En gémissant, Slate refusa de fermer les yeux pendant que sa copine lui taillait une pipe. Il l'aimait tellement. Il n'avait pas la moindre idée de ce qu'il avait fait pour mériter cette chance.

⁎⁎

Ashlyn sourit à Slate quelques heures plus tard. Être *paresseuse* avec Slate était merveilleux. Elle avait l'impression d'avoir brûlé plus de calories en une heure ce matin-là qu'elle ne l'aurait fait le reste de la journée. Ce n'était pas souvent que Slate pouvait rester au lit sans avoir besoin de partir, alors ils en avaient profité jusqu'au bout. La semaine suivante, il allait se lever à l'aurore, faisant à nouveau du sport avec son équipe, alors Ashlyn devait profiter de chaque seconde du temps qu'ils passaient à faire l'amour et à se câliner.

Ils venaient de profiter d'un petit-déjeuner tardif et ils lavaient la vaisselle ensemble avant de partir à la banque quand le téléphone de Slate sonna.

Il fronça les sourcils, se sécha les mains et se rendit au comptoir pour décrocher.

— Ici Slate, répondit-il. Oui, Monsieur. Non, ça va, je

peux parler. Pouvez-vous me laisser une seconde cependant ? Merci.

Il posa le téléphone contre son torse et se tourna vers elle.

— C'est le commandant Huttner. Il a des questions sur mon rapport au sujet de ce qui est arrivé la semaine dernière.

— Ce n'est pas grave, dit Ashlyn sans hésiter. Je pourrais aller à la banque maintenant ? Je prendrai de quoi déjeuner sur le chemin du retour et nous passerons le reste de la journée à traîner ensemble.

Slate fronça les sourcils.

— Je n'aime pas l'idée que tu te promènes avec tout cet argent.

Ashlyn leva les yeux au ciel.

— Tout ira bien, Slate. Je vais aller tout droit à la banque, ouvrir un compte, et ce sera tout. Je ne vais pas raconter à tout le monde que je porte une tonne d'argent sur moi. Personne ne le saura.

Il se contenta de froncer davantage les sourcils.

— Sérieusement, parle avec ton commandant. Je serai sans doute de retour avant que tu aies terminé. Je pourrais même récupérer de la nourriture hawaïenne pour ton déjeuner, dit-elle pour l'amadouer.

— Le fait que tu puisses me baratiner ne présage rien de bon pour cette relation, grogna-t-il à moitié.

Ashlyn gloussa.

— À vrai dire, je pense que ça annonce de très bonnes choses pour notre relation.

Elle se pencha et l'embrassa brièvement.

— Je t'aime, dit-elle doucement.

— Et je t'aime, rétorqua-t-il, ne se souciant apparemment pas que son commandant puisse l'entendre. Fais attention... et ne prends pas de nourriture hawaïenne. Tu n'aimes pas ça, alors ça signifie qu'il te faudrait deux arrêts pour aller te chercher quelque chose aussi.

— Ce n'est pas grave.

— Bébé. Il me reste deux jours de congé et je veux passer autant de temps que possible avec toi. Banque, déjeuner, puis tu reviens ici pour que nous puissions nous détendre.

Il était à nouveau autoritaire, mais comme il était aussi gentil de vouloir passer du temps avec elle, elle ne pouvait pas se plaindre.

— D'accord, Slate.

— Bien.

Ashlyn sentit ses yeux sur elle quand il ramena le téléphone à son oreille.

— Je suis de retour, Monsieur.

Il continua à la regarder pendant qu'elle enfilait des tongs et attrapait son sac à main, des lunettes de soleil, et les deux enveloppes en papier kraft dans lesquelles ils avaient placé l'argent de James après l'avoir compté et rassemblé en petits tas bien rangés. Elle s'accorda un moment pour admirer Slate pendant qu'il était distrait en parlant à son patron.

Il avait un jean qui moulait ses cuisses musclées. Il portait un tee-shirt Helena's Bakery, ses cheveux étaient ébouriffés et ses pieds nus dépassaient sous son pantalon. Dans l'ensemble, son homme était super canon. Peu importe qu'il porte un uniforme, un jean comme aujourd'hui, un jogging gris ou rien du tout, c'était un beau spécimen masculin.

— Je reviens vite ! articula-t-elle en silence en se dirigeant vers la porte.

— Fais attention, dit Slate de la même manière.

Ashlyn hocha la tête, ouvrit la porte, et se dirigea vers sa voiture.

En roulant jusqu'à la banque, elle jeta un coup d'œil aux enveloppes en papier kraft. James avait eu raison, il avait vingt mille deux cents dollars cachés dans sa maison. Ce n'était pas une tonne d'argent pour quelqu'un de son âge, mais il semblait satisfait de son style de vie.

La visite à la banque se passa très bien. Elle ouvrit un nouveau compte, se disant qu'il allait falloir y ajouter le nom de James à un moment donné. L'employée au comptoir ne sembla pas perturbée qu'elle dépose plus de deux cents billets de cent dollars. Elle en vérifia quelques-uns pour s'assurer qu'il ne s'agissait pas de contrefaçons, mais ensuite, elle compléta rapidement la transaction et lui tendit un reçu.

Se sentant bien mieux maintenant que l'argent était en sécurité, Ashlyn quitta la banque, soulagée de ne plus porter autant d'argent sur elle.

En montant dans sa voiture, elle pensa à sa promesse d'appeler James pour voir comment il allait et elle se dit qu'elle pouvait aussi bien le faire maintenant. Elle avait l'impression que Slate et elle allaient être occupés plus tard, et elle voulait être sûre de ne pas oublier d'appeler son ami.

Elle composa le numéro de James et attendit qu'il réponde. Il ne le fit pas. Le téléphone sonna cinq fois avant de passer sur le répondeur. Ashlyn ne prit pas la peine de laisser un message. James avait admis un jour qu'il ne savait pas du tout comment accéder au système de messagerie sur son téléphone fixe et qu'il n'était pas capable de les écouter, de toute façon.

Elle rappela, mais le téléphone sonna encore dans le vide. Un peu inquiète maintenant, Ashlyn rappela, puis encore une fois. Le téléphone sonna et sonna.

Elle fronça les sourcils, des visions de toutes sortes de choses horribles lui passant par la tête. James allongé sur le sol après être tombé, incapable de se lever. James tombant malade et incapable de sortir du lit. Tant de choses pouvaient arriver en vivant seul et en étant si fragile.

Ashlyn prit subitement la décision de passer chez lui pour voir comment il allait.

Elle composa un texto.

Ashlyn : L'argent est déposé. Comme tu es sans doute toujours au téléphone, je vais passer vite fait chez James. Il était un peu étrange hier et je veux vérifier qu'il va bien. Je récupérerai à déjeuner en rentrant. Je t'aime.

Elle s'imaginait sans doute des choses. James était sûrement assis dehors, profitant de la matinée, et il n'avait pas entendu sonner son téléphone. Elle allait passer le voir, ils allaient rire de sa paranoïa, puis elle irait chercher à déjeuner et elle retournerait à la maison de Slate.

Si quelque chose n'allait pas, elle allait obtenir de l'aide pour James, puis appeler Slate. Inutile de l'inquiéter alors qu'il n'y avait sans doute rien.

Ainsi décidée, et pas surprise que Slate ne réponde pas immédiatement à son texto, Ashlyn démarra la voiture et se dirigea vers la maison de James.

Elle y parvint en environ dix minutes, la circulation étant moins dense car c'était samedi. Il n'y avait aucune voiture garée devant sa maison, ce qui n'était pas une surprise. En attrapant son téléphone, Ashlyn se glissa de sa RAV4 et marcha vers sa porte d'entrée. Elle frappa à la porte, mais elle ne fut pas étonnée lorsque James ne répondit pas. Elle essaya la poignée. Elle était verrouillée.

En se mordant la lèvre, Ashlyn inspira profondément et fit le tour de la maison. Elle allait voir si James était dans le jardin, le gronder parce qu'il lui avait fait peur, ils allaient rire et elle repartirait.

Mais avant qu'elle puisse se rendre dans le jardin, la

porte de la cuisine attira son attention. Elle était sur le côté de la maison et bien que la moustiquaire était fermée, la porte intérieure ne l'était pas. C'était assez inhabituel pour qu'Ashlyn s'arrête net.

James n'utilisait *jamais* cette porte, en partie parce qu'il y avait deux marches qui conduisaient jusqu'à un trottoir décrépit. Comme James n'était pas très stable sur ses pieds, il préférait toujours entrer et sortir par sa porte d'entrée, où il n'y avait pas de marches et où le trottoir n'était pas fissuré et inégal.

Pourquoi donc la porte de la cuisine était-elle ouverte ? Était-il blessé et avait-il essayé de sortir pour chercher de l'aide sans y parvenir ? Le cœur battant à toute vitesse, Ashlyn n'hésita pas à monter les deux marches et ouvrir la moustiquaire.

Quand elle entra dans la cuisine de James, elle fixa le bazar qui l'accueillit avec incrédulité.

On aurait dit que chaque placard avait été ouvert et vidé. Il y avait des plats et des boîtes partout. Même le cellier avait été pillé. Il y avait de la farine et du sucre par terre, leurs contenants posés au-dessus du bazar.

— James ? cria-t-elle avant de se frapper mentalement le front, exaspérée.

Il était stupide d'attirer l'attention sur elle alors qu'il était évident que la maison avait été cambriolée... et qu'elle ne savait pas si le responsable était encore à l'intérieur. Il fallait qu'elle appelle la police. Mais elle ne pouvait pas partir sans vérifier comment allait James.

Elle enjamba le pire du bazar et jeta un coup d'œil dans le salon.

À sa surprise, ce ne fut pas James qui sortit de l'une des chambres.

C'était Aiden.

Leurs regards se croisèrent... et Ashlyn sut instinctivement qu'elle avait merdé. Dès qu'elle avait vu le bazar dans la cuisine, elle aurait dû sortir de la maison et appeler la police. C'était trop tard, désormais.

— Qu'est-ce que tu fous là ? grogna-t-il.

— Que fais-*tu* ici ? rétorqua Ashlyn, soudain fâchée.

Elle savait qu'elle aurait dû être effrayée, et elle l'était, mais sa colère surpassa tout le reste à ce moment précis.

— James m'a dit qu'il t'avait renvoyé.

— C'est vrai. Je suis passé pour m'excuser et lui demander de changer d'avis, répondit Aiden.

Ashlyn n'en crut pas un mot. Le salon était aussi désordonné que la cuisine. On aurait même dit que les coussins avaient été ouverts avec un couteau ! Leur rembourrage était éparpillé partout sur le sol.

Elle comprit alors... Aiden cherchait l'argent de James. L'argent qu'il lui avait donné juste la veille pour qu'elle le garde. Il était évident que le vieil homme savait ce qu'il faisait en lui confiant ses économies. Aiden n'allait pas trouver l'argent qu'il cherchait.

Ils se fixèrent longuement. Ils sursautèrent tous les deux quand le téléphone dans la main d'Ashlyn sonna.

— Putain !

Aiden s'avança étonnamment vite vers Ashlyn. Il lui saisit le bras comme dans un étau et serra. *Fort.*

— Ne décroche pas.

En baissant les yeux, Ashlyn vit le nom de Slate à l'écran.

— C'est mon copain. Si je ne réponds pas, il va savoir que quelque chose ne va pas. Je réponds toujours à ses appels.

— Non, grogna Aiden en attrapant son autre main.

Ashlyn s'accrochait à son téléphone. Elle savait que c'était son lien avec le monde extérieur. Avec une aide éventuelle. Elle ne savait pas où se trouvait James ni ce qu'Aiden lui avait fait, mais elle avait l'impression que ce n'était rien de bon.

Et maintenant qu'elle était face à face avec Aiden, elle le soupçonna de s'être drogué. Ses pupilles étaient minuscules et ses joues étaient rouges. Même pendant qu'il essayait d'attraper son téléphone, il n'arrêtait pas de regarder nerveusement autour de lui, comme s'il s'attendait à ce que quelqu'un d'autre sorte de nulle part. Pas exactement une menace au hasard, puisqu'elle venait précisément de le faire.

— Donne-moi ton foutu téléphone ! cria Aiden en la forçant à ouvrir la main.

Il la traîna dans le salon et la jeta sur le fauteuil préféré de James. Le coussin avait disparu, mais Ashlyn le remarqua à peine en gardant les yeux rivés sur Aiden.

Il jeta un regard noir au téléphone.

— Quel est ton mot de passe ?

Ashlyn pinça les lèvres. Elle n'avait pas l'intention de donner le mot de passe de son téléphone à cet enfoiré.

Aiden fit quelques pas en avant, se pencha au-dessus d'elle et siffla :

— Donne-moi le mot de passe ou je te tue, putain !

— Trois, deux, un, quatre, cinq, six, lâcha-t-elle immédiatement.

Elle comprit à ce moment-là comme sa situation était précaire. Aiden était acculé et désespéré. Il avait fait quelque chose à James, était en train de le voler, et elle était maintenant un témoin. Ce n'était pas bon pour elle. Pas bon du tout.

Aiden déverrouilla son téléphone et commença à écrire.

— Que fais-tu ? chuchota-t-elle.

— Je réponds à ton putain de copain, cracha-t-il.

Ashlyn pensa à l'application de géolocalisation pour la première fois. Slate allait savoir où elle était s'il y jetait un coup d'œil. Mais elle lui avait déjà dit où elle allait dans son texto précédent. Il n'aurait donc aucune raison de penser que quelque chose n'allait pas, s'il voyait sa localisation.

Mince. Elle était dans la merde... et elle ne savait pas quoi faire.

— Où est James ? demanda-t-elle doucement.

— Il va bien.

— Où est-il ? insista-t-elle.

— Il dort, grogna Aiden en jetant encore un regard noir à son téléphone avant de l'envoyer sur une des étagères d'une bibliothèque près d'Ashlyn.

Elle le fixa un moment. Si Aiden était distrait et si elle bougeait assez vite, elle pouvait l'attraper et composer le 911. Ou appeler Slate.

— N'y pense même pas, avertit Aiden. Tu n'y arriveras pas. Je l'aurais bien cassé, mais j'ai besoin qu'il fonctionne.

Ashlyn ne put s'empêcher de demander :

— Pourquoi ?

— Parce que j'ai besoin d'un bouc émissaire.

Il s'approcha d'une table près de la porte d'entrée et attrapa quelque chose. Il revint vers elle en faisant tourner l'objet dans sa main... et si Ashlyn avait cru être effrayée avant, elle était maintenant *terrifiée*.

L'objet dans sa main était un pistolet. Le fait qu'Aiden le possède rendait une situation déjà mauvaise carrément mortelle.

— Tu es mon bouc émissaire, répéta-t-il, quand Ashlyn ne réagit pas à sa dernière affirmation. Ton historique téléphonique montrera que tu étais ici. Les voisins auront vu ta voiture. Tu as drogué James, saccagé cet endroit, puis tu es partie. Les flics te soupçonneront... et ils ne penseront jamais à moi.

— Aiden, tu ne... commença-t-elle, mais il l'interrompit en riant.

— Si, je dois faire ça, lui dit-il. Tu ne comprends pas ! Mais ça ne fait rien. Une fois que j'aurais trouvé sa cachette, nous partirons. Je m'occuperai de toi et je serai tranquille pendant un long moment.

Ashlyn ne voulut même pas penser à ce qu'impliquait ce « je m'occuperai de toi ». Elle n'allait pas non plus dire quoi que ce soit au sujet de l'inutilité de ses recherches de l'argent de James. Plus il cherchait longtemps et plus ils allaient rester ici, plus il y avait de chances pour que Slate comprenne que quelque chose n'allait pas et qu'il vienne la chercher.

Ashlyn était certaine que son copain trop protecteur allait finir par venir. Elle ne savait pas ce qu'Aiden avait dit dans le texto envoyé, mais Slate était malin. Il allait comprendre que ce n'était pas elle et venir voir si tout allait bien. Elle en était certaine. Elle espérait simplement être encore là quand il arriverait.

— Quoi ? Aucun commentaire ? ricana Aiden.

Ashlyn secoua simplement la tête.

— Bien. J'en ai assez de t'entendre parler, de toute façon. Assieds-toi là et sois sage, ordonna Aiden en pointant le pistolet sur sa tête.

Ashlyn se figea. Elle n'avait encore jamais eu de pistolet pointé sur elle et elle n'appréciait pas l'expérience. Elle serra fermement les accoudoirs du fauteuil de James et fit de son mieux pour rester calme. Slate allait venir, il fallait juste qu'elle soit maligne jusqu'à ce qu'il apparaisse.

Aiden la fixa une seconde par-dessus le viseur du pistolet, puis il rit. Il fourra le pistolet dans la taille de son jean et lâcha :

— Assis. Reste. Gentil chien.

Puis il ricana et recommença à chercher l'argent de James. L'argent qu'il n'allait jamais trouver.

CHAPITRE VINGT-DEUX

Slate fronça les sourcils en regardant son téléphone, lisant le texto d'Ashlyn. Elle n'avait pas répondu à son appel, ce qui était assez surprenant. Il ne se souvenait pas d'un moment où elle n'avait pas décroché quand il appelait. Ce n'était peut-être pas *trop* surprenant si elle était au milieu d'une conversation avec James, même si ça ne l'avait jamais empêchée de décrocher dans le passé. Mais c'était le texto qui l'avait convaincu que quelque chose n'allait pas.

Ashlyn : DSL peux pas parler A+ JTM

Encore une fois, elle n'avait jamais été trop occupée pour lui parler. Mais ce n'était pas ce qui hérissait les cheveux de Slate.

Ashlyn n'utilisait pas de mots abrégés quand elle envoyait des messages. *Jamais*. C'était un détail, et il était toujours possible qu'elle soit distraite et qu'elle l'ait fait cette fois pour être plus rapide. Mais Slate ne le pensait pas.

Il vérifia une fois de plus l'application de géolocalisation et vit qu'elle était chez James. Du moins, son téléphone.

Il bougea avant même de réfléchir à ce qu'il faisait.

Slate devait s'y rendre... juste pour vérifier que tout allait bien. S'il réagissait de façon exagérée, tant pis. Ashlyn allait se plaindre qu'il était trop protecteur et qu'il devait se calmer, et il s'excuserait. Mais si ce n'était *pas* le cas...

Slate ne savait pas ce qui pouvait tourner mal au cours d'une visite à la maison de James. Il savait simplement que s'il n'agissait pas et qu'Ashlyn avait besoin de lui, il ne se le pardonnerait jamais. Si ça se trouvait, elle avait envoyé ce texto pour lui montrer que quelque chose clochait effectivement. Comme un message caché. Ou bien ce n'était pas Ashlyn qui l'avait envoyé. Que ce soit l'un ou l'autre, ce n'était pas bon signe.

Il était content qu'il n'y ait pas beaucoup de circulation sur les routes, car Slate roula assez imprudemment, son intuition le poussant à rejoindre Ashlyn dès que possible.

Il était à cinq minutes de la maison de James quand il se dit qu'il ne devait pas agir seul. Il avait été trop préoccupé à réfléchir à ce qui pouvait aller mal, et pourquoi Ashlyn ne décrochait pas son téléphone, et pourquoi elle avait envoyé ce message étrange. Il n'avait même pas pensé à appeler ses coéquipiers.

Il rectifia le tir tout de suite.

— Salut, Slate. Que se passe-t-il ? demanda Mustang.

— Je suis en route pour la maison de James Mason. J'ai besoin de renforts, annonça Slate à son chef d'équipe.

— Quelle est la situation ? demanda Mustang d'un ton pragmatique qui aida Slate à se calmer légèrement.

— Je ne sais pas. J'y vais en aveugle. Ashlyn ne décroche pas son téléphone et j'ai reçu un texto qui ne lui ressemblait pas du tout. Il n'y a peut-être rien... mais hier, James lui a donné vingt mille dollars qu'il avait cachés dans sa maison parce qu'il déteste les banques. Il lui a demandé de veiller dessus pour lui. Il a aussi renvoyé son aide à domicile parce qu'il l'a surpris en train de l'espionner après son supposé départ. Je ne le sens pas bien.

— As-tu appelé quelqu'un d'autre ?

— Non. Juste toi.

— Je m'occupe d'appeler l'équipe. Où es-tu ?

— Je serai sur place dans trois minutes.

— Attends-nous, ordonna Mustang.

Slate n'aimait pas désobéir à un ordre direct, mais il était impensable qu'il attende dehors alors qu'Ashlyn pouvait être en danger.

— Tu sais que je ne peux pas faire ça, dit-il à son chef d'équipe.

— Putain, jura Mustang, mais il ne lui fit pas de réprimande. Bon. Examine les lieux, rassemble des informations et fais-les passer avant d'intervenir, alors.

Si quelque chose n'allait pas, Slate n'était pas sûr d'en être capable non plus, mais il lança :

— Bien reçu.

— Nous arrivons, Slate. Il est hors de question que nous laissions quoi que ce soit arriver à ta copine. Compris ?

C'était compris, mais Slate savait mieux la plupart des gens qu'il arrivait parfois des choses malgré tous les préparatifs. Peu importe les compétences de l'équipe.

— J'entends, dit-il un peu tard. J'espère vraiment que je réagis pour rien, ajouta-t-il en sentant la peur menacer de le submerger.

— Ce n'est pas le cas. Je te connais et tu es peut-être un crétin impatient, mais ton instinct a toujours raison. Surveille tes arrières et essaie de ne pas nous tirer dessus quand nous entrerons, ordonna Mustang avant de couper la connexion.

Son chef d'équipe ne plaisantait pas, c'était arrivé dans le passé : des membres de la même équipe se faisaient toucher par des tirs alliés dans des situations chaotiques, mais ça ne serait pas un problème aujourd'hui... car Slate se rendit compte qu'il avait quitté la maison sans arme. C'était stupide, mais il avait été plus pressé de rejoindre Ashlyn que de s'armer.

Slate pria pour ne pas avoir pris une décision fatale en partant sans son pistolet, mais il essaya de se rassurer qu'il était tout aussi dangereux sans. Il avait été entraîné par les meilleurs des meilleurs, savait comment tuer de ses mains nues et comment utiliser des objets alentour comme des armes, si nécessaire. Si Ashlyn était en danger, rien n'allait l'empêcher d'éliminer cette menace.

Quelques minutes plus tard, Slate se gara dans la rue de James et il fut soulagé de voir la voiture d'Ashlyn garée devant la maison. Ça ne voulait pas nécessairement dire qu'elle était là, mais c'était bien mieux que de trouver son téléphone ici, mais pas sa voiture.

Slate se gara quelques maisons après celle de James et il sortit, laissant les clés sur le contact. Il passa en mode SEAL et fit de son mieux pour se rendre invisible en se dirigeant vers sa cible.

Évitant l'entrée de devant, Slate continua et fit le tour de la maison jusqu'à parvenir à la porte sur le côté qui conduisait à la cuisine. La moustiquaire était fermée, mais la porte intérieure était grande ouverte. Il écouta un moment et n'entendit personne, ce qu'il estima ne pas être bon signe. L'état de la cuisine était encore plus perturbant. Il y avait de la nourriture et des débris partout. On aurait dit que les contenus des placards avaient été jetés dehors et laissés partout sur les comptoirs, la table et même le sol.

Jurant intérieurement, il dépassa la porte et s'approcha de la fenêtre. Il jeta prudemment un coup d'œil à l'intérieur et vit James allongé sans bouger sur son lit. Il semblait dormir.

En priant pour que la porte de la cuisine ne grince pas,

Slate fit demi-tour et entra dans la maison. Il enjamba autant de céramique et de verre brisé que possible en restant collé au mur. Quand il ne fut plus qu'à quelques pas de l'entrée conduisant au salon, il entendit enfin quelqu'un parler. Mais ce n'était pas Ashlyn.

— Putain ! C'est quoi ces conneries ? C'est où, bon sang ?

Slate ne reconnut pas la voix, mais ça n'avait pas d'importance. Il jeta un coup d'œil par l'entrée et poussa un soupir de soulagement en voyant Ashlyn. Elle était assise sur le fauteuil que James occupait habituellement. Elle avait les mains crispées sur les accoudoirs et le regard fixé à l'autre bout de la pièce. Sur un homme au dos tourné.

Tout son entraînement passa par la fenêtre. Mustang allait l'étrangler en apprenant ça, mais la seule pensée de Slate fut de rejoindre Ashlyn.

Il passa rapidement dans le salon, les mains ouvertes sur les côtés pour montrer qu'il n'était pas armé.

Ashlyn écarquilla les yeux en le voyant, mais elle ne fit pas de bruit. L'homme dans la pièce choisit ce moment-là pour se retourner.

Slate le reconnut immédiatement comme étant Aiden, l'aide à domicile récemment renvoyé.

— Qu'est-ce que... ? s'exclama Aiden.

Ashlyn bondit du fauteuil au moment où Aiden aboyait :

— Non ! Assieds-toi !

Ashlyn agit comme si elle ne l'entendait pas, se précipitant vers Slate.

Il passa les bras autour d'elle et tourna immédiatement le dos vers la pièce. Si Aiden avait une arme, les coups tirés traverseraient sans doute Slate pour entrer dans Ashlyn, mais son instinct le poussa à la sortir de la ligne de mire.

Il la sentit trembler contre lui, mais elle semblait seulement avoir peur et ne pas être blessée. Un énorme poids tomba des épaules de Slate. Elle était debout, elle respirait et elle semblait aller bien. Il pouvait supporter ça.

— Éloigne-toi d'elle ! cria Aiden.

En tournant la tête, Slate vit que l'homme avait fait un pas vers eux. Et il avait effectivement sorti un pistolet. Il devait supposer qu'il l'avait porté quelque part sur lui.

— Non, répondit Slate en essayant de rester calme et d'analyser la situation.

— Je savais que tu viendrais, chuchota Ashlyn.

— Bien sûr.

— La ferme ! cria Aiden, un peu plus hystérique, maintenant.

En se raidissant, Slate décolla Ashlyn de son torse et la poussa plus loin derrière lui quand il se tourna pour faire face à l'autre homme.

— Je croyais que tu avais été viré, lança Slate avant de se raviser.

L'énerver davantage n'était pas malin. Il était si soulagé de voir Ashlyn en vie qu'il ne réfléchissait plus. Il fallait qu'il se reprenne.

— Oui, eh bien, je me suis dit que j'allais passer et remercier personnellement le vieil homme d'avoir gâché ma vie, rétorqua Aiden avec mépris.

Ce fut alors que Slate se rendit compte que le type était sous l'influence d'une drogue. Il allait être très difficile de raisonner avec lui. Et cela rendait l'arme qu'il brandissait encore plus menaçante. Il était évident qu'Aiden était désespéré et qu'il n'avait pas les idées claires.

— Merde ! fulmina-t-il sans baisser son arme. Ça ne se passe pas comme je l'avais prévu !

— Je savais que le texto ne venait pas d'Ashlyn, expliqua Slate en voulant faire parler l'autre homme.

Il fallait qu'il donne à Mustang et à son équipe le temps d'arriver.

— C'était une bonne tentative, mais je connais ma copine. Elle n'utilise jamais d'abréviation dans ses textos.

— Peu importe. Éloigne-toi d'elle ! Va t'asseoir là-bas sur le canapé, ordonna Aiden.

— Non.

Aiden fronça les sourcils.

— Quoi ?

— Non. Je reste ici avec Ashlyn, dit Slate.

Ce qu'il voulait vraiment, c'était pousser Ashlyn dans la cuisine et lui dire de courir, mais même s'ils n'étaient pas très loin de l'entrée, le trajet était toujours directement dans la ligne de mire. Il allait devoir la garder derrière lui pour l'instant.

— Putain ! s'exclama Aiden. C'est moi qui ai le pistolet ! Fais ce que je dis !

Il était sérieusement agité.

— Cherches-tu l'argent de James ? demanda Slate. Nous pouvons peut-être t'aider à le chercher. Plus vite tu le trouveras, plus vite nous pourrons partir.

Aiden sembla perplexe une seconde, puis il eut un sourire narquois.

— Mais bien sûr, tu vas m'aider à chercher. Je ne suis pas idiot ! Dès que j'aurai le dos tourné, tu vas me sauter dessus. Je sais qui tu es. Le vieil homme parlait tout le temps de toi. Tu es un putain de Seal de la Navy. Je ne vais pas te quitter des yeux une seule seconde !

— Si tu sais qui je suis, tu sais aussi que ça ne va pas bien se terminer pour toi, dit Slate d'un ton menaçant.

Aiden répondit d'une voix aiguë :

— Tu as tort !

— Il n'y a pas d'argent, murmura Ashlyn.

— Chut, Ash, intervint Slate, un peu plus durement qu'il ne l'aurait voulu.

— Non, parle ! Que veux-tu dire ? J'étais avec James

quand il a encaissé ce chèque il y a quelques jours. Et je sais qu'il a caché des billets partout dans cette putain de maison, dit Aiden en agitant le pistolet.

— Il t'a vu l'espionner, expliqua Ashlyn. Il a compris que tu le volais. Il a rassemblé tout son argent et me l'a donné à garder. Tu as regardé mes textos. Tu as dû voir un des derniers que j'ai envoyés à Slate. Je l'ai déposé à la banque ce matin. Il n'y a rien à trouver ici.

Slate se raidit lorsqu'il vit Aiden écarquiller les yeux, incrédule.

— Non... chuchota-t-il.

— Je suis désolée, dit Ashlyn qui semblait véritablement regretter qu'il n'y ait pas d'argent qu'Aiden pouvait voler dans la maison. Ce que tu as de mieux à faire, c'est partir. Passe la porte et enfuis-toi.

— J'ai *besoin* de cet argent ! Il me le faut, insista Aiden qui semblait maintenant sur le point de fondre en larmes.

Slate poussa discrètement Ashlyn plus fermement derrière lui, se préparant à sauter sur Aiden, quand l'autre homme annonça :

— Alors il faudra simplement que je t'emmène. Nous irons à la banque et je le récupérerai. Une fois que je l'aurai, je te déposerai quelque part et nous pourrons tous les deux reprendre le cours de nos vies.

Il délirait gravement. Il était impensable que Slate le laisse quitter la maison avec Ashlyn. Et il était hors de question que quiconque croie vraiment qu'il allait la déposer quelque part en sécurité.

— Pars, Aiden. C'est terminé. Tu auras de l'avance avant que nous appelions la police, l'encouragea Ashlyn. Tu peux être loin d'ici quand ils arriveront.

— Non ! cria Aiden. *Non, non, non !* Tu ne comprends pas !

De son côté, Slate comprit qu'il ne leur restait plus beaucoup de temps. Aiden perdait rapidement les pédales. Il ne pouvait pas attendre que son équipe arrive. Il pensa à James, allongé immobile sur son lit. Il était possible qu'il ne dorme pas, qu'Aiden l'ait tué, et cette pensée l'accablait.

Il fallait que ça s'arrête. Maintenant.

Il bougea, se préparant à agir...

Un fracas se fit entendre à l'arrière de la maison... depuis la direction de la chambre.

Aiden se tourna automatiquement pour regarder en direction du bruit, baissant légèrement la main qui tenait le pistolet... et Slate bondit.

Aiden appuya par réflexe sur la gâchette, tirant dans différentes directions pendant que Slate fonçait et le taclait autour de la taille.

Ils volèrent tous les deux en arrière, heurtant une bibliothèque avec leurs poids combinés. Le craquement de la tête d'Aiden frappant le bord d'une étagère fut bruyant, malgré le sifflement dans les oreilles de Slate à cause des coups de feu. Il entendait aussi Ashlyn crier derrière lui, mais il était concentré sur la diminution de la menace.

Ils s'écrasèrent au sol parmi des piles de livres. Une fois à terre, Slate attrapa le poignet d'Aiden, mais le pistolet n'était plus dans sa main. Regardant autour de lui, il le vit près de là.

Aiden ne se débattait même pas, mais Slate ne voulait pas prendre de risque. L'adrénaline parcourant ses veines, il se jeta sur le côté et poussa l'arme hors de portée de son bras. Puis il attrapa l'autre poignet d'Aiden et le coinça en essayant de reprendre son souffle.

— Slate ! Mon Dieu, tu saignes ! cria Ashlyn.

Ce ne fut qu'à ce moment-là que Slate constata que son bras était en feu. En baissant les yeux, il vit une tache rouge sombre sur la manche de son tee-shirt et il sentit le sang commencer à couler le long de son biceps.

— Merde ! s'exclama-t-il en fléchissant le bras.

C'était affreusement douloureux, mais le sang ne giclait pas, ce qui était bon signe.

— Soulève ma manche, Ashlyn. Je ne veux pas le lâcher pour regarder.

Ashlyn s'avança vers eux, le visage blanc comme neige, et remonta précautionneusement la manche de son tee-shirt comme il l'avait demandé. Il manquait un morceau de peau sur son bras. C'était douloureux et pas beau, mais pas si dangereux.

— Est-il...

Ashlyn se tut en regardant l'homme immobile au-dessous de lui.

Slate comprit enfin qu'Aiden ne se débattait toujours pas. Une flaque de sang sous sa tête grandissait à une vitesse alarmante.

— Merde, dit Slate.

Il lâcha lentement les poignets de l'autre homme et recula jusqu'à s'asseoir sur ses talons.

Aiden resta immobile, exactement comme il avait atterri. Ses yeux étaient fermés et quand Slate l'examina de plus près, il ne vit pas monter et descendre sa poitrine.

— Nous ne pouvons plus grand-chose pour lui, dit Slate. Veux-tu aller voir comment va James ?

Il voulait qu'elle sorte de cette pièce. Il ne voulait pas qu'elle soit obligée de voir le cadavre d'Aiden plus long-temps que nécessaire.

Quand Slate se tourna pour regarder Ashlyn, il fut inquiet de la voir chanceler. Il ne croyait pas que c'était possible, mais son visage semblait encore plus cireux main-tenant que l'instant d'avant.

— Euh... je ne me sens pas bien, chuchota-t-elle.

Slate bougea avant même que ses jambes ne se dérobent.

— Ash ! cria-t-il en l'attrapant et en la faisant descendre jusqu'au sol.

Il la posa sur le dos et parcourut fébrilement son corps avec les mains pour découvrir ce qui n'allait pas. Quand il frôla le côté gauche de sa poitrine, elle laissa échapper un petit gémissement.

Elle portait un tee-shirt noir et il ne vit pas de sang, mais il n'hésita pas à soulever le coton pour trouver la source de sa douleur.

Pendant une seconde, Slate eut du mal à intégrer ce qu'il voyait.

Il y avait un petit trou dans sa poitrine, juste au-dessous de son cœur.

Beaucoup trop près de son cœur.

En la regardant, du sang pulsa hors de son corps, comme en rythme avec les battements de son cœur.

— Slate ? chuchota-t-elle. Je ne peux pas très bien respirer.

En baissant son tee-shirt, il posa la main sur sa blessure. Avec force.

Cette fois, Ashlyn poussa un cri de douleur en se cambrant contre lui, essayant de déloger sa main.

— Non, reste immobile, ordonna-t-il.

Ses propres mots lui parurent bizarres à ses oreilles.

Ashlyn arrêta de bouger, levant une main pour serrer le poignet de Slate.

— Il m'a tiré dessus ? demanda-t-elle.

— On dirait. Mais ne t'inquiète pas, tout ira bien.

Slate savait qu'il racontait n'importe quoi. Il ignorait si c'était vrai. Si la balle avait touché son cœur, elle allait perdre tout son sang en quelques minutes. Il s'agenouilla et appuya plus fort sur la blessure, cherchant désespérément à empêcher que cela arrive.

— Oh, mon Dieu, Slate ! souffla-t-elle d'un ton angoissé.

— Non ! aboya-t-il presque contre elle. Ne pense pas à ça. Tout ira bien !

Mais une larme s'échappa de son œil, glissant dans ses cheveux au niveau de la tempe.

— Je t'aime.

— Je t'aime aussi, mais ce n'est pas la fin. Je viens de te trouver, je n'ai pas l'intention de te perdre maintenant !

Où était son équipe, putain ?

Il savait que ce n'était sans doute pas très juste : il avait l'impression d'être arrivé depuis des heures, mais en réalité ça n'avait représenté que quelques minutes, pas assez de temps pour que son équipe les rejoigne. À vrai dire, il avait davantage besoin d'eux maintenant que jamais auparavant.

Un bruit derrière lui le poussa à vite tourner la tête, mais il ne relâcha pas la pression sur la poitrine d'Ashlyn. Si Aiden n'était pas mort en se fracassant le crâne après avoir touché l'étagère, et qu'il était capable de tenir un pistolet, Slate n'allait pas lever les mains. Quelqu'un allait devoir lui tirer dessus pour le faire quitter sa place auprès d'Ashlyn.

Mais ce n'était pas Aiden. Il était toujours allongé sans vie à l'endroit où il était tombé. C'était James. Il semblait fatigué et pas à cent pour cent dans son état normal. Il s'appuya contre l'encadrement de la porte de sa cuisine.

— J'ai appelé la police, dit-il. Ils arrivent.

Il avait beau être soulagé de voir le vieil homme en vie, Slate ne put rien faire d'autre que hocher la tête et reporter son attention sur Ashlyn.

— Tu entends ça, bébé ? Les secours sont en route. Non, ne ferme pas les yeux ! Regarde-moi.

Il voyait qu'elle essayait de s'accrocher pour ne pas perdre connaissance, mais qu'elle perdait la bataille.

— Slate, chuchota-t-elle.

Slate déglutit, car sa gorge se serra. Ashlyn avait besoin qu'il reste fort, maintenant. Il ne pouvait pas craquer.

Il ouvrit la bouche, mais avant de pouvoir parler, il entendit des pas dans la cuisine. Puis son équipe apparut. Slate n'avait jamais été si soulagé de voir quelqu'un de toute sa vie.

— Mustang... ! s'exclama-t-il sans cacher l'angoisse qu'il ressentait en regardant son chef d'équipe.

Mustang et Midas s'agenouillèrent immédiatement auprès d'Ashlyn. Aleck et Pid s'approchèrent de James et Jag se dirigea vers Aiden. La présence de son équipe lui donna de l'espoir.

— Blessure par balle à gauche de la poitrine, leur dit Slate.

— D'accord, reste où tu es, continue à appuyer et ne lâche pas quoi qu'il arrive, ordonna Mustang.

Slate hocha la tête et regarda à nouveau Ashlyn. Elle ne l'avait pas quittée des yeux. Elle avait du mal à respirer, mais elle ne paniquait pas.

— Tu t'en sors très bien, bébé. Continue à respirer, quoi qu'il arrive. Tu m'entends ?

— Je t'entends, dit-elle en un souffle.

Slate entendit Pid au téléphone, qui expliquait sans doute ce qu'il se passait au centre d'appel. Il savait qu'il devait résumer ce qui était arrivé pour son équipe, mais il en était incapable. Il ne pouvait que regarder Ashlyn et essayer de lui donner sa force.

— Tu t'en sors tellement bien, la complimenta-t-il.

— Vais-je mourir ? demanda-t-elle.

— Hors de question, affirma-t-il d'un ton plus dur qu'il ne l'avait voulu.

— Mais il m'a tiré dessus...

— Il m'a eu aussi, lui rappela Slate. Mais je vais aller très bien, et toi aussi.

— Je crois... qu'être écorché au bras est... différent de... se prendre une balle dans la poitrine, dit-elle d'une voix sifflante.

— Ça, c'est bien ton genre. Jamais d'accord avec moi.

— Parce que j'ai raison et que tu as tort, rétorqua-t-elle faiblement.

Slate voulait hurler contre l'injustice de ce qu'il se passait. Intellectuellement, il savait que c'était un accident. Qu'elle n'aurait pas pu savoir qu'Aiden allait être chez James aujourd'hui. Bon sang, personne n'avait eu la moindre idée qu'il pouvait être aussi dangereux. Et pourtant, les voilà dans cette situation.

Des sirènes résonnèrent au loin.

— Tu entends ça, bébé ? Ils sont presque là. Les secouristes vont te rafistoler et tu seras comme neuve.

Le visage d'Ashlyn était livide et elle respirait difficilement.

— Peu importe... ce qui... arrive, dit-elle en haletant. Je ne regretterai... jamais de t'avoir demandé... d'être mon ami et plus si affinités.

— Meilleur jour de ma vie, admit Slate avec sincérité. Il m'a fallu trop longtemps pour comprendre le trésor que j'avais sous les yeux, mais je n'ai jamais rencontré une femme aussi parfaite pour moi que toi.

Il continua à parler car il avait peur que sinon, elle allait fermer les yeux et arrêter de se battre.

— Tu m'as rendu moins grognon, moins impatient, et plus reconnaissant de ce que j'ai dans ma vie.

— Mais tu conduis toujours... trop vite, dit-elle en tentant de sourire.

Puis elle ferma les yeux.

— Non ! Regarde-moi, bébé, ordonna Slate fébrilement.

Il lui fallut un moment, mais elle força ses paupières à se rouvrir.

— Je t'aime. Plus que j'ai cru pouvoir aimer quiconque. Tu n'as pas intérêt à me quitter ! la supplia-t-il, les larmes brisant enfin sa maîtrise et glissant le long de ses joues. Tu as fait de moi un homme meilleur, un meilleur Seal, un meilleur ami. J'ai besoin de toi !

— Ça fait mal, Slate, chuchota-t-elle.

— Je sais et je suis désolé. Mais comme le disent les Seals, le seul jour facile, c'était hier. Bats-toi, Ash. Pour toi, pour moi... pour nous.

— Promis.

— Je sais que ça fait mal, mais la douleur signifie que tu es en vie. Ne cède pas, s'il te plaît !

Ashlyn se lécha les lèvres et hocha la tête. Puis elle referma encore les yeux et la main qu'elle serrait autour de son poignet se détendit avant de tomber sur le sol.

— Merde, chuchota Slate dont les larmes tombaient en continu de ses joues sur son tee-shirt, trempant le tissu pendant qu'il était penché au-dessus d'elle.

— Mains en l'air, tout le monde ! ordonna une voix forte, mais Slate l'ignora.

Il n'avait pas l'intention de retirer les mains du torse d'Ashlyn. Le flic qui venait d'entrer dans la maison allait devoir lui tirer dessus d'abord.

Il fallut un moment pour que la police sécurise les lieux et s'assure que les hommes dans la maison ne représentaient pas une menace. Peu de temps après, les premiers secouristes entrèrent. Et Slate ne retira toujours pas les mains. Mustang parla pour lui, expliquant l'état d'Ashlyn ainsi que ce qu'il savait de la situation.

— Il faut que vous reculiez, dit l'un des secouristes. Nous allons prendre le relais.

Slate était incapable de bouger. Il était paralysé par la peur.

Ce fut Jag qui parvint à le convaincre de laisser les secouristes faire leur travail :

— Tu as fait tout ce que tu peux, Slate. Si tu veux lui laisser une chance, tu dois les laisser travailler.

Slate leva la tête et croisa le regard du secouriste le plus proche. En le fixant dans les yeux, il dit :

— Elle est tout pour moi ! S'il vous plaît, ne la laissez pas mourir.

Il aurait pu jurer voir la détermination dans les yeux de l'autre homme.

— Je n'ai encore jamais perdu de patient, et je n'ai pas l'intention de commencer aujourd'hui, répondit-il.

Slate bougea en hochant la tête. Il leva les mains et recula rapidement, cédant sa place aux côtés d'Ashlyn. Les deux hommes travaillèrent vite, découpant son tee-shirt, jetant un rapide coup d'œil à la blessure dans sa poitrine, puis appliquant à nouveau de la pression dessus.

— Chargez et partez, dit un des jeunes hommes.

Avec l'aide de son équipe, ils placèrent Ashlyn sur un brancard et sortirent par la porte avant que deux minutes de plus se soient écoulées.

Slate essaya de les suivre, mais l'un des agents de police l'arrêta.

— Il va falloir que vous nous expliquiez ce qu'il s'est passé.

Sans quitter des yeux le brancard contenant la femme qui représentait tout son monde, actuellement allongée sans bouger, Slate grogna :

— Alors, vous avez intérêt à vous manier le cul, parce que je vais à l'hôpital avec ma copine.

Heureusement, Aleck intervint et arrangea la situation avec délicatesse. Slate avait bien conscience qu'il y avait un homme mort sur le sol derrière lui et une vraie possibilité qu'il soit accusé d'homicide, mais rien n'allait l'empêcher d'être à l'hôpital avec Ashlyn.

— Slate ?

Le seul qui aurait pu l'empêcher de suivre l'ambulance à cette seconde précisément était James. Slate se retourna. Pid avait conduit le vieil homme jusqu'au canapé. Il regarda Slate avec conviction.

— Elle va s'en sortir.

James ne savait rien de plus que Slate sur le moment. Il n'était pas médium. Ne voyait pas dans l'avenir. Mais pour une raison qui lui échappait, ces cinq mots s'installèrent dans l'âme de Slate.

— Je sais, dit-il en hochant la tête vers l'autre homme.

Ensuite, il se retourna et se dirigea vers la porte.

Pid était sur ses talons, clés dans la main.

— Je conduis.

Slate hocha encore la tête. Il n'était pas en état de conduire et il le savait. Il ne voulait certainement pas avoir un accident et être incapable de prendre soin d'Ashlyn quand elle allait être autorisée à rentrer à la maison. Et elle *allait* rentrer à la maison. Il n'allait pas accepter autre chose.

CHAPITRE VINGT-TROIS

Slate était assis dans la salle d'attente privée que les infirmières avaient déverrouillée pour tous les soutiens d'Ashlyn. Tout le monde était là. Elodie, Lexie, Kenna, Monica, Carly, son équipe et le commandant Huttner. Kai, l'ami d'Elodie du bateau de pêche sur lequel elle avait travaillé à une époque. Theo, un client régulier de Food For All, sans parler de plusieurs collègues de la banque alimentaire : Jack, Pika, Courtney, Natalie et Richard. Même Kaleen, une des barmaids de chez Duke's, avait appris ce qui était arrivé et était venue montrer son soutien. Puis il y avait les hommes, les femmes et les enfants auxquels Ashlyn livrait de la nourriture chaque semaine... Lori, la sœur de la femme en situation de handicap, la famille Turner, Jazmin et son bébé et plusieurs autres que Slate ne connaissait pas.

James était présent également. Il avait été conduit à l'hôpital pour passer des tests afin de vérifier qu'il allait bien après avoir été drogué par Aiden. Il avait refusé de rentrer chez lui après avoir eu le feu vert et il était maintenant assis parmi les amis d'Ashlyn, à prier et s'inquiéter pour elle.

Il était évident qu'Ashlyn était très aimée. Elle avait

touché tous ces gens avec sa gentillesse et son esprit ouvert. Slate savait qu'il aurait dû parler à tout le monde, les rassurer, mais il n'arrivait pas à trouver la force de faire autre chose que rester assis, le regard dans le vide, perdu dans ses pensées.

Tout le temps qu'Ashlyn et lui avaient passé ensemble lui passa par la tête. Les fois où ils s'étaient disputés pour rire. Son excitation en lui montrant quelques-uns des mouvements qu'elle avait appris au cours d'autodéfense. Ses rires fréquents. L'expression sur son visage quand elle était irritée par lui. La façon dont ses joues rougissaient quand elle était en colère, ou bouleversée, ou excitée. Son enthousiasme au lit, son empressement à se donner entièrement, même pour une histoire sans lendemain... qui n'était pas vraiment sans lendemain pour tous les deux. Il pensa comme c'était agréable de l'avoir dans les bras quand elle dormait. Comme elle aimait se blottir contre lui. Sa capacité à dormir comme une souche.

Il ne pouvait pas la perdre. C'était *impossible*.

Slate ne savait pas comment il pourrait fonctionner sans elle. La panique qu'il avait ressentie en croyant qu'elle était à un rencard n'était rien comparée à l'angoisse profonde qu'il ressentait maintenant.

— Duncan Stone ? demanda un homme en entrant dans la salle d'attente.

— C'est moi, dit Slate en se levant si vite qu'il chancela.

Mustang se plaça immédiatement sur le côté pour le maintenir en équilibre, Pid de l'autre.

Slate n'avait aucune idée du temps qui s'était écoulé depuis qu'il était arrivé à l'hôpital, mais son équipe était restée avec lui pendant tout ce temps. Pid l'avait convaincu de se laver les mains et il lui avait acheté un tee-shirt à la boutique de cadeaux afin qu'il puisse jeter celui qu'il portait et qui était couvert de sang.

Quand Aleck était arrivé, il avait forcé Slate à laisser un médecin examiner son bras. Comme il l'avait cru, c'était simplement une éraflure, et une infirmière avait nettoyé et pansé la blessure. Puis Mustang était arrivé avec deux agents de police et Slate leur avait dit tout ce qu'il savait sur ce qui était arrivé. Comment Aiden les avait menacés avec une arme, comment il cherchait de l'argent à voler et prévoyait d'enlever Ashlyn. Il avoua qu'il avait taclé Aiden et que l'homme s'était fracassé le crâne sur une étagère.

Slate parla aux agents de l'argent que James avait donné à Ashlyn et qu'elle avait déposé sur un compte pour le garder en sécurité.

Il n'omit rien, voulant seulement que l'entretien se termine afin de pouvoir découvrir quelque chose, n'importe quoi, sur l'état d'Ashlyn. À la place, il attendit nerveusement pendant des heures.

Aleck lui avait dit peu de temps auparavant que tout ce qu'il avait affirmé correspondait aux preuves sur place, et avec ce que James avait raconté à la police. Apparemment, Aiden avait essayé de donner à James une quadruple dose de somnifères, mais le vieil homme avait eu des soupçons à cause de la façon dont son ancienne aide à domicile le poussait à boire la tasse de thé. Il avait expliqué à la police qu'Aiden l'avait déjà drogué dans le passé sans son consentement, et qu'il avait compris trop tard qu'il le faisait sans doute depuis des semaines.

James avait malgré tout ingéré une partie des médicaments quand il avait bu quelques gorgées du thé à contre-cœur, mais pas assez pour le tuer ou le garder endormi très longtemps. Il avait entendu les cris d'Aiden dans l'autre pièce, avait essayé de se lever, et il était tombé contre sa table de chevet, faisant basculer la lampe sur le sol. C'était ce bruit qui avait distrait Aiden assez longtemps pour que Slate le tacle.

Toute la situation était merdique. D'après ce qu'ils avaient compris en parlant à ses collègues, son patron et quelques autres de ses connaissances, Aiden avait été un employé dévoué et travailleur. Mais il s'était fait mal au travail environ une année plus tôt, et il avait pris des antidouleurs pour gérer son mal de dos. Quand le médecin avait arrêté de les prescrire, il s'était apparemment tourné vers des drogues plus dures, s'enfonçant rapidement dans l'addiction, cherchant désespérément plus de drogues pour gérer sa douleur et ne pas affronter le manque.

Le médecin fit signe à Slate de sortir de la pièce avec lui... et pendant juste une seconde, il hésita. S'il ne partait pas avec lui, le médecin ne pouvait pas lui donner de mauvaises nouvelles au sujet d'Ashlyn. Mais d'un autre côté, il ne pouvait pas lui en donner de bonnes non plus. Slate inspira donc profondément et le suivit.

Mustang sortit de la pièce avec lui et une fois de plus, Slate fut reconnaissant que son chef d'équipe l'accompagne. C'était son idée de raconter au personnel de l'hôpital que Slate était le mari d'Ashlyn. Slate ne pensait pas que qui que ce soit le croyait, mais comme Ashlyn n'avait pas d'autre famille sur l'île, personne ne les avait contredits.

Le médecin n'hésita pas :

— Ashlyn est sortie de la salle d'opération. La balle a raté son cœur de quelques millimètres. Elle a eu beaucoup de chance. Son poumon a été touché, raison pour laquelle elle avait du mal à respirer. Elle va bientôt être déplacée en réanimation.

— Elle va s'en sortir ? chuchota-t-il.

— S'il n'y a pas d'infection ou d'autres complications, oui, dit le médecin.

Tous les muscles du corps de Slate semblèrent se détendre. Mustang fit passer un bras autour de ses épaules, donnant à Slate la force de rester debout.

— Quand puis-je aller la voir ? demanda-t-il.

— Ce sera dans quelques heures. Elle est sous sédatif pour l'instant et nous allons la garder ainsi jusqu'à être certains qu'elle peut respirer par elle-même.

— Me le ferez-vous savoir à la seconde où je peux lui rendre visite ? demanda Slate.

— Bien sûr. En général, je ne dis pas ce genre de choses aux membres de la famille, mais... l'opération n'a pas été facile pour elle. Sa pression sanguine est tombée deux fois, mais chaque fois elle a réussi à revenir sans que nous ayons besoin de nous résoudre à une intervention médicale. Votre femme est une battante.

Au lieu d'être bouleversé par les mots du médecin, pour la première fois, un soulagement complet s'empara de Slate. Son Ashlyn était une dure à cuire et elle venait de faire ce qu'il l'avait supplié de faire. Se battre pour sa vie. Elle ne cédait pas quand c'était beaucoup plus facile et moins douloureux d'abandonner.

— Je ne suis pas surpris. C'est vraiment une battante, confirma Slate.

— Et très appréciée, si j'en crois le nombre de personnes dans cette pièce, ajouta le médecin en montrant la salle d'attente derrière eux. Je vais aller jeter un coup d'œil à ma patiente. Pourquoi n'iriez-vous pas annoncer la bonne nouvelle aux autres ?

— Merci, dit Slate, plein de gratitude.

— Avec plaisir.

Puis le médecin hocha la tête vers Mustang et Slate et repartit vers le fond du couloir.

Slate se tourna vers Mustang et le serra dans ses bras. Avec force. Son ami fit de même. À une époque, il n'y avait pas très longtemps, Slate n'aurait jamais partagé ce genre d'intimité avec ses amis. Mais les femmes dans leur vie avaient lentement mais sûrement abattu les murs qui les empêchaient de montrer leur affection.

— Merci d'être là pour nous, souffla Slate. De m'avoir sauvé la vie en Afghanistan et toutes les autres fois que j'ai eu besoin de toi... et de m'avoir cru quand j'ai dit qu'il y avait quelque chose qui clochait, ce matin.

Mustang s'écarta et posa les mains sur les épaules de Slate. Les deux Seals se regardèrent longuement en se comprenant.

— Je te croirai toujours, dit Mustang au bout d'un moment. Tu es mon frère dans tous les domaines qui comptent, tout comme Ashlyn est ma sœur. Je donnerais ma vie pour n'importe lequel d'entre vous. J'espère que tu le sais.

— Je le sais et je ferais la même chose pour Elodie et toi.

Mustang hocha la tête.

— Je suis tellement soulagé qu'elle s'en sorte.

— Moi aussi, mon frère. Moi aussi, dit Slate.

— Allons faire savoir aux autres ce que le médecin a expliqué. Ashlyn a beaucoup d'amis qui aimeraient sans doute avoir une bonne nouvelle.

Slate hocha la tête et inspira profondément. Ses épaules s'affaissèrent et il fut soudain épuisé. Cela faisait des heures qu'il fonctionnait à l'adrénaline. Maintenant que le danger était passé, il se sentait exactement comme après une longue et dangereuse mission.

— Après avoir annoncé la nouvelle, je vais voir si je peux te trouver un endroit où dormir, affirma Mustang en voyant que Slate était au bout de ses forces.

— Je dois voir Ash dès que le médecin dira que c'est bon, protesta-t-il.

— Et tu le feras, répondit Mustang. Mais tu n'es pas obligé de donner l'impression de n'avoir pas dormi pendant trois jours. Tu vas devoir être fort pour elle pendant un moment et tu ne peux pas le faire si tu es à peine capable de tenir debout. Je sais que tu es un crétin impatient, mais tu vas m'écouter, cette fois.

Slate rit.

— *Cette* fois ?

— D'accord, tu dois m'écouter *tout* le temps, puisque je suis ton chef d'équipe. Mais tu vas devoir mettre ton impatience de côté pour une fois et dormir pour Ashlyn.

Ça, Slate pouvait le faire. Il hocha la tête.

— Merde, je prie pour que tu m'écoutes aussi bien à l'avenir, maugréa Mustang.

— Ne compte pas là-dessus. Je reste un crétin impatient et grognon.

— Et c'est comme ça que je t'aime. Allez, viens, allons réveler la nouvelle.

Slate retourna dans la salle d'attente, à nouveau émerveillé de voir autant de monde laisser tout tomber pour se rendre à l'hôpital et montrer son soutien à Ashlyn. Il lui avait fallu bien trop longtemps pour voir comme elle était parfaite pour lui, mais il avait fini par se remettre les idées en place. C'était un miracle qu'elle se soit même intéressée à lui. Il avait été assez con avec elle quand ils s'étaient rencontrés pour la première fois. Condescendant, toujours à supposer qu'il savait mieux gérer sa sécurité qu'elle.

Ce qu'il fallait retenir était qu'Ashlyn était une âme généreuse, et il se promit immédiatement de faire le nécessaire pour lui offrir l'espace et le soutien dont elle avait besoin pour continuer à être ce genre de personne. Ce qui était arrivé aujourd'hui était de la malchance. Oui, ils devaient sans doute être un peu plus conscients de ce qu'il se passait dans les vies des gens qu'elle aidait, mais Slate n'allait pas utiliser une blessure comme excuse pour l'étouffer. Elle allait dépérir et mourir si elle ne pouvait pas aider les autres.

Il avait toujours été trop protecteur et autoritaire, mais pour la femme qu'il aimait, il allait faire son possible et l'aider à répandre la gentillesse, ne jamais se mettre en travers de son chemin.

La pièce se remplit de soupirs de soulagement et de beaucoup de larmes quand tout le monde apprit que leur amie allait s'en sortir. Pendant que Slate serrait dans ses bras chaque personne venue montrer son soutien à Ashlyn, il ne put s'empêcher de sourire. Ashlyn aurait adoré ça. Elle aurait aimé voir tous ses amis ensemble... se soutenant les uns les autres.

Plus tard cette nuit-là, quand presque tout le monde était parti en sachant qu'ils ne pourraient pas voir Ashlyn tout de suite, et après que Slate se soit reposé un court moment, il ne restait plus que lui et Mustang dans la salle d'attente. Une infirmière ouvrit la porte et annonça qu'Ashlyn était dans un état stable et qu'elle pouvait avoir un visiteur.

— Je t'attends ici et je te ramènerai à la maison après, dit Mustang.

Slate voulut protester. Dire qu'il allait rester ici avec Ashlyn. Mais comme elle était en réanimation, il savait qu'il n'avait pas le droit de rester à ses côtés. C'était plus pratique pour lui de rentrer, se doucher, se changer, dormir un peu plus et manger, avant de revenir le lendemain matin.

— Merci.

— Arrête de me remercier. C'est pénible, lança Mustang. Je crois préférer le Slate grincheux.

— Oh, je suis sûr qu'il reviendra bientôt. Surtout parce qu'Ashlyn va récupérer et elle voudra retourner au travail avant que ce soit prudent, ce qui me rendra fou.

Mustang éclata de rire.

— C'est vrai. D'accord alors, avec plaisir. Va voir ta copine. Passe-lui le bonjour d'Elodie et moi.

Slate hocha la tête et suivit l'infirmière hors de la pièce. Il fut conduit vers de doubles portes verrouillées, et un infirmier de réanimation les fit entrer. Slate mit une blouse stérile que quelqu'un lui tendait et des chaussons à enfiler par-dessus ses chaussures. Pressé de voir par lui-même qu'Ashlyn allait bien, il fit de son mieux pour maîtriser son impatience.

Enfin, ils le conduisirent jusqu'à un box et ouvrirent le rideau. L'infirmière dit quelque chose, mais Slate ne l'entendit pas. Il n'avait d'yeux que pour Ashlyn.

Elle était allongée sur des draps blancs et elle avait les joues plus colorées que la dernière fois qu'il l'avait vue sur le brancard de l'ambulance. Elle avait des intraveineuses dans les deux bras et une canule à oxygène dans le nez. Mais elle n'était pas intubée et donnait presque l'impression de se reposer paisiblement, au lieu d'avoir failli mourir.

Slate ne prit pas la peine de s'asseoir. Il lui prit la main et se pencha auprès d'elle.

— Salut, bébé, chuchota-t-il.

À sa surprise, elle ouvrit immédiatement les yeux. Sa bouche bougea, mais aucun son ne s'échappa de ses lèvres.

— Je n'ai jamais rien vu d'aussi beau que tes yeux marrons, lui dit Slate.

— Slate, chuchota-t-elle.

— Je suis là.

— Dis-moi, ordonna-t-elle.

— Que je te dise quoi ?

— Ce qui est arrivé. Est-ce que je vais bien ?

Il s'empressa de répondre :

— Oui. Tu as pris une balle, mais elle a raté ton cœur. Elle a cependant endommagé ton poumon. Les médecins t'ont réparée, et tu seras bientôt comme neuve.

Ashlyn sourit.

— Je pense que tu omets beaucoup de choses.

C'était partiellement vrai.

— Non. Je résume simplement aussi vite que possible pour toi.

— James ? demanda-t-elle.

— Il va bien. Il a ingéré des somnifères, mais pas assez pour l'endormir longtemps. L'équipe s'est organisée pour qu'il loge à l'hôtel pendant que la police finit l'enquête chez lui, et ils feront en sorte que tout soit nettoyé et prêt pour qu'il revienne dès que possible.

— Bien. Aiden ?

C'était typique, elle s'inquiétait pour le crétin qui lui avait tiré dessus.

— Mort, indiqua Slate succinctement.

— Ça m'est égal. Vas-tu avoir des problèmes ?

Slate esquissa un sourire. D'accord, apparemment elle ne s'inquiétait pas pour Aiden, finalement.

— Non. C'était de l'autodéfense.

— D'accord.

Puis elle ajouta d'une voix rauque :

— Tu es autoritaire.

Slate fronça les sourcils, perplexe. Pas parce qu'il ne pensait *pas* qu'il était autoritaire, pas du tout, mais il n'était pas certain de comprendre pourquoi Ashlyn le mentionnait *maintenant*.

— Oui, acquiesça-t-il.

— Tu m'as crié dessus quand j'étais dans la salle d'opération. J'étais endormie, mais je ne l'étais pas. Tu m'as dit de me battre. Je n'en avais pas envie. J'avais mal. Mais tu ne sortais pas de ma tête. Tu m'ordonnais de prendre sur moi et de revenir auprès de toi. Je pense que je suis fâchée contre toi...

Des larmes montèrent immédiatement aux yeux de

Slate. Il avait plus pleuré aujourd'hui que dans toute sa vie. Mais il n'avait pas honte. Comment aurait-il pu en être autrement ?

— Tu peux être fâchée, bébé. Mais je suis fier de toi parce que tu n'as pas cédé. Tout ira bien, maintenant. Je suis là et je vais m'en assurer.

— Je t'aime, Slate.

— Et je t'aime, Ashlyn. Ferme les yeux et dors. Je reviendrai plus tard pour voir comment tu vas.

Ashlyn hocha la tête et ses paupières tombèrent. Puis elles se rouvrirent comme si elle avait pensé à quelque chose.

— Quoi ? Qu'est-ce qu'il y a, bébé ?

— Tu es certain que je peux fermer les yeux ? Tu as dit que je ne le devais pas.

— C'était avant. Tout va bien maintenant, expliqua Slate en essayant de maîtriser le tremblement dans sa voix.

C'était apparemment tout ce qu'elle avait besoin d'entendre, car elle referma les yeux et poussa un soupir, puis sa respiration devint plus profonde.

Slate resta au-dessus d'elle pendant plusieurs minutes, à la regarder respirer. Il pleura en silence. Puis il inspira profondément, essuya le visage sur sa manche, et se pencha une fois de plus au-dessus d'Ashlyn. Il l'embrassa doucement sur les lèvres avant de se lever. Il plaça sa main sur le lit et se tourna pour quitter le petit box.

Slate s'arrêta net en voyant trois infirmières le fixer depuis l'entrée.

— Dès qu'elle s'est réveillée après l'opération, elle a demandé à vous voir, dit l'une.

— Elle ne voulait pas se calmer tant que nous ne l'avions pas rassurée plusieurs fois que vous alliez bien, ajouta une autre.

— Son pouls a ralenti maintenant, fit remarquer la troisième en hochant la tête vers l'écran de monitoring.

Slate pencha la tête vers elles, pas du tout surpris. Son Ashlyn était une battante et c'était vraiment typique de sa part de vouloir vérifier qu'il allait bien alors que c'était elle qui avait pris une balle et qui était presque morte sur la table d'opération.

Elle allait s'en sortir. Lui aussi. Ils avaient le reste de leur vie à passer ensemble et Slate se promit de ne pas en gaspiller une seule journée.

Il quitta le service de réanimation de bien meilleure humeur que lorsqu'il y était entré. Voir Ashlyn avait fait des merveilles sur son état mental. Les semaines à venir seraient difficiles, sa guérison n'allait pas être simple, mais ensemble, ils allaient y arriver. Grâce à cette expérience, ils allaient devenir plus forts mentalement et en tant que couple.

Un sourire passa sur son visage pour la première fois depuis qu'il lui avait dit au revoir ce matin-là.

ÉPILOGUE

Quatre mois plus tard

Ashlyn était allongée dans la chambre peu éclairée, attendant que Slate vienne au lit. Elle était bien décidée à reprendre leur vie normale. Et normale voulait dire avec du *sexe*. Elle était prête. Plus que prête. Mais Slate était trop prudent, ne voulant rien faire qui puisse lui causer de la douleur.

Elle avait fait un examen chez le médecin aujourd'hui, et il leur avait dit à tous les deux qu'elle pouvait reprendre ses activités normales... y compris le sexe. Il avait fait suivre cette affirmation par l'avertissement qu'il ne recommandait pas la plongée sous-marine ou le saut en parachute pendant un moment encore, mais comme Ashlyn ne prévoyait de faire aucune de ces choses, elle était tout à fait prête à acquiescer.

Bien qu'elle appréciait beaucoup le côté attentionné de Slate au cours des derniers mois, elle en avait assez d'être traitée comme si elle était en sucre.

Pendant les dernières semaines, Slate avait légèrement cédé, lui permettant d'utiliser ses mains pour le faire jouir, et lui donnant des orgasmes lents et faciles avec ses doigts. Mais il avait refusé de faire l'amour avec elle, prétextant que s'il faisait quoi que ce soit qui lui cause la moindre douleur, il ne pouvait pas se le pardonner.

Mais ce soir, vu que le médecin avait officiellement donné son feu vert, Ashlyn en avait assez d'attendre. Elle avait envie de son homme.

Slate entra doucement dans la chambre, pensant clairement qu'elle dormait déjà. Il partit à la salle de bains et en sortit quelques minutes plus tard en ne portant rien d'autre qu'un boxeur.

Dès qu'il se faufila sous les couvertures, Ashlyn bougea. Elle jeta une jambe sur ses hanches et s'installa à cheval sur lui. Elle avait volontairement retiré tous ses vêtements avant de se coucher.

Cambrant légèrement le dos, Ashlyn regarda Slate de haut et le défia du regard.

Slate inspira profondément et il monta les mains pour saisir ses hanches.

— Je t'aime, dit-elle doucement.

— Je t'aime aussi, rétorqua Slate immédiatement.

— Il est temps, Slate. Ce qui est arrivé était dur... mais je vais bien. Parfaitement bien. Tu as entendu le docteur, aujourd'hui. Je veux faire l'amour avec mon copain.

— Fiancé, rectifia-t-il.

Ashlyn leva les yeux au ciel. Quand il la présentait à quelqu'un, il disait toujours qu'elle était sa fiancée. Il devait pourtant encore officialiser ce statut.

Elle leva la main gauche et regarda théâtralement son doigt vide :

— Tiens, regarde ça, dit-elle, faussement étonnée. Mon doigt semble tout nu.

C'était une plaisanterie habituelle entre eux. Ashlyn avait l'intention d'épouser cet homme, mais c'était amusant de le taquiner parce qu'il supposait qu'elle allait l'épouser avant même de lui poser la question.

Il bougea soudain sous son corps et Ashlyn laissa échapper un petit cri aigu. Elle n'eut pas à s'inquiéter de tomber de Slate, cependant, car il garda une main fermement sur sa hanche en tendant l'autre vers un tiroir dans la petite table près du lit.

Il attrapa quelque chose, puis tendit le bras vers sa main gauche. Sans un mot, Slate glissa une bague à son doigt.

— Voilà, maintenant il n'est plus nu, dit-il avec un sourire satisfait.

Hébétée, Ashlyn fixa l'anneau qu'il avait mis à son doigt. C'était un diamant solitaire coupe princesse qui étincelait à la lumière tamisée de la lampe de chevet de Slate. Elle ouvrit la bouche, la referma, puis la rouvrit. Elle semblait incapable de former une pensée cohérente.

— Je t'ai rendue muette, dit Slate en gloussant. Il faut noter cette journée dans le calendrier.

Ashlyn déglutit et cligna vite des paupières pour ne pas pleurer sur lui.

— Ce n'est pas énorme, dit Slate au bout d'un moment. Je voulais te trouver le plus gros diamant possible, mais ça te mettrait en danger. Je ne veux surtout pas que quelqu'un le voie et pense pouvoir te le voler. Je me suis donc retenu.

— C'est parfait, dit Ashlyn au bout d'un moment.

— *Tu* es parfaite, répliqua Slate. Je croyais que tu voulais une histoire sans lendemain. Mais dès que je t'ai touchée, je pense avoir su que c'était impossible. Je t'avais dans la peau depuis le début, bébé... et je n'ai jamais été plus heureux.

Elle attendit une seconde, mais quand il ne dit rien de plus, elle leva un sourcil et posa les paumes sur son torse.

En voyant la bague à son doigt, elle eut envie de sourire de joie, mais elle se força à prendre un air sérieux.

— Tu as mis une bague dessus, mais je ne t'ai toujours pas entendu *demander* quelque chose, lui dit-elle.

En réponse, Slate leva les mains et les posa sur ses deux seins.

Inspirant brusquement, Ashlyn laissa sa tête retomber en arrière.

Il massa ses tétons sensibles et elle sentit son pouce caresser la cicatrice sous son sein gauche. Elle voulut encore le rassurer qu'elle allait bien. Qu'elle était en vie et que la balle d'Aiden ne l'avait pas tuée, mais Slate posa une main dans son dos et l'encouragea à se pencher vers lui.

Il referma la bouche sur un de ses tétons et Ashlyn ne put penser à rien d'autre.

Slate passa un bon moment à vénérer sa poitrine avant de la poser doucement sur le dos. Il descendit immédiatement le long de son corps et embrassa l'intérieur de ses deux cuisses avant de reporter son attention sur son entrejambe.

Ce n'était pas le sexe rapide et fébrile qu'ils avaient auparavant. Même si Ashlyn adorait le sexe plus brutal, et qu'il lui tardait de perdre le contrôle au point qu'ils avaient l'impression de devoir se posséder l'un l'autre ou mourir, ceci lui manquait également.

Cela ressemblait à une réaffirmation de leur amour. C'était si différent de ce par quoi ils avaient commencé, ayant simplement envie de se sentir bien sans la complication des sentiments.

Slate la vénéra en la conduisant lentement de plus en plus près de l'orgasme. Mais au lieu de la pousser par-dessus le sommet, il s'arrêta juste avant, au bord du précipice : il retira son boxer et remonta jusqu'à ce que son gland frôle le clitoris d'Ashlyn. Slate serra la base de sa queue d'une main et se maintint en équilibre au-dessus d'elle avec l'autre.

Il appuya doucement contre elle, glissant à l'intérieur, centimètre par centimètre.

Ashlyn gémit et lui attrapa les fesses.

— Plus vite, supplia-t-elle.

Mais Slate l'ignora. Il avait le regard plongé dans le sien. Quand ils eurent l'impression d'unir leurs âmes, pas seulement leurs corps, Slate redescendit sur ses coudes.

Ashlyn pouvait sentir les quelques poils de son torse frotter contre ses tétons. Elle se sentait entourée par lui et ne voulait plus bouger.

— Je t'aime, dit Slate doucement. Je veux passer le reste de ma vie avec toi. Je veux me réveiller avec toi à mes côtés et m'endormir avec toi roulée en boule contre moi. Je veux rire, pleurer et regarder des films romantiques irritants avec toi.

Ashlyn fronça le nez.

Il sourit.

— Je vais être très pénible avec toi. Je vais sans doute être encore plus protecteur qu'avant.

— Sans doute ? plaisanta Ashlyn.

— Mais je peux te promettre que quand je serai en mission, je ne prendrai pas de risque. Je ne ferai rien de stupide qui m'empêcherait de rentrer auprès de toi. Tu es celle qu'il me faut, Ash. Je ne voudrais jamais une autre femme. Jamais.

Ashlyn inspira profondément et hocha la tête.

— Veux-tu m'épouser ? Tu pourrais trouver bien mieux, mais je ne vais pas te laisser partir. Je veux dire, je le ferais si tu me détestais, parce que je ne suis pas un harceleur taré, mais ça me tuerait littéralement. Je deviendrais sans doute une coquille vide de l'homme que je suis maintenant. J'arrêterais de manger, je perdrais une tonne de poids, la Navy devra me renvoyer parce qu'un maigrichon de quarante-cinq kilos n'est pas vraiment une bonne chose chez les Seals.

Ashlyn ne put s'empêcher de glousser. Elle pouvait compter sur son homme pour la faire rire au lieu de pleurer.

— Et maintenant, elle se moque de moi, soupira Slate.

Ashlyn leva les bras et posa les mains sur les joues de son homme. La bague de fiançailles scintilla et elle sourit.

— Bien sûr que je veux t'épouser.

Slate rayonna.

— Bien.

— La Navy serait sans doute vraiment fâchée si je refusais et qu'ils devaient te remplacer.

Cette fois, ce fut Slate qui gloussa.

— C'est vrai. Y a-t-il une autre raison pour laquelle tu voudrais m'épouser ?

— Eh bien...

Ashlyn fit semblant d'y réfléchir.

— C'est une question difficile. Tu aimes la nourriture hawaïenne dégoûtante et tu roules vraiment trop vite. Tu as aussi tendance à me suivre partout sur cette appli de géolocalisation. Je commence à penser que ce n'était peut-être pas une bonne idée de t'en donner l'accès.

Slate bougea les hanches et commença lentement à aller et venir en elle.

Les pensées d'Ashlyn s'éparpillèrent. Elle ne pouvait plus penser qu'au plaisir de l'avoir en elle.

— C'est vrai, mais j'ai peut-être quelques qualités compensatrices, dit-il en continuant à lui faire l'amour.

Ashlyn serra son flanc avec les mains pendant qu'il continuait à la baiser lentement. Elle enfonça les ongles dans sa peau.

— Plus vite, Slate, gémit-elle.

— Non.

— Non ? répéta-t-elle en fronçant les sourcils.

— Je sais ce qu'a dit le médecin, mais il est impensable que je te baise comme j'en rêve depuis des mois. Il faudra attendre que je sois entièrement sûr que tu es à cent pour cent en bonne santé.

— Slate, se plaignit Ashlyn. Il te faut quoi ? Que je fasse une course de dix kilomètres ? Mille sauts en étoile ? Je vais *bien*.

— Il va falloir que tu me supportes, dit-il avec sérieux. J'ai perdu vingt ans de ma vie quand j'ai compris que tu avais pris une balle. Pour l'instant, je vais te faire l'amour. Lentement. Tu n'aimes pas ?

Ashlyn aimait ça. Beaucoup. Elle déglutit.

— J'aime, avoua-t-elle. Mais j'aime aussi quand tu me baises.

Ses lèvres esquissèrent un sourire.

— Tu es insatiable.

— De toi.

— Carrément. Veux-tu jouir ?

— À ton avis ? rétorqua-t-elle.

Il sourit complètement, cette fois.

— Bien. Et si tu le faisais, alors ? Caresse-toi, bébé.

Ashlyn n'hésita pas. Elle glissa une main entre leurs corps, reconnaissante quand Slate leva les hanches pour lui faire un peu de place. Puis elle se mit à caresser son clitoris pendant qu'il allait et venait doucement en elle.

— Je t'aime et il me tarde de t'épouser, dit Slate alors qu'elle se rapprochait de l'explosion.

— Je t'aime, haleta-t-elle. Dis-moi l'heure et l'endroit, et je serai là.

— Jouis sur ma queue, bébé. Je ne peux pas me retenir beaucoup plus longtemps.

Il lui fallut seulement quelques secondes. Cela faisait

trop longtemps qu'elle n'avait pas eu son homme en elle, et il l'avait déjà préparée avec sa langue.

Elle se recroquevilla contre lui quand elle fut submergée par l'orgasme, enfonçant les ongles de la main qui le serrait toujours avec plus de force dans sa peau.

Il poussa un grognement et perdit une partie de sa maîtrise, la pilonnant une fois. Deux fois. Puis une troisième fois avant qu'il explose et reste profondément enfoui en elle.

Slate laissa tomber la tête et posa la bouche sur la sienne pour l'embrasser passionnément.

Quand son corps se fut arrêté de trembler, il les fit tourner sans quitter ses lèvres avec les siennes.

Quand elle s'écarta enfin, Ashlyn avait l'impression d'avoir couru un marathon. Elle haletait et elle était agréablement irritée entre les jambes. Elle sentait toujours Slate au fond de son corps.

— Je t'aime, murmura-t-elle en laissant la tête posée sur l'épaule de Slate.

Il s'agrippa à ses fesses pour la serrer contre lui, tandis que l'autre main était posée dans son dos.

— Ça va ? Aucune douleur ?

— Pas à cause de ma blessure.

— Tu as mal ? demanda-t-il vivement.

— Ça faisait des mois. Et tu es épais, Slate. Mais c'est une douleur délicieuse. Et tu vas devoir travailler dur pour que je m'habitue à nouveau à toi.

Elle le sentit se détendre sous son corps quand il comprit qu'elle n'avait pas mal à cause de la balle.

— Je pense qu'il faut que tu me fasses l'amour au moins une fois par jour pendant le mois qui vient, afin que je puisse à nouveau m'habituer à toi.

— À bon ? demanda-t-il.

— Oui.

Slate gloussa.

— As-tu besoin que je me lève et que j'aille chercher des antidouleurs ? Que je te fasse couler un bain ?

— Si tu bouges, je vais devoir te faire mal, l'avertit Ashlyn.

— D'accord.

— Je n'ai besoin que de toi. Qui me tient. Qui m'aime.

— Ça, je peux le faire. Pour le restant de nos vies.

Ashlyn sourit. La vie était parfois drôle. Elle était venue à Hawaï pour être avec un autre homme, mais elle avait fini par rencontrer l'unique personne sans laquelle elle ne pouvait pas vivre.

— Dors, bébé, ordonna Slate. Demain va être une longue journée.

Ashlyn sourit contre lui.

— D'accord.

Il souleva sa main gauche, embrassa la bague qu'il y avait glissée plus tôt, puis ferma la main autour de la sienne en la reposant sur son torse.

Ashlyn s'endormit avec un énorme sourire. C'était nul de prendre une balle, mais elle était prête à recommencer si cela voulait dire qu'elle finissait ici, avec l'homme qu'elle aimait plus que sa vie.

⁂

Ashlyn serra la main de Slate pendant qu'il la conduisait vers l'endroit que Baker avait réservé pour eux, surplombant la baie de Waimea Bay. Ce coin de surf était réputé pour ses eaux profondes et ses grosses vagues.

Étonnamment, Baker, l'ancien Seal qui avait tellement aidé quand les autres femmes du groupe en avaient eu besoin, était ridiculement énervé au sujet de ce qui était arrivé à Ashlyn. Quand il était venu lui rendre visite et voir comment elle allait, il avait demandé ce qu'il pouvait faire pour l'aider à guérir. Ashlyn lui avait dit pour plaisanter qu'elle voulait un endroit de choix pour regarder une des grosses compétitions de surf.

Il avait largement répondu à sa demande. Il avait convaincu un habitant local du côté nord-est de la baie de les laisser utiliser son jardin pour regarder la compétition. Ashlyn n'aurait pas dû être trop surprise, puisque Baker semblait avoir des connexions partout.

La circulation sur l'autoroute de Kamehameha avait été horrible — c'était toujours le cas pendant les compétitions de surf du North Shore — mais Slate n'avait même pas semblé contrarié qu'il leur faille une heure pour parcourir deux kilomètres et demi.

Ils furent les derniers arrivés. Slate et elle s'étaient un peu emportés dans la douche ce matin-là, et une chose avait conduite à une autre et ils avaient passé bien trop de temps à se montrer combien ils s'aimaient. Slate était toujours très prudent avec elle, mais Ashlyn était ravie qu'il semble enfin comprendre qu'elle allait vraiment bien et qu'ils pouvaient reprendre leur vie amoureuse normale.

— Bonjour, tout le monde, ne montrant pas sa gêne pour leur retard.

Ce n'était pas comme si les autres n'étaient pas arrivés en retard à une sortie ou une autre parce qu'ils étaient incapables de ne pas se sauter dessus.

— Vous êtes là !

— Oh, mon Dieu, tu ne vas pas croire la taille de ces vagues !

— Il y a un type qui est tombé tellement fort, mais étonnamment, il s'est remis debout et il allait bien.

— Je t'ai gardé une place à l'avant.

Cette dernière phrase venait de Carly.

Ashlyn sourit à ses amies. Elle n'allait jamais oublier leur soutien pendant qu'elle était à l'hôpital. Il y avait toujours quelqu'un avec elle. Si ce n'était pas Elodie qui lui faisait passer en douce des sucreries chocolatées faites maison, c'était Lexie qui lui apportait une romance à lire.

Kenna, Monica et Carly lui avaient aussi apporté une compagnie constante, tout comme leurs maris.

Non seulement ça, mais les autres employés de Food For All étaient tous venus, ainsi que ses clients.

James avait insisté pour être à ses côtés à l'hôpital chaque fois que Slate ne pouvait pas venir. Il avait fini par devoir retourner au travail, alors James s'était installé presque tous les jours dans le fauteuil de sa chambre, refusant de bouger tant que Slate n'était pas passé à la fin de l'après-midi.

Il s'était extasié au sujet de Mustang et du reste de l'équipe de Slate, car ils avaient employé des gens pour nettoyer sa maison et lui avaient fait venir de nouveaux meubles... gratuitement, bien sûr. Il avait une nouvelle aide à domicile, qui venait de la meilleure agence de la région. Il paraissait heureux, ce qui était un énorme soulagement pour Ashlyn.

Et Slate avait passé chaque nuit dans l'horrible lit de camp que l'hôpital fournissait aux membres de la famille. Ashlyn avait essayé de le faire rentrer à la maison, mais il avait refusé. En bref, Ashlyn se sentait chanceuse. Et en regardant l'équipe de Seals de Slate, et leurs épouses, elle se rappela une fois de plus de la chance qu'elle avait.

— Veux-tu une boisson ? demanda Slate en se penchant contre son dos et en frôlant son oreille avec les lèvres.

— Oui, s'il te plaît. Une Margarita ?

Slate ricana.

— Hors de question. C'est trop tôt. Je vais aller te chercher du jus de fruits.

Ashlyn leva les yeux au ciel. Malgré le feu vert du médecin pour reprendre ses routines normales, sans restriction sur ce qu'elle pouvait boire ou manger, Slate avait pris l'initiative d'être extrêmement prudent par rapport à ce qu'elle ingérait. Il lui préparait des petits-déjeuners et des dîners pleins de protéines et avec peu de glucides, insistant pour qu'elle mange plus de légumes également. C'était mignon... et ça commençait à frôler l'insupportable. Mais elle essaya de se dire que Slate avait souffert presque autant qu'elle ce jour-là. Si c'était lui qui avait été allongé sur le sol avec une blessure par balle à la poitrine, elle aurait agi exactement comme lui, alors elle le laissa faire.

— Assieds-toi là, dit Elodie en tapotant une chaise entre Carly et elle.

Ashlyn s'avança vers l'endroit indiqué par Elodie et elle s'installa. Elle regarda la baie par-dessus la falaise et poussa un cri en voyant ce qui semblait être la plus grosse vague de sa vie.

— Oui, c'est assez incroyable qu'il y ait des gens qui se mettent volontairement là-dedans, hein ? demanda Elodie.

— C'est carrément terrifiant, lâcha Ashlyn.

Puis elle regarda autour d'elle et demanda :

— Monica va-t-elle venir ?

— Je ne crois pas, répondit Carly. Elle a des problèmes pour faire téter Charlotte. Et bien sûr, Pid était tout à fait ravi de rester à la maison avec ses filles.

Ashlyn sourit. Monica avait eu son bébé un mois auparavant et Pid avait plus ou moins perdu la tête. Il avait craqué en achetant toutes sortes de tenues et en prenant des millions de photos de sa petite fille. Il était également très protecteur, demandant aux gens de porter des masques en venant leur rendre visite, ce qui ne dérangeait personne.

Slate râlait régulièrement que Pid ne partageait pas sa fille comme il l'aurait dû, ce qui faisait rire Ashlyn. Voir son grand copain grognon tenir la minuscule fillette était vraiment inestimable.

Slate revint avec un verre et le lui tendit.

— Ça va ? Besoin d'autre chose ?

— Non, merci.

— Ne reste pas trop longtemps au soleil, bébé. Tu vas brûler, lui dit-il avant de se pencher et de déposer un baiser sur sa tête. Je vais discuter un peu avec les gars.

— Tu ne vas pas regarder la compétition ? demanda-t-elle en levant la tête vers lui.

Il sourit.

— Ce n'est pas mon truc.

— Oh, tu aurais dû me le dire, s'inquiéta Ashlyn.

— Je suis heureux de passer du temps avec toi, peu importe ce que nous faisons. Et si tu as envie de voir une compétition de surf, je fais tout mon possible pour t'y conduire.

— Même si la circulation te rend dingue ? Et tous les touristes ?

— Oui. Fais-le-moi savoir si tu as besoin de quoi que ce soit, ajouta-t-il, puis il hocha la tête vers Elodie avant de se diriger vers l'endroit où se tenaient Mustang, Jag et les autres.

— Vous êtes tellement mignons, s'émerveilla Elodie. Je n'aurais jamais cru ça quand vous vous êtes rencontrés au début. Étant donné que vous étiez tout le temps en train de vous chamailler.

— Oui, eh bien, je pense qu'il est toujours en mode « prendre soin d'Ashlyn ». Je suis certaine que nous reviendrons bientôt à nos petites disputes, dit-elle en buvant une gorgée du jus de fruits que Slate lui avait apporté.

— Une minute... c'est une bague ? s'exclama Elodie.

Ashlyn sourit et leva la main vers Carly et Elodie.

— Oui. Il a officiellement fait sa demande, hier soir.

— Il était temps ! Il parle de toi comme sa fiancée depuis que tu as quitté l'hôpital.

— Quand allez-vous vous marier ? demanda Carly.

Ashlyn haussa les épaules.

— Aucune idée. Nous n'avons pas parlé des détails. Mais franchement, ça m'est égal. Je n'ai pas besoin d'une énorme cérémonie. Je veux simplement passer le reste de ma vie avec Slate.

— Je sais ce que tu veux dire, rétorqua Elodie avec un sourire.

— Je suis heureuse pour vous, ajouta Carly.

— Merci.

Un silence confortable s'installa parmi elles, puis Elodie demanda :

— Comment va James ?

— Bien. Il s'est senti coupable un moment pour ce qui est arrivé, mais je pense l'avoir enfin tiré de cette déprime. Le fait que Slate l'ait mis en relation avec ce groupe de vétérans est une des meilleures choses qui lui soient arrivées. Les réunions le font davantage sortir de chez lui et il pense à autre chose.

— Et ça se passe bien avec la nouvelle aide à domicile ? voulut savoir Elodie.

— Oui. Au début, James était très réticent à faire venir quelqu'un dans sa maison, mais c'est Slate qui a fini par le convaincre.

— Comment ? demanda Carly.

— En s'entretenant personnellement avec chacun des candidats pour le poste et en leur faisant peur, en gros. Il leur a dit que si, par colère, ils touchaient à un seul des cheveux de son ami ou s'ils volaient ne serait-ce qu'un coton-tige de la maison, ils allaient avoir affaire à lui.

— Oh mon Dieu, s'esclaffa Elodie. Je suis étonnée que quelqu'un ait accepté le travail.

— Moi aussi. Mais je suppose qu'après avoir appris ce qui était arrivé à James, et à moi, le type qui a fini par accepter le poste a regardé Slate dans les yeux et a promis que personne ne ferait plus jamais de mal à James.

— Waouh, oui, d'accord, je suppose que c'est une bonne chose.

— Oui. Et le nouveau est lui-même un vétéran de la Navy. Et il a une immense *ohana* hawaïenne, une famille, ici sur l'île. Il prend James chez lui tous les dimanches pour traîner et manger avec tout le monde. Il est adorable et je suis ravie pour James.

— C'est merveilleux, murmura Elodie en souriant.

Ashlyn hocha la tête, puis elle entendit les hommes saluer quelqu'un derrière elle. Elle se tourna et vit un homme qu'elle n'avait rencontré que deux ou trois fois entrer dans le jardin. Elle posa son verre et se leva pour le saluer.

Comme toujours, Baker était beau. Il portait un short de surf et un tee-shirt qui ne cachait pas tous les tatouages sur ses bras. Ses cheveux poivre et sel étaient ébouriffés comme d'habitude, comme s'il venait de quitter la plage après avoir surfé toute la journée, ce qui n'était sans doute pas impossible.

Il lui fallut attendre son tour, car Baker recevait des tapes dans le dos et serrait la main des garçons. Quand les salutations machos furent terminées, Ashlyn s'approcha.

Baker la serra doucement dans ses bras, comme si elle était en verre. En souriant, elle le serra plus fort.

— Doucement, avertit-il en s'écartant.

Ashlyn leva les yeux au ciel. Elle sentit la main de Slate dans son dos quand il arriva derrière elle.

— Merci beaucoup pour tout ça, dit-elle en montrant le

jardin et la vue de la baie derrière elle.

— Avec plaisir. Je connais la famille qui possède la maison. Il était autrefois un surfeur célèbre et il m'en devait une.

Cela ne surprit pas Ashlyn. Elle ne savait pas du tout ce que Baker avait fait pour le propriétaire de la maison, mais ça lui était égal. Elle était heureuse d'être à l'écart des grands rassemblements d'habitants et de touristes au-dessous, se battant tous pour avoir la meilleure place sur la plage afin de regarder la compétition.

Quand elle s'écarta et regarda Baker saluer les autres femmes, Ashlyn pensa à quelque chose. Quand tout le monde eut fini de dire bonjour, elle demanda :

— Où est Jody ?

Ashlyn pouvait sentir les regards de ses amies sur elle. Elles avaient un peu parlé au sujet de la femme que Baker semblait apprécier, mais l'homme lui-même n'en avait jamais discuté. Elle supposa qu'elle aurait sans doute dû être plus discrète en posant la question, mais elle avait appris à ses dépens comme la vie pouvait être courte. Et elle voulait que Baker soit aussi heureux que l'étaient ses amis.

À sa grande surprise, Baker ne rejeta pas sa question.

— Elle est sur la plage, elle travaille.

— Elle travaille ?

— Oui. Elle fait du bénévolat. Elle fait en sorte que les surfeurs aient de l'eau et de quoi grignoter quand ils en ont besoin. Mais surtout, elle garde un œil sur ses gamins.

— Ses gamins ? demanda Lexie.

— Les surfeurs lycéens. Tout le monde vient sur la plage pour regarder quand il y a des compétitions, et ils restent toute la journée. Elle fait en sorte qu'ils ne s'attirent pas de problèmes et que personne ne vienne les embêter, dit Baker.

— C'est bien, fit remarquer Kenna.

Baker rit. Il était évident qu'il avait sa propre opinion sur ce que faisait Jody, mais il ne la partagea pas.

— Bref, je suis juste venu voir que vous alliez bien. Je retourne sur la plage. Si vous avez besoin de quelque chose, Jonny sera ravi de vous l'apporter.

Ils avaient tous rencontré Jonny, le propriétaire de la maison, et il avait paru sincèrement heureux d'accueillir tout le monde chez lui et de les mettre à l'aise.

— Je veux la rencontrer un de ces jours, annonça Ashlyn.

Baker leva un sourcil.

— Et ne me regarde pas de cette façon. J'ai pris une balle, j'ai le droit de dire ce que je pense.

Slate fit passer son bras autour d'elle par-derrière en grondant :

— Je n'aime pas t'entendre aussi blasée au sujet de la balle que tu as prise, bébé.

— Je suis sérieuse, dit-elle à Baker en serrant le bras de Slate pour lui faire savoir qu'elle l'avait entendu. Tu l'apprécies, c'est évident. Elle a l'air d'être fascinante. J'adore qu'elle prenne soin des lycéens. J'ai entendu dire qu'elle apportait de quoi grignoter le matin quand ils surfent et qu'elle vérifie qu'ils partent tous à l'école. Mais je n'ai jamais entendu dire qu'elle recevait de l'aide, ou qu'elle traînait avec ses propres amis. Et comme il est évident que tu l'estimes beaucoup, elle doit être incroyable. Je pense que peut-être ça ne la gênerait pas d'apprendre à nous connaître.

— Elle est plus âgée que toi, Ash, dit Baker.

— Et alors ? J'ai beaucoup d'amis de plein d'âges différents. James a quatre-vingt-neuf ans et il adore traîner avec mes amis et moi.

— C'est vrai, concéda Baker avec un petit sourire.

— Écoute, je sais que tu es secret et mystérieux et tout ça, mais ça ne veut pas dire que tu ne peux pas au moins nous présenter.

— Elle est insistante, dit Baker à Slate.

— C'est vrai, répondit Ashlyn avant que Slate ait le temps de réagir. Parce que j'ai l'impression que ton amie est très cool. Et j'ai besoin de toutes les amies cool que je peux trouver pour compenser mon côté ringard.

Tout le monde rit autour d'elle. Ashlyn savait qu'elle insistait un peu trop, mais pour une raison qui lui échappait, elle avait l'impression que c'était important.

— Regarde autour de toi, Baker. Ces types n'ont peut-être pas été dans ton équipe de Seals, mais tu les as tous aidés quand ils en ont eu le plus besoin. Tu es leur ami. Et tu es mon ami, et celui d'Elodie, Lexie, Kenna, Monica et Carly. Nous faire connaître Jody ne va pas révéler un de tes sombres secrets. Alors, laisse-nous entrer dans ta vie... au moins un petit peu.

Baker la fixa si longuement qu'Ashlyn eut l'impression d'avoir vraiment trop insisté. Mais ensuite, il esquissa un sourire et secoua la tête.

— Tu ne vas pas être heureuse tant que tout le monde autour de toi ne l'est pas, n'est-ce pas ?

— Non, affirma Ashlyn en souriant. C'est ce que je fais... je suis la fée du bonheur et je saupoudre tout le monde de mes paillettes spéciales partout où je vais.

Tout le monde éclata encore de rire, mais c'était la réaction de Baker qui l'intéressait le plus.

— Très bien. Je vais voir ce que je peux faire, finit-il par lâcher.

Ashlyn sourit.

— Super. Et ne mets pas trop longtemps, ordonna-t-elle.

— Maintenant, tu pousses le bouchon, gronda-t-il. Si vous voulez bien m'excuser, je vais aller laver toutes les putains de paillettes sur moi et retourner au travail.

Ashlyn ne fut pas du tout vexée. Elle sortit des bras de Slate et serra encore une fois Baker contre elle.

— Merci d'être merveilleux. Grognon, secret, assez effrayant et réservé, mais merveilleux.

Elle fut récompensée par un autre sourire.

— À plus, dit-il au groupe en hochant le menton, puis il tourna les talons et s'éloigna.

Ashlyn ne put s'empêcher de remarquer que cet homme avait un cul d'enfer. Il avait peut-être la cinquantaine, mais toutes les autres femmes avaient raison… il était terriblement canon.

— Es-tu en train de mater le cul d'un autre homme ? demanda Slate en passant encore un bras autour d'elle et en l'attirant contre lui.

— Oui, admit Ashlyn sans hésiter avant de se tourner dans ses bras et de lever les yeux vers l'homme qu'elle aimait. Mais il n'est pas toi, alors il ne m'intéresse pas.

— Il y a intérêt, grogna Slate.

— Il n'y a que toi, pour moi. Même s'il semblerait que les hommes taciturnes et grognons me font de l'effet.

— Et impatients, dit-il.

— Tu veux déjà partir ? le taquina-t-elle.

— Alors, voyons, ai-je envie de traîner sous le soleil brûlant à regarder un tas d'idiots risquer leur vie en essayant de chevaucher ces vagues insensées et parler avec les mêmes types que je vois tous les jours… ou de rentrer à la maison avec ma copine, nous coucher tout nus et lui montrer comme je l'aime davantage à chaque seconde qui passe ? Dure décision, dit-il d'un ton sarcastique.

Ashlyn sourit et posa la main sur sa joue. Il tourna immédiatement la tête et embrassa sa paume.

— Merci de m'avoir conduite ici aujourd'hui.

Elle savait qu'il plaisantait. Oui, il n'aimait pas regarder le surf et la circulation était horrible, mais il aimait passer du temps avec ses coéquipiers, même s'il les voyait tous les jours.

— Si tu te sens d'attaque, nous pourrons peut-être nous arrêter et passer voir Monica, Pid et Charlotte sur le chemin du retour, suggéra Slate.

— Oui ! acquiesça Ashlyn.

Elle n'aurait jamais refusé une occasion de faire un câlin à la petite. Elle n'était pas tout à fait prête à avoir son propre bébé, n'était pas certaine de l'être un jour, mais elle adorait pouvoir dorloter Charlotte, puis la rendre quand elle pleurait ou avait besoin de se faire changer la couche.

— J'adore te voir ainsi, dit Slate au bout d'un moment.

— Comment ?

— Heureuse.

— Je le suis, dit Ashlyn avec ferveur.

— Bien. Puis-je supposer que nous allons venir plus souvent ici dans le North Shore à l'avenir ? demanda Slate.

Ashlyn sourit.

— Oui. Je suis bien décidée à rencontrer cette Jody et à la ramener dans notre bande de filles.

— Elle est chanceuse, alors.

Slate se pencha et l'embrassa longuement, lentement et profondément, sans se soucier du regard des autres. Quand il leva la tête, il se lécha les lèvres.

— Je t'aime, Ashlyn. Plus que tu ne le sauras jamais.

— Et je t'aime aussi, Slate.

— Va traîner avec les filles. Avant que je te jette par-dessus mon épaule et que je te traîne jusqu'à la maison.

Ashlyn éclata de rire. Il n'allait certainement pas la jeter par-dessus son épaule, pas si tôt après tout ce qui était arrivé... mais avec un peu de chance, elle allait pouvoir le provoquer suffisamment plus tard pour qu'il perde le contrôle et qu'il fasse exactement ça.

— Vas-y, ordonna-t-il comme s'il pouvait lire dans ses pensées.

Ashlyn recula puis se tourna en marchant d'un pas léger

vers Elodie et les autres, balançant les hanches un peu plus que d'habitude. Quand elle jeta un coup d'œil en arrière, elle vit le regard de Slate rivé sur son cul, exactement comme elle l'avait voulu.

La vie était belle.

✲
✲✲

Jodelle Spencer gardait un œil sur ses lycéens tout en étant assise aussi loin que possible des foules, mais assez proche pour voir ce qu'il se passait. Elle n'aimait pas être là, cela lui rappelait trop de mauvais souvenirs, mais parce que les surfeurs étaient ici, il fallait qu'elle y soit aussi.

— Avez-vous plus de sandwiches, mademoiselle Jody ? demanda un de ses gamins préférés, un peu timidement.

— Bien sûr, Rome. Tu en veux un ou deux ?

— En avez-vous assez pour que j'en prenne deux ? demanda-t-il.

— Quand n'ai-je pas eu assez à manger pour remplir le ventre de mes garçons ? rétorqua-t-elle.

Rome sourit.

— Alors deux, s'il vous plaît.

Jody sortit deux sandwiches de la glacière qu'elle avait toujours à ses côtés.

— Merci, mademoiselle Jody. À plus.

Elle referma le couvercle quand le jeune garçon dégingandé s'éloigna, retournant vers un groupe de gamins avec lesquels il traînait.

Elle s'était donné pour mission de veiller sur les garçons, et les rares filles, qui aimaient surfer avant l'école le matin, et les après-midi également. Si quelqu'un avait été présent pour veiller sur...

Non. Elle n'allait pas y penser.

En regardant autour d'elle, elle chercha les enfants des yeux et en aperçut la plupart. Brent et Felipe traînaient sur le sable en regardant les surfeurs, Rome mangeait les sandwiches qu'elle lui avait donnés et flirtait avec une jeune fille qui portait tout juste un bikini. Iwalani, qui se faisait appeler Lani, une des rares jeunes femmes à surfer presque tous les matins, recevait un autographe de la part d'un des surfeurs professionnels. Kalama traînait avec un groupe de gamins plus âgés du lycée...

Mais elle avait beau chercher du regard, Jody ne parvint pas à apercevoir Ben Miller.

Elle s'inquiétait pour lui depuis un moment, maintenant. Il était passé d'un gamin insouciant à quelqu'un qui souriait à peine. Même s'il venait encore surfer le matin, il ne semblait pas en profiter autant qu'autrefois.

La semaine précédente, quand elle était venue dans la matinée sur la plage où les lycéens se rassemblaient en général pour surfer avant l'école, elle l'avait vu dormir sur le siège arrière de son vieux modèle de KIA. Il était trop grand pour le siège. Quand elle avait essayé de lui demander ce qu'il se passait, pourquoi il dormait dans sa voiture, il l'avait ignorée et avait refusé d'en parler.

Ce qui était un autre sujet d'inquiétude. Ben avait pour habitude de rester assis et de bavarder longuement avec elle avant de partir sur les vagues. Maintenant, il gardait la tête baissée et regardait à peine les autres. C'était anormal et le fait qu'il ne soit pas là aujourd'hui, à la compétition de surf, ne la rassurait pas non plus.

— Salut, Jodelle, dit une voix grave derrière elle.

En souriant — et en se disant de ne pas agir comme une idiote —, Jody se tourna.

— Salut, Baker.

— Tout va bien ?

Elle avait envie de lui dire que non, tout n'allait *pas* bien. Elle se sentait seule. Son fils lui manquait davantage chaque jour. Elle s'inquiétait pour Ben. Elle n'avait plus beaucoup de sandwiches et elle savait qu'elle ne retrouverait jamais une place de parking si elle partait et essayait de revenir. Elle avait peur en regardant les surfeurs dans les vagues énormes. Elle pensait que Baker était si beau qu'elle avait du mal à ne pas le toucher. Elle avait envie autant qu'elle redoutait le fait d'être seule chez elle...

Elle ne dit rien de tout cela. Elle répondit simplement :

— Oui.

Mais Baker avait une façon de la regarder qui donna l'impression à Jody qu'il voyait au-delà de ses réponses nonchalantes. Qu'il voyait directement qui elle était au fond de son cœur. C'était effrayant... et excitant en même temps.

Il ne lui avait pas une seule fois donné le moindre signe qu'il voulait être autre chose qu'un ami depuis qu'elle le connaissait. Jody faisait donc toujours de son mieux pour cacher ses sentiments. Pour lui... pour tout.

— As-tu bien installé tes amis ? demanda-t-elle.

Il lui avait dit plus tôt que ses amis allaient venir regarder la compétition depuis le promontoire.

— Oui. Ils veulent te rencontrer.

Jody écarquilla les yeux de surprise.

— Moi ?

— Oui.

— Pourquoi ?

— Pourquoi pas ? rétorqua Baker.

— Euh... parce que ?

Les lèvres de Baker esquissèrent un sourire et les genoux de Jody flanchèrent en le voyant. Il venait de commencer à répondre lorsque Lani accourut.

— Mademoiselle Jody ! Quelque chose ne va pas avec Ben !

Toutes ses pensées sur l'attirance qu'elle éprouvait pour Baker s'envolèrent.

— Où est-il ? Je ne l'ai pas vu.

— Sa voiture était garée au fond du parking et quelqu'un l'a vu dormir dedans. Comme il fait très chaud, il a fait une insolation terrible. Les secours l'examinent en ce moment !

Jody se tourna pour regarder la tente des secours, mais elle n'y vit pas d'agitation excessive. Elle se dirigea immédiatement vers le parking.

Elle tressaillit de surprise lorsque Baker tendit la main et lui prit le coude.

En levant la tête vers lui, elle fronça les sourcils.

— Tu n'es pas obligé de venir.

Il la fixa avec un regard qu'elle n'avait encore jamais vu chez lui.

— Je sais, mais je viens.

— Pourquoi ? ne put-elle s'empêcher de demander.

— Parce que comme une amie me l'a récemment rappelé, la vie est courte et j'en ai assez d'être un gentleman. Je fais ce que j'aurais dû faire il y a très longtemps.

Jody était perplexe. Elle ne savait pas du tout de quoi parlait Baker. Mais elle n'avait pas le temps de s'inquiéter pour cela maintenant. Elle devait découvrir pourquoi Ben dormait dans sa voiture au milieu de la journée. Il se passait quelque chose et elle allait découvrir ce que c'était, quoi qu'il en coûte.

*

ENFIN ! C'est au tour de Baker ! Il trouve l'amour auprès de Jodelle ! Découvrez le dernier tome de la série *Hawaï : Soldats d'élite, Un paradis pour Jodelle*, dès maintenant !

DU MÊME AUTEUR

Un soutien pour Lara

Un soutien pour Maisy

Un soutien pour Ryleigh

Delta Force Deux

Un refuge pour Gillian

Un refuge pour Kinley

Un refuge pour Aspen

Un refuge pour Jayme

Un refuge pour Riley

Un refuge pour Devyn

Un refuge pour Ember (1 Mar)

Un refuge pour Sierra

Forces Très Spéciales : L'Héritage

Un Sanctuaire pour Caite

Un Sanctuaire pour Brenae

Un Sanctuaire pour Sidney

Un Sanctuaire pour Piper

Un Sanctuaire pour Zoey

Un Sanctuaire pour Avery

Un Sanctuaire pour Kalee

Un Sanctuaire pour Jane

Mercenaires Rebelles

Un Défenseur pour Allye

Un Défenseur pour Chloé

Un Défenseur pour Morgan

Un Défenseur pour Harlow

Un Défenseur pour Everly

Un Défenseur pour Zara

Un Défenseur pour Raven

Ace Sécurité

Au Secours de Grace

Au Secours d'Alexis

Au Secours de Bailey

Au Secours de Felicity

Au Secours de Sarah

Forces Très Spéciales Series

Un Protecteur Pour Caroline

Un Protecteur Pour Alabama

Un Protecteur Pour Fiona

Un Mari Pour Caroline

Un Protecteur Pour Summer

Un Protecteur Pour Cheyenne

Un Protecteur Pour Jessyka

Un Protecteur Pour Julie

Un Protecteur Pour Melody

Un Protecteur pour l'avenir

Un Protecteur Pour Les Enfants de Alabama

Un Protecteur Pour Kiera

Un Protecteur Pour Dakota

Delta Force Heroes Series

Un héros pour Rayne

Un héros pour Emily

Un héros pour Harley

Un mari pour Emily

Un héros pour Kassie

Un héros pour Bryn

Un héros pour Casey

Un héros pour Wendy

Un héros pour Mary

Un héros pour Macie

Un héros pour Sadie

Un héros pour Annie

Autre

Un moment suspendu : Recueil de nouvelles

AUDIO

Un paradis pour Élodie

À PROPOS DE L'AUTEUR

Susan Stoker est une auteure de best-sellers aux classements du New York Times, de USA Today et du Wall Street Journal. Elle a notamment écrit les séries Badge of Honor: Texas Heroes, SEAL of Protection et Delta Force Heroes. Mariée à un sous-officier de l'armée américaine à la retraite, Susan a vécu dans tous les États-Unis, du Missouri jusqu'en Californie en passant par le Colorado, et elle habite actuellement sous le vaste ciel du Tennessee. Fervente adepte des fins heureuses, Susan aime écrire des romans où les sentiments laissent place au grand amour.

http://www.StokerAces.com

facebook.com/authorsusanstoker

twitter.com/Susan_Stoker

instagram.com/authorsusanstoker

goodreads.com/SusanStoker